Isolde Schaad

Mein Text so blau

Isolde Schaad

Mein Text so blau

Der Sound der Literatur

Essays, Stories und Dramen
vom Tatort

Limmat Verlag
Zürich

Das Erscheinen dieses Buches wurde
mit einem Beitrag des Gönnervereins
des Limmat Verlags unterstützt.

ISBN 3 85791 282 0

Inhalt

Auf dem Sportplatz deutscher Dichtung

Es gibt ihn noch, den deutschen Wald, darinnen die Dichtung wohnt. Es gibt ihn heutzutage in den Medien. Ein Knopfdruck, und wir vernehmen das Rauschen der Blätter aus moosfeuchtem Sagen. Ein- bis zweimal im Jahr. Besonders im Frühling spürt man den Schein durch den Bildschirm. Annette von D. sieht sich gut repräsentiert. So viele sind jetzt, die sie vertreten, da sie kaum noch aus Meersburg hinauskommt, mit ihrer akuten Arthrose. Auch Wilhelm erkennt seinesgleichen zuhauff. Er braucht sich seines Köhlerhabits nicht mehr zu schämen. Das macht sich am Bildschirm. Das deutsche Erbe ist unterwegs nach Ham-, Frank- und Klagenfurt.

Die Dichter und Dichterinnen trollen zu Sommerbeginn zum Sommernachtsalb in die Hauptstadt von Kärnten. Sie tragen seit Luther & Dürer das Handwerkerwams mit Mütze und – wenn sie sportlich geworden sind – Tennisschuhe und Rucksack. Sie heissen Holbein und Happel und Morsbach und Neumeister und Schulze und Schramm, und wenn sie ehemalige Mannen sind, tragen sie Spitzbart oder Bartab und haben irgendwo ein Zipfelchen, von dem man nicht weiss, wozu es noch gut ist, bei all der Beerenernährung von Sammlern, die, wie man sieht, keine Jäger mehr sind.

Als Goethe Johann damals gekommen war, von Frankfurt, oder war es von Wetzlar, zu Fuss, wie Hölderlin, der von Tübingen herwanderte, da hatten sie noch ein Ding im Schambeutel mitzuführen, von dem man wusste, wozu es diente, das heisst, man fragte nicht erst, wenn man eine von unterwegs mit ins Heu nahm, und die Folgen davon sind bis heute nicht abzusehen. Immerhin muss Johann G. jetzt für sein strotzendes Männerbild büssen, im Korridor nach seiner Lesung wird er von Frauen umringt. Mein Gott, noch der Alte, beneidenswert. Das hat den Kollegen aus Zürich, wo sie alle bei Lavater waren, noch lange geärgert, bis ins Tagebuch 69–77 hinein, ja bis kurz vor dem Tod hat es den Frisch Max geärgert, dass der G. als später Geheimrat noch damit hat prahlen müssen, dass er sein Ding noch eingebracht hat, in die Scheune der Marianne auf dem westöstlichen Diwan. Mindestens schriftlich. Was ihm selber auf der Höhe der Dichterkraft untersagt worden war und Mariannen ihm dann verbot, darüber ausführlich zu werden. Der Weimarer hat seine Mariannen niemals gefragt, der Chauvi, und auf deren Kosten Lorbeeren auf den flachen, aber pedantischen Hinterkopf seines Schädels im Zeichen der Jungfrau gehäuft. Er wurde ja, wie er schrieb, immer von ihnen entjungfert und nicht sie von ihm. Und ausserdem hat er einmal zu einem Leibarzt gesagt, der sich über gelehrte Frauenzimmer beschwerte, dass die Ehe sie alle unschöpferisch mache. Wenn er ein Macker gewesen ist, dann eher als Pascha denn als ein Macho; dass er ein Pig war, ohne ein Chauvi zu sein (Sie wissen, ich zitiere Kate Millett), davon wissen allerdings die anderen Götter, die er neben sich nicht hatte dulden wollen; wie das in der gesamtdeutschen Intrige schon lange vor einer Tendenzwende ruchbar geworden ist. Der junge Mann G. war weiss Pan ein Dichter der Moderne schon damals, und will jetzt unbedingt auch als Frauenfreund ins Archiv. Während der Hölderlin, für kurz vogelfrei dem Turm entkommen, der Liebling aller Jurorinnen ist.

Die Dichterinnen sind stolz, burschikos, treten in Gilets und Klumpschuhen auf, oder dann urban elegant, und nur noch gelegentlich erscheint eine von ihnen als Tochter des Waldschratts und spielt im dritten Akt die Ophelia. Wenn ihre Heldinnen ins Wasser gehen, dann haben sie heute anderes vor, Leichensezierung zum Beispiel. Oder disparate Formen der Gründelung in einem Swimmingpool. Oder im Zeichen der Erde und Luft werfen sie ihre Väter vom Dachstuhl. Dichterinnen von heute haben meistens studieret mit heissem Bemühn und schicken sich an, auf dem Markt ihr gesammeltes und in tunlichem Wissen und Können vergorenes Gut bewusst zu verteidigen. Sie kommen weise aus Business und Hoffnung herüber, im Gefühlsmix, der daraus entsteht, und wenn sie sehr jung sind, aus dem verspätet kurz auflodernden Existentialismus. Manche sind anspruchsvoll und fragen sich, ob die Jury der hermetischen Präzision und der Sprachgewalt ihres Textes gewachsen sein würde. Und sie erkennen dann bald, sie ist es mitnichten. Lesen Sie den Text, sagen sie dann erfahren und werfen eine Mèche aus ihrem Design-Gesicht in die Kamera. (Sodann ziehen sich diese Kandidatinnen à bout de souffle ins Hotel zurück.) Während der Dichter, bei dem der Anspruch diffuser sitzt, aus dem Hochmittelalter direkt in die Postneuzeit reicht und nun ohne besondere Merkmale dreinschaut, ins Bild, das jetzt gleich live übertragen wird. Wenn die Dichter sehr jung sind, dann tragen sie künstliche Namen und Brillen, als Accessoire, nicht etwa als Pseudonym, oder als Fassadenschutz ihrer sehr weissen, von pomadisiertem oder gewamstem Schwarz gehaltenen Haut. Und man weiss dann nicht, ob sie direkt aus den zwanziger Jahren herübergekommen sind oder gleich aus dem Vormärz des neunzehnten Jahrhunderts.

Die deutsche Sprache ist manchmal höflich, sie macht aus älter werdenden Dichtern jüngere Dichter, die ewig sind. Das sind jene, die nicht loskommen können von der Aura ihrer ehemaligen Preiskrönung, sie kommen, gewandet mit Tragik, fort und fort an den Wörthersee, der sie jedoch schon lange vergessen hat. Sie tauchen in der Farbe von Widerstand und Rebellion dann plötzlich da und dort auf, an der Veranstaltung, und tragen, auf Wirkung bedacht, die Unverstandenheit wie eine Flagge oder als Emblem vor sich her, zu dem u. U. noch die im Winde flatternde unvollendete Schubertsche Halsbinde hinzukommt. Sie sind eindrücklich und ausdrücklich allein, in der unsterblich dräuenden Nachhut von Lenz, während die Freundin im Hotelzimmer die Verbindungen herstellt. Sie sitzen kennerisch an der Bar, hurtig da und dann dort, trinken Whisky und rauchen, schielen dabei halb auf die Direktübertragung der Lesung im Monitor, doch lassen die Türe mit all den Ankünften der Verheissung nicht aus dem Auge. Das ist eine tüchtige, beinahe mondäne Eleganz der Geschäftsetagen, in Gestalt von qualitätvollen Medien- und Verlags-Angehörigen, die sich je subalterner, desto kaufkräftiger für das Wettlesen ausstatten, wobei, wie man sieht, ihnen der Anlass als Anlass genügt, im Unterschied zu den unablässig im Vorfeld der Ereignisstiftung befindlichen Dichtern.

Ingeborg B. trifft am Wörthersee ein und hört auf der frischaufgeworfenen Furt das zunehmende Klagen eines zu kurz kommenden Kandidaten. Der geht heute nicht zu den Lesungen ins ORF-Studio, er war gestern dran und zu früh, um verstanden zu werden. Er führt einen Tross von Erinnyen in schwarzen Töffjacken mit sich, die sind auf hohen Hacken mit glubschroten Lippen empört. Dahinter rotiert das Verlags- und PR-Wesen mit kurvenreicher Zielstrebigkeit und gelegentlich gehackter Beflissenheit, die sie, Ingeborg B., befremden; das war anders damals, als sie las, in der Gruppe 47, und jetzt hat schon jeder Smalltalk unterwegs in der Kehle den Kameraklick.

Die drei Wege zum See sind touristisch erfasst vom Fremdenverkehrsamt der Stadt, die nicht die ihre geworden ist. Nicht bloss, weil Leopold Wagner, mit dem sie die Schulbank gedrückt hat, als Landeshauptmann erklärter Antikommunist wurde, der sie politisch hat pachten wollen für seine Zwecke. Nein, schon als Kind hat sie gewusst, dass man in diese Stadt selten aus einer anderen Stadt gezogen ist, weil die Verlockungen zu gering sind, und jetzt heisst die höchste Verlockung Sahnetorte statt Topfenkuchen und klingt sehr deutsch. Das Café Ingeborg am äusseren Ring hat nichts von ihrem Namen gewusst, so dass sie heute morgen abrupt aufstand und zahlte, um anschliessend in eigener Sache aktiv zu werden. Das hat sie zu lange bleiben lassen, so dass ihr Nachlass, ihr Archiv mit den Autographen in den Händen der Schwester vermodert sind, vermosert. Das hat sie heute morgen mit den eigenen Augen und dem eigenen Herzen sehen können in jenem Gebäude, in dem ihr Werk verkalkt im Erdgeschoss ruht, wie eine unidentifizierte Mumie, die von der Forschung retourniert worden ist. Dass sie über ein Werk verfügt, über das sie nicht verfügen kann, ist ihr freilich erst in dem dafür vorgesehenen Gewölbe aufgefallen.

Der Vizebürgermeister von heute heisst Hans, wie könnte er anders heissen, Hans also hat sich ganz persönlich simultan darum bemüht, er ist Germanist, SPÖ-Referent im Schul- und Sportamt, und als sie ihn wiedersieht, möchte sie wetten, dass auf seinem Nachttisch Kafka, Musil und *Trennkost, vielseitig & leicht gemacht* liegen. Er empfing sie morgens auch kurz ganz persönlich, obschon er beschäftigt ist, sehr beschäftigt, und leider ist er in all den Jahren noch nicht zur Lektüre der *Drei Wege zum See* gekommen, die sie ihm damals gewidmet hat, bei der letzten Zusammenkunft der Ehemaligen vom Gymnasium, das jetzt nach ihr benannt worden ist. Die Schüler haben allerdings nicht gewusst, warum das Gymnasium einen noch gewöhnlicheren Namen als vorher annehmen sollte. Erst hatte es viel zu fremd Alexander von Humboldt Gymnasium geheissen, dann hiess es Ernst Willmer Bertelsmann Gymnasium, und weiss warum es nun wieder umbenannt werden soll.

Hans hat Familie und das dreissigste Jahr längst überschritten. Siehst du, und morgen stimmen wir ab, über die Kärntnerfrage. Das ist äusserst wichtig, verstehst du. Hat er heute morgen gesagt, und nicht verstanden, dass Undine geht. Sie hat alle Männer Hans genannt, nur hat es keiner gewusst und jeder sich für den einen gehalten. Auch dieser Hans-bleib-im-Land hat es erst gemerkt, als es zu spät war, dann, als sie mit Jean in K. aufgetaucht war und darauf mit Giovanni anreiste und mehreren Koffern dazu, und danach mit diesem Gianni-Ciao-Bella, und endlich erschien sie mit John, der kam in Schaftstiefeln und langem Mantel von drüben an, wo der Hans-bleib-im-Land kaum je hingedacht hat.

Niemand in K. hat je erfahren, dass sie in Wirklichkeit Undine hiess, denn sie hasste ihren Namen und hat ihn nach aussen hin abschattiert oder lila geflammt oder neutralisiert oder wer weiss was die Jungfrauen im Sinne führten zu der Zeit, als man die Krinoline unter dem Glockenrock wieder eingeführt hatte und die Tanzstundenzeit etwas Religiöses annahm, so dass sich die Männer von neuem am Boden ihres Begehrs wiederfanden und dort oft vereinsamt sind, unter der Taftkuppel als einem Dom des Unerreichbaren. Das war bei ihr besonders ausgeprägt, das Unerreichbare, aber Hans ist keiner, der so etwas je in Worte oder gar in einen sprechfesten Gedanken geschmiedet hätte. Nun schaut er sie an, ganz schnell, und sieht auf einmal, was hinter der reinen Fassade vorgeht, jedenfalls besser als früher, denn er hat gelernt, dass man aus dem Abstand besser sieht: Hinter der hohen, gerundeten, elfenbeinharten Stirn, die makellos ist, steht geschrieben, dass man in diese

Stadt nicht heimkehrt, sondern nur zurückkommen kann, und wenn man bleibt, in dieser Stadt von Kindheit an begraben wird. In einer fahrigen Haltung stöckelt sie jetzt rückwärts hinaus, sanft und nicht unhöflich aus diesem hohen gebohnerten Raum mit einem aztekischen Originalgemälde zwischen Bronzen von Gründern und Plaketten von Gönnern, die flammende Leinwand als grotesker Verbleib der Tagung «Freundschaft mit Mexico». Im übrigen gibt es einen frischgetünchten Stuck an der Decke, einen serbelnden Rhododendron in einer Ecke und eine mannshohe Mickeymouse des Kärntner Stimmbundes auf einem massiven Eichen-Schreibtisch. Kärnten, sagt Hans, Kärnten ist nicht Österreich, und Kärnten bringt, wie du ja weisst, alle paar Jahre die Kärntnerfrage hervor. 1920 hat man entschieden, dass der westliche Teil nicht zu Jugoslawien soll. Man hat damals gesiegt mit dem Slogan «Kärnten den Kärntnern» und ist seit 75 Jahren in einer Versöhnung begriffen, die fortlaufend gefeiert sein will. Die Versöhnungen, ahnt sie bereits, fallen in Hansens Zuständigkeit.

Der Vizebürgermeister von K. steht nun senkrecht neben der Mickeymouse mit dem Mobiltelefon in der Hand, um das Kleinstadtpolitische in Angriff zu nehmen. Das geschieht von jeher per Handy. Ingeborg blickt aus einer Kai-Polstergruppe durch die blitzblanken Fensterscheiben und sieht draussen die Fahnen der Sportveranstaltung wehen, hochgereckt in Reih und Glied, und denkt dabei, das sei immer eine Stadt für den Vereinshans gewesen und keine für Grete, sie ist diesem Hans beinahe dankbar, dass kein Sinnbild flattert für ihre Tage, deren lokale Beschaffenheit sie einmal ohne Neugier betrachten will. Wettbewerbe sind peinlich. So kann man Literatur touristisch kleinkriegen, bis sie nur noch in Pins und Gutscheinen für Häppchen besteht, u. A. w. G. Das wird Hans zu Lebzeiten noch schaffen. Ingeborg B. wird niemals u. A.

bitten. Aber sie zürnt ihm deswegen nicht, er ist ein Hans, dem man aus offensichtlichen Gründen, Gründen der Überforderung, nicht böse sein kann.

Sie ist daraufhin ziemlich verständnisvoll aufgestanden, nicht abrupt, wie das dem Bescheid entsprochen hätte. Aufgebrochen aus dem erst verkehrsbewegten und dann verkehrsberuhigten Amtszimmer des Referenten des Schul- und Sportamtes, der seines Zeichens auch Oberstudienrat a. D. ist und ebenso Präsident des Kursaalvereins wie auch erster Vorsitzender des Landobmannamtes sowie Ehrenmitglied des lokalen Kleinkunstpreisgremiums. Sie hat vorgehabt, sich vor seinem geräuschlos deklarierten Hinaus (Abgangsbefehl) auf hohem Absatz zu drehen, um einen letzten sprechenden Blick zu werfen auf Hansens Beschäftigtheit, die er seit den gemeinsamen Tagen anbehielt, als wäre sie eine Art Aussen-Tampon. Hans hat ihr stolz mitgeteilt, sie sei ein touristischer Faktor der Stadt geworden, im Juni, zur Zeit ihres Wettbewerbs, steigen die Übernachtungen in K. um 25 Prozent. Und diesen Rekord hat er dank einem Quiz zustande gebracht. Der wird jeweils zu Anfang Juni im Radio Kärntnerfreund sowie im SFR 4 und Telsat ausgestrahlt, und Hans reckt sich vor ihr, sie darf raten, wovon das Quiz handelt, richtig, natürlich, ganz genau, und er lacht jetzt von einem Ohr zum andern, so dass sie auf einmal seine rotgetupfte Seiden-Krawatte wahrnimmt, und alle haben's diesmal gewusst, sogar die Hausfrau aus Graznolwitz, sowie die Bäuerinnen aus Steyerfatzwinkel. Vorletztes Jahr, sagt Hans, wussten's erst dreissig Prozent aller Teilnehmer – und Teilnehmerinnen fügt er rasch an. Damit sie denkt, Hans hat Fortschritte gemacht.

Ja. Eben. Er hat keine Ahnung, dass die Dichterin Ingeborg B. all seine Bestrebungen verachtet, verachten würde, wär er nicht, nun, eben, ja, Hans; dass sie auf der Hut ist vor Aktualitäten, sie will sich nimmer von Aktualitäten korrumpieren lassen, für die Literatur, das hat sie sich damals geschworen, und Hans braucht nicht zu wissen, dass sie keineswegs wegen des Wettbewerbs herkam, und sich lieber die Zunge abbeisst, als ihm den Grund zu bekennen. Den will sie nicht einmal sich selber gestehen.

Nun, sagt Hans, und es ist zwischen ihnen fast wie früher beim Veloständer, nur fehlt ihnen jetzt der Gegenstand, auf den sie damals ihre Verlegenheit übertragen und abstützen konnten: der erste thermodynamische Lehrsatz oder Nietzsches Zarathustra im Lichte der Aufklärung. Damals, das Wort muss weg aus ihrem Vokabular. Pause. Ihr Hörspiel, sagt Hans schneidig, er ist ja mit BMW-Cabriolet in der Ratshausresidenz von K. angelangt und fährt jetzt sonntags ein City-Bike mit den Kindern, ihr Hörspiel *Der gute Gott von Manhattan* hat er im Radio damals gehört, das habe ihm ganz gut gefallen, obschon etwas zu sphärisch und der Handlungsort zu überseeisch für seinen Geschmack. Dass nun jedes Schulkind von K. weiss, was jedes Jahr Mitte Juni in K. stattfindet, das müsse sie ihm einmal richtig, er meine ausdrücklich persönlich danken. Doch es kommt nicht dazu, denn die überaus aufgemachte Sekretärin schiesst eben neben ihr durch die Tür, um ihn kampfbereit zu absorbieren, mit beringten Nüstern und lackierten Nägeln, ein weiterer Angriff auf ihn, den Hans für die Frauen von K.

Ingeborg B. geht die leere, hallende Treppe des Rathauses hinab und hinaus auf den in der Stosszeit schwitzenden, fahnenbewehrten Platz, geht unbeirrt durch die gleissenden Autokolonnen des Mittags und durch die heraldischen Blumenrabatten der Parkanlagen, ohne sich weiter ihrer Vaterstadt zu versichern. Sie will sich um die Mittagszeit ein wenig in den Schatten des ORF-Studios setzen, in diese implantierte schwarze Box hinein, in der alles innen ist, mit Geraune und Geblitze und Monitoren mit Barbetrieb. Da wird niemand sein um diese Zeit, denkt sie, so dass sie in den Soffitten des Wettbewerbs ruhen kann. Sie kommt an dem Buchstand im Parterre vorbei. Sieh an, die rührige Frau Schulte ist immer noch da. Die Buchhandlung Schulte, Borwitze & Kimrodel, gegr. 1879, am Hauptplatz und seit 16 Jahren sur place zur Stunde im ORF-Gebäude. Die treue Frau Schulte hat einen Teint, aus dem die fortgesetzte und ununterbrochene Anwesenheit in K. als ein Geflecht der Unentrinnbarkeit zu lesen ist. Die Literatur bleibt obenauf, statt unter die Haut zu gehen. Frau Schultes Hautzustand, denkt Ingeborg B., spiegelt den allgemeinen Literaturzustand.

«Was verkaufen Sie denn heuer am besten», fragt Ingeborg mit Verdunkelungsstimme, ohne aufzublicken, und blättert zur Deckung in einem Prospekt, er gilt einer Anthologie von Kärntner Autoren, die sich zu Anfang von diesem Wettbewerb distanzierten.

«Wissens, wenn wir jedes Jahr einen Kinderschänder hätten, wären wir saniert. Sowas von fabelhaft ist der gelaufen.»

Frau Schulte blickt auf, ihre Antwort auf eine Routinefrage stösst auf eine bereits entrückte Passantin. Eine grazile Alterslose, nein, korrigiert sich Frau Schulte, vielmehr eine Jugendlose, eine, die schon immer erwachsen war, und seit jeher blond, aber zu sphynxartig wesenhaft, um eine Blondine zu sein. Die ist soeben mit dem falben Kopf auf dem Revers eines Schneiderkostüms in die Tagträumerei genickt und presst wie erstarrt eine Lackleder-Handtasche an sich.

«Wissens, die Hiesigen lieben die ihrigen nicht», sagt Frau Schulte bereits bedrohlich-zutraulich, «und auch wenns die ihrigen lieben täten, kaufen tuns die bestimmt nicht ...» Ingeborg B. verspürt jenen im Hals krächzenden Zigarettenalarm, der sie nur noch in Spannungsmomenten ereilt. Sie schnappt nach Verbraucherluft, um dann den

Kopf wieder tief in einen anderen dickleibigen Schmöker zu stecken. Stellt fest, dass sie mitten in der Festung von diesem Haudegen, diesem Buchheim festsitzt. Dass sogar die Schultes nun diese Kriegsgurgel führen, das hätte nicht mal den Wagner Leo erfreut.

«Wenn ich meine Gartenbücher nicht hätte», greint die Stimme Frau Schultes, «und mein ausgesuchtes Kochbuch-Sortiment, dann könnt ich den Laden dichtmachen, natürlich braucht man immer einen Stapel Stephen King und einen Stapel Grisham dazu. Der Eco und der Marquez gehen nämlich bloss noch zu Weihnachten anständig ...» Ingeborg wappnet sich, dreht sich und geht. Eine Art Heimweh hat sie gepackt. Im zweiten Stock neben dem Treppenhaus ist es angenehm kühl, und auf der Galerie ist kein Mensch. Doch, durch die halboffene Tür des Veranstaltungsbüros ist jemand zu sehen. Eine gutgeerdete Dame im tomatenroten Kostüm sitzt dort wie eine in Jahren gereifte Hostesse der Weltkultur, diese grossfüssige Person nimmt zunächst von ihr keine Notiz, sie sitzt an einer Strippe, die hier noch altbewährte Drähte bedient, so dass die Hostesse der Weltkultur kichern muss und danach ausgiebig lächeln, und dann den Kopf schütteln, mit ihrer auskragenden Krause einer fälligen Blondierung, zu der sie nie kam. Jetzt nimmt sie die Lesebrille von der Nase und lässt sie an der Metallkette aufs Brustbein herunter, als würde Rapunzel ausgeschickt, um mobilzumachen und Ingeborg einzuschüchtern, doch sie sieht, die Dame bleibt freundlich und blickt nur ein wenig verblüfft zu ihr herüber: Hat man sich nicht schon getroffen, wo war das bloss?

Das ist eine wie sie, die zurückkommt, eine Wiederkehrende, aber man sieht ihr an, dass sie an die Tat glaubt und zwanzig Jahre für Aktivität gesorgt hat, während sie, Ingeborg, vor dieser Aktivität floh, denn in dieser Stadt sind Taten gefährlich, Taten sind importiert, waren immer politisches Fremdgut, und jetzt Beute fürs Fernsehen, das einem fortlaufend auf den Fersen ist, und imstande, die durchgetretenen Absätze der schlecht gewienerten Pumps abzulichten, als optisches Pendent zu einer Lesung, und einem daraufhin das Herz aus dem Brustkorb herausklinkt mit einem Spotlight.

Die Wiederkehrende winkt ihr durch die halboffene Tür zu, als habe sie sie endgültig erkannt; sie trägt eine Ehrennadel am Revers. Diese Stadt ist imstande, dem Literaturbetrieb ein Bundesverdienstkreuz zu spenden, als bedürfe die Literatur der Entwicklungshilfe. Schlimmer, der Katastrophenhilfe, was sie wahrscheinlich tut, denkt Ingeborg B.,was man aber nicht noch öffentlich aufzuplustern und amtlich zu bestätigen braucht. Dort drüben sitzt also die Wiederkehrende, staatlich akkreditiert. Als Rotkreuzhelferin der Literatur, die man mit Blumensträussen abspeist, so dass sie beim Abgang von Blumensträussen umarmt, mit Blumensträussen beinahe ertränkt worden ist. Womit hier also das Ertrinken der Literatur immer von neuem besiegelt wird. Sie selbst würde nie je einen Blumenstrauss entgegennehmen können von dieser Stadt, denn Blumensträusse in dieser Stadt sind der absichtsvoll vorsorglich präparierte Grabschmuck.

Die wiederkehrende Dame ist allen bekannt, allen, ausser Ingeborg B. Sie ist die Seele des Betriebs gewesen, der Ingeborgs Namen trägt. Und die kann nicht sterben, schon gar nicht tot sein, die Seele des Wettbewerbs. Sie muss vielmehr an den Schauplatz zurück. Nein, das Wort muss österreichischer klingen, kärntnerisch. Richtig, sie ist das Gemüt der Veranstaltung, wer sagt, gewesen? Das Gemüt ist alterslos, mit einem unverwüstlichen, landestüchtigen Triebwerk, ohne das, wie es heisst, in den Annalen des gefallenen Jubiläums, diese Veranstaltung niemals zustande gekommen wäre, und wenn, dann längst verebbt sein würde, in den kulturellen Wellen des regional-republikanischen Leistungsnachweises.

Ingeborg denkt schon wieder an Hans und will unerkannt bleiben von ihrem Wettbewerb, möchte nur noch ein wenig die Lokalität betrachten, die jedes Jahr, nachdem sie im Vorjahr für tot erklärt worden ist, wieder aufersteht und international wird; diese Marathon-Lesung, eine Sportveranstaltung, die zu Sommerbeginn ihren Namen durch die Weltpresse schleift, ein Name, der ihr selber unbekannt blieb, weshalb sie ihn ungeschehen machen möchte, in dieser Stadt.

Ingeborg B. tritt von einem Bleistiftabsatz auf den anderen, Blut ist im Schuh, gestocktes Blut, sehr unangenehm in den unpassenden Schuhen, und sie geht, als wolle sie das vermeintliche Kameraauge von ihrer Strumpfnaht schütteln. Kopf hoch, sie geht in der Haltung der Intendantin stracks in den Haupttrakt des ORF, es wird zur Mittagszeit noch niemand da sein, und sie kann sich dort unsichtbar machen, in der High-Tech-Kabine verschwinden, darin sich die Raketen-Base zur Versprühung von Texten in den Äther befindet, die werden aus den Poren der Herkunfts-Gesichter abgesaugt, doch die meisten Texte haben zu wenig Druck und kommen nicht weit. Ingeborg sieht, dass das Riesenauge der Absaugvorrichtung, die einer Metall-Drosophila gleicht, in den Theatersaal zeigt, der fünf Tage im Jahr ein Gerichtssaal ist. Dort unten liegt ein gestrandetes Ruderboot, eine algengrüne Schaluppe, von der die Farbe abblättert, und deutet auf das Ertrinken der Literatur. Sie will hier oben bleiben während des Wettbewerbs, sie will Zeugin des Untergangs sein.

Die Dichter und Dichterinnen treten nun in das ORF-Studio, eine Himmelskulisse mit fahrenden Wolken. Die Konturen der Bühnenauftritte schneiden ins Wahrnehmungszentrum des Zuschauers zu Hause am Bildschirm. Man sitzt mit drin in der Ablichtung und Verfolgung der literarischen Rechtsprechung. Die Literatur kommt nach wie vor aus dem Wald, ist lichtscheu unter dem Rampenlicht, von der Holz-Qualität deutscher Eiche, Fichte und Arve, nur manchmal steigt sie eisern und betonmässig aus den Schluchten entlegener Metropolen oder tänzelt firlefanzartig leichtgeschürzt auf einer Bühne. Weit ist sie eingereist, das sieht man im Bildschirm, denn von den Rändern her wird, wie Ludwig Hohl vor langer Zeit sagte, das Grosse hereinbrechen. Zum soundsovielten Male.

Hier amten die Rechtsvertreter grosser deutscher Dichtung in ihren Irrungen und Wirrungen. Da waltet das Hohe Gericht der Literatur, nach dem neuen Asylgesetz und der politisch korrekten Verfassungsgrundlage – rückwirkend in die Jahrhunderte. Man sucht jährlich von neuem nach der endgültig gültigen Wiedergutmachungsprosa. Was hier also auf harten Sitzen zusammenkommt, sind Werkbiographien mit Schicksal. Diesmal haben sich zu verantworten:

– Joh. W. Goethe, wegen Ausländerfeindlichkeit und Plagiate

– Heinrich von Kleist wegen Eurozentrismus und latentem Antisemitismus

– Annette von Droste-Hülshoff wegen pädophiler Neigungen und Kindsmissbrauch

– Theodor Fontane wegen Historienklitterung, Sexismus und Landesverrat

– Marieluise Fleisser wegen kommunistischer Umtriebe und PNC (Political Non Correctness)

– Franz Grillparzer wegen inoffizieller Interner Mitarbeit im Kaiserreich. (Was ja niemanden verwundert hat und nun endlich so richtig auskommt. Spät kommt es, doch es kommt ans Tageslicht, denn man hat so etwas schon lange vermutet, beinahe zwei Jahrhunderte lang, doch das ganze Ausmass seines ethisch-moralischen Vergehens liegt erst jetzt klar zutage, da ein Geständnis von seiten Franzens endlich per Fax aus dem Kurbad Kaiserslautern eintraf, so dass es doch noch zu entrüsten vermag.)

Das Gericht hat ein grosses Gesicht, das in allen Einzelheiten aus dem Bildschirm ragt. Es ist heiss unter den Scheinwerfern der Urteilsbildung, so dass die sich bei der Ohrmuschel anbahnende Meinung zum Augenwinkel hin furcht, oder sie rinnt der schweissbeperlten Nasenwurzel entgegen, wo sie ein wenig verharrt, um dann, unterstützt von der von unten gut mit Schulterpolstern unterfütterten Kinnpartie, zum Ausdruck zu kommen. Auch der Gaumen arbeitet, einmal kognitiv von der rechten, dann wieder affektiv von der linken Gehirnrinde beschickt, bis das Urteil sich auf den Bildschirm ausstülpt, vor einem Auditorium von hüben und drüben, das der Geburt der allseits erwarteten Bewältigungsliteratur beiwohnt.

Das Gesicht besteht aus Partien, vielmehr Parteien im Turnus, und seine Züge werden jedes Jahr milder. Es gibt feste Positionen darin, seit Jahren unverändert vorhanden, von ihnen geht die Richtung des Urteils aus. Während andere Partien schon mehrmals geliftet sind. Doch lässt sich mit Fug behaupten, das Gesicht bleibe sich treu. Es ist topografisch aufgeteilt, in Sprachregionen und Brauchtumsflächen, da gibt es eine bajuwarisch-grazerisch-katholische gegen eine nordisch-rheinländisch-hansestädtische Flanke, und mitten darin sitzen zwei Rütlis.

Die Topografie ist ziemlich partikulär, oder sagen wir föderativ, so dass die Partien wenig affektive Regungen füreinander aufbringen können, das wäre allein schon gesichtsdramaturgisch schwierig zu machen. Da möchte zum Beispiel die Schläfe links oben euphorisch jucken, zu einem

Tiroler Jodel, den die Kinnhälfte rechts unten energisch verwirft, während das Rütli inmitten ratlos sich runzelt. So stehen die Gesichtshälften anwaltschaftlich gegeneinander: Die nationalen, die genealogischen, die berufsmässigen. Der behende, assoziative Journalismus gegen die bedachtsame, ausgeprägte Literaturwissenschaft.

Die einen sind da, um die anderen zu entsorgen, auf natürliche Weise. Die Aufgabe der Literaturkritik, sagte ein Nachwuchskritiker aus dem 18. Jahrhundert in einem Interview, hätte stets darin bestanden, das Schlechte auszuräumen, um dem Guten Platz zu machen. Der Mann, der dieses provozierende Statement abgab, hiess Friedrich Schlegel und erklärte auf Nachfrage, er sei weit gereist, um hier die Kandidaten seiner Epoche zu coachen. Der Senkrechtstarter Johann Paul Friedrich Richter sei ebenfalls da, hätte aber zu lesen abgelehnt. Der wolle sich jetzt unbedingt nach der Mode Jean Paul nennen, das sei so eine Flause, die man der Jugend nachsehen möge. In diesen Jean Paul hätten er und der Göttinger Juror Lichtenberg grosse Hoffnungen gesetzt. Denn dieses Naturprodukt eines Schreibers habe in seinem Erstling *Hesperus* alle Zapp-und-Hiphop-Methodologie und den gesamten poetologischen Ansatz des Künftigen bereits angewandt.

Henrik, der Däne, war nicht gekommen, er habe sich, hiess es, nach seinen epischen Flops endgültig dem Drama verschrieben. Dafür sass die Jenenser Clique, die die romantische Zeitschrift *Athenäum* herausgab, schon eine halbe Stunde vor Lesungsbeginn überraschend aufgeputzt und gepudert in der ersten Reihe im Publikum. Mit ihr war ein anderer Neuling der Branche, der sich trendgemäss ein Pseudonym zugelegt hatte. Novalis nannte der sich, ein bisschen schräg, wie man unter modernen Zeitgenossen fand, er war ein Junker von Hardenberg, der sich in der Mathematik auskannte, doch sehr fragil und bedürftig aussah – und bei der äusserst präsenten, gewandten Caroline Schlegel Schelling Michaelis Anlehnung suchte. Dazu gesellte sich später ein märkischer Edelmann namens Achim von Arnim, der mit dem Geschwisterpaar Brentano gekommen war, und die Frauen fanden spontan zueinander und ihr wortreiches Verstehen trug alles sofort ins Universelle, sogar ihre Träume, und tiefer als der Tag gedacht.

Jean Paul zeigte sich in einem Interview ziemlich gelassen, er sei bloss gekommen, um den neuen Mann aus dem Toggenburg, diesen Peter W. Schlemihl, zu treffen, der sei aber gar nicht gekommen und habe das Veranstaltungsbüro dahingehend unterrichten lassen, ein Dichter, der auf sich halte, bleibe einer vulgären Veranstaltung wie dieser fern. Diese Ansicht teilte mancher Schweizer Kollege mit ihm. Er, Jean, sitze dafür jetzt in den lackierten Klauen der Familie Schlegel fest. Caroline zerrt im Eifer ihres Gesprächs mit Bettinen fortlaufend am Band ihres Strohhutes, so dass Bettine vernehmlich zischt, halt ein, Caro, man observiert uns – ein dialogisch drastischer Vorgang, der zur Linienführung der Kamera passte. Die stöberte immer da und dort etwas auf, am Fussboden oder an der Ohrmuschel.

Am Ende des zwanzigsten Jahrhunderts steht alles still. Weil alle Epochen gleichzeitig sind. Es gibt freilich Jahre, da wirkt das Gesicht der Rechtsprechung neu. Dann, wenn ein Richtfest stattfindet, in der Literatur. Doch ist das nur der Eindruck des Augenblicks, wenn man den Tenor zehn Minuten angehört hat, erkennt man die vertrauten Wendungen des Urteils in den Kerben der Mund- und Halspartie, und die neuen, gelifteten Positionen darin sind schon mit den alten liiert und verschwägert, als seien sie von jeher eingesessen. Extreme Meinungen sind ausgeklinkt worden. Das Urteil soll zwar elastisch, doch im Ton angepasst sein, es sollte, auf Auskunft hin, in der «dialogischen

Intersubjektivität» entstehen. Die müsste für einige Saisons kleidsam und tragbar sein. Es darf unter keinen Umständen mehr vorkommen, dass die linke Augenbraue mit tödlicher Wirkung gegen die rechte vorgeht, so dass eine Auffahrtskollision mit Lähmungserscheinungen entsteht. Es muss fortan mit allen Mitteln verhindert werden, dass ein Skandal über die Gegend hereinbricht. Und der Preis dann tief in das Landesinnere zurückgeht.

Wie und wie viele Male Franz Grillparzer gefehlt hat, in welchen Modalitäten er sich der Internen Mitarbeit im Hause Habsburgs verschrieb, wer und wie oft jemand mitwusste und jetzt allenfalls Zeugnis ablegen könnte, in welcher Funktion diese Person innerhalb des Hauses tätig war, als sie Kenntnis von Franzens Vergehen nahm, in welcher Hinsicht sie bzw. er davon profitierte usw. Sehen Sie, liebe Zuschauer, das ist der Stoff der Literatur, kurz und bündig rekapituliert: Schuld und Sühne. Die alten Themen sind die grossen Themen und beflügeln den deutschen Waschzettel bis hiero und jetzt. Daraus entsteht das Opus magnum Germaniae, zunehmend von den Früchten des Grauens im Osten genährt.

Das wissen wir Blauäugigen vor den Richtboxen des ORF-Studios nicht, brauchen wir auch nicht zu wissen, an uns tut das Vorderland der Literatur schon genug. Wenn wir teilnehmen dürfen an diesen intimen Sessionen der literarischen Rechtsprechung.

Wir sind auf dem Dichtersportplatz, und das Scheinwerferlicht macht den Dichter nervös. Beherzt ist er durch Wald und Feld geritten, hat sich dann hinter seinem Vorhaben verschanzt und ist ganz gering geworden. Er weiss nur eines: Er kommt dran. Im Namen Johanns oder Heinrichs, wessen Mandant er immer ist. Seine allein in der Natur gereiften Knopfaugen haben lange keinen Menschen gesehen, geschweige denn promovierte Meinungsinhaber der Zeitung oder der Akademie, und sind deshalb geblendet vom Spotlight des Urteils, zu dem er, wenn er dann drankommt, hilfesuchend aufblickt, von seinem Déco-Sitz-Würfel im ORF-Studio, oder dann empor, aus den Federn des Bodendekors.

Die grosse Mutter des Urteils ist milde und erwägt in reiflichen Wölbungen mit Brille auf, Brille ab, Brille zuhand und Kinn abgestützt, noch und noch einmal die eventuellen Qualitäten eines im Werden begriffenen und unter Umständen noch nicht ganz verlorenen Möglichen. «Es ist noch nicht ganz ausgeschlossen, dass ich diesen Text nicht werde mögen können wollen», sagt sie. Manchmal ist's auch ein kleiner Vater, der dann Verständnis aufbringt für die Verfehlungen Franzens, die sich durch die Vererbung im Laufe der Zeit ausgedünnt haben. An der Schwelle des 21. Jahrhunderts sollte der in Schwermut versunkene Franz wieder reingewaschen sein. Das hoffen alle.

Juror Bamann sitzt mit einem stillen Ingrimm gegen all das Laute von auswärts inmitten der dahinfahrenden Wörter, in all den Buchstabengerinnseln, die ihn nicht sonderlich interessieren. Sie verebben an seinem linguistisch geschulten Gehör. Er hat eine sachliche Akribie für sein Metier, die Literaturwissenschaft; er ist der Sache geneigt, nicht den Personen.

Er ist Österreicher und versteht diesen richterlichen Elan der Grossdeutschen nicht; die geben sich ein bisschen zu selbstberauschend professionell. Die Frauen sind menschlich fähig, doch urteilen sie äusserst subjektiv, ohne viel textimmanente Argumente zu liefern, eine von ihnen ist spontan unerbittlich. Ihre Kriterien bleiben ihm schleierhaft. Auch hat er, Bamann, nie diesen fast jesuitisch raffinierten, kulinarisch flanierenden, urban eleganten, oft mit Exkursen befrachteten rhetorischen Aufwand der Schweizer verstanden. Die verfügen ja durchaus über eine Sprache, die deutsch klingt. Das scheint ein Schweizer Komplex zu sein, dass man sein Selbstbild überhöhen oder erniedrigen muss, indem man immer einen Halbton zu hoch spielt und brilliert, oder, wenn man bescheidener ist – was hier nicht unbedingt eine Tugend darstellt –, sich dauernd entschuldigt für seine Voten. Anderseits: Die Neuen sind sozusagen konkret, solide dem Text zugetan. Einer ist in sich gekehrt, konzentriert, und hat einen ziemlich kosmopolitischen Zuschnitt. Der sagt nur Sätze von handfestem Common sense. Der andere ist ein aus dem Quell der Begeisterung sprudelnder Talkmann, der, findet Bamann, in einer Gefühlsqualität argumentiert, die man, so weit er sich entsinnen kann, herzenswarm nennt, so dass man diesen emotionsfrohen Mann an so einer Veranstaltung vor sich selbst schützen möchte. Sympathisch waren die meisten, die er hier erlebt hat. Man nimmt die Schweizer immer so ernst, wie sie sich selber nehmen. Einer von ihnen, ein namhafter Literaturwissenschafter, hat einmal eine Selbstparodie vorgetragen, die mit dem Salzkorn der Erkenntnis gesegnet und dem Diamanten der Aggression gespickt war. Das hat ihm, dem Austrier, gut getan, fast hat er sich – was für ein schreckliches Wort – identifizieren können.

Das Marketing liest hier seit geraumer Zeit mit. Das macht, dass die Person nun als Textkörper anwesend ist, manchmal sogar in Pink und die Mütze verkehrt herum. Wenn die Person nicht vorhanden ist im Literaturbetrieb, dann ist der Text auch nicht vorhanden, und insofern, hat Bamann dem Kollegen Hase gesagt, sei das hier wirklich eine unglaubliche Chance, wenn die Person und der Text gleichzeitig seien, wenn ein Text wirklich vorhanden sei. Hase hat dann den Kopf geschüttelt, er ist nun Professor in Oberitalien. Nein, bitte bitte, man darf das Ganze nicht ahistorisch sehen wollen, das ist doch nicht das erste Mal, dass die neuen Medien in die Literaturgeschichte hineinfahren, bitte, nein, hineinfuhrwerken, sehen Sie, und wenn die Lesung nun zunehmend Performance ist und von der Qualität des Vortrags abhängt, so kann man nur insofern von einer Veränderung sprechen und nicht von einem Verfall. Hase hat ihn noch einmal angeblickt und ist dann wortlos gegangen.

Hase erinnert sich an die Szene, die hat ihm einen wittgensteinschen Dreh entrollt, der dann freilich zu nichts geführt hat. Alles steht noch in Frage, aber nicht in den Sternen. Literatur steht nicht in den Sternen, wie hier einige glauben. Der Konjunktiv scheint ihm angemessen, da nichts geschieht dieser Tage, nichts Eigentliches, und auch an diesem Nachmittag sich wieder kein Text ereignet, der irgendwie von Belang ist, also der Fall. Die Welt von heute ist offenbar keine literaturfähige Welt. Oder dann ist es ein unaussprechlich Grauenhaftes, an dem man sich jetzt ohne Scham literarisch vergeht. Das gefällt ihm nicht. Hase, der Kritiker, denkt an Peter Weiss, den kein Juror je vertrat ausser das Weltgeschehen, doch hat er kein Glück gehabt. Wer hat denn schon all dieses wahrhaftig sich Zugetragene lesen mögen? Er hat es mehrmals versucht.

Die Lesung des jungen Mannes als Dichter plätschert dahin. Das muss eine Damenwahl sein. Kein Satz nirgends, der ein Gift enthielte, oder nur ein wenig frische Luft. Die grossen Sätze haben abgedankt, die grossen Amerikaner auch, die Sätze wie Drogen mixten, Nabokov wurde zu spät entdeckt. Burroughs und Giorno hätte er gern einmal persönlich gehört, vielmehr gesehen, da nun wieder diese gewisse Tendenz zur Performance aufkommt. Viele Autoren lesen besser als sie schreiben. Halt, er ist unkonzentriert, das ist nicht fair dem Autor gegenüber. Hase geht in sich, übt ergebene Selbsterkenntnis am Text.

Bamann entsinnt sich früherer Zeiten, er lässt die Juroren

Revue passieren. Coprinus und Perfenz, die haben sich nicht gemocht. Die haben aus ihrer schon idiosynkratisch zu nennenden Abneigung keinen Hehl gemacht, diese aparte Perfenz, apart im Geiste, hat er, Bamann, gemocht. Sie fühlte sich unwohl. Ohne Perfenz und, ja, er atmet tief ein zu diesem ihm teuren Namen, ohne Konstanze von Flieder gibt es hier wenig Gediegenheit in der Urteilsbildung. Diesmal ist die Jury geradezu neutral. Bamann entwickelt zum Andenken ein inneres Bild: Penthesilea und Achill.

Juror Coprinus ist versackt hinter dem Richterpult. Ein Ärger pocht in seinen Schläfen, den er schwer loswerden kann, hier wo ein höfisches Getue herrscht, als sei der Dichtsport ein mittelalterliches Ritterspiel. Die Dame neben ihm, ausgerechnet neben ihm, das ist die zermürbendste von all diesen, ja, er gestattet sich nun eine sexistische Invektive, von all diesen Weibern, die sich wie die Sugarmamies der Literatur aufspielen, in der Würde der Mitteilung thronend. Er weiss, er sollte den nötigen Anstand aufbringen, die Anhörung, wenn die Dame zur Reflexion anhebt, als sei das ein Stück reinster ungeschwefelter Lachs. Er hat einen schweren Umgang mit Damen der Literatur, sie bringen ihn in Verlegenheit, er fühlt sich zu einem kontinuierlichen Wissen verpflichtet, das ihm, wie er eingesteht, fehlt. Dazu diese Pose, diese alternden, unaufhörlich schmuckverschlungenen, nicht enden wollenden Arme in die Höhe gereckt, zur Unterstreichung ihres Vortrags. Modell Penthesilea wird nun bald von Medea abgelöst werden, was Coprinus noch nicht wissen kann, zu seiner Zeit. Er weiss noch nicht, dass binnen sechs Jahren wissenschaftlich bewiesen sein wird, dass die Ursprungs-Medea keine Kindsmörderin war. Coprinus ist überzeugt: Diese da, die hätte einen Mann seines Kalibers gern zu einer kultischen Schlachtung geschleift.

Tatsächlich umweht ein Hauch von antiker Grösse ihren Hals, den sie wie zum ältesten Gewerbe ausstellt. Während die andern Bildungshyänen zurückhaltender sind und ihre Hälse dezent mit Revers und Perlenketten zusammenpferchen. Bald werden ihre Töchter an ihrer Statt sitzen, während sie selber ihre Memoiren in einem provenzalischen Hain entwerfen, oder weisswohin zur Kur fahren, an der Seite eines verrottenden Malers, den sie wohl werden aushalten müssen. Bamann ist vergangenheitstrunken. Er schnellt auf und erblickt nun die Töchter, die ruchlos und schmucklos vorhanden sind, die junge Deutsche in einer raschen, intelligenten Unverblümtheit.

Coprinus war taktisch nicht sehr geschickt, erinnert sich Bamann, man sah ihm zu sehr an, was er dachte. Bamann trennt sich schwer vom Erinnerungsbild. Achill und Penthesilea am Jurorentisch, sassen ausgerechnet nebeneinander: Diese Suada, Coprinus ist ärgerlich. Die Dame lässt Milde walten, aus einer Laune heraus, und bestimmt die Tonlage der gesamten Veranstaltung, nur knapp von Üding pariert. Üding, sein Widersacher, widerlicher Pappkamerad der Literatur. Das ist ein kaltgeschliffener Brillanzler, immer vorneweg, die Präpotenz persönlich, die ihren geistigen Schneid täglich in frischen Jeanshemden anbietet, der Profi, der seinen so überaus patenten Schädel dem Gremium zur permanenten Bewunderung offeriert. Dazu nun diese Dame, immer noch Herrin ihres Vortrags, ausholend und einholend das Garn der Verteidigung ihrer jungen Zöglinge im Netz.

Jurorin Perfenz fühlt unbehaglich Coprinus, den Stiernacken, nebenan. Sie kennt diesen Typ Mann. Verklemmter Intellektueller, der mit dem Fussball kokettiert und nachts kleine Mädchen fickt. Sie schämt sich zwar sofort dieses Vorurteils, der Autor des Babyfickers hat ihr leid getan, damals. Überhaupt, die Schweizer sind nett. Diese

Alpenbewohner stellen sich dann als weltmännische Kavaliere heraus, die Schweizer Juroren hat sie mit Umgangsformen kennengelernt. Also weg mit den Klischees, das Schlächter-Profil neben ihr ist genug gestraft. Der Mann an meiner Seite, das ist wohl ein bescheuerter Ausdruck, sie lacht innerlich über diesen Sarkasmus der Sprache, der Mann an meiner Seite hat eine Fresse und kann nichts dafür. Immer hat sie sich einen schönen jungen Juror an ihre Seite gewünscht, da der Wunsch nach dem schönen jungen Dichter zu odiös gewesen wäre und zu offensichtlich von einer älteren Zicke, wie sie, nimmt sie an, von dieser Runde heimlich genannt werden dürfte. Sie war immer Alleingängerin. Männer verstehen das nicht, weil sie selbst zum Alleingang nicht fähig sind. Allein werden sie grosse Leidende.

Jurorin Perfenz besinnt sich zurück auf die Stunde. Schönheit darf man den Autoren hier nicht anwünschen wollen, glaubwürdige Dichter sollen offenbar bleich sein. Sie wirken, wenn sie sehr jung sind, wie ein in den Kerkern und Bunkern der Sprachmontage versenktes Wild, das im Spotlicht der Live-Übertragung auf ewig erschrickt. Jurorin Perfenz hält inne. Sie verfolgt mit ermüdeten Augen die Buchstaben der Lesung. Warum braucht der Intellektuelle immer ein feingeschnittenes Schubertleid im Gesicht zu tragen, so wie dieser Text? Sie schnippt ihre Perlmuttnägel, keine Zeit für Maniküre gehabt in diesen Tagen der Jury.

Das Unbehagen lässt sie nicht los: Doch, ein Fickergesicht hat der neben ihr. Frauen wie sie haben keinen Grund zu einer präventiven Toleranz. Warum sollte sie die Inkompetenz eines Hohlkopfs entschuldigen? Wahrscheinlich Alkoholiker, den verquollenen Augen nach zu schliessen. Wahrscheinlich hat er das Kaff die ganze Nacht nach dem basic instinct durchforscht, ist dann nicht fündig geworden und beim Bier und Whisky verkommen. Dazu ein Quartalsquatscher der Volksnähe, dem ein Begriff wie Transparenz schon verdächtig ist. So einer wie der ist unfähig, irgendeiner geistigen oder auch physischen Eleganz zu begegnen.

Wer hat den hergeschickt? Der dümmere Mann ist der Freund des dummen Mannes, das ist das Gesetz des Patriarchates. Es wäre von Vorteil, die IQs der Jury mal öffentlichrechtlich nachprüfen zu lassen. So ein Hirn-Brutalo verdirbt das ganze Setting, das nun sachte die Frauen in den Griff kriegen. Männer vertragen das nicht. Schon schwillt ihnen der Kamm. Der schaut sie so seltsam an, als wüsste er, dass sie weiss, dass der phallische Held von der Strasse dann im Bett schlappmacht, als sei es ihr Wunsch, dass der starke Max von der Bar in den Laken des Hotels dann so weich und kleinmütig wird. Man lebt zunehmend in einer feindlichen Welt. Sie macht trainingshalber ein paar Shiatsu-Übungen, bewegt jetzt das Handgelenk spiralförmig nach oben, und dann fällt der Satz aus der Lesung von Ulrich Holbein: «Ich bin nicht viel weniger von dieser Welt als Jesus.» Dem ist nichts mehr hinzuzufügen, denkt sie und ist nun sehr wach.

Bamann, der Österreicher, kritzelt ein Motiv für seinen seit Jahren entstehenden Roman auf ein Stück Serviette. Wenn er doch nur einmal Zeit und Musse fände, dieses grosse Projekt abzuschliessen, was heisst abschliessen, es überhaupt in Angriff zu nehmen, und gleichzeitig klopft da das dumpfe Eingeständnis in der Aorta, dass er seit Jahren vor dieser Zeit und Musse flieht. Das Kritikerlos, er weiss, er teilt es mit manchem, wohl auch in dieser eifrigen Runde. Er ist froh, hat man letzthin für den Beitritt zu Europa entschieden. Das älteste Bundesland, dem er angehört, hat immer noch unter der Vergangenheit zu leiden, erst hat man unter den italienischen Faschisten gelitten und dann unter dem Panslawismus, und jedes Jahr wird er, Bamann, hier widerspenstiger ansässig, jedes Jahr fühlt er sich fremder unter Kollegen. Die kommen ihm jedes Jahr deutscher vor, das Deutsche als Muttersprache befremdet ihn. Früher konnte er sich an die Schweizer halten, ihre merkwürdige Prosa hat ihm oft gefallen, das Landwirtschaftliche daran hat er gemocht, nur hätte es entschiedener in der Absicht sein sollen. Nun gibt es leider auch schon den Schweizer als Skinhead, der unter der blanken Erkenntnis-Sonne in die sprachliche Allgemeinheit einging, statt dass er wie seine Vorgänger den Garten bestellte, in dem er wohnt. Es zeigt sich zunehmend, dass die Autoren mit dem Lasso Satz-Fang betreiben, man wird nicht klug aus ihren epischen oder dann epigrammatischen Sentenz-Telegrammen. Das Denken beim Schreiben kommt neuerdings aus den Solariumskabinen, aus der Daten- und Samenbank, oder es wird überhaupt abgeschafft.

Plötzlich ist er hellwach, er hat ein Geräusch vernommen, von drüben, wo die andern urteilen. Er blickt auf und sieht Richter Demetz lautlos zusammensinken unter den runden blauen Bistrotisch vor der Himmelskulisse mit fliehenden Wolken. Demetz? Demetz, der Weltdiplomat der Literatur und Wohltäter der deutsch-deutschen Literaturgeschichte, hat das Wort «ersatz» ins Englische eingeführt, Emeritus von Yale, ein Grandseigneur des Understatements, der diesem Wettbewerb einen universellen Geist beibringt. Ein Stratege der Gelassenheit, der dann einer geschlechterkämpferischen Aggression weit souveräner und fortschrittlicher zu begegnen weiss als alle jüngeren Kollegen. Man würde ihn gern einen Weisen nennen, wenn er nicht so diesseitig genussfähig wirkte. Demetz nun also tot. Ausgerechnet Demetz. Demetz formulierte immer in einer glaubwürdigen Ratio, im Sinne des frühen Kollegen Jens ist Demetz ein Mann mächtig einer Vernunft, die höher ist denn der Verstand. Der vermag auszuhalten, was ihnen, den Kleingewichten der Runde, nicht zusteht, nicht in der Grösse der Benjaminschen Definition, nämlich ein Urteil. Demetz hätte immer gern eine elegante Prosa gehabt, eine Grossstadtprosa, die nie in Klagenfurt eintraf. Kühles Kaliber, gleichzeitig liebenswürdig und unnahbar, hatte er bereits die Statur der internationalen Klassik erreicht und war ins Pantheon zum Ruhestand eingekehrt, um noch einmal zurückzukehren, nicht wie die andern Rückkehrer und Wiedergänger des Wettbewerbs, nein, auf ausdrückliche Bitte, da man für diesen Klassiker keinen Ersatz fand. Demetz kehrte also an einen Tatort zurück.

Wer wollte denn heute noch einen Juror umbringen wollen, wo die jedes Jahr milder geworden sind. Keine Rede von Henkersmahlzeiten, dieser Tage und Zeiten. Früher sollen das Duelle von Diadochen gewesen sein, die das Deutsche als Gladiatorenkampf gegeneinander austrugen, das Deutsche als Kampfsport ohne Vater und Mutter. Die Autoren als Futter zum Frasse, als Frischfleisch für eine Juroren-Kür. Das war vor seiner Zeit. Nun da man endlich sachlich wurde, so dass man endlich zur Sache kam, heisst es jeweils in der Zeitung, Klagenfurt sei stinklangweilig geworden. Das freut ihn, Bamann, um so mehr, weil es für ihn, den Literaturwissenschafter, bedeutet, dass die Veranstaltung einen Seminarcharakter annimmt. Unglaublich. Wer könnte Demetz umbringen wollen? Ist das literarische Königsspiel tatsächlich so existenzgefährdend, so relevant für ein katastrophengesättigtes Umfeld? Heinrich K.? Nein, der kam zu gut weg. Eine stilsichere Satzführung, eine kühne Linearität der Gedankenentwicklung in der Sprache hat Demetz ihm attestiert, das sei endlich eine Literatur auf der Höhe der Zeit, sagte Demetz, und erhielt Szenen-Applaus.

Also Heinrich fällt weg. Annette und Schücking, die

hätten zwar einen Grund, denn Demetz war gegen sie, aber diese schwindsüchtigen Anständigen, diese weltfernen Tuberkel-Literaten, wie sie der Juror Coprinus genannt hat, würden doch keinen Mord begehen, die stammen doch aus dem Biedermeier der deutschen Ethik. Johann W. ist zu genialisch für, sagen wir, eine Entleibung, die in seiner Epoche noch häufiger vorkam. Allerdings hat er irgendwann einen Satz fallenlassen, den man nicht leicht vergisst: Schlagt ihn tot, den Hund! ... brauchen wir ausführlich zu werden, da wir unter uns sind? Wir hoffen, die Antwort lautet nicht Hase, Hase, der stets ankündigt, was er, Bamann, vorbringen wird. Dies nur in Klammern, keinesfalls zu Protokoll. Wir kommen also auf Franz, hat Franz ein Motiv? Das wird man nun herausfinden müssen.

Er, Bamann, fand Annette grossartig, er war insgeheim stolz auf seine Kandidatin, aber in Klagenfurt hat Lyrik keine Chance, auch wenn sie als Prosadichtung vorgebracht wird. Hat diese deftige Marieluise Fleisser ein Motiv, oder der psalmodierende Fonty, der ist zu sehr im Gespräch, darf sich seine aktuelle Publizität nicht gleich vergraulen mit einem Mord. Das hat doch niemand im Ernst angenommen, dass es hier im ORF-Studio, auf dem Sportplatz der Dichtung, um Leben und Tod gehen würde. Dieser Mann ist unersetzlich für den Betrieb noch im Ruhestand, sein Urteil ist unantastbar, an ihm messen sich alle, die Steigbügelhalter und die Rodeo-Reiter, die Authentischen und die Epigonen. Die Lobbyisten und die Weltverächter. Die Erfolgreichen und die Erfolgarmen. Daraus lässt sich ebenso gut folgern: Ein Motiv hat hier jeder, im Studio, diesem Minenfeld explosiver Meinung, die immer kurz vor der Detonation steht. Aber es gibt hier nur Opfer, keine Täter.

Bamann erwacht. Plötzlich sieht er eine ehemalige Blondine auf dem Platz von Demetz sitzen, füllig und beinahe lasziv, mit einer vergangenen Geschichte im Blick. Sie hebt an und sagt in einem samtenen, von Lebenserfahrung trunkenen Tenor: «Hi John, dear friends, my name is, as you certainly know from DER SPIEGEL, Fay Weldon. I am here to tell you that you should not worry so much about LITERATUR. I myself, you know, don't even know what that is, and I am so bestselling.»

Bamann reibt sich die Augen. Alle Pulte sind leer. Was geht hier vor? Hase wird nun gewiss mit einer wittgensteinschen Spekulation kommen und diese ihm unterstellen wollen: Diese Welt ist nicht der Fall! Und da, Alarm ertönt. Ein insistentes Schrillen, das er seit seinen Schultagen nicht mehr vernommen hat. Als hätte ein Terroranschlag stattgefunden. Diese Nummer ist ihm eine Nummer zu gross. Er liebt das Sterben in Schönheit, den Untergang episch (er ist Österreicher). Er sehnt sich nach dem Parlando einer Prosa, darin sich die lieblichen Züge der Jurorin Konstanze von Flieder spiegeln, und er sehnt sich sogar, was er in seinen kühnsten Träumen nicht erdacht, nach der gcölten Hack-Idiomatik von Juror Üding.

Nun tritt ein junger Mann ins Bild, ein bildhübscher Collegeboy mit seidenen Wimpern an rehbraunen Augen, und sagt wimpernklimpernd: «My name is Paul Auster, I am in charge of the Hoffmann & Business Company, German Branch, and my humble duty is to tell you that this is a little WITZ. Hier handelt es sich um eine Werbeaktion unserer Firma, die ihre Unterbrecherwerbung ein wenig in Richtung Verbrecherwerbung testen will. Seien Sie unbesorgt, es befinden sich alle Juroren bei bester Gesundheit, obschon das, wie Sie wissen, nicht der einhellige Wunsch des Auditoriums ist. Herr Demetz hat nur einen kleinen Schreckschuss von unserm PR-Agenten erhalten, er liegt in der Wiederbeatmungsabteilung der philologischen Fakultät.» Und aus der Traum! Bamann ist nun fast etwas enttäuscht.

In der nächsten Szene kommt Leben auf den Sportplatz der Dichtung. Johann gibt das Wort weiter an Heinrich, Heinrich reicht es an Holbein, Holbein gibt das Wort weiter an Härtling, welcher es weiter an Hänny reicht, dieser behält es und trippelt, worauf Burger heranschnellt, es ihm entreisst, Burger ein Goal, in der nächsten Runde führt Johansen, gibt weiter an Lange-Müller, Lange-Müller an Drawert, Drawert an Tietze, Tietze stolpert und fällt, steht flugs wieder auf, um das Wort weiter an Morsbach zu reichen, der Text jetzt bei Trojanow, Trojanow im Anlauf mit guter Schussqualität, von Morsbach wieder entschärft, Jirgl, der Scharfe in Sätzen am Ball, einmal ein Foul, und einen Freistoss, dann galant, aber behutsam im Text der Ball nun bei Kolb, Kolb gibt weiter, der Ball wieder bei Trojanow, und der gibt zurück an Schulze, welcher nochmals zum Kick ansetzt, er liegt jetzt hart im Rennen mit Mehr aus Tomils in der Schweiz und mit Kolb aus, ich glaube Berlin, an der Flanke kontert immer noch Jirgl, triumphal, doch schon unbeliebt, und mit Pfiffen versehen, Schulze als Mittelstürmer gefragt, Schulze voran mit dem Ball, doch Schulze fällt wieder zurück, denn nun schiesst Franzobel ein Tor: Wiederanpfiff. Jansen führt, Jansen stark in der Flanke, reicht weiter an Winkler, Winkler läuft heute jedoch nicht zu seiner Topform auf, Winkler gibt ab an Maurer, Maurer an Hoppe, Hoppe verträumt, und der Ball geht zu Hartmann, der etwas umständlich ist, zu weltfremd in dieser Runde, und von Mischkulnik ausgetrickst wird, Bremer stösst zu und gewinnt.

Früher gab es noch Toren, heute gibt es Torwarte in der Literatur. Wieder ist Bamann, obschon er zäh an einem Text blieb, der ihm triftig erschien, durchgefallen mit seiner Auffassung von Literatur. Aber zu Zeiten von Härtling und Vormweg wäre er noch weniger durchgekommen. Da gab es Skandal und Auftritt als eine Art Literatur-

Folklore der Autoren, mit einer Preisverleihung an die guten Onkels der Jury. Dann war dieser Kriegssprachenmensch namens Rainald Goetz, zweifellos eine Begabung, der sich während der Lesung mit einer Rasierklinge die Stirn aufgeschlitzt hat, so dass das Blut in die Textinterpretation tropfte. Das muss ein Greuel gewesen sein. Ihm hat diese Babyfickergeschichte dieses Baselers damals gereicht. Das schönste Ereignis in seiner Zeit war der Auftritt der Königstochter. Wann ist das bloss gewesen, in welchem Jahr, als plötzlich die Königstochter erschien, um die Jury aus ihrer Starre der Ratlosigkeit zu erlösen? Fremd war sie eingezogen, ins ORF-Studio, fremd zog sie wieder aus, und niemand hat sie vorher gekannt. Die Texte kommen und gehen, schneller und schneller wird die Literatur.

Alissa hiess sie, aus gewichtigem Erbe herkommend über die Meere geritten, geheilt von ödipaler Vergiftung durch Distanz über dem Meer. God save America. Die Tochter aus grossem Hause, das sie verschwieg, das alle verschwiegen, kein Filz in der Literatur, bitte. Der Vater am Bodensee hockenblieb in seinem Genie, die Tochter lebt abgenabelt, drüben überm Atlantik. Unklar ihr Auftritt im deut schen Walde, was trieb sie her? Hat König Marke doch heimlich gerufen? Vor zwanzig Jahren hat ihr Vater einem jungen Autor geraten, am Wettlesen nie ein Gedicht vorzutragen, das das Knarren der Türe nicht überlebe. Die Tochter las, erinnert sich Bamann, ihren Text so, als wüsste sie, dass er gleichzeitig sein würde mit dem Knarren der Tür.

Was sie las, war sogar mit dem Kommen und Gehen im reinen. Zwei zu null! Es gewann Frankfurt-New York gegen den Bodensee. Die Königstochter zog ins Schloss ein und wurde gefeiert, obschon sich das Glück auf ihrem Gesicht nicht einstellen wollte. Sie kam von zu weit her und würde nicht lange bleiben, wo sie so unerkannt war. Wir hier wollen unsern Tomba der Literatur, unsern Gerd, unsern Albert, unsern Josef, unsern Aloys, wir hier wollen unsere Jodler. Und auch eine Prosa, die es doch wirklich kann. Wie gut ihn sein Text jedes Jahr kleidet, unsern Tomba der Literatur, wie geschmeidig die Wörter ihm zu Gesicht stehen, und der Stoff aus der Gegend ist haltbar über Jahrhunderte und zieht aus in den Krieg und ist rührend und singend und huldigt den Eltern: Wie bewegend sind unsere Jungen. Es gibt noch Sänger in diesem vermaledeiten Bundesland. Zobel ist Rapper, auch die Epiker machen mehr aus sich her. Josef war diesmal zu fein, auch Herbert war zu abseits für diesen Tisch. Bremer liest dicht gedrängt zum Crescendo. Also doch noch einer, der sich ereignet, doch keiner für Bamann. Wir lieben euch, wir wollen euch, und unsere Frauen kommen dann irgendwann auch einmal dran.

Übrigens: Johann W. hat einen Monat bedingt erhalten, ein klarer Fall von Klassenjustiz, denkt Jurorin Perfenz, die sich für Heinrich geschlagen hat. Annette erhielt ein Jahrhundert unbedingt im Turm von Meersburg, und sie liess einem Reporter erbittert ausrichten, sie hätte umsonst auf Frauensolidarität gezählt, es sei doch von Anfang an eindeutig festgestanden, dass sie mit der Sportlichkeit der Dichter von heute nicht hätte konkurrieren können, doch wirklich enttäuscht sei sie darüber, dass man im Schlussentscheid nicht einmal auf ihre Arthrose Rücksicht genommen habe. Die heilpraktische Aufgabe der deutschen Dichtung sei für alle Zeiten dahin. Erledigt, bankrott.

Heinrich kommt mit einem blauen Auge davon, auch Fonty als Theodor, wie man vermutet hat. Sie erhalten lediglich Hausarrest für zweihundert Jahre. Franz bedarf weiterer Abklärungen (Dispute, Vernehmlassungen, Verlautbarungen etc.). Das faktische Material zum genauen Nachvollzug seiner Vergehen ist als unzureichend erklärt worden. Weitere Daten zur Festschreibung seiner Verfehlung hat die Gauckbehörde zu liefern versprochen. Mildernd wirkt der Umstand, dass Franz sich am Rande der Epoche bewegt, die der Haupttäterschaft bezichtigt wurde, des real existierenden Realismus', und Franz insofern bloss als dessen Anstifter, nicht aber als dessen Vollstrecker in Frage kommt. Andernfalls das hohe Gericht der deutschsprachigen Literatur Gefahr laufen würde, am Ende ihrer bedeutenden Ära einer Intrige zum Opfer gefallen zu sein, falls man den real existierenden Realismus als Trugbild entdeckt haben würde. So etwas kann der deutsche Dichtersport sich nicht leisten.

Wir lieben Tomba, doch Franz bleibt unser Fall.

Ingeborg B. tritt an den See, in die untergegangene Sonne, der Horizont ist in jenem südlichen Blau über dem Wasser erstanden, das sie nach Rom zog, sie denkt an die himmlische Süsse der alten Meister und nicht an die gestundete Zeit. Die jungen Dichter leiden zu wenig, so dass man ihnen die Dichtung nicht abnimmt, sie sind Wort-Agenten in einem Betriebswerk, sind Satz-Roboter der Kunst-Intelligenz. Sie steht nachdenklich am Wasser, doch keineswegs melancholisch, wie man von ihr immer vermutet. Sie trägt ein kleines, dingfest gemachtes Geheimnis in sich. Das ist so einfach, dass es niemand errät. Die Ulme von Maria Loreto, die sie seit ihrer Kindheit aufsucht, rauscht mächtig, was man – sie weiss – seit Jane Austen nicht mehr so schreiben darf. Obschon es zutrifft, wie auch dieser Sonnenuntergang zutrifft, den man ebenfalls aus der Literatur ausgesperrt hat.

Das Maria Loreto ist ein gutgehendes Gartenrestaurant geworden, das sich jedes Jahr um diese Zeit füllt. Die Gespräche schwappen zu ihr, von den gedeckten Tischen, die sich hinter ihr füllen, der Wind trägt den festlichen Klang abgehackt an ihren Rücken. Sie hat sich entschlossen dem See zugewandt. Drei Wege, ach was, es hat nur einen Weg gegeben, vielmehr hat zu ihren Wörthern nur ein Weg geführt.

Die Wasserfläche ist spiegelglatt. Man sieht beim Steg, der zum Badehäuschen hinüberführt, bis auf den Grund. Da scheint allerhand Gerümpel zu treiben, oft war sie hier, mit der Freundin Elisabeth Riedmann, was wohl aus Lizie geworden ist. Einen lichten Kopf hat sie gehabt, dazu einen schönen Geist, der den Pferch der Landeskreishauptstadt nicht verdient hat.

Als sie Schritte vernimmt, hinter sich, plumpst der Horizont, der eben noch lichterloh brannte, in den Wörthersee, so dass das auf die Postkarte gebrachte Abendglühen aufzischt wie Holzkohlen unterm Feuerlöscher. Und durch die dümpelnden Ringe des Wassers Wörter aufschiessen wie fliegende Fische. Erklär mir Liebe, steht nun quer über dem Wasserspiegel. «Erklär mir dein Schweigen», sagt die Stimme an ihrem Ohr.

Sie erschrickt wie immer zu Tode, beim feinsten Hauch eines Geschickes, das sich zuspinnen könnte, obschon da nichts ist in ihrem Leben, das auffallender wäre als in einem anderen Leben. Sie lebt gern in ihrer (von anderen, von wem?) erfundenen Mystifikation. Diese wirkt gesellschaftlich wie ein Faltenwurf für eine keusche Madonna im Rosenhag, was sie immer belustigt hat. Wenn die mich sähen, wie ich nachts heisshungrig Schwarzwurzeln aus einer Konservenbüchse in mich hineinstopfe, und mich beim Öffnen nicht schneide, wie sie glauben. Oh nein, kein Schneewittchenblut in meinem Alltag. Meine Haut ist wie Seidenpapier, sie ist dünn und kräuselt sich bei der geringsten Berührung, und ganz aussen und obenauf befindet sich die Mystifikation. Diese ist wasserfest und dient mir als imprägnierender Overall gegen Zudringlichkeit, Nachfrage, Konversation und andere Zumutung. Meine

Mystifikation ist praktisch und schützt. So bleibe ich selber dahinter gleichzeitig umflort und entrückt. Schon naht sie wieder, die Stunde der Mystifikation. Sie hat dafür einen Instinkt entwickelt in langer Zeit, doch sie ruft den grossen Bären nicht an.

Ein Mann ist dicht neben ihr an den See getreten, ein Hüne ist er, und schleudert sein Profil mit einer goldenen Mähne von oben herab auf sie zu, als sei er von Leonardo entworfen. Ach nein, er ist keiner der Ihren, wie sie gehofft hat, so dass sich vorhin der Herzmuskel spannte. Sie kennt nicht diesen fremden, adelsfrohen Galan, der offenbar herkunftsgemäss heranwuchs, um ein reichliches Unternehmen zu übernehmen. Prinz Löwenherz, Prinz Ohnegleichen auf dem Parkett einer generationengebohnerten Eleganz, die man nicht Parvenu-haft erwirbt, wie das manche an diesen Wettbewerbs-Runden versuchen.

Den Galan, sie hat es genau registriert, diesen adelsfrohen Galan hat sie vorhin sagen gehört, wobei er seine Tischnachbarin leicht an der Armani-Schulter berührte, die noch frischleinen und allzeitbereit war: «Wir sprechen uns noch.» Ein Satz, den sie kommen sah. Dieses Versatzgarn der Branche, das immer verdreht ist und fremdgeht und immer die Unlauterkeit ausdrückt. Sie ist ihm für immer entflohen, in ein südliches Land, wo Hans lebt und wo die Menschen die Sprache wirklichkeitshaltiger sprechen und genauer als hier.

Nun steht Prinz Löwenherz neben ihr, so dass sie ein Männerparfum riechen kann, es duftet von der Seiden-Pochette seines perfekt sitzenden Anzugs. Er sagt jetzt bedeutungsvoll ahnungsvoll formenreich lachend: «Hallohchen, wir also auch hier, ich hoffe sine ira et studio, haben wir uns endlich auf unseren kostbaren Namen besonnen?»

Er ist hünenhaft schön und wirft nun sein Haar so, nein, muss heissen dergestalt aus der Stirn, dass man sieht, er ist

Tankred, der Thronfolger, und es blitzt etwas aus ihm heraus, das weit über ein Unternehmen hinausreicht, so dass man sieht, er ist das junge schlagende Löwenherz der Dynastie eines mächtigen, weitverzweigten Geschlechts der deutschen Sprache und Dichtung und Fortsetzung.

Ingeborg weiss, das ist der Verführer und nicht der von Kirkegaard, er hat das Germanische mit einem blanken Charme ausgebaut, ein deutscher Verführer, ein Vorneweg-Deutscher aus der Gnade der späten Geburt. Ein Verführer, der sich sogar ausdrücklich deutsch geben darf, weil die Anwesenden ohne Vergangenheit sind.

«Man sollte Sie in Schutzhaft nehmen», sagte der prinzliche Hüne, «damit Sie uns nicht wieder entgehen. Unser Verlag wird eine entsprechende Vertragsklausel einführen müssen, damit unser Dichtermädchen nicht wieder durchbrennt.»

«Du machst ihr umsonst Avancen, mein Alter, sie sitzt im bleiernen Käfig bei Piper.» Ein anderer, Gross-Düsterer, steht nun dabei. Und jetzt hat sich tatsächlich ein Dritter beigesellt. Das scheint ein cholerischer Krauskopf zu sein, einen Kopf kleiner. Eben hat er sich an seiner Tischrunde ereifert. Pfiffige Augen, die hin und her gehen in einem hochroten Gesicht. Nun schnauft der untersetzte Kleine die beiden Grossen an.

«Da erzähle ich euch also eine köstliche und marketingmässig zu erschliessende Fabel. Sie handelt von den grossen Fischen, die die kleinen Fische auffrassen, worauf die kleinen Fische lebendig durch den After der grossen Fische entkamen und mit den kleinen Fischen fusionierten …» Die Grossen sehen schuldbewusst aus. «Und was tut ihr darauf? Ihr hört nicht zu, ihr verfolgt eine Dame und benehmt euch dabei wie die Oberprimaner.»

Der Kleine muss eine Autorität sein. Wo hat sie den bloss gesehen.

«Habt nur Augen für ein paar wundgelaufene Beine in Strümpfen mit Naht? Seht ihr nicht, dass sie Fallmaschen haben und fallieren, merkt ihr nicht, dass diese schönen Beine in eine Sackgasse führen, nämlich in ausgetretene Pfade, oder sagen wir anständiger, in viel zu pompöse Pumps?

Die beiden Grossen unterdrücken eine Reaktion, die sichtbar geworden ist.

«Es führen viele Wege in die Ewige Stadt», sagt nun verhalten der düster wirkende Grosse, der bisher wie ein Phantom gewirkt hat.

«Mir scheint, Red, Sie haben die Dame genau im Visier und verfolgen sie weitaus unkorrekter als wir, nicht wahr, Red?» Als er sprach, hatte sie plötzlich das Gefühl, dass Hans aufgetaucht sei und sich in der Menge befinde.

«Wenn ich Ihnen nun sage, wir sprechen uns noch, gnädige Frau, so möchte ich das nicht als Floskel verstanden wissen. Sie sollten Kenntnis nehmen von dem nicht unbedeutenden Umstand, dass wir soeben in den Besitz der Rechte am Gesamtwerk von Uwe Johnson gelangt sind, und zwar legal.»

«Da lacht das ganze Land der Zitronenblüten.»

Samson, der Thronfolger, was sage ich, Tankred heisst er, Tankred war unbeweglich geworden, er schien von seinem Satz nur halb amüsiert. Er wirkte nun plötzlich wie ein Offizier, der falsch rapportiert hat. In der Götterdämmerung, die ihn umgab, gingen die farbigen Glühbirnen an. Ingeborg fror. Er sah sie unverwandt an, und durch sie hindurch, bis die Kuppel des Petersdoms in seiner stahlblauen Iris erschien. Sie täuschte sich nicht.

«Darling, was fällt dir ein, in den Zeiten der Cholera eine Dame unter freiem Himmel anzuquatschen? Seid ihr Boys dort drüben von Sinnen? Kommt her, der Salm ist gekommen, sieht gut aus.»

Die Stimme am Tisch ist laut und schneidend. Der

Wind trägt sie über den Wörthersee bis an den Horizont, der eben verschwand. Ein Organ der vereinigten Bundesländer, ein gesamtdeutsches Organ, denkt Ingeborg B., die Austrierin. Sie kennt solche Stimmen, sie gehören zu Damen, die ihrerseits Herren gehören. Sie hat sich immer gefürchtet vor den Besitzerinnen solcher Stimmen, die einen unkündbaren Anspruch enthalten. Ist alles nur ein Trug? Sie steht nun plötzlich allein, und niemand hat sich um sie bemüht, niemand hat sie angesprochen. Sie hat über dem Wörthersee eine Fata von gestern gesehen und ist nicht von dieser Welt gewesen. Doch hat Prinz Löwenherz nicht eben gesagt: «Gnädige Frau, eine Dichterin von ihrem Crû, einen Grand Crû classé lässt man sich nicht entgehen, man darf ihn nicht bloss degustieren. Wollen Sie morgen mein Gast sein?»

Das Bad im Wörthersee, das in guten Jahren am Samstagabend stattfindet und durchaus vom ortsfreundlichen Wilhelm Busch oder eben von Ringelnatz erfunden sein kann, zum Beispiel wenn eine Autorin einen nackten Juror im Wasser antrifft und ihn, obschon er um Atem ringt, dann nicht retten will, da er die Autorin am Vortag zu Lande ertrinken liess, was in den achtziger Jahren zu Turbulenzen der Wörtherversammlung geführt hat. Das ist der dritte Akt, ist der Epilog im Garten Eden hier draussen, der manch einer zum Purgatorium mit Kavalieren wird. Da begibt man sich gegen Abend zum See unter die Sonnenschirme, die wie der weisse Flieder der Operette ausgespannt sind, über der Komfortgesellschaft des Wortes, die sich schichtweise einfindet und abends Rückgrat an Rückgrat, in Sacco und Leinen knitterfrei sitzt, Feind gegen Feind abgerückt nahe, und clanhaft verbunden zu Tische. Ein grosser Weisser, funkelnd in Kübeln mit klingenden Kuben von Eis, und die Gespräche erheben sich, wenn der entkorkte Champagner in die Kristallgläser perlt. Der Ort bietet jedem die Festlichkeit an, und alles scheint sich nun zum Guten zu wenden, so dass Opfer und Täter vereint ausschauen in der lieblichen Illusion des Gemein-Interesses. Jeder ist jedem ein Lamm am Abend, dem er tagsüber Wolf war. Die Schüchternen setzen sich auf Geheiss zu den Fahnenschwingern des Urteils, ungebetene Gäste stossen mit ihren Gegnern an. Die Geschäftsinhaber der Literatur sind nachts um zwei Uhr in einer Stimmung, in der sie dem kundigen Kellner einen Bertelsmannpreis oder ein 3sat-Stipendium anbieten möchten, das die Kellner entrüstet ablehnen, mit eindeutigen Gesten den Tisch abräumen, worauf sich die Ehefrau einmischt und den Abend zu einem zielsicheren Schlussakt bringt.

Ingeborg hält es nicht länger in diesem Glasperlen-, Zuchtperlen-Spiel, sie friert zwischen den klingenden Gläsern mit den sich kreuzenden Bonmots. Da ein Prosit und dort ein Prost und hüben ein Pröstchen. Sie presst die Lackleder-Handtasche dicht an die Taille, denn heute hat sie eine klare Absicht gehabt, als sie kam. Als Undine geht, kommt der Kellner, er kommt auf sie zu wie das Unglück.

«Verzeihung, gnä' Frau, darf ich Sie untertänig darauf aufmerksam machen, dass Sie gestern ...» Ingeborg B. schaut ihm nun direkt ins Gesicht, um ihre Vermutung zu prüfen: Wäre er also doch hier, hat er sich dermassen verkleiden müssen, um nicht als Teilnehmer vereinnahmt zu werden? Ist also H. wieder da, ist H. doch gekommen, hat sich seiner wahren Berufung entsonnen und den Festakt komponiert? Oder ist auch dieser Kellner ein Rückkehrer und Nimmerwiederkehrer wie sie, oder ein Wiedergänger, der im Kellnerhabit abbüsst, was er ihr damals getan? Ach nein, Männer wissen nicht, was sie tun, wenn sie Frauen umwerben, Hermann war einer von ihnen, der hat tatsächlich an sie geglaubt. Und Paul war einer von ihnen, der wurde ein Bruder, doch Hermann und Paul hiessen nicht

Hans. Sie waren Männer, und sie sollte doch endlich wissen, die Männer sind unheilbar krank.

Der hier ist Kellner, nichts als ein Kellner, der ihr vorwirft, sie hätte die Zeche geprellt. Dabei hat sie Hans gesucht, ein Leben lang Hans gesucht, und es war Hans, der nicht von dieser Welt war. Sie ist nämlich, wir dürfen nun das kleine satte Geheimnis verraten, sie ist wie die andern, und sie hat wie die andern immer nur an das eine gedacht und das war dasselbe, das allen das Eine ist, was ihr niemand zugetraut hat.

Sie ist versessen hinter einer Literatur namens Hans hergewesen, die nur und ausschliesslich als Hans ermöglicht, was man literarisch auszudrücken für unmöglich hält: die Rest-Passion von Körper und Geist.

Das wird man, sie weiss, nicht so hier stehen lassen können, Ingeborg ist äusserst selbstkritisch am Text, sie wirft den Eitlen da, den Exorzisten der Jury, die nur ihre Gedichte am Himmelszelt wollen, sie wirft denen solch einen Happen zum denunziatorischen Frasse hin. Den können sie dann als Hausmischung aufheben, als Gegenzauber für dieses von ihnen ständig Beschworene, hinter dem sie fortlaufend her sind und welches sie sich noch im fortgeschrittensten Alter zutrauen. Das bekommen sie anderswo, bei dieser weiblichen Bewerbungs-Bedienung um sie herum, die ihre Texte wie Glockenröckchen und Design-Schnitze vom Kopf mitträgt. Undine hat gut zugehört heute, bevor sie endgültig geht.

Es ist dem Menschen nicht alles zumutbar an Wettbewerbs-Paraphrasen aus ihrem Werk, an Anbiederung, Bonhomie und Geschwätz, an aufgequollenen Semmeln der Hofschranzen Literatur, an ichsüchtigem Frackgeckengehabe der Exegeten. Wenn es etwas wie eine Wahrheit gibt, dann bleibt sie ungeschrieben in der Hirnwindung stehen. Adieu, Löwenherz.

Das Unmögliche denken oder erfinden und in den Handgriffbereich zerren, das will heute die Literatur, das ist ihr unerträglicher Anspruch. Sie muss von der Bildfläche verschwinden, sich unsichtbar machen. Sie steht ja noch immer wie gebannt vor dem Kellner, und da es ans Handeln geht, schüttet sie den Gesamtinhalt ihrer Lackledertasche in seine weiss behandschuhte Faust, die hat sie gewaltsam offengelegt, bevor er sich's versehen kann und weiss, wie ihm geschieht.

Unzählige Visitenkarten fallen, sie sind grau und schäbig geworden in den Jahren der Unbenutztheit. Sie muss lachen: Dr. Mechthild Schwartenberg, Presse-Agentin, Hermann Melville Gutbrod, Zur Treue, Ascona-Monti, Dr. Viviane Goldbutt-Meierhans, Verlag der Fische im Glas, Recklinghaus-Ruhr, abrufbar auch für Dramatisches. Prof. Herbert zur Lindenwehr, Lektorate und Rewritings, rufen sie w. k. A. meine Frau an, meine Frau ist immer zu Hause. Selber hat sie nie gedacht, eine drucken zu lassen, wozu auch? Literatur braucht keine Visitenkarte. Sie hat dem Kellner die schmutzigen Scheine in die Hand gedrückt wie ein gekündigtes Bündnis, dann hat sie sich aus dem Staub gemacht. Nein, es muss heissen, sie sei auf hohem Fuss von dannen geschritten. Eine Dichterin von Rang braucht einen stolzen Abgang. Die Achilles-Ferse tat weh.

P.S. In der Küche der Kellner erschrickt, zwanzigtausend Schillinge hat ihm diese verschreckte Dame in die Hand gedrückt, sie muss von Sinnen gewesen sein, verrückt. Kommt, wir wollen feiern, wir feiern den Triumph der Literatur ganz unter uns. Es ist noch nie vorgekommen, dass Schriftstellerinnen so grosszügig waren. Von Schriftstellern gar nicht zu reden. Die Kellner von Loreto beschlossen, eine Flasche Château d'Iquème zu öffnen, vom Feinsten, denn die verstehen etwas von Wein in Loreto, und sassen zum Geniessen am Wörthersee, spät in der Nacht unter der Funzel. «Noch unverrückt, o schöne Lampe schmückest Du …», sprach plötzlich einer, und ein anderer kannte die Brück am Tay, und als es köstlich in den Gläsern blitzte, stand einer auf und sprach: «Auf steigt der Strahl / und fallend giesst / er voll der Marmorschale Rund …» Der nächste hob an: «In einem kühlen Runde / da geht ein Mühlenrad …» Eh man sich's versah, rezitierten die Kellner und leerten den gesamten lyrischen Fundus neben dem Wörthersee aus. Einer entsann sich des Höchsten und wusste, es leuchtet die Sonne / über Bös' und Gute. Der Lehrling im Abschlussjahr konnte den Panther von Rilke hersagen, und ein Vers gab den anderen bis in die heutige Zeit. Prosit Kameraden, auf die Spesen der Dichtung! Und es kam dann, wie es stets kommt, schliesslich verfielen sie alle zusammen auf jenes unvermeidliche Lied von den Zähnen des Haifischs. Es war, als hätt' der Himmel die Erde stark in Anspruch genommen. Lieblich war die Maiennacht, Silberwölklein flogen. Noch Ende Juni am Wörthersee, unter Kellnern. Und keiner von ihnen hiess Hans.

Ohne Preis kein Fleiss

Merlot-del-Tabucchi-Bourgeois-	Preis	ab 1999
Château-d'Iquème-Süssdruck-	Preis	seit 1899
Wakkerer Walserstiftstrunk-	Preis	auf Anfrage
Grand-crû-Marquis-de-Beerli-	Preis	auf Lager
Chianti-Ruffino-di-Tavola-	Preis	Jg. 1996
Scheiterberger Himmelsdante-	Preis	Jg. 1933
Solothurner Kurzgrauschnitt-	Preis	Jg. 1996
Aargauer Kura-Kubikliter-	Preis	Jg. 1988
Grosser Wander-Ecce-Hallo-	Preis	Jg. 1991
Zürcher Kunstdruck-Lesefroh-	Preis	Jg. 1996
St.-Château-Petrus-Katholiter-	Preis	Jg. 1994
Frischer Stiftungsspätdruck-	Preis	Jg. 1994
Jugendbuche-Drachentöter-	Preis	Jg. 1995
Conrad-Ferdinand-Freili-	Preis	ab 1960
Pro-Mente-Sana-und-Helvetia-	Preis	ab 2001
Geheimer Blutdruck Bankgeselle	(exkl.)	auf Anfrage
Opfertshofer Blauburgunder		fällig 1998
Stanley-Johnson-Sofort-Fund		auf Lager
Carl Selig & Sonderalbumlager		seit 1943
		auf Anfrage
R. Valser-Xünser-Quellen- Brunnen-Sponsoring		neu auf Lager

Schriftsteller, schreibende Frauen und der Autorenstammtisch

Schweizer Literatur kommt aus einem Geist, der nie allein ist. Dieses Land ist zu klein, um jedem Schriftsteller einen autonomen und souveränen Raum zu gewähren. So sucht sich ein Schweizer Schriftsteller einen Ort, sei das ein Bauern- oder ein Pförtnerhaus, oder ein altes Schloss, wo er durch und durch Schriftsteller sein kann. Ein Anwesen für ein Ansehen, das kommen muss, denn dass dieser Ort eine Nische sei, oder gar eine Klause, ist ein Gerücht.

Wo immer ein Schweizer Schriftsteller in der Schweiz auftaucht, sitzt da schon ein anderer Schweizer Schriftsteller und blickt ziemlich verdriesslich: Aha, du also auch. Die Dichter-Dichte nimmt zu, so dass auf dreissig Personen im Dorf mindestens eineinhalb Schriftsteller kommen.

Das macht nichts. Die Raumnot ist unsere geistige Grundbedingung. Wir brauchen die Engnis um so mehr, als sie jedem zeigen darf, was das Eigene sei. Die «Engnis der Enge» ist jetzt, wenn schon, unsere europäische Scheuklappe geworden; sie erholt sich in der Agglomerationskultur. Dort kann sich nun jeder eine geistige Loft einrichten, so dass wir uns in der Werkhallenkultur weltläufig wähnen, in lachender oder in finsterer Abkehr vom Bahnhofbuffet.

Das Bahnhofbuffet haben wir überwunden, mit unserm Gesamt-Olten daran, dank der Erschliessung von Trubschachen, Langenthal, Willerszell an Intercity und TGV. Wir modernen Kultur- und Geistesarbeiter sind Reisende im eigenen Land und haben, wohin man auch blickt, unsern alten geistigen Stand in die Annalen gekippt. Wehe dem, der weint und greint. Es bleibt ihm noch ein Rest-Olten, das man fürs Politische inganghält.

Rest-Olten ist das Asyl für die Unberühmten, die es unter sich ein wenig nett haben wollen, so trägt das Asyl durchaus Züge von einem Heim. In Rest-Olten wäre auch Friedrich Glauser vorbeigekommen und hätte dort Cécile Ines Loos kennengelernt; die wäre ob seiner Bekanntschaft wie ein Ofenküchlein aufgegangen, das hätte zumindest der Glauser später behauptet, und Cécile Ines wäre rotbackig geworden im Verbund mit den Glauser-Frauen, und hätte sich nicht verzweifelt unerkannt in den Fluss stürzen müssen.

Glauser hätte schon an der ersten Versammlung einen gekifft und ein wenig von dem Stoff aus dem Nastuch herumgereicht, das er in einer Znüni-Tasche des Eternus-Bubs, der er damals noch war, mitgebracht hätte, und alle wären ein bisschen high geworden, worauf Robert Walser, den gar niemand mehr gekannt haben würde – deutsche Zeitform, wie bist du so umständlich und kurvenreich –, Robert Walser wäre ohne besondere Merkmale aufgestanden, hätte Hut und Spazierstock von der Garderobe genommen und wäre auf französisch gegangen. Retour ins Appenzellerland.

Wir dürfen annehmen, dass Otto F. Walter als erster gesprochen hätte: Es ist eine versäumte Pflicht und verdammte Schuld, dass wir einen Genossen Kollegen unaufgenommen gehen liessen. Die Regio basiliensis am Tisch wäre ein wenig nervös geworden, und Urs Widmer hätte, um zu vermitteln, etwas Pfiffiges dahergesagt: Ich denke, das ist einer gewesen, der hat sich mit Groucho Marx gesagt, einem Verein, der mich als Mitglied aufzunehmen gedenkt, will ich nicht beitreten. Und es wäre männiglich in ein Gelächter ausgebrochen, denn das soll es einst gegeben haben, ein Gelächter unter Autoren. Obschon Otto F.

Walter nicht so richtig hätte mitlachen können und der Sekretär Hans Mühlethaler ebenfalls nicht. Nach bemessener Zeit des Nachhalls hätte Jörg Steiner sein Lockenhaupt nachdenklich zur Verfügung gestellt: Den habe er schon gesehen, der gehe in seiner Gegend spazieren, das sei ein geborener Bescheidenheitsmensch. Und Paul Nizon vis-à-vis hätte die Seidenpochette zurechtgerückt und dunkel vermutet: Ist das nicht der, der nach uns so berühmt werden wird, da wir ihn zu Lebzeiten nicht berühmt machen können, denn nun ist er noch zu sehr Konkurrenz?

Nach einer Vernehmlassung hat der Autorenstammtisch – das muss nun im Indikativ stehen – mit sieben Enthaltungen einstimmig beschlossen, diesem Verpassten posthum die Weihe anzutun.

Die Schweiz ist immer ein Anlass. So arbeitet die gesamte geistige Belegschaft an ihr. Die Mittelland-Loft, das Agglo-Café, das Keller-Theater, das Bistro und Grotto widerhallen von den Entwürfen einer umzuschreibenden Schweiz. Die Nation ist hinan zu ihren Gipfeln und Stauseen schon voller Exposés zu ihrer Entrümpelung. Und das heisst ihre Erhaltung.

Me mues rede mitenand. Das ist das Motto. So setzt man sich auch unter Schriftstellern zusammen, um gemeinsam zu reden, am Autorenstammtisch, auch hier besteht und erfüllt sich die Gemeinschaft als Absichtserklärung. Me mues rede mitenand, heisst eine Sache umgehen, einen Gegenstand redend entsorgen, bis er sich vollständig verflüchtigt hat. So vermeidet man jede Brisanz. (Darum sind es oft die von grossen Nachbarn abstammenden Mitglieder, die die Absichtserklärung CH anpacken und rütteln.)

Me mues rede mitenand, das kann auch das gemeinsame Schweigen bedeuten, und auch das Schweigen unter Autoren kann sehr beredt sein und die Gaststube unter Umständen mit einem Hodlerschen Gestus betraufen. Wenn einer den Stab oder die Axt brechen möchte über seinem bedeutend ausschauenden Nachbarn, der bloss an der Pfeife saugt oder nur in seinem Dossier herumkramt oder sich dauernd räuspert.

Ein Neuer. Einer von diesen ungeprüft Angeheuerten, Abgehangenen einer Berufung. Als Bestsellerautor wär er nicht gekommen. Denkt sich der Habitué und will nicht wissen, was über ihn gedacht wird, von diesem neubestellten, unberufenen Mitglied. Die Versammlung riecht nach Verheissung und glückloser Ankunft. Und der Staatsschreiber Gottfried sitzt auch mit dabei in der verhinderten Stimmung und dem unausgebrochenen Ärger. Das ist kein waltendes Hier und Jetzt, wenn sie sitzen und sitzen, als Schriftsteller der freundlichen Einigelung, als seien sie Dienstpflichtige im werkeigenen Abwehrdienst. Um dann brüsk aufzustehen und sich abzumelden, du weisst, der kategorische Imperativ der Kommissionen. Der Zug fährt pünktlich für jene, die wissen, wie man wo ankommt.

Man spricht nicht von der Berufspraxis. Das oberste Tabu ist das eigene Aus- und das Einkommen. Der Dichter spricht allenfalls vom Budget für die gute Sache: Das Urheberrecht, den Kulturartikel, das Referendum, die Protestaktion, Sarajewo etc. Er spricht von dem zu spendenden Geld für ein armes Schwein, den andern Dichter.

Si si alli so beschäftigt und dauerbeschäftigt und derbi no chli nätt. Man möchte fragen, doch man merkt mit Verstimmung, das Fragen ist hier schon das Eingeständnis der Not. Ein Schriftsteller am Stammtisch, der fragt, ist schon die sitzende schöpferische Kapitulation. Wenn der nämlich fragt, hat der wohl selbst nichts Bedeutendes vor, und darauf allein kommt es an, auf das Bedeutende.

«Jaah. Jäso. Allwää, allwäschoo. Weimer? Mer weih. Mer söttene äntli. I mues drum. I dänke ohh, mer müessti. Hesch ou gnue, mer hey gnue, mer si alli dunne. Simer doch wellewäg. Simer würkli? Mer sötte welle. Was? Das, womer meined. Oder meined mers gar nid. Wieso? Nume drum, albe soo. Was? Äbe das, womer nid wössed, öbmers meine sölled. So? Dir geitts meini guet.»

Das Bedeutende besteht in der Andeutung. Der Wortstamm hat hier schon eine etymologische Kraft. Das Deuten des Angedeuteten bildet das Bedeutende der zeitgenössischen Schweizer Schriftstellerei. Mündlich ist besser als schriftlich.

Man kann ja nicht aus der gemeinsamen Haut, und die will verschont sein von, sagen wir: Transparenz. Man ist heimisch in einem Inkognito, als Schriftsteller mit lieben Mitmenschen, die das Geheimnis nicht kennen, das so offenkundig an einem prangt, wenn man unter Kollegen kommt, und verlegen forsch grüsst, hallo, du also auch da, schön, dass du da, Verbundenheit in dieser eigentümlichen Eigenart, ohne besondere Berufung einer weithin uneinsichtigen Tätigkeit nachzugehen.

Nun gilt es ernst, in der Autoren-Runde, mit dem Coming-out der Person hinter dem Werk. Diese stellt sich ihrem eigenen Image, das blickt ihr mehräugig misstrauisch entgegen, wenn die Person etwas verspätet ins Säli eintritt. Es sind jetzt mehr und mehr, die veröffentlicht haben, das ist die Aufnahmebedingung. Was, das wissen wenige und weniger, ja, seien wir offen, es weiss es niemand.

Für den Typus Grosser Unerkannter empfiehlt sich das Schweigen als Expression des Genies. Ein Gesicht mitzubringen und der Kollegenschaft anzubieten, die geniale Potenz als Möglichkeitsform. Das kann ein vielleicht sphynxhaftes Gebaren sein, in das man hie und da einen Akzent einträufelt: «doch, doch» oder «eben». Das pointierte, mit Akzenten versehene Schweigen schafft jene Interessanz, welche das Reden erfahrungsgemäss sofort zunichte macht. Die Plauderei nämlich, oder gar die Information in

Form der Mitteilung wäre das grösste Risiko für das mutmassliche Genie. Und niemand, gar niemand kommt beim Anblick des Schweigens von hohem Ton auf die Idee, dass die Genialität vielleicht bloss Schüchternheit ist.

Als ein urban Gesinnter, als Schweiger im Regenmantel muss der Geniale dann noch ein Haus weiter. So bleibt er die vielversprechendste Persönlichkeit am Autorenstammtisch. Sie hat schweigend eine Aura der Verhaltenheit geschaffen, die das Bedeutende vorwärtstreibt. Und sie verursacht durch den drastischen Aufbruch eine Lücke, wie sie in unsern Todesanzeigen steht. Das mutmassliche Genie hinterlässt Hinterlassene; diese werden verpflichtet, in sich zu gehen.

Schweigen und Aufbruch: Dieser Vorgang bringt freilich mit sich, dass dann, je später der Abend, die Unberühmtheit am Stammtisch zusammenhockt und stagniert; sie ist genötigt, mit Reden und Gerede bei einem kleinen Hellen oder zunehmend bei einem Pfeffermünztee, den Abend über die Runde zu bringen. Die plaudernde Unberühmtheit kann sich, im Gegensatz zur genialen Potenz, keinen Abgang leisten. Die Plauderei oder, häufiger, die beredte Einsilbigkeit ist ohne genialen Anflug, denn sie hat kein Geheimnis. Es handelt sich um das weithin unberührbare Bekannte. Wovon sie schreiben, reden sie nicht, und wovon sie reden, schreiben sie nicht.

So wendet sich der enttäuschte Interessent an einen akademisch beglaubigten Schriftsteller. Der wird ihm bestimmt ein paar Ratschläge geben. Anlässlich eines Symposiums, oder an einem erlesenen Dichtertreffen.

– Sehen Sie, junger Mann, das ist so eine Sache mit der Literatur. Lassen Sie besser die Hände davon, seien Sie gesund und werden Sie Börsenspezialist, bleiben Sie, wie Sie sind, junger Mann, unheilbar gesund.

– Was halten Sie von Hermann Burgers *Diabelli?*

– Lieber Freund, es führen viele Wege zum Schreiben. Lesen Sie Joyce, nein, nicht den *Ulysses,* fangen Sie mit den *Dubliners* an, Joyce lesen hat noch keinem geschadet, das sag ich stets zu einem jungen Talent wie Ihnen …
– Wovon handelt Ihr neuer Roman?
– Als ich so alt war wie Sie, da hab ich mich noch mit Goethe versäumt, versündigt hätte mein alter Tübinger Lehrer gesagt, Goethe wird bis heute einfach überschätzt.
– Wer war Ihr Lehrer?
– Da hat man seine Sätze nachts in seinem Blut ausgeweidet, und dann kommt so ein schneidiges Kerlchen namens Lektor und streicht eins, zwei, drei im Sauseschritt, sehen Sie junger Mann, das sind die Tatsachen von heute. Von den sogenannten Kritikern gar nicht zu reden.
– Kann ich Ihrem Lektor einen Text schicken – mit einer Empfehlung von Ihnen?
– Lesen Sie Kafka, junger Mann, ich wüsste nicht, was ich besseres für Sie tun könnte. Glauben Sie mir, wem wir deutschsprachigen Dichter am meisten zu danken haben, ist Kafka, vielleicht mögen Sie ihn besser als Joyce. Von Kafka können wir ein Leben lang lernen.
– Darf ich Ihnen einen Text schicken?
– Es ist schön, dass wir wieder einen nennenswerten Nachwuchs haben, schon hat man daran zweifeln müssen, nächste Woche werde ich in Stanford zum Thema sprechen, sehen Sie, nachher bin ich in Rom, hab da eine kleine Sache …
– Was für eine Sache?
– Wenn ich das wüsste, lieber Freund, hic Rhodos hic salta, wir alle werden eines Tages konfrontiert mit dem Unabänderlichen. Nun muss ich leider, gleich fährt mein Zug, es ist vertrackt mit der Literatur, wie Sie sehen. Sie können meine Sekretärin jederzeit per Fax erreichen, jederzeit. Und, lieber Freund, vergessen Sie nicht: Kafka lesen …

Frage kein Newcomer nach der Arbeit eines gemachten Autors, noch weniger sollte er nach dem statu nascendi der Dichtung fragen. Das ist ein flagranter Dilettantismus. Wenn die Koryphäen unter sich sind, dann kommt so viel an Geist zusammen, dass eine Kompetenz-Ballung eintritt, oder vielleicht eine Fähigkeitskollision, mit der eine atmosphärische Ausdrucksdichte einhergeht, die ein Tief nach sich ziehen könnte. Weshalb man sich flugs beeilt, eine Brise der Konversation hinterherzuschicken. Konversation können sich die Berufenen leisten. Also erwähnt man beiläufig den klangvollen Auslandaufenthalt oder reicht ein intimes Bonmot herum. Eine Krähe blickt der anderen erst gar nicht ins Auge. Bedrohungen durch den natürlichen Feind befriedet man durch milde Zustandsbetrachtungen – zum alten Rom, zum neuen Berlin. Dass ein erfolgreicher Schweizer Schriftsteller der natürliche Feind des andern erfolgreichen Schweizer Schriftstellers sei, ist ein tabuisiertes Naturgesetz.

Die Jungen suchen in Rest-Olten keine Unterkunft. Sie halten nichts von einem politischen Anspruch in der Literatur. Sie verknüpfen ihre Interessen fangfreudiger, handlicher. Und die gemachten, die berühmten Schweizer Schriftsteller setzen sich nicht mehr an den Autorenstammtisch. So wird er zu einer Herberge der Frustration. Das ist oft eine Versammlung von munkelnder Dumpfheit, die verschluckt wird von der Schweizer Geschichte im Hintergrund, nicht mehr al fresco, aber hartnäckig vorhanden, die zünftige oder heraldische Kulisse, die sich hinter den Tischen in Hufeisenform erhebt, wie das Mahnmal der Absichtserklärung CH. Man tagt infolge von Umständen in Lokalen, die von Serviertöchtern, die noch so heissen wollen, bewirtschaftet werden, und ein Glück, wenn ein Thema, ein Gast oder ein Traktandum ansteht, das den Disput deklariert. Denn Disputieren ist einfacher als Reden.

Sollten jene, die fortwährend beleidigt aussehen, das Wort ergreifen, so tönt das, als hätten sie einen stockfleckigen Brockhaus im Hals, worauf die Wissenden mit einer Schärfe antworten, als hätten sie einen Dolch verschluckt. Die Kollegialen sind bilateral kollegial, wirken eingeweiht, und geben wortlos, doch unmissverständlich ihre Antipathien kund. Zum Beispiel gegen jene Kollegen, die einmal einen Erfolg buchen konnten und die daraus einen schneidigen Stil zu entwickeln vermochten, im munteren Einzelgang der Allianzen, der den Politischen wiederum äusserst verdächtig ist. Während die Bescheidenen und die sanften Habitués lautlos vorhanden sind und sich keiner Pose zu bedienen wissen, ausser einem gestaltlosen Unbehagen. Es ist in etwa so gemütlich wie an einer Klassenzusammenkunft, wo man auch keine verfänglichen Fragen stellt.

Das Gesamtbild gleicht einem nachgedunkelten Gemälde der Gründerzeit, es hat etwas Unzeitgemässes, Provinzielles, als würde man zusammen eine Konkursmasse bilden. Nicht dass die Anwesenden Provinzler wären, der Begriff wurde längst revidiert und überholt, so dass nun «auf dem Lande» gerade die Kosmopoliten und die Erfolgreichen siedeln.

Es kommt einem eher so vor, als ob der Geist der Moderne entwichen sei aus der Schweizer Literatur, und dass der Autorenstammtisch sozusagen die Gussform des entwichenen Geistes bildet, oder sagen wir hehrer, eine Arche für den entwichenen Geist, den die einen zu bannen suchen und die andern duldend ertragen. Er ist eine Bürde geworden, der Schriftsteller als die nationale Instanz, die er bis tief in die Achtziger noch war. Sagen wir es deutlich: Es ist das Erbe, das uns Frisch und Dürrenmatt hinterliessen, man muss das nun halt einmal konstatieren, obs den Kollegen passt oder nicht. Das hat nicht unbedingt mit der Qualität des Schreibens zu tun, sondern mit einer Haltung, einer Zeitgenossenschaft, die eine Öffentlichkeit voraussetzen konnte, ganz und gar unpathetisch, und sie nicht von neuem beschwören und reaktivieren und proklamieren muss, wie unsere Zeit. Unsere Zeit als eine Zeit, die die Restbestände des Jahrhunderts sichtet und sie ideologisch und topologisch neu zusammensetzt, wenn sie sie nicht feierlich bestattet. Plötzlich ist Historie wieder gefragt, Historienaufbereitung, als wäre Geschichtsbewusstsein so zu erhalten von einem geschichtslosen Volk. Geschichtslosigkeit als Preis der Verschontheit.

Und so hat der Autorenstammtisch auch etwas von einer Anklagebank, wo jeder den andern stumm anklagt, für das, was man gemeinsam verlor oder nicht hatte; die Gilde von Heimatlosen in der Literatur pflegen ihre Heimat nun anderswo, in einem andern Medium, in einer andern Liebhaberei, und in Beziehungen, die sie dem Stammtisch fernhalten wollen. Die Stammtisch-Autoren sind Schicksalsgenossen, die sich gesellen.

Das Ungute daran ist nicht, dass sie sich nicht mögen, sondern dass sie sich verklemmt-jovial darum bemühen, so zu wirken, als liebten sie sich. Das liegt nicht an ihrem Charakter, der ist nicht anders als der Charakter von Designern, Ameisenforschern, Sozialpädagogen oder Bahnhofvorstehern. Doch stellt man fest, wenn man sie anderswo trifft, dass sie als Privatpersonen dann anders sind, aufgeschlossener, interessanter, heiterer, angenehmer. Das Problem liegt an einem fatalen Verbund, der bindet, ohne dass er *ver*bindet.

Nach Frisch und Dürrenmatt besteht die erste Garde der Schweizer Literatur durch ein hochgemutes oder dauerhaft ausgehocktes Vermächtnis der Dissidenz. Das ist von besonderem Charakter, der etwas brüderlich Bündisches noch in der akademischen Weihe und etwas Leidenstüchtiges noch im Partei-Austritt hat. Ein Austritt in der Schweiz ist immer ein Stammtisch-Austritt.

Schweizer Literatur kommt aus einem Lehrerzimmer hervor, das nun ein Kurswesen ausbildet. Der Nachwuchs möchte in den Creative-Writing-Workshop oder ins akademische Schreibseminar. Das ist dann ein Boom, der allzuleicht glauben macht, dass die schöne Literatur (und ihr Erfolg) zu lernen und zu machen sei, wie ein kreditwürdiges Handwerk, von Laureaten bestellt und qualitätsgeprüft. Die Schule ist ein Hort der Begabung und ein Hindernis der Vision. Sie erlaubt kaum den Alleingang – das wäre dann die wirklich einsame Grösse, die man aushalten muss. Konsequente Alleingänger geraten in der Schweiz seit jeher ins Abseits. Und werden allenfalls (bestenfalls?) als Originale eingetopft.

Das Lehrerzimmer vereinigt viele im Namen des Schreibens. Es garantiert die mittlere Statur des Schweizer Schriftstellers, Helvetia-versichert und somit, man hört das ungern, honoriert. Das ist noch immer ein geistiger Stand, der sich aus einem gesellschaftlichen Auftrag ergibt und sich nun aus einer Staatsverdrossenheit nährt. Kein einfaches Berufsverständnis, das in der Nachfolge von Staatsdichtern steht und der Nachprüfbarkeit nicht entgeht.

Daraus erklärt sich, dass ein Schweizer Schriftsteller nicht einfach ein Schriftsteller ist. Auch nicht als entrückter Spintisierer, als Flaneur, als Weltenbummler, und ebensowenig als Gelehrter in der Aura der Internationalität. Nicht dass er noch immer leidet, als Nationaler an einer Bewusstseinspflicht, er kann sich nun dagegen stemmen mit einer laminierten, gehärteten Intellektualität, oder in der jungen Szene mit einer Allüre.

Doch ein Schweizer Schriftsteller wird sich noch immer zu einer Schweiz verhalten, selbst in der inneren oder äusseren Emigration, und auch in der exklusivsten Abkehr von seiner Herkunft. Die kann nun stattfinden, wo es immer beliebt, trotzdem wird er auch in Los Angeles, in

Berlin, in Irland und in Paris ganz besonders ein Schweizer Schriftsteller sein.

Die Schweizer Literatur hat meistens Familie und Haus und Garten. Sie meint nicht das zunehmende Schreiben an und für sich. Denn die Schweizer Literatur ist etwas anderes als die Literaturen der Schweiz, die aus der kulturellen Bedingung, aus der Geographie und der Viersprachigkeit kommen, noch immer von aussen herein. Die Schweizer Literatur liebt ihre lateinischen Brüder, die zu lieben sie die Confoederatio heisst, ein klein wenig weniger als den zugereisten bosnischen Dichter, den finnischen oder deutschen Kollegen. Denn der bosnische Dichter ist Gast und reist wieder ab. Während der lateinische Bruder nun plötzlich neben ihr steht, neben der Schweizer Literatur, plötzlich auf Achse ist der, und Fährmann des Kulturföderalismus. Alle stehen sie dicht unter der Dusche des Förderungs-Fonds. Nun sind auf einmal die Rätoromanen, die Romands, die Tessiner vorhanden, und der Schweizer Schriftsteller fühlt sich deplaziert: Er ist nun ein Deutschschweizer Schriftsteller.

Und die Schriftstellerinnen? Sind sie mitgemeint? Die Antwort lautet wie jede eidgenössische Antwort: Jein. Der Frauenanteil der Schriftstellerei entspricht ungefähr dem gesellschaftlichen Proporz: so viele Hochschullehrerinnen, so viele Tramchauffeusen, so viele Schriftstellerinnen. Die ältere Generation hat sich innerhalb der Verhältnisse als Nebenwiderspruch behaupten können, Schriftstellerin ab Vierzig, mit Mann-Kind-Job an Hals und Händen. Die arrivierte Schreibende hat keine Katja Mann im Hintergrund gehabt, hat eventuell überhaupt kein «mann» gehabt. Bitte? Ich höre die bekannte Botschaft aus dem Männerabteil, und die trappst mir nicht als Nachtigall ins Ohr: Kollegin, bitte kein Lamento, ihr habt ja jetzt eure Emanzipation. Eben. Es ist die unsere geblieben, und wir sind ganz unter uns damit. In der postfeministischen Ära wird die Sache der Frau als abgehakte Pendenz behandelt. Nach einem Ausflug ins feministische Credo ist der männliche Sexismusbegriff wieder in die Heimat der fünfziger Jahre zurückgekehrt, und wir schreibenden Frauen sind unter ihm, pardon, neben ihm so unschuldig als wie zuvor. Und weder Sie noch ich empfinden dabei genügend schmerzhaft: Der schreibende Mann hat es jetzt so unendlich schwerer als die schreibende Frau.

So betrachten wir das delikate Kapitel wohl besser am einzelnen Fall. Sehen Sie jene Tüchtigste unter den schreibenden Frauen, die im hohen Alter einen Förderungspreis erhält, zusammen mit den grünen und blutbuchenjungen Dichtern, jene «Seniorin», die man mit einer Papierbackmonografie ehrt, als wolle man ihr noch vor dem Abgang rechtzeitig auf die Schulter klopfen. Warum auch nicht, erwidert der schreibende Mann: Canetti hat nach dem Nobelpreis einen Zürcher Förderungspreis gekriegt. Das sagt uns zusätzlich Signifikantes über Zürich und das schreibende Vaterland.

Wenden wir uns also dieser Welschen zu, die endlich nach ihrem Tod eine gebundene Feinleinen-Gesamtausgabe erhält. Betrachten wir ferner jene schreibende Frau, die aus dem Nachlass zahlreicher Schicksalsgenossinnen herausgepickt wird, um nun in den Stand der Schriftstellerin befördert zu werden. Sie winkt aus dem noch nicht ganz vermoderten Grab in ihre posthume Ehrung hinein, mit vergilbten Fotografien rund um die odiös gewordenen Zirkel der Weltliteratur, vielleicht sind es tatsächlich Fotos aus dem Dada-Zirkel, oder von einer andern In-Group von damals, auf die sie deutet mit der mürben, morosen Hand – auf eine zusammengepappte Vita und auf Dokumente von dem, was sie zeitlebens nicht war oder hatte sein dürfen. Seht, die hinten links neben Dürrenmatt an der Premiere von *Die Physiker,* und hier, die neben Vladimir Rosenbaum, die im Fuchspelz und dem Beret, das war ich. Zumindest zeiht ihnen dann der Stadtpräsident von Triboltingen und anschliessend der Verwaltungsratspräsident des Triboltinger Papiermühlen-Sponsoring den Triboltinger Tribut.

Das Gleichstellungsbüro kann unsern Kollegen den Befund nicht ersparen: Die schreibenden Frauen stecken in einem Ohnmachts-Verbund. Sie bilden den Zirkelschluss dieses Metiers. Denn sie sind ihrerseits das Thema von schreibenden Frauen, den Rezensentinnen, welche die schreibenden Frauen den lesenden Frauen empfehlen, denn seit langem weiss die Statistik: Es sind die Frauen, die Belletristik lesen. So schreiben die schreibenden Frauen parallel zu den Schriftstellern der Weltlage entlang. Und so entsteht die zunehmende Segregation in der Schweizer Literatur nicht nur zwischen Kulturen, sondern auch zwischen Mann und Frau. Man müsste sie bloss zu nutzen wissen.

Wenn schreibende Frauen von Schriftstellerinnen reden, oder sogar von anderen schreibenden Frauen, dann wenden sich die schreibenden Männer am Tisch von ihnen ab. Demnach wäre die Quotenregelung nicht der geeignete Eintritts-Bon ins reservierte Männerabteil der Literatur. Es müsste uns schon etwas Trickreicheres zu unserer festgeschriebenen Lage einfallen. Die Alma mater macht neuerdings einen Schritt in die erhabene Subversion. Sie kultiviert das unsäglich gewordene Dekret: Frauen erklären Frauen, dass Frauen diskriminiert sind. Bitte: Sie verstehen nicht ganz? Ja, dann denken Sie doch selber nach, welche Vorlesungen und Literatur-Veranstaltungen, welche Workshops und Lyrik-Seminare Sie heutzutage besuchen, nun öfter in Begleitung Ihres Gemahls. Du lieber Mann du, deine Frau bleibt ja kaum mehr zu Hause!

In Österreich hat sich eine schreibende Frau zu einem Schriftsteller umbauen lassen. Es seien seither keine Klagen mehr bei der Ombudsstelle für Schreibende eingegangen. Eine Feststellung, die wir als Aufforderung verstehen müssen, ihre Lakonie ist zwingend. Wir sind ab sofort bereit, Kandidaturen von Schweizer (oder in der Schweiz) Schreibenden zum Geschlechts-Transfer entgegenzunehmen. Kundige Operateure werden von beiden Geschlechtern das Beste für die Verwandlung verwenden. Keine Sorge, Sie werden nicht als Gregor Samsa erwachen. Schreibende Frau, schreibender Mann, aus Ihnen wird garantiert nicht so leicht ein Kafka. Obschon eine Zellteilung und -mischung von Prototypen durchaus literarisch zu erwägen ist.

Richtig, Mariella Sehr hat sich bereits gemeldet; sie hatte den Mut, sich probehalber zur Verfügung zu stellen. Was ist nun von Mariella als Marius zu halten? Wir von der Ombudsstelle sind der Überzeugung: Mehr. Marius dürfte nach der Umwandlung erfolgreicher gegen die ewig launige Petra antreten. Sie wissen, Petra Bichsel aus Solothurn, die nach dem Vollzug Annabelle-Kolumnistin geworden ist. Sie sitze halt gern mit Geschlechtsgenossinnen zusammen, liess uns Petra vertraulich wissen. Selbst der als anspruchsvoll geltende Frederik Kretzen war nach dem Transfer bereit, Petra ein steigendes Niveau zuzuschreiben. So habe noch keine Frau über den Sachverhalt des Tagtäglichen geschrieben, in einer an Knappheit grenzenden Kapazität. Was Frauen sonst tatsächlich nicht vermöchten, das müsse man nun einfach mal zugeben können, orgelte Frederik in einem überzeugend tiefen Bariton im Radio Dreiländereck. Ebenso kam der als rabiat daneben geltende Iso Domage nach seinem Outing im Gender-Bulletin der Ostschweiz zu diesem respektheischenden Befund. Der wurde dann – infolge einer Namensverwechslung, für die sich die Redaktion an dieser Stelle entschuldigt – irrtümlich von der Television Rhätia, dem Bündner Sondersender, dem neuro-romanischen Hörfunk der ETH Zürich, sowie von sämtlichen Fernsehstationen der Schweiz nebst allen Transatlantik-Kanälen live übertragen. Übrigens soll Frederik Kretzen nun mit Georgia Läderach ein brandneues Verhältnis haben, denn Georgia sei dank der literarischen Gender Methode bis über das Nierstück geheilt, von ihrem Leben als Mann.

Eine geglückte Huga Loetscher haben wir soeben an den Start zu einer Weltreise mit ihrem Lebenspartner begleiten dürfen und können laut Arzt-Befund ihre Fortsetzung bzw. deren literarisches Zeugnis in bleibender welthaltiger Qualität erwarten. Auch Ursina Widmer und Klaudia Merz haben kürzlich das althergebrachte Rollenschema verlassen und sind zu neuen Ufern aufgebrochen. Die beiden hochbegabt Gefrauten erhielten von der Helvetia ein Auslandjahr zugesprochen, für ein Jahr Kongo zu zweit; die Reise kam allerdings schon in der Sahel-Zone zu einem ersten Erliegen, da es Klaudia am Fuss des Kamels so gut gefiel. Ursina aber scheute nicht das sirrende Irrlicht der Tropen und warf sich in die Brunst Afrikas; sie geriet per Anhalter bis ins Herz der Finsternis, von wo dann eine Ansichtskarte in Rest-Olten eintraf.

Im Falle von Paula Bison sollte während der anatomisch erfolgreich verlaufenden Umwandlung leider ein neuropathischer Irrtum eintreten. So ist Paula Bison auch nach dem Geschlechts-Transfer dem literarischen Burberry-Look verhaftet geblieben, das heisst vor allem sich selbst, so dass Bison-Fans nun im unklaren sind, welchem Teil von Paula sie fortan zu huldigen haben, dem Vorher oder dem Nachher. Untröstlich sind zahlreiche Leserinnen, die Paula als Paul so bewundert haben, seit seinem ersten literarischen Durchbruch als Mann (auch die Schreibende zählt sich zu ihnen).

Zurück aus dem Cyberspace blinzeln wir: Draussen, auf der ganz gewöhnlichen Strasse bahnt sich Veränderung an. Die jungen Schriftstellerinnen nehmen das Heft in die Hand. Sie bitten die schreibenden Frauen an einen Schreibtisch, um vorzulesen, am Quartiertreff, in einem Antiquariat, in der Buchhandlung, sogar im Tram. Sie scheren sich dabei einen Deut um Qualitätskriterien einer herkömmlichen Fachschaft. Es liegt etwas in der Luft, was noch nicht zu benennen ist. Denn auch die älteren schreibenden Frauen, die man die jüngeren nennt, setzten sich jüngst an einen Autorenstammtisch, um von ihren Sorgen beim Schreiben zu reden. Da Frauen eine Mehrheit sind, die sich wie die Minderheit verhält, ein altes Gesetz der Frauenbewegung, sitzen sie brosamenartig beisammen, als Mehrheit. Und es zeigt sich in diesem Fall, dass sich der Stammtisch dann bald entvölkert, um nicht zu sagen entmannt, um am Ende ein Frauenstammtisch zu sein.

Das sind die Gesetze der angewandten, der praktischen CH-Soziologie. Nach deren Logik in literarischer Hochrechnung müsste man dann eines Tages bei Gertrude Stein vorbeikommen, und damit bei einer schreibenden Frau, die so lange mit dem Berufsverständnis der Schriftstellerin schrieb, bis die Welt sie endlich als solche erkannte.

Bewerbungsbrief eines Genies

Sehr verehrte Damen und Herren,
Ich möchte Ihnen, nein, ich erlaube mir,
was sage ich, ich meine vielmehr
ich nehme mir, jawohl
die Freiheit heraus, will sagen
Befugnis, klingt besser –
Ihnen zu Diensten zu stehen,
indem ich Ihnen gestatte, sich meiner
anzunehmen beziehungsweise
meines Romans.
Ich spreche also von einem Werk,
das seinesgleichen gesucht hat,
womit Ihresgleichen gemeint ist,
unvergleichlich wie Sie,
welche allein im Besitz der geistigen
Kapazität, um den Gehalt
meines Genies, ich meine natürlich
Romans (Genitiv wird empfohlen),
erkennen zu können
imstande sind.
Geehrte Damen und Herren,
erlauben Sie mir, mich Ihnen
persönlich zu offerieren,
als einen Stoff, der schon längst
um ein Gutachten ersucht
und nun dringend eine Behandlung
erforderlich macht, zumal
er nichts Geringeres enthält,
als die Lage von heute,

die sich insofern transparent zeigt, als
sie sich zwischen den Zeilen erklärt.
Was ja, wie Sie wissen sollten,
der Sinn der Literatur ist,
nämlich das Unaussprechliche
auszusprechen: Was nicht jedem gegeben ist,
jedoch mir.

Werthe Verlagsangehörige,
ich ersuche Sie, mein Genie,
das sich seit dreieinhalb Jahren
in Ihrer geschätzten Obhut befindet,
womöglich auf dem Stoss des
unzulänglich … ohne Umschweife zu sichten,
beziehungsweise
das entsprechende Manuskript.
Ich meine ich, der
ich Ihnen zu entziffern gestatte, was
ich in Jahren abgerungen
aus dem tiefen Born meiner selbst,
wie das auch Herr Prof. Dr. Masshaber-Tunlich
vom Nachhilfekurs für deutsche Dichtung
und Akademiker, treffend feststellt
(siehe Beilage),
ich bin kein Geringerer als
der / die / das Künftige, das
sich durch ewige Gegenwart
bei Ihnen auszeichnet
und also Heimat stiftet in der Pendenz.
Der / die / das schreibende Genie, wobei
der unterstrichen im Empfehlungsschreiben
von Prof. Dr. Masshaber-Tunlich,
womit, wie Sie sehen,
ich gemeint bin: Ich also schreibe,

so Prof. Dr. Masshaber-Tunlich,
was nicht jedermann schreibt.

Ich möchte deswegen
nicht versäumen, Sie per Fax
ausführlich darauf hinzuweisen, mich endlich
bemerken zu wollen, bevor andere mich
bemerkt haben werden, was jeden Tag
eintreffen kann, eingedenk meines Romans,
den ich nicht nur Ihnen,
sondern auch den prosperierenden
Verlagsunternehmen:
Schöffling & Ähnlich,
Tücke und Brücke,
Eichhorn und Nimmer,
Hanser und Manser,
Kippenheiner & Keiner,
Wander & Glöckner,
März & Renitenz,
Fischer und Heimlich,
Macher und Haurick,
Pfirte und Myrrhe,
Crauth, Kantz und Manz,
Sowohl, Arnold & Pimp,
Berlin, Hamburg und Linz,
Sebald & Wirdsbald,
sowie dem Suhrkamp Verlag,
Frankfurt am Main,
mit nämlicher Post
per Einschreiben zustellen liess.
Ein Vertrauen also,
das nicht jedermann geniesst
in einer Zeit, da Sprache und Dichtung
gefährdet sind und fortan gefärdet.

Was ich Ihnen gestatte zu lesen,
ich meine, was ich Ihnen nahezulegen
hoffe, ist die Aufforderung
zur Lektüre meines Genies bzw. Romans,
um so mehr als es sich dabei
um eine Versprosa handelt,
die den letzten Teil des Jahrhunderts
in Hexameter setzt.
Was ja nicht die Absicht
des Jahrhunderts gewesen war und insofern
auch von Herrn R. Michels,
Redaktor der Hansischen Herrschafts-
zeitung, als ein äusserst origineller Einfall
bestätigt wurde.

Ich habe die gelinde Befürchtung,
dass Ihnen bevorsteht,
einem schwerwiegenden Stück Literatur
zu entgehen, was anzunehmen ich
allen Grund habe, den mir auch Prof.
W. W. aus dem emeritierten Zürich
zuerkennt, ebenso auch der
allerseits und uns allen als Begriff
ins Bewusstsein gelaufene
W. G. Sofort.

Ohne falsche Bescheidenheit und ohne
mich loben zu wollen, darf
ich zum abschliessenden Überfluss
noch erwähnen,
dass auch Herr F. H. Niemandsbund-
Krummenau von der Höheren Linguistischen
Fortbildungsstätte
als Vorsitzender des Stiftungsrats

der F. Niemandsbund-Krummenau-Stiftung
für Literatur bestätigt hat, dass sich
in meinem Roman auf S. 345, 2. Abschnitt
dritte Zeile, Zitat:
«Eine gewisse Souveränität im
musikalischen Ansatz der Synthax»
befindet, die auch auf Sie
einen nachhaltigen
Druck ausüben sollte.

Andernfalls ich mein Manuskript
postwendend zurückerwarte.
(Rückporto liegt bei)
und Ihnen in der Folge
verschweige, wem ich dieses
mein Opus widmen werde.
Der / die / das weiss es dann schon.

Der absolute Vordergrund

Literatur am Fernsehen

Vor Virginia Woolf braucht man sich nicht mehr zu fürchten, ihr Bloomsbury Circle wäre heute öffentlichrechtlich kontrolliert. Im Fernsehen, wo denn sonst, dort, wo das moderne Clubleben stattfindet. Und darin wird jeder Anflug von Elitismus und Klassendünkel an den äussersten Rand des Programms zitiert. Wäre daraus zu schliessen, dass das Fernsehen Literatur populär macht? Und wäre diese Popularität zu begrüssen? Sachte sachte. Wir sollten den Vorgang betrachten, bevor wir mit den Behauptungen um uns schlagen, die das Fernsehen selber macht. Es verheisst uns ein Wundertütenprogramm.

Eine Tüte heisst Talk-Show. Das Vorbild ist ein Import aus den Staaten, wie heute das meiste ein Import aus den Staaten ist. Der Import ging in Frankreich an Land und kam auf französisch zum Blühen. Von dort ist unsere Talk-Show geborgt, von dort, wo die Lust am Text mündlich ist. La parole: An ihr dürfen alle, wirklich alle teilhaben, sich sattreden in einem Land voller Philosophen, für die das Nachdenken über ein Thema das Sprechen über ein Thema ist – von Foucault bis Luce Irigaray.

Politik und Öffentlichkeit via Literatur, und ja, bitte, auch Sie dort hinten, Madame, dürfen mitmachen beim «discours»: In den französischen Sendern und im europäischen Kanal *Arte* ist die von Richard Sennett vermisste Öffentlichkeit ohne Zaudern von den Banquets républiquains im neunzehnten Jahrhundert auf die Talk-Show des zwanzigsten gekommen und damit ohne irgendein ideologisches Federlesen direkt in die publicité, in der sich Sendungen wie *Apostrophes, Charactères, Bouillon de Culture* den Rang abjagen.

Die Talk-Show als Club: Der Literatur empfiehlt sich die intimere Form, die gewähltere, wenn man bedenkt, dass ein Club eine Institution ist, die das Allgemeine exklusiv macht durch einen selektiven Vorgang, der sich unserm Blick entzieht, mit einem Code, den nur die Mitglieder kennen. Sehen wir hin: Da lädt uns eine Fach-Crew zu einem Anlass ein, der bereits stattgefunden hat. Drei bis fünf Personen diskutieren eingeweiht über etwas, was wir nicht wissen, reden und reden über eine Sache, die sie uns vorenthalten. Der Text bleibt verborgen, nach dem wir begehren. Lektüre schiesst aus der Wundertüte ans Rampenlicht, Lektüre, nicht Literatur, wird in einem Literatur-Club verhandelt, mit Adabei-schürender Wirkung. So ein Tele-Club besticht durch die Absicht, uns nicht eine Bildung, sondern einen Bildungsvorsprung anzubieten. Ein plausibler, ein nahezu raffinierter Einfall; daraus entsteht die notwendige Spannung, die uns schaulustig macht. Wir werden lüsterne Zaungäste von, ja, von was denn? Zunächst einmal von Belesenheit.

Belesenheit – die letzte Tugend des verwelkten Bürgertums? Und der Club – der Fernseh-Salon einer saisonal aufgestockten Bibliothek? Das muss nicht so aussehen. Das lässt sich frischer machen, wie im DRS-Literaturclub der Schweiz zum Beispiel. Der DRS-Literaturclub ist eine moderne Freizeit- und Teamsport-Anlage. Da betreibt man Buchkritik als athletische Hirn-Herz-Disziplin, nach den bewältigten Seitenzahlen bemessen: Bis S. 343 hab ich's gut schaffen können, ab S. 344 bekam ich Atemnot. Wir treffen das Team freilich erst nach dem Marathon, dem Höhentrekk oder dem Gleitschirmflug in der entsprechenden Stimmung, die gewöhnlich nach so einer Hochleistung herrscht, wo von «Loopings» die Rede ist, von der durchbrochenen oder unterbotenen «Schallmauer» der Literatur und der zu empfehlenden Liga für den eben bezwungenen Autor.

Die Atmosphäre ist hochgemut, der Dialog perlt durch den Äther und alliteriert zum prickelnden Konversationsquirl. Das Team hat Klasse, verlangt Klasse und verfügt über ein Klassierungssystem. Das ist terminologisch so fit und rhetorisch elastisch, als würde es fortlaufend von den Rotationsbändern des «Kieser»-Trainings entladen. Wir sind stolz auf unsere Clubmitglieder. Sie ragen aus dem Mief des Mediengetöses heraus, aus den seichten Gewässern des Infotainment in die Profession, in ein gelerntes Metier, so dass ihre Hälse schlank sind und lang und sie so ihren Kopf oben behalten, aufrecht aus dem gereckten Revers der Kennerschaft. Sie sind der Sound der Literatur, mit der Nonchalance der Belesenheit aus Rollkragenpullovern heraus. Sie sagen an und verkünden. Früher hiessen sie Kritiker, und kritisierten, Kritik von *krinein*, griech. unterscheiden. Doch da es seit der deutschen Wiedervereinigung nichts mehr zu unterscheiden gibt, ist ihre Statur umgebaut worden.

Das Ikebana der Genusskultur

Sie sind jetzt Darsteller, *die* Darsteller der Literatur. Entertainer des gehobenen Bildungs-Anspruchs, die sich geschmeidig an den Abschussrampen des Mediums halten. Der DRS-Club ist mühelos schön von Gestalt und bis tief in die Seele, so dass man nicht auf die Idee kommt, ihn die Muppetshow des Literaturgewerbes zu nennen, was einem sonst allzuleicht zu einer Talks-Show einfällt. Hier sind die Personen als Blumen des Guten (Les Fleurs du Bon) im Sendegefäss arrangiert, wie ein Ikebana der Genusskultur. Sie eignen sich nicht zur Karikatur, so wenig wie Blumen

– wie man wohl eine Seerose, eine Dotterblume, ein Ehrenpreis und einen Rittersporn vergeblich zu karikieren versuchte. Sie mögen Eigenheiten haben, doch die sind in der eidg. TV-Verträglichkeitsprüfung neutralisiert und auf einen flotten Unterhaltungston abonniert.

Vereint in geistiger Kleidsamkeit sitzen die Gnädigen und die Geneigten, wobei die Geneigten wirken, als hätten sie alles noch vor sich in froher Erwartung sprudelnd, die Lektüre der prolongierte Geburtstag der Kindheit – während die Gnädigen einem vorkommen können, als hätten sie alles schon hinter sich. Für sie ist der Club eine enzyklopädische Bibliothek, die immer bloss aus Büchern besteht, aus Büchern als Pflichtlektüre, und nie das, worauf sie eigentlich warten, na klar, den absoluten Kick, die Offenbarung, den literarischen Quantensprung – was denn sonst. Der *kann* eines Tages eintreffen. Dann, man staunt, wenn ein Tip Geschmack und Laune trifft. Die Laune kann Mode sein, muss aber nicht, denn jedes Clubmitglied darf seine eigenen, hausgemachten Kriterien in den Club mitbringen.

Das Mindeste, was die Gnädigen verlangen, ist Lesekomfort; der Lesekomfort gehört zu den Accessoires der Post-Postmoderne. Nur eben, der ist rar, so dass er, wenn er sich endlich einstellt, schon mit Qualität gleichgesetzt wird, als eine Erholung von einer Weltlage, die die deutsche Literatur tiefschürfend behandeln zu müssen meint. So ist die Weltlage auf deutsch oft eine Lästigkeit, eine «Schur», der man ausgesetzt ist wie einer surrenden, nicht umzubringenden Fliege am Fenstersims. Doch selbst wenn durch einen gewissen, wirklich nur winzigen Hang zur Arroganz die Frohnaturfront des Clubs aus den Fugen gerät und ein bisschen, wirklich nur ein ganz klein bisschen Snobismus seinen Gesichtsaushang kneift, selbst dann sind die Leute immer noch dermassen sympathisch, effizient, intelligent etc., dass einem, um mit Karl Kraus zu sprechen, zu ihnen nichts einfällt. Was sollte einem auch einfallen zu einem Kulturereignis, das wie von der reinsten Natur erschaffen wirkt?

Schaumgeburt des Dialogs – Botticelli müsste sie malen –, der DRS-Club erscheint ohne die leiseste Anstrengung einer Herkunft. Nirgends ist eine Narbe oder ein Kratzer einer Biographie, einer Sozialisation an ihm auszumachen. Sonntagskinder, scheint es, wuchsen hier linear aus einem amerikanischen Traum und sind ebenbürtig nachschiebbar, aus dem Karussell der Superselektion. Da hat offenbar kein Drama des begabten Kindes stattgefunden. Das gehört wohl bereits ins Archiv des Fernsehzeitalters. (Fragen Sie zur Gewähr Alice Miller bei Suhrkamp!)

Die vom Club sind reichlich mit IQ ausgestattet, mit einem «make Sense»-Optimismus, der jetzt auch auf deutsch «Sinn macht», und der dazu passenden, frisch geschlüpften «emotionalen Intelligenz», tauglich für den Moment. Oder sollte man sie besser einem modernen Gesellschaftsmodell einspeisen und sie Siebenachtels-Götter und -Göttinnen nennen, die sich wohler und gleichzeitig internationaler fühlen an einem Cheminéefeuer des Encountering als in einem unzeitgemässen Olymp? Wenn sich der Widerschein manchmal in ihren Augen spiegelt, als sei in der Literatur immerfort Weihnachten, wenn sie lesen und ihnen die Lektüre Lichter aufsteckt. Oh nein, herzlos sind sie gewiss nicht. Und das Mutterherz unter ihnen ist immer bereit zu loben, wenn die Hausaufgaben gemacht worden sind und eine Prosa solide gearbeitet ist.

Die Geneigten schonen sich nie. Sie sind tapfer und lesen sich durch all das Furchtbare hindurch, was heutzutage die Literatur aufschaufelt. Sie sagen Sätze wie «Ich habe mir unendlich Mühe gegeben, diese Autorin P. zu mögen» oder «Ich bin so unglaublich verehrungsbereit, was R. betrifft.»

Die Gnädigen unter ihnen sind rasch: Ihr Gesichtsausdruck will alles ein bisschen dalli. Sie erleiden das Los des Klassenbesten beim Warten auf Nachzügler der Auffassungsgabe und fallen dabei in einen leichtfüssigen Schulbubenton, der dann irrtümlich in einen Rasenmäher gerät, so dass ein kurzangebundenes, monotones Staccato herausprescht, das alles kurzschert, da man eh alles schon weiss – na ja, siehe oben – und die Lektüre das Manko wieder bestätigt: Hat Spass gemacht, hat keinen Spass gemacht, hat's gebracht, hat's nicht gebracht. Die Gnädigen spedieren das Plansoll der Literatur aus Zweckoptimismus ins Unterhaltungsabteil. Sie machen das Beste aus ihrem Fach, das der Übersättigung, der Ermüdung anheimfallen könnte, und versuchen, das Savoir dort mit dem Vivre zu verbinden, wo sie ebenso professionell zugange sind: Literatur testen wie Jahrgänge von grossem Wein.

Dazwischen sitzen die Gemütlichen, als wollten sie lange verweilen. Sie sind Platzhalter, ohne Platzhirsche zu sein, und man sieht, wie sich die mit Bedacht zu formulierende Meinung aus ihrer Kinnpartie herausmahlt, um sich nach oben in Richtung Profil fortzusetzen und sich von dort in eine charaktervoll vorkragende, sensorisch begabte Nase einzunisten; die nimmt sich Zeit, etwas zu prüfen.

Dieses Club-Modell funktioniert märchenhaft, nach dem Prinzip von des Kaisers neuen Kleidern. Man nehme drei Kompetenzen vom Fach und geselle ihnen einen Amateur bei, am besten den netten Nachbarsbub, der darf mit einem sommersprossigen Charme die dummen Fragen stellen, die den Profis verwehrt sind, denn die dummen Fragen sind die elementaren Fragen. «Kumpels, lass' uns zusammen grassen», sagt der Junge von nebenan mit der Koketterie einer Operndiva, die sich im Surfen versucht und bei jedem Sturz mit treuherzig-fragendem Augenaufschlag zu ihren Surf-Lehrern aufblickt, oh Verzeihung, ich werde es gleich besser machen. Der Operndiva, ich meine dem Jungen von nebenan, verzeiht man alles, kraft seiner Zuständigkeit auf anderen Sparten.

Der nette Junge denkt als Moderator sozial, das macht ihn populär. Er darf Kitschromane vorschlagen und sie ganz doll finden oder den spekulativen Welt-Knüller mögen, literarisch von jedem Kaliber und schlecht übersetzt. Er darf ohne Umstände das Buch eines Kumpels empfehlen und diesen Fauxpas sogar pausbäckig gestehen, und wir, aussen am Bildschirm, finden das gut, denn da tickt noch ein letztes Vermächtnis der solidarischen Linken von einst.

Die drei vom Fach ziehen nun schweigend die Braue hoch und machen Miene zum Spiel. Sie selber würden das nicht tun, niemals, sie halten sich an die Regeln der Branche. Sie interpretieren Walter Benjamins Diktum, Kritik sei eine Frage des richtigen Abstandes, auf ihre Weise und überspringen das Naheliegende, machen einen grossen Bogen darum. Denn sie wissen, die Wichtigkeit des Autors erhöht die Wichtigkeit seines Interpreten. Und am allerwichtigsten wird der Kritiker, wenn er eine Weltwichtigkeit kritisiert. Das Naheliegende kann nicht richtig wichtig sein, es ist in der Schweiz schon zum vornherein das Provinzielle, aus diesem masochistischen Hang, das eigene kleinhalten, kleinmachen zu wollen, und das für Bescheidenheit zu halten.

Auch ist das Nahe gar nicht aus jener Distanz zu betrachten, die die Unvoreingenommenheit fordert. Es sei denn, und auch das geschieht, die Provinz werde als Welt entdeckt. In diesem Fall erhöht die Entdeckung ihren Entdecker. So eine Entdeckung muss dann aber mit stupender Überzeugung vorgebracht werden, sie fordert huldigende Unterwerfung von ihrem Entdecker, und dann wird er / sie viele Nachbeter im Blätterwald finden. Für ein Schweizer Buch sollte die Club-Vertretung durchs Feuer gehen können, heisst es, und erst recht, wenn es sich um ein Buch einer Autorin handelt, und so ein Buch werde, heisst es, ohnehin nur von einer Frau vorgeschlagen. Damit man nicht in Verruf kommt, bedarf es zweier bis dreier sicherer Vorzeigeschweizer, die stehen alle paar Jahre einmal für die gesamte Schweizer Produktion. Nichts wäre so abwegig als die Erwartung, dass die Kritiker die Anwälte ihrer schreibenden Landsleute bzw. ihrer schreibenden Freundinnen und Freunde seien.

Der Roman aus Milwaukee, Minnesota oder Arkansas bietet sich, im Unterschied zum Roman aus Rüti ZH oder aus Schwäbisch-Gmünd, eher als die Entdeckung an. Amerika, du machst es besser mit klingenden Namen und Orten. Das mag gewiss auch mit der Weite einer Sprachkultur zusammenhängen, die eine Tankstellenromantik zulässt, wo in den Kleinstaaten des Deutschen eher ein Sprachgrenzenproblem zutage tritt. Es wäre dabei zu untersuchen, inwieweit die Aura einer Sprachkultur durch die geographische Grösse oder Insonderheit entsteht. Oft zeigt sich gerade in der Übersetzung die Unübersetzbarkeit von Literatur. Wenn der Held in Milwaukee den Highway hinunterstrollt, tönt das unvergleichlich bedeutender, als wenn Frau Brunner die Bahnhofstrasse von Schwäbisch-Gmünd beschreitet, kein High-Noon in Schwäbisch-Gmünd für den Club.

So schweift denn das Kritikerauge vom Leutschenbach-Opfikon in die Ferne, wo sich gewaltige Prosa von den Anden erhebt, aus den Schluchten der Metropolen, aus Bombay, Paris, aus Quebec und natürlich immer wieder New York. Auch in Texas oder in der kirgisischen Steppe glüht unter Umständen grosse Literatur, oder dann dämmert sie aus den Tiefen der Psychoanalyse herauf. Solche Werke darf man risikolos loben, denn sie sind meistens nicht nachprüfbar oder unterliegen ausserliterarischen Kategorien, und ausserdem, wer wagte es, das Hiesige als vergleichbar anzubieten? Der Ethnobonus bietet sich an, er macht Komparatistik entbehrlich: Wer wagte, einen Tod im Eskimo-Loch anzuzweifeln, literarisch? Der Ethnobonus hat gerade Hochkonjunktur, es ist ihm zu gönnen; wenn er dran ist, dann macht ein Schicksal in Sri Lanka oder ein Rätoroman einen Roman.

Der nette Junge von nebenan fragt nun, liebe Leute, sind die Anden wirklich so hoch? Ist die Wüste von Texas tatsächlich so heiss? Inwiefern macht ein Notstand Literatur, und weshalb ist Mecklenburg auf einmal so platt, wo es doch immer schon platt war? Und wir erkennen am Club die neuralgischen Punkte der Selektion.

Schöner Lesen

Die Leute vom Club wirken vor allem als Vorschmecker der Saison-Literatur, da sind sie Gourmets. Sie pflücken nur das Feinste aus dem Programm, kosten es tief im Gaumen, lassen die lieblichen oder herben Aromen im Geiste zergehen und melden dann einen Abgang, einen grossen oder kleinen, nachdem sie die Kost, das Köstliche rapportiert und flüssig hergesagt haben wie das Examens-Gedicht. Das klingt dann immer rhetorisch, als würden alle Bücher dieselbe tolle, olle Geschichte erzählen, und das tun sie wohl auch. Wisst, da ist ein Protagonist, meistens der Icherzähler, und der hat vor allem eine Kindheit und Jugend gehabt. Er führt insgesamt ein ziemlich diffuses, jedoch faustdickes Leben, das Erinnerung will. Das ist das meiste an Inhalt, von dem wir vernehmen.

Es mag Vorteile und Nachteile haben, wenn weder der Plot eines Buches noch dessen Sprache über die Rampe kommt. Wir sagten es schon, Lektüre wird referiert, nicht Inhalt und Form. Die Degustation ist idiomatisch und der Befund enigmatisch: Man wird nie genau wissen, warum ein Buch ins Töpfchen oder ins Kröpfchen geriet. Wichtig ist, Meinung zu haben und Meinung zu machen. Die Zeit, die es bräuchte, um Meinung zu bilden, an einem Text, hat das Fernsehen nicht. Will es nicht haben. Nicht mehr, es ist lange her, da redeten sich fünf Personen an Hölderlin wund und in nächtliche Trunkenheit: Der Club 2 ging bis in den frühen Morgen, so sehr lag damals in Österreich die Dichtung am Herzen des Bildschirms. Die neuesten Zeiten, und nicht nur in Österreich, erlauben so etwas nicht. Die Werteskala scheint jetzt zu wanken wie der Kompass bei hohem Seegang. Das Team hält jedoch die gelernte Profession gerade auch durch Geständnisse von Fahrlässigkeit bei: Man hat sich etwa zu orgiastischen Wendungen hinreissen lassen, oder man war etwas flapsig, Tricks zur «Luststeigerung» bei einem angejahrten Autor zu empfehlen. Kulinarisch sollte man unsern Club trotzdem nicht nennen, denn das hiesse seine Zuständigkeit zu bezweifeln.

Die Boulevardisierung pflügt die weiten Felder der Gattung. Sie möchte alles amerikanisch. Vor allem, was Tempo und Stil anbelangt. Die Boulevardisierung zeigt sich im Fall des DRS-Literaturclubs zunächst durch die Auswahl der Bücher und dann durch den Sprachgebrauch. Der ist auffallend leistungssportlich geworden – saug- und sogfähig im Sweatshirt. Wörter und Wendungen wie «kriegen, rüberkommen, durchkommen, flottmachen etc. häufen sich. Literatur gerät, der Sprachbehandlung nach zu schliessen, in die Kategorie Fussball, wobei vor allem die Mannschaft vorprescht und die weibliche Flanke hinter sich lässt. Die kann (oder will?) nicht mithalten.

Was insgesamt auffällt, ist die neue Konsumhaltung: Schöner lesen, schneller lesen, leichter lesen durch die neunziger Jahre. Der federflaumige, der schwebende, sogar der kuschelige Text ist gefragt: Man mag mitunter den Roman auch als «Teddybär». «Spannend», «mehrheitsfähig», «benutzerfreundlich» sind Prädikate für die Empfehlung, wo einst das Schwierige, das Komplexe, das Hermetische, das Ausufernde Gastrecht genoss. Man kann das leidenschaftslos und ein bisschen wehmütig feststellen, dazu «o tempora o mores» murmeln, und man braucht dabei nicht so weltanschaulich zu werden wie Michel Butor, Co-Architekt des nouveau roman, und das meiste, was derzeit als Weltliteratur gilt, als «Kompensationsliteratur» zu verachten. Das Verhängnis tritt dort ein, wo die Kriterien der anglo-amerikanischen Unterhaltungsstory auch für die einheimische, die lokale oder die experimentelle Literatur zu gelten haben. Die fällt dann zwangsläufig ganz aus dem Club-Programm.

Boulevardisierung in der Beletage des Mediums TV? Die kommt nicht schleichend wie in der Zeitung. Da stehen hohe Ad-hoc-Entscheide dahinter, da knattert die Weichenstellung vom qualifizierenden zum quantifizierenden Prinzip: Jetzt ist ein Buch nicht bloss spannend, sondern ganz schön was spannender als ein anderes Buch. Neuerdings ist dieser Jahrgang viel mieser oder viel besser als der vorangegangene Jahrgang. Die besprochenen Werke treten, wie verschieden immer ihre Bedingung, in Konkurrenz und müssen Konkurrenz aushalten können. Das bessere ist der Feind des guten und das ausländische der Feind des einheimischen Schreibens, womit der gesamtdeutsche Sprachraum gemeint ist. Der Komparativ als Pattern der Einschätzung ersetzt die Analyse und deren Argumentation. Man könnte in die philosophische Stilkiste greifen, zum Beispiel zu Nietzsche, und vom Auftritt des Mimen sprechen, der die Kunst der Literaturkritik inszeniert. Im Fernsehen, wir sahen genau hin, ist diese Nietzsches Hypothese funktional. Selbstinszenierung wäre, gemäss Nietzsche, dann nicht Allüre, sondern Programm. Das möchte man den Clubmitgliedern nicht unterstellen wollen.

Sie glauben, was sie sagen, das sieht man, sie sind Bekennende der Literatur, und sie bekennen mit einer kindlichen Aufrichtigkeit oder mit einer zahnbeinharten Authentizität. Wenn Unmut, Missfallen oder Abwehr auf ihren Mienen erscheint, dann können wir durch das Close-up in ihre Gesichtslandschaften einsteigen und porennah mitfühlen: Das Bedeutende entsteht durch Vergrösserung. Eine Stirn als ein Firmament, geklärt oder gerunzelt, gleichviel. Das hat die PR-Abteilung der Literatur schon lange realisiert, wenn sie die Dichter in titanischer Grösse ablichten lässt für den Prospekt.

Im Club schickt man die Kamera dicht an die Augäpfel während der Rede, als handle es sich um die Drehung der Erdachse. Die Retina als eine Galaxis, aus der es blitzt, wenn die Brillenfassung eine Glasperle enthält. Auch das Schielen über das Trapez aus Schildpatt hat etwas Verwegenes, wir sehen dann den Gedankengang des Moderators in akrobatischer Stellung.

Sie sind die Mimen des Bedeutenden und arbeiten mit Blicken, Netzhaut und Brillenrand, auch das Mascara der Augenwimper gibt unter Umständen einen statischen Halt, so können wir nie vollständig in den Schluchten des Nahverfahrens verloren gehen, und falls wir dabei an Anita Ekberg in Fellinis *Giulietta degli Spiriti* gedacht haben sollten beziehungsweise an Mastroianni in entsprechender Hochkantlage, so gibt es hier, auf einheimischem Terrain, nichts zu befürchten, denn ein Schweizer Club ist hochgeschlossen und politisch korrekt.

Das Mündliche besitzt eine Aura, die nicht zwischen geschriebenen Zeilen steht. Das Radio bringt das Mündliche zur Blüte, das Fernsehen die Darstellung des Mündlichen. Das ist der Unterschied. Wir hängen an Augen und Lippen, wenn sie sprechen. Ihre Freude und ihre Entrüstung sind echt, vielleicht ist es die letzte echte Entrüstung am

Bildschirm, sie gilt einer falschen Metapher oder einer banalen Vokabel und kann sogar die Gemütlichen auf die Palme bringen. Aus der Selbstvergessenheit ihrer Show, aus der Unschuld ihres Elans, aus der Natürlichkeit ihres Glamours als vorübergehende Stars schöpft man den Verdacht, sie selber wüssten noch nicht, wozu sie eigentlich da sind.

Auch das literarische Quartett scheint das nicht zu wissen, es ist seit Jahren sonor. Das ist eine einverschworene Dreifaltigkeit mit der Gottvatermeinung inmitten und einem Gast, der immer Statist bleibt, ein Ausserirdischer der Literatur, obschon der Gast immer vom Fach ist, denn er muss die Unumstösslichkeit der Dreifaltigkeit anwesend bestätigen. Hier herrscht die Unerbittlichkeit in Pantoffeln, mit der vom Patriarchen geschürten Hausdoktrin: Wenn ihr's nicht fühlt, ihr werdet's nicht erjagen, oder wer nicht schreiben kann, ist selber schuld. Dem Gast hört man geduldig zu, wie einem Kind, das eine Geschichte herunterhaspelt, um so bald als möglich wieder in medias res zu sein, bei der Dreifaltigkeit, die sich den obwaltenden Geist wechselnd zuspielt: Der anfallende Text wird umzingelt, pädagogisch und brachial, bis er fix und fertig ist – nach der Gottvatermeinung; diese wird abschliessend vom herrschenden Zeigefinger gehisst.

Überraschend geschieht dann auch hier nicht, was man von der Literaturkritik am Fernsehen erwartet: die Entwicklung des Urteils qua Argumentation. Das wäre zu abstrakt, also zu langweilig, um Stimmung zu machen, und auf die allein kommt es hier an. Aus dem theatralischen Pfuhl grollt Lob oder Tadel, so eigenmächtig und unvermittelt, dass man sich unversehens an einem Anlass befindet, den man nicht aufgesucht hat. Die Intimsphäre wird immer rechtzeitig zur Unfallstelle, so ist ihr das Publikum sicher, es wird so rasch zum glotzenden, wiehernden Plebs.

Der fragt nicht nach der Qualität eines Buches, sondern nach dem Befinden des zersetzten Autors.

Die Gottvatermeinung nämlich verfährt dramaturgisch, sie lässt erst die Bajadere und dann den Trobadoren der Meinung drankommen, die beide aus gutem Sitzfleisch heraus mit Händen und Fingern die Winde erheben und kräuseln zu dem, was noch kommen wird, nämlich dem Sturm, so heftig bedeutend wie eine Himmelsmacht. Oder sagen wir gleich: wie jener von Shakespeare. Das ist seine Absicht; der Sturm gilt dem Hergang des Unfalls und dem Zustand seines Autors. Sollte es sich um einen grossen Schriftsteller handeln, dann ist es die endgültige Diagnose. Die Gottvatermeinung folgt dem Prinzip der negativen Progression: Das vorhergende Buch ist immer das bessere Buch. Das vorhergehende Buch ist der Feind des gehenden Buches. Hier waltet der Ursprung des deutschen Trauerspiels mit der Literaturkritik: dass seine grossen Schriftsteller von Anfang an auserwählt worden sind, Schriftsteller zu sein, die jedoch ihr Talent verschleudert und nur schlechte Bücher hervorgebracht haben, und jene, die man für tauglich gehalten hat, stellen sich dann in der Bilanz der zweiten Jahrhunderthälfte auch noch als übel heraus. Deutschlands grosse Schriftsteller der Gegenwart sind keine Erzähler, keine Dichter und schon gar keine Romanciers. Weil erst die toten Schriftsteller grosse Schriftsteller in Deutschland sein können. Zum Beispiel Thomas Mann.

Sobald nämlich die grossen Schriftsteller der Gegenwart zu schreiben beginnen, werden sie zur Enttäuschung des deutschen Erbes, deren Ausmass die Dreifaltigkeit im Quartett mittels der Gottvatermeinung ermitteln kann. Denn nur Gottvater allein ist ermächtigt, echte Tragik in der Literatur zu bilden; weil er seine Erstgeborenen liebt und lebenslänglich nach ihrem Werden und Wachsen fragt, das naturgemäss mit jedem Buch abnimmt bis zum endgültigen

Scheitern. Ihm gilt der Satz: Wer seine Kinder liebt, züchtigt sie. Und so tragen die grossen Schriftsteller in Deutschland das Kainsmal auf der Stirn, es sei denn, sie hätten nichts mehr veröffentlicht, seit sie grosse Schriftsteller wurden. Offenbar hat das nur einer erkannt, der eben gestorben ist, Wolfgang Koeppen.

Mit den grossen Töchtern wird ödipal verfahren. Wenn sie ihm zu Willen sind, liebt er auch sie, sofern sie sich, wie es Töchtern geziemt, knapp halten und Lyrik schreiben. Sollte ihnen am Ende der gemeinsamen Nacht dann eine längere Prosa einfallen, dann ist es um sie geschehen. Doch in ihrem Fall lediglich einen kleinen Tod lang. Denn der Lyrik ist gegeben, dass sie immer wieder von neuem durch rhythmische Handreichungen und syntaktische Praktiken aufersteht und sich erfüllt.

Und wenn sie halt Prosa schreiben müssen, dann sollte diese sexuell befriedigend sein, nicht bloss erotisch, und im Gottvateralter bedarf es dafür ein wenig Beistandes. Es ist uns ja allen in Jahren bekanntgemacht worden, was Frauen, und auffallend oft Dissidentinnen totalitärer Staaten, für ein magisches Feuer in Bestenlisten entfachen können. Dafür sollten wir und Amnesty International Verständnis aufbringen. Auch dafür, dass das politische Interesse, etwa für Clan-Politik in Bombay oder für das Arbeiter- und Bauernleben auf der Zuckerrohrinsel, im Alter erlahmt. Information gehört nach der Gottvatermeinung nicht in die Literatur, Information schädigt bloss die literarische Qualität. Und ausserdem: Wo die Literatur von selber weit bedeutender ist als jede Weltpolitik, da sollte man Politik nicht zum Thema der Literatur erheben. Dagegen sollte die hohe Literatur gleichzeitig die niederen Instinkte befriedigen; doch was in Englisch – und in Spanisch u. U. – eins ist, das muss scheiden auf deutsch, als E- und U-Literatur.

Wir greifen vor. Sehen wir dem Quartett wieder zu.

Sehen wir ihm auf die Finger, denn die sind wichtig. Das Interieur ist mit dunkler Täferung ausgestattet, häuslich, kulissenhaft oder dann in gleissendem High-Tech, immer mit Anschluss an Theater- und Bühnenwirksamkeit. Das Stück, das gegeben wird, könnte *Der Exterminator* oder *The Mouse-Trap* heissen, um die Amplitude seiner Dramatik zu nennen, es befindet sich immer im erhabenen Vorstadium der Klamotte.

Das Quartett bürgt für eine Zeitlosigkeit, die jede Sterblichkeit überwunden hat, als handle es sich um eine bereits ins Virtuelle eingegangene Nummer aus dem Archiv. Nun tritt seit Thomas Mann schon die fünfte Generation auf und will mitspielen, die muss dann allerdings rasch abgefertigt werden. Heute Bartsch und morgen Drawert. An ihr wird oft wieder gutgemacht, was an den Vorgängern gerichtet wurde. Das Gottesurteil hat sich manchmal in erster Instanz geirrt und will den grossen Schriftsteller versöhnen, so korrigiert es zehn Jahre später den Irrtum an einem anderen Autor und einem anderen Buch, und die jüngste Generation wundert sich, denn sie kommt grundlos günstig davon.

Die Dame des Hauses sitzt souverän im Kostüm der Urteilseleganz. Sie begleitet die eigene Stimme mit kundigen, wissensfertigen Händen, und ihre wohlklingenden Sätze kommen wie in geklöppelten Handschuhen daher, während die Herren in ihrem Rückgrat festsitzen und nur ihre Gelenke pädagogisch bedienen. Der Hausherr ist ein Gott von einfachen Aussagesätzen, während der Gerne-Gott ahnungsvoll pokert in der Rolle des Onkels. Er ist mit r-rollendem Timbre etwas füllig geworden und neu ausstaffiert mit Brille im Schubertstil. Diese Rolle hat ihm eine leicht nasale Verdrossenheit beigebracht. Er sitzt und sitzt mit Krawatte durch Jahre, die gehen und kommen, bewegt sein Fingerchen aufwärts, wenn er zu einer Volte der Äusserung ansetzen möchte. Das wirkt bei ihm speichelbildend, hör- und sichtbar, worauf sein Organ dann zu einer Jeremiade anhebt und fleht wie ein landesweit verstimmtes Harmonium.

Er macht uns den Eindruck, dass er wegen notorischer Unpässlichkeit seit Jahren an seiner vornehmen Aufgabe gehindert wird, nämlich als Mundschenk der Literatur zu wirken. Die Grossmeinung flankiert seine Rede statuenhaft, ohne zuzuhören, winkt plötzlich ab, um den Gast dranzunehmen, der auch schon lange gewartet hat. Die Grossmeinung sitzt immer inmitten, um nach rechts oder links Redegenehmigung zu erteilen. Oder eine Zensur: Frau Löffler, rügt sie, Sie wollen uns ständig etwas verbieten. Herr Glotz, tadelt sie, hören Sie endlich zu.

Der Gast muss in der Statistenrolle verbleiben, um die tief in ihre Allüren und Attitüden einsitzende Dreifaltigkeit von aussen zu versichern. Nur wenn er eine internationale Kapazität ist, hat er eine Chance gegen die Habitués, diese einverschworenen Drei, bis an die Fingerkuppen Erregten. Wenn der Gast eine Frau ist, dann erfährt sie ein Interesse, das man etwa der Schulfreundin des Vetters aus Dingsda entgegenbringt. Im allgemeinen geniesst sie die Höflichkeit, die man für Hostessen oder Hofdamen aufbringt.

Das Quartett erscheint auf dem Bildschirm stets in Form des Hochkaliber-Cartoon, wie von Loriot entworfen, schon jetzt für das Wachsfigurenkabinett von Telsat und ORF vorgesehen. Da der glühende Stoff in der Bearbeitung sofort erkaltet, erscheinen die drei Autoritäten wie gewaltsam in ihren vorstehenden Charakterzügen erstarrt, im Zuge ihres Disputs, als Sesselresidenzen verhaftet. Die Schädelstätte der stehenden Meinung. Lange bevor es heisst «Vorhang zu und alle Fragen offen».

Es wird mit mosaischen Gesten gerungen. Am Firmament der Willensbildung können sich Hände nicht finden, nicht gereicht werden überm Abgrund der neueren deutschen Romanschreibung, und die Enttäuschung setzt sich dann als Entrüstung fort, in durchhängenden Lefzen ums Kinn, und die marmorglänzende Stirn wappnet den drohenden Blick gegen den Niedergang deutscher Sprache und Dichtung. Dann erhebt sich das Szepter der Literatur in der Mitte, zu segnen oder zu richten, was richtenswert ist.

Näher mein Bildschirm zu mir, da siehst du hinein in die Wiege der nationalen und bundesdeutschen Verantwortung, und da fährt nieder der heilige Zorn der Buchschleifung: Ich euer Gott bin ein eifersüchtiger, ein rächender Gott (erster Phar. II,3), wer mich langweilt, wird keine Gnade finden am Jüngsten Tag der Apokalypse, und wenn dann Maria Magdalena sich meldet oder wer sonst sich noch als hilfreich, gut und zuständig anbietet in der Polstergruppe der Literatur-Verdammnis, und diese um Fairness bemühte Persönlichkeit dann die Arme in bemessener Expression auswirft, als ein Tau der Vernunft, um Sachlichkeit widerfahren zu lassen, dem Verräter des verheissenen Jahrhundertromans, so winkt die Gottvatermeinung brüsk ab und schnauft ungehalten, ich sage nun Schluss, denn es ist aussichtslos. Worauf Maria Magdalena sich am Fusse der Kreuzigung setzt. Nicht, um zu weinen, sondern zu schweigen. Das Fernsehen kennt keine Pietà. Es ist kein Medium für die Trauer, es führt gerade die Unfähigkeit zu trauern ständig vor. (Sie erinnern sich: Mitscherlich.) Maria Magdalena weiss, es ist aussichtslos, wie Gottvater gesagt hat. Dies ist das totalitäre Modell.

Nun sind aber die Jahrringe der Urteilskraft im Quartett doch ersichtlich geworden, und die Gottvatermeinung sieht sich umzingelt von Judas und Bruta, die seine Unfehlbarkeit hintertreiben, ihn schmählich entmachten wollen, und die Zeit, da der Hahn kräht, ist nah. Die Gottvatermeinung bittet Sie, liebe Zuschauer und Zuschauerinnen, um höchste Aufmerksamkeit, für die nächsten Runden – vielleicht werden Sie später um humanitären Beistand ersucht. Sie denken, ich übertreibe? Natürlich, gewiss überzeichne ich, indem ich den Sachverhalt schildere, wie er sich zeigt im Quartett, als suggestive Manier, als Verfahren zur Farce hin, oft gaukelnd in ein grand guignol des Genres. Hier ist aber der Umgang des Fernsehens mit Belletristik prinzipieller als im DRS-Club, hier wirkt – neben den Darstellern der Literatur – zentral ein Stellvertreter, der für die Leserschaft liest und zum voraus ansagt, was zu lesen nicht lohnt. Also das meiste. Die Gottvatermeinung bildet die Volksmeinung – Vox Dei, Vox Populi – zur deutschen Gegenwartsliteratur.

Ich habe meine eigene kleine Umfrage gemacht, bei Bekannten, bei Nachbarinnen, bei Kollegen aus einem durchschnittlichen Bildungshaushalt. Es bestätigte sich, was zu vermuten war: Der bekannteste Name der deutschen Gegenwartsliteratur ist ein Kritikername, kein Schriftstellername, und er wird so genannt, als stünde er für die Revanche des Volkes an der Literatur bzw. an der Macht einer Elite, die man Schriftstellern offenbar zuschreibt: Da ist einer, der es denen so richtig zeigt!

Die Öffentlichkeit, die er der Literatur zu schaffen vorgibt, wendet sich gegen sie. Der Gross-Kritiker spricht als ein Volkstribun, und bei der Gewichtung eines neuen Romans geht es um Kopf und Kragen. Diese apodiktische Passion mag überzeugen oder rühren, aber sie vergröbert die Proportionen, verzerrt sie, schaufelt sie um. Als hätte die Literatur als solche – ach, es wäre ihr zu wünschen! – tatsächlich einen politischen Stellenwert. Zu schön, wenn der Volkstribun ein echter Verführer wäre, der zu dieser Bedeutung von Belletristik anstiften könnte, doch wirkt er eher als Nasführer und schliesslich als Verhinderer der Verführung des Volkes zur Literatur. (Wir haben's im Ohr, wie schlecht diese literarischen Bundestags-Kandidaten sind: schlecht, sehr schlecht.)

Sehen wir noch einmal hin. Der Pater Familias verfährt nun, wie wir bereits staunend bemerkten, milder, fast leutselig mit seinen Enkeln, er erwartet und fordert von ihnen, den noch Unbeschriebenen, nicht annähernd so viel wie von den prominenten Söhnen und Töchtern der Romanschreibung, gemäss dem Gesetz des Generationenkonflikts. Fast hat man den Eindruck, er zahle es den Söhnen und Töchtern heim, indem er die Enkel lobe. Er ist schon zufrieden mit ihnen, wenn sie ihren Stoff in anständigem Deutsch niedergebracht haben. Das sollten die Kids der Belletristik sich hinter die Ohrringlein schreiben, das richtige Deutsch.

Sie sind alle so nett, diese Kids, und viel botmässiger als ihre Eltern. Sie heissen Winkler und Peltzer, Schmatz und Schulze, so dass man ihre gesunden, rotbackigen Namen streicheln möchte und ihnen übers Werk fahren wie über den Schopf.

Es sind durchaus auch rasiermesserscharfe Sprachschürfer dabei, die Heads unter den Kids sind Lyriker und warten mit einer gewissen Führungsqualität auf, sie wollen die Aggression als solche formulieren, als Kling und als Klang, als hätte es vor ihnen nichts Konkretes gegeben. Sie haben's ja schwerer als ihre Eltern, sie sind jetzt zeitfrische Opfer eines verfuhrwerkten deutsch-deutschen Grenzverkehrs. Sie sind – der Alte dankt's ihnen – so diskret, seinen Logensitz nicht anzufechten. Das wäre anstrengend, und wozu auch? Die Sprachschürfer unter den Kids sind schon von Anfang an da und von Anfang an hochgradig bewusst. Deshalb können sie dann um so besser wieder verschwinden – nicht wie die epischen Kümmerer des neunzehnten Jahrhunderts und nicht wie die Grossschriftsteller des zwanzigsten –, mit einer Halbwertszeit von ein paar Saisons.

Pfleglicher Nachwuchs, der sich bloss hie und da zeigt – nach der Devise «manchmal seh ich den Alten gerne, er kann mir was nützen».

Die Kids dürfen alles, sprachlich, wenn sie ohne jeden Verdacht auf «Relevanz» schreiben und von jeder Moralität und deren Namensausdünstungen gesäubert sind. Kein Wolf, kein Strauss, kein grosses Wild. Nur nicht der strenge Geruch der Politik in der Belletristik! Wenn ihre Witterung intakt ist, dann können sie unbesorgt nach Moskau, in die Antarktis, in den Dschungel Brasiliens oder weisswohin reisen. Und dort bitte nur schreiben, was sie an den eigenen Organen erleben. Denn sie wissen ja jetzt zum vornherein und nach Opas Willen intuitiv, woran die Literatur verdirbt. Und wenn sie politisch noch anfechtbar sind, irgendwo noch empfindlich, dann sollten sie es lieber mit dem Eros und Thanatos halten statt mit der Bewältigung der frischen Vergangenheit am Prenzlauer Berg und in Rumänien. Das sollten sie lieber bleiben lassen, langweilig, langweilig, der Opa mag lieber gern alles über ihr Sexleben lesen und die Liebe mit Gummi. Denn er ist wie viele Opas neugierig und sentimental.

Ihm fehlen die deutschen Philip Roths und John Updikes – er möchte sie nicht übersetzt, er möchte sie landesfrisch: Warum gibt es die nicht? Tratschke weiss warum: Weil es keine deutschen Updikes und Roths geben darf, höchstens vorübergehend. Das hat die Geschichte gezeigt, und nicht bloss die Literaturgeschichte. Die Roths, von denen die deutsche Sprache eine gutverzweigte Dynastie von mehreren Stämmen aufweist, diese Roths mussten auswandern. Die jüngeren Triebe werden, wenn sie bleiben, politisch wieder zu Staatsfeinden gemacht, als Nestbeschmutzer und Haider-Gegner kommen sie auf die Plakatwand zur Bücherverbrennung.

Deftige gute Erotik ist rar in der deutschen Literatur,

auch in diesem Jahrhundert. Ein Henry Müller ist auch nicht da, der den inneren Playboy der seriösen Literaturkritik befriedigen könnte. Unsere Henrys heissen Bodo und haben keine Chance. Sie erfahren bitter, dass Pisse in NY besser duftet, mit der grossen Welt dran, literarischer als im Frankfurter Bahnhofsviertel oder auf dem Hamburger Kiez. Vom Bodo der Literatur wird in dieser Hinsicht zuviel verlangt. Auch Dr. Haffmans Hausapotheke («die literarische Sau») und alle die bunten Hunde namens Max schaffen es nicht, so dass ein nicht wegzudebattierender Notstand ist im Männerabteil der deutschen Literaturkritik. Das Manko an erotischem Kick scheint ihr Hauptproblem zu sein, vor allem für den Oberprimaten, und der will vielleicht noch nicht einsehen, dass die junge Generation nichts mehr zu sublimieren braucht – in der Kunst und Literatur. Was Frauen zu diesem Thema zu sagen haben, das mag ganz schön und gut sein, aber Frauen schreiben eben Liebesromane, die den inneren Playboy nicht befriedigen können.

Mini-Exkurs: Gemäss einer Studie haben sich 97 Prozent (!) der jüngeren Autoren in Deutschland den Mehrheitsansichten genähert, die sind offenbar zusehends CDU-nah, und nur wenige dazu grün gesprenkelt, aufgrund der Meinungsumfragen, also ohne Gewähr. Trotzdem ist dieser Befund bemerkenswert: Man müsste daraus schliessen, dass die Hauptheit der Literatur in Deutschland nach der Wende eine nahtlos angepasste Literatur ist. Wobei wir uns darauf beschränkt haben wollen, sachte eine statistische Diagnose zu zeigen. Man sollte heute, da alles sofort vorübergeht und gleich wieder vorbei ist, mit Trend-Analysen vorsichtig sein.

Die Kids der Literatur sind am Sex wesentlich weniger interessiert, als die Grossväter und Urgrossväter es waren. Sie halten den Sex, auch das ist von der Soziologie letzthin erhärtet worden, für ein Fitness-förderndes Freizeitvergnügen wie ein anderes auch – sofern sie in behütet antiautoritären Milieus aufwuchsen. Sonst sind sie Anhänger eines neudeutschen Porno-Vergnügens, das die Intimität vollständig nach aussen stülpt, mitsamt den SM-Innereien, in eine Öffentlichkeit, die nicht mehr nach einem red light district fragt, wenn sie fickt, zuerst und vor allem sich selber, wofür allerhand innovative Objekte auf dem Markt herumgereicht werden. Wenn man die derzeitige Mode betrachtet, so scheint der Sexappeal von einer metallgelackten, verschnürten Auto-Behinderungs-Maschine angekurbelt zu werden. Durch ein Selbstbombardement seiner Aussenhaut will wohl der akute Jungmensch sich gegen das Schlimmere abschotten, das von aussen eintrifft.

Was in der Literatur jetzt von aussen eintrifft, das ist das Flughafensortiment von Paperback-Goldletter-Autoren, von denen weder Sie noch ich je etwas gehört haben. Von dort rollt eine Welle von Wälzern an, die tatsächlich «umgesetzt» werden, in Amerika und seinem Commonwealth, in den Abflughallen der Welt. Man vermutet, dies sei ein Produkt der neuen Medien, insbesondere der spriessenden PC-Kultur, und man darf dazu spekulieren, dass Bill Gates ihr Erzeuger sei. Er lässt ja seinen Homunculus namens PC frisch und frei in den Kolumnen und Gletscherspalten der Wirtschaftspresse herumtollen, gesteuert aus dem Think Thank von Yales und Massachusetts Technology. So wäre wohl auch die dritte Art der Literatur eine Ausgeburt der PC-Kultur, die nun gehäuft in den Verlagen eintrifft. Die Jugendbuchverleger berichten, dass sie perfekte PC-Manuskripte von Kids erhalten und dass sich der Eingang von Manuskripten im PC-Zeitalter vervierfacht hat. Die dritte Art der Goldletterpaperbücher bedarf keiner Buchhändler und Verlagsvertreter mehr. Sie will bilateral verhandeln, von Grossmacht zu Grossmacht im Absatzgebiet.

Was bisher von aussen auf die Buchkonjunktur einwirkte, das waren die Verlagsvertreter, eine Branchen-Frucht, vor der sich Verleger und Autoren gefürchtet haben. Die Verlagsvertreter waren wie Borkenkäfer für die Literatur, aus den Untergangs-Symptomen krabbelnde Parvenues, denn niemand wusste genau, woher sie so plötzlich gekommen waren und wes Behufes sie waren. Und jetzt scheint niemand zu wissen, wohin sie nun gehen, da ihr Schicksal besiegelt scheint. Der Grossbuchhandel will ihrer nicht mehr bedürfen, ebenso wenig wie der Grossbuchhandel künftig einer Preisbindung unterliegen möchte. Die Verlagsvertreter sind die Symptome von Aufstieg und Fall unserer Buchkonjunktur. Sie leben oder serbeln, sie triumphieren oder kapitulieren. Doch waren sie bisher immerhin für das Zwischenmenschliche zuständig, das den Zwischenhandel innerhalb eines humanen Massstabs kultiviert hat. Der interstellaren Goldletter-Art scheint das Zwischenmenschliche fremd. Sie wird die Mauern der Festung zu Mainz und Wiesbaden aushöhlen, und nicht wie der stete Tropfen. Die härteren Zeiten sind lange am Kommen. Das literarische Quartett bleibt unbeirrbar, man sollte ihm danken, trotz allem danken.

Wir schickten voraus: Das Fernsehen bietet Belesenheit und verhandelt Lektüre. Wir fassen zusammen: Das Fernsehen verhandelt Erlebnis-Lektüre, Lektüre-Erlebnis, nicht Literatur. Im ersten Beispiel (DRS-Literatur-Club) wird über Bücher gesprochen, im zweiten Fall (Quartett) über Autoren und Werk. Das sind Tendenzen. Der Text bleibt immer verborgen. Es entsteht eine Stimmung, eine Emotion für oder gegen ein Opus und seine Autorschaft. Das ist die Entwicklung, man mag daraus folgern: Das Fernsehen neutralisiert den Literaturbegriff im Falle des DRS-Clubs, es vollstreckt ihn im Falle des literarischen Quartetts. Es ist also daran, den Literaturbegriff abzuschaffen, die

Folgen sind abzusehen. Das Fernsehen filtert den Mainstream des Marktes, es stiftet also nicht Leserschaften, sondern allenfalls Käuferschaften.

Die Botschafter des Sichtbaren

Man mag einen Literaturclub für eine Sendung halten, die der Belehrung und Unterhaltung über Literatur dient, und man hat durchaus *auch* recht mit diesem Aspekt. Doch was Sache scheint, ist nur Phantomwirkung. Das weiss jedoch bloss die TV-Motivforschung, der Club und wir wissen das nicht. Die Leute im Club mögen maximal bewusst artikulieren, doch was aus ihnen spricht, ist das Unbewusste. Und das Unbewusste ist, was für sie spricht. Das sehen *sie* jedoch nicht, das sehen *wir,* die Zuschauerschaft. Was hier nämlich Regie führt, ist das, was Derrida das «phoné» nennt. Das heisst, indem sie sich selber sprechen hören, versichern sie sich ihrer Funktion und sind erschöpfend. Dafür sind sie da, für die selbsterfüllende Repräsentanz.

Ihr Sinn, glauben sie, sei, über Literatur zu reden, doch gemäss der Medienanalyse genügt es, dass sie überhaupt reden. Sie könnten genau so gut über Gen-Transfer, Schönheitschirurgie oder Ameisenforschung debattieren statt über Bücher, und sie könnten das ebenso flächendeckend besorgen. Sie sind Geistesfürsten des Augenblicks.

Es geht dabei nicht etwa darum, zu hören, was sie über ein Buch zu sagen haben, oh nein, es geht darum, das zu *sehen.* Dem Fernsehen kommt es nur auf das Sichtbare an, das ist die übergeordnete Regel der «visual communication», die unser zeitgenössisches Herdfeuer schürt. In der visual communication wird jede Gattung, jeder Gegenstand untergebracht. Am Fernsehen muss Literatur, wie alles, Kino sein, Heimkino meinetwegen, aber Kino. Allein schon, um den Unterhaltungswert von Kritik zu garantieren. Längst haben Medienwissenschafter festgestellt: Die bildliche Botschaft wirkt schneller und haftet besser. Fernsehkritiker sind die Botschafter des Sichtbaren, der Inhalt ist flüchtig.

Wenn das nicht so wäre, dann dürften die vom DRS-Literaturclub nicht wie die Krone der Schöpfung aussehen, jedenfalls so wie Gott das damals gemeint haben könnte – wenn sie von Mord, Krieg und KZ-Greueln berichten, dem Stoff der Erinnerung durch Literatur. Sie dürften nicht gepudert-graumeliert-schaumgewellt vom Grauen in Buchenwald reden, über welches die berühmtesten Insassen schrieben, und ihre Erscheinung dabei so wirken, als sei das Jahrhundert direkt aus dem Dornröschenschlaf erwacht und lächle dem Prinzen zu, in strahlendem, beinahe obszön wirkendem Gegensatz zu ihrem Thema. Zumal die TV-Treibhauskultur vormacht, wie eine tele-mundfertig glossierte Lippe sich schürzt zum Kelch des Bedeutenden und das Bedeutende sich darin sammelt wie Morgentau.

Das Fernsehen muss nicht nach dem richtigen Abstand fragen, wenn es einen Gegenstand drannimmt: Wir erinnern an Walter B., den grossen vielzitierten Unbequemen. Das Fernsehen hat eine Overall-Position, es muss geistige Breitleinwand bieten, oder dann die Tieftauch-Perspektive. Das gilt auch für die Literatur. Das Fernsehen richtet das Teleskop auf die Horizonte der Branche und verfolgt dort die grossen Konturen (in welchen sehr selten ein kleiner Kristall aufblitzt). Das ergibt dann den Club-Blick.

Der Sachverhalt dahinter sieht so aus: Der DRS-Club oder das literarische Quartett bespricht für die 0,1 % der Zuschauerschaft, die nicht in die TV-Statistik gerät, die neuen Bücher. Für die bleibenden 99,9 % leistet er selbsterfüllende Repräsentanz. Das ist die TV-Leistung, die zählt. Was aber bleibt, von einem Literaturclub, das stiftet die Einschaltquote. Sollte diese eines Tages nicht mehr in die Bilanzen von 3sat, ORF, ZDF und der eidgenössischen

Bruderfirma hineinpassen, dann werden sie allesamt zu erkennen genötigt sein: Nicht das Fernsehen ist für die Literatur da, sondern die Literatur für das Fernsehen.

Des Pudels Kernseife

Auch ihnen, den Sonntagskindern des Literaturbetriebs, den Eloquenten, Gewandten, wird im Grunde nichts anderes abverlangt als Stimmung mit Talk. Der Talk macht überhaupt erst das moderne Fernsehen aus, in der Klimax der Unmittelbarkeit. Der Talk sorgt für die Schleifung sämtlicher Schichten- und Bildungsschranken, er bezweckt die Auflösung von Ort, Zeit und Thema in einem einzigen Teig, dem Gerede, dem Reden, der Artikulation an sich. Es handelt sich um die Sprache in ihrem mythischen Zustand, um jenes vorschriftliche Lallen, das nach Vilém Flusser, dem wiederentdeckten Sprachphilosophen, erst durch die Festschreibung in Sprache verwandelt wird. Der Talk braucht sich keiner Gedankenführung oder kognitiven Stringenz zu bedienen, um wirksam zu sein, er muss ja vor allem gesehen werden.

Was hat er bloss eben gesagt? Sei still, Mädchen, Hauptsache, dass er was sagt und wie er es sagt. Die Fernsehgemeinde hält sich, so weiss die Statistik, am liebsten in diesem Stadium avant la lettre auf. Denn das ist unverbindlich und wird spurlos entsorgt. Die Artikulation anstatt der Kommunikation: Sie bedarf keines Diskurses, der Talk als der phonetische Kitt bindet alles, den gesamten amerikanischen und mitteleuropäischen TV-Stoff. Machen Sie mal die Probe und zappen Sie sich durch den internationalen Programmwald: Der grösste Teil der Bestände besteht aus talkendem Personal, und Sie hängen fasziniert an diesem Tropf, sind süchtig nach dieser Knete, die in schneidigen Kiefern mahlt.

Der Widerspruch, der eine Dialektik ergäbe, zumindest

aber den Dialog, ist eingerührt in den Talk, den alle, nach dem Vorbild des Moderators, in den Mund nehmen, gut einspeicheln, durchkauen und ihn gut eingespeichelt und durchgekaut wieder von sich geben. Der Talk schmiert das Hauptprogamm und den Werbeblock zusammen. Das ist des Pudels Kern: So wird alles eingeseift und alles aus ein und demselben gemacht, was noch nicht genau benannt werden kann. Damit Sie, liebe Zuschauerinnen, jederzeit ins Programm einsteigen können, am Anfang, in der Mitte oder am Schluss der Sendung. Das ist entscheidend. Denn im Fernsehen geht es immer ums Fernsehen, meint Jochen Hörisch, Professor in Mannheim. Das Fernsehen hat keinen anderen Stoff als Fernsehen; ihm kann man irgendeine Show mit irgendeiner Crew aus irgendeinem Land einlöffeln einspeisen und irgendeine Literatur und Meinung darüber. Das Medium neutralisiert sämtliche Zutaten, Personen und Fachgebiete, damit eine keimfreie Emulsion an der Benutzeroberfläche entsteht, mit Augen zu weiden, ohne Infektionsgefahr, oder sagen wir stilgemäss: Safer Sehen. So amüsieren wir uns nicht zu Tode, noch lange nicht.

Das Verschwinden des Denkens hinter dem Bild-Schirm

Das Fin de siècle ist oft eine Zeit, da die Kunst des Denkens ins Dekor ausläuft, Gedankenornamentik statt Kathedralenbau. Die Medien pflegen ein Angebot, das Kultur mit Indiskretionen verwechselt. Medien-Kultur wird zwischen Badezimmer und Fitnessraum von Prominenten begangen. Es gibt keine Kritik mehr, die ihren herkunftsschweren Namen aushält. Statt dessen: Schöner Denken im richtigen Aufzug. Agnes Heller und Judith Butler würden bestimmt (schöner denken) in der Wäsche der Lingerie Bolé, für die Ornella Muti sich räkelt. Friederike Mayrökker und Elfriede Jelinek könnten noch schöner (schreiben) in Strümpfen von Fogal, für die Hanna Schygulla posiert auf den Schienen des Intercity Hamburg–Milano. Jürgen Habermas und Niklas Luhmann sässen (besser) auf einem Think Tank von Vitra, der Design-Stuhl-Firma in Weil am Rhein, während Ernst Bloch, Norbert Elias und Günther Anders sich gerade noch vor dem friendly Take-over der PR-Abteilungen verabschiedet haben. Von all den unbekannten Soldaten des Geistes, die für Benetton bluten, wollen wir einmal absehen. Es reicht auch so zur Feststellung, es sei der absolute Vordergrund, in den der Topos rückt. Der Paradigmenwechsel hat stattgefunden, vom Text zum Bild, nun röhrt er im Marketing weiter, und soviel wird klar für unser Thema: Die Form als Show verdeckt den Inhalt.

Moralische Fragen sind ökonomische Fragen: Das waren sie immer, aber jetzt sind sie kommerzielle Fragen geworden. Das ist kein altlinkes Vorurteil, sondern eine statistisch erhärtete Wirtschaftsbilanz. Auch das muss man nicht besonders beklagen wollen. Eine mehrtausendjährige Zivilisation macht mit der Zeit ihr Prinzip eben deutlich: das Survival of the fittest. Und die sogenannte Neuzeit, die ja erst vor ein paar Jahrhunderten anfing, ist noch fit genug, um sich einen Goethe auf einem Charles Eames Swinger zu denken, der den westöstlichen Diwan ersetzt. Wir wissen jetzt: Das Bild ist schneller und mächtiger, es ist immer zuerst da und vor dem Wort wie der Igel, und so ist alles am Bildschirm zum Schauen bestellt. Selbst die formvollendetsten Wortgeschmeide, die kühnsten gedanklichen Pirouetten verschluckt der Bildschirm sofort. Denn der Talk bewegt nur das stehende Bild. Auch der Talk ist nur Bild, er bewirkt eine auto-soufflierte Pantomime, die das Denken, das Gedachte, die Kognition in einem Ablauf lediglich sichtbar, nicht einsichtbar macht. Der Talk bildet die Automatik der selbsterfüllenden, der blühenden Repräsentanz. Notabene: Wir reden hier immer von den Absichten und Wirkungen des Mediums, wir reden nicht von den Absichten seiner Darsteller, der Leute im Club.

So wird man Zeuge vom Verschwinden des Denkens in zartgezeichneten Venusbögen der Aufbereitung, und man konstatiert, dass die Analyse von der Befindlichkeit abgelöst worden ist. Gefühle statt Argumente sind am Fernsehen gefragt. Weil man die Gefühle besser sehen und anrichten kann als die Gedanken. Die Moderatorenfrage ist ein Schlüssel zum Umgang des Fernsehens mit Literatur. Sie lautet: «Wie ist es Ihnen mit diesem Buch ergangen, Frau K.?», und: «Wie haben Sie sich bei dieser Lektüre gefühlt, Herr H.?». Das Buch als Sensitivity-Trainer, als Trampolin der Empfindung im Club, wenig geeignet für einen Reflexions- und Gedankengang. Inhalte und ihre Verfasser entschwinden sogleich, lösen sich auf wie Schaumkronen in Kaffeetassen, wenn es heisst, meine Damen und Herren, dies war der Club.

Dem Publikum genügt zum Schluss der Sendung, dass die Krawatte des Moderators geschmackvoll war und der Haarschnitt der Kritikerin aktuell. Sollten Sie indessen Titel und Namen der besprochenen Literatur noch wissen, dann gehören Sie zu den 0,01 Prozenten der TV-Gemeinde, die Titel und Namen schon vorher gekannt haben. Wahrscheinlich gehören Sie dazu. Aber das interessiert das Fernsehen nicht. Denn das Fernsehen ist an jenem Kulturbegriff zunehmend mehr interessiert, der ein Lernen erübrigt. Das ist die sprudelnde Creativity, die uns therapiert statt zu bilden. Die Therapiekultur soll uns alle immer von neuem bestätigen in dem, was wir sind bzw. *nicht* sind. Sonst müsste das Fernsehen sich als Schule, als Bildungs-Institut verstehen. Das möchte es nicht. Es will höchstens Bildung repräsentieren. Das tut es im Fall der Literatur.

Kann sein, dass diskursive Textinterpretation eine Sache der Akademie bleibt, sie ist ungeeignet als Club-Nahrung. Von ferne winkt milde Susan Sonntag herüber. Sie war schon immer «against interpretation».

Die Kritiker

Studie zu einem Verfalls-Typus

Kultur wird gemacht und Kritik wird gereicht. Das Intime plustert sich, es ballt sich und bläst zum Spektakel. Der Denkanteil einer Zeitung muss sich dünn machen, spaltendünn. Auch die ehernen Tages- und Wochenzeitungen leisten sich selten den Aufsatz zu einem Werk ohne Autoren-Striptease. Da muss man schon dem Bestand einer zweihundertfünfzigjährigen Institution hinterherfragen.

Seit der Aufklärung ist Kritik im umfassenden Sinne ein Instrument der Welt- und Kulturbetrachtung gewesen, ein Mittel des «raisonnements» und eine moralische Instanz für das Theater – vor allem in Frankreich, wo man öffentlich und laut Kritik übte an dem, was man sah und hörte, in der Comédie und der Oper. In Deutschland begannen die Germanisten und Literaten mit der Kritik – J. G. Herder in der Zeitschrift *Frankfurter Gelehrte Anzeigen.* Darin schrieb ein junger Kritiker des Sturm & Drang namens Goethe über Kunst, z. B. über deutsche Baukunst, und begann, das Individuelle eines Kunstwerks auf seine Verbindlichkeit und schliesslich auf seine Allgemeingültigkeit hin zu prüfen. Später kam noch ein kluger Assistent namens Schiller hinzu und half bei der Begründung der deutschen Klassik. Seit Friedrich Schlegel und der deutschen Romantik zielte die Literaturkritik auf das Interpretieren, genau: auf das Verstehen der Absicht und Empfindung des Künstlers. Und von dieser Art der Literaturkritik kann man durchaus behaupten, dass sie an ihrem Ende sei und flöten gegangen – in die Arme der Public Relation.

Was man eine Streitkultur nennt, das hat im Bereich der deutschen Sprache und Dichtung gerade zweihundertfünfzig Jahre gedauert. Sie hat begonnen, als ein junger Theaterkritiker und Dramaturg in Hamburg dem Literaturpapst seiner Zeit schrieb: «Niemand wird leugnen, dass die deutsche Schaubühne ihre Verbesserung dem Herrn Professor G. zu verdanken hat. Ich bin dieser Niemand, ich leugne es geradezu.» Solche riskanten Töne schlug ein Mann namens Gotthold Ephraim Lessing an, als Verfasser fiktiver Literaturbriefe zuhanden der Öffentlichkeit. In seiner 17. Epistel ging er zum offenen Angriff auf Gottsched über, wir erinnern uns: Joh. Christoph Gottsched, die omnipotente Kathedergrösse in Leipzig, der mächtige Mann der deutschen Vorklassik.

Diese sachbezogene, läuternde Ironie, die eine Streitkultur auf der Höhe braucht, wenn sie ihren Gegenstand ernst nimmt und daher auf Distanz geht zu ihm, kam nach zweihundert Jahren zu einem Erliegen. Zuletzt vernahm man sie aus einer Rede, die ein nicht mehr ganz unbekannter Schweizer Schriftsteller dem mächtigsten CH-Exegeten der Nachkriegszeit hielt: Lieber Emil Staiger, schrieb Max Frisch in der *Weltwoche,* dein Eintopf ist mir zu gross. Auch Staiger war eine Kathedergrösse wider die Verrohung der Dichtung. Seit dem epochalen Zürcher Literaturstreit haben wir diese sachbezogene, läuternde Ironie im öffentlichen Disput nicht mehr vernommen. Was wir seither in deutscher Sprache vernehmen, ist das Knirschen penibler Abrechnung, der dröhnende Kahlschlag der Streitkultur, ihr Ächzen in Agonie und ihr Schweigen.

In den lateinischen Kulturen hat Kritik einen ganz anderen Stellenwert als bei uns. Ein Weltbürger-Literat wie Octavia Paz bekennt sich leidenschaftlich zu einer Kritik bis in die «Zerstörungswut» hinein. Die Lateiner pflegen einen souveräneren Umgang mit der Kulturkritik, sie ist sogar bis in die Weltdiplomatie vorgedrungen, zum Beispiel mit Pablo Neruda und Jorge Louis Borges.

Die Kritik kam dann in Deutschland rasch in die Frankfurter Schule und aus dieser kaum wieder heraus. Die Dialektik der Aufklärung kam herunter aufs Kleingedruckte und Kleingehackte, als ein «Wie-du-mir-so-ich-dir»-Hickhack im Verlauf der Wende und der verharrenden Literatur in Ost und West.

Was geht da vor? Womit ist ein Phänomen zu erklären, das wohl in keiner anderen europäischen Literatur so krass aufklafft wie in Deutschland und den zugewandten Sprachgebieten? Ein Grund wäre wohl darin zu sehen, dass die sogenannte Intelligenz, zu welcher die Schriftsteller zählen, bei uns keinen natürlichen Platz in der Gesellschaft hat – Schriftsteller erfahren das Entweder-Oder. Sie werden bewundert / hofiert oder verachtet und ignoriert. Die Literatur sei ein kleines, geknicktes Primelchen, sagt Peter Rühmkorf, also ist sie wohl nur zu bereit, getreten zu werden. Es gibt da einen Aspekt, vielleicht bei Habermas nachzuprüfen, dass Kritik an und für sich eine mentale Herausforderung darstellt, die der deutschen Untertanenmentalität nie entsprach. Das ist schon einer Madame de Staël in *De l'Allemagne* aufgefallen. Man könnte also frei nach Madame folgern, dass der Untertanenmentalität Kritik als Verdikt gilt, und das kommt einem Beamtenstaat als Insubordination zu Gehör. (In den lateinischen Ländern ist das Volk tendenziell staatsfeindlich, in den nordischen und den deutschsprachigen Ländern eher staatshörig.) Der Beamtenstaat entstand aus einer Untertanenmentalität heraus, die noch weit in die Zeiten der RAF hinein wirkte, und die RAF wäre daher als die extremste Reaktion darauf zu verstehen. In einem Staat von Untertanen (man sollte Heinrich Mann wieder mal lesen!) hat die Intelligenz (die Intellektualität) einen so winzigen Raum, dass man dort dann ganz unter sich ist. Kritiker und Literaten treten sich auf die Füsse, das deutsche Feuilleton im Stau: eine Auffahrtskollision von Literatur und Kritik.

Vielleicht ist das eine gewagte Theorie, doch als Hypothese interessant genug. Man könnte noch weitergehen und den Zustand der deutschen Kritik als das Symptom eines fehlenden politischen Bewusstseins (eines Klassenbewusstseins) der «Kulturträger» folgern, an dessen Statt das Beamtentum operiert: Im Unterschied zu den lateinischen Ländern werden deutschsprachige Literaten, Schriftsteller und Kritiker, kaum zu politischen Debatten am Fernsehen und nicht zu Wahlen und staatspolitischen Anlässen geladen. Dazu müssen sie schon einer Partei beitreten. Die Exponenten der deutschen Sprache bleiben unter sich. Das verkorkste Bild des Intellektuellen, vor allem des Schriftstellers, ist auch aus seiner Absenz in der Öffentlichkeit zu deuten, wenn wir das Fernsehen nun einmal als die neudeutsche Öffentlichkeit verstehen wollen.

Immerhin sprach der grosse Fürst Metternich noch aus, was nun die Wirtschaftslage implizit an Zensurmassnahmen besorgt: Grossartig, diese Verse von Heine, grossartig, müssen sofort verboten werden. Die Kritik als Instrument des kulturellen Diskurses für die Öffentlichkeit war nie auf den deutschen Höhen zu Hause. Auf deutschen Höhen waltet die Akademie, der Rechtsstaat, und das heisst der Staatsapparat ... Wäre also die grosse Ära deutscher Kritik von Lessing und Börne bis Kraus & Kerr ein Phantom? Der freie deutsche Geist war bekanntlich unfreiwillig im Ausland.

Nun seien in Deutschland die Geisteswissenschaften allesamt auf dem Weg, schreibt Richard David Precht in der *Zeit,* das Spezifische im Allgemeinen einer «Kulturwissenschaft» zu ertränken, die statt diskursiv nur noch selbstbezüglich arbeite. Das würde bedeuten, auch den Lehrstuhl für Literaturkritik und die akademische Streitkultur abzuschaffen, um die Literaturkritik ganz und gar zu profanisieren.

Die Literaturkritik hat ihren Unterhaltungswert entdeckt. Das fiel zuerst den DDR-Autoren im Westen auf. Sie erkannten den Zustand der westdeutschen Kritik um so schärfer aus einer Perspektive, in der die Absenz von Kritik als schmerzlich, ja als existentielles Manko erlebt worden war. Jurek Becker und Wolfgang Hilbig staunten, als sie in den achtziger Jahren nach «drüben» kamen: Über das Manko an Auflehnung in der Literatur und über das Mass an Anpassung der Literaturkritik – an den Trend und den Markt. (Hilbig: «… es ist ganz klar, was hier geschieht: Die Kritik ist mit den Verkaufsabteilungen des Verlages eine Art gentlemens agreement eingegangen …») Aus der Asche der DDR-Geschichte ersteht die fast prometheische Frage: Ist Literaturkritik Teil, ein schöpferisch-konstruktiver Teil der Literatur, oder ist sie ihr Absalom? Abgefallen vom Stamm, eine Instanz, die mit verheddertem Haarbusch am Baum hängt und trotzt? Ist sie ihr Kind, das Liebkind, oder die ewig maulende, stampfende kleine Schwester, die nicht bloss dasselbe Spielzeug, dasselbe Gefährt beansprucht wie die grosse Schwester Literatur, sondern darin auch nach oben hinaus will, ins Pantheon der Geistesgeschichte? Besetzt die Kritik die Literatur, um sie zu besitzen?

Man hat den Eindruck, vor allem im Fernsehen, das Mittel sei zum Zweck selber geworden. Die Kritik triumphiert über die Literatur, ob sie das will oder nicht. So ist, was wir an Literaturkritik vernehmen, in allen Medien weniger Literaturkritik als die Psychologie der Literaturkritik. Es ist ja nicht so, wie die landläufige Meinung will, dass Kritiker verhinderte Schriftsteller sind. Sie sind verhinderte Kritiker, welche die schöpferische Emanation der berufsmässig betriebenen Lektüre nicht loswerden können. Es fehlt ihnen heute der Platz und das Medium. Darum delegieren die Kritiker ihr eigenes verhindertes Schöpfertum an die Autoren. Sie ernennen für sich privat und persönlich eine Handvoll Kandidaten für den geheimen Auftrag, das Buch zu schreiben, das sie, die Kritiker, von einer Epoche erwarten. Das nennt die Psychologie, so viel ich weiss, Übertragung. Die Kritiker selber wissen das nicht. Sie scheinen es unablässig auf ein Opfer abgesehen zu haben und wissen nicht, dass sie mit dem Opfer im Grunde sich selber meinen. Man mag in dieser Vermutung einen spitzfindigen, sophistischen Ansatz sehen, doch ist sonst nicht zu erklären, woher der persönliche Furor rührt, mit dem die deutsche Literaturkritik (und nicht nur die deutsche) aufwartet. Als müsste stets eine Abrechnung stattfinden, die manchmal Züge einer Vendetta aufweist. Und es wäre zu simpel, hier bloss, anthropologisch, Rivalität zu wittern. Ich vermute, die Leidenschaft, die noch die Frustration enthält, die die Rezensionen durchfurcht, entspringt der Enttäuschung darüber, dass der erwählte Autor nicht *ihr*, sondern *sein* Buch geschrieben hat. Also ein anderes. Die Brackwasser – nein, noch lasst uns sagen, die Restfeuer-Feuilletons deutscher Sprache sind flamboyante Defizit-Anzeigen und ihre Literaturkritik die Matrize einer unstillbaren Erwartung. Ich will die seltenen Ausnahmen hier nicht beschwören müssen. Es sind die Seiten, sind die Namen, die Ihr kennt.

Es gibt eine simple Prämisse dazu. Literatur ist ohne Literaturkritik denkbar, aber nicht die Literaturkritik ohne Literatur. Daraus ergibt sich die Abhängigkeit, die schiefe Symbiose von Literatur und Kritik. Literatur nämlich darf, was Kritik nicht darf, sie darf erfinden. Literatur ist ihrem Wesen nach Fiktion, auch im Essay oder in der Abhandlung, Literatur, gleich welcher Art, darf, wenn sie sich als

Literatur deklariert, bei all ihren Phantasien zulangen und sich dort bedienen nach Geisteslust. Während – und hier erschliesst sich die Kluft, in der sich Literatur und Kritik missverstehen, und wenn es gut geht, produktiv missverstehen – Kritik ihrem Wesen nach «realistisch» ist. Kritik hat einem Realismus verpflichtet zu sein, wenn sie eine Sache für ein Publikum sichtet, erörtert und auslegt. Denn der Realismus gilt der Gesellschaft als das Explizite, als das «Verständliche» in der Kunst, womit er auch ihr Transportmittel ist.

Literaturkritik muss, im Unterschied zur Literatur, einem verbindlichen Massstab gehorchen. Das ist im Westen ein ein- und ausgekochter Common sense, der die mild fliessende Prosa liebt, und wenn diesem Common sense ein abwegiges Werk anprobiert wird, ein anstrengendes Werk oder ein nicht geländegängiges Werk, eine geistige Herausforderung, dann fällt es aus den Bahnen des Literaturbetriebs.

Ich behaupte: Was Literatur ist, sagt jetzt nicht mehr die Literaturkritik. Was Literatur ist, sagt eine Kritik, die sich von der Literatur losgesagt hat, abgeseilt, und auf dem Boden des Marketing steht. Das Mass ihrer Anpassung ist der Kritik freilich noch nicht bekannt. Das unangenehm Unentrinnbare ist zu verdrängen, ob bewusst oder unbewusst, die Wirkung ist ein und diesselbe. Seit dem Fall des Realsozialismus hat sich der wirtschaftliche mit dem ideellen Massstab gepaart. Das Credo im Westen ist nie über den amerikanischen Traum hinausgelangt, es folgt einer stromlinienförmigen Logik: Gute Literatur ist erfolgreiche Literatur, und erfolgreiche Literatur ist verkaufstüchtige Literatur.

Das Prinzip zeigt sich schon fast als Hohl-Spiegelung (eine hohle Spiegelung) in den Medien. Die Publikumszeitschriften, die Magazine mit Millionenauflage und zum

Teil die grossen Tageszeitungen behandeln Literatur publikumshörig. In einem Massenmedium wird Literatur erst dann interessant, wenn sie spektakulär übers Fach hinaus schiesst, wenn sie «Stoff» bieten kann (und das Wort durchaus drogennah). In Magazinen wie *Focus, Facts* oder *Stern* muss Literatur eine Story ergeben, oder, wie es nun heisst, eine «Geschichte». Literatur wird in den Massenmedien also erst attraktiv, wenn sie ihr Fach austricksen kann, so dass ihm die Reporter nachstellen können.

Je grösser die Auflage, desto simpler sind die Ansprüche ihrer Kritik. Die Medien sickern, nein, sie hechten derzeit durch die Schichten der Boulevardisierung, und wir wissen noch nicht, ob sie den Stand des Null-Mediums schon erreicht haben, wie H. M. Enzensberger das Fernsehen nennt. In einem Nullmedium aber, und man muss auch schon viele Druckerzeugnisse dazu zählen, fällt die Kritik mit dem Gegenstand zusammen und erübrigt sich.

Diese Entwicklung reicht nun schon bis in die Verlagsgeschosse der Belletristik hinauf. Da ist die Werbe-Armada der Medienkonzerne schon heftig am Werk. Das Marketing entwirft das ideale Produkt Buch, das sei, man höre, das «vollkommen übersetzbare Buch», was nichts anderes heisst, als dass die Autorin beim Entwurf eines Romans zum voraus den Weltmarkt im Visier haben sollte. Und die Meinungsforschung, die sich einen Stock höher, oder bei Konzernen wie Bertelsmann, Holtzbrinck & Co., eine Geschäftshaus-Adresse weiter befindet, entwickelt zum vollkommenen Buch die idealtypische Leserschaft, die man aus Publitest-Daten herauskitzeln will.

Wie lesen Sie, unter welchen Umständen lesen Sie, was lesen Sie, wie oft lesen Sie, wie viele Bücher pro Monat? Die anzügliche Fragestellung zur Literatur behandelt Lektüre als Intimverhalten des modernen Menschen, als Bettgewohnheit der Post-Aufklärungszeit. Das Marketing hat den ökonomischen Feldzug in den Intimbereich angetreten und ist mittlerweile bei der Nachttischlektüre angelangt.

Die Leserschafts- und Meinungsforschung setzt man wie einen Blutegel auf einen dressierbaren Modell-Leser an. Was Literatur ist, sagt meinungsschäumend Annelies Klöti aus Niederbipp, wenn sie ihre Lieblings-Lektüre bekennt, und bekommt gleich eine höchstpersönliche Firmen-Antwort, ein Wettbewerbs-Formular und einen Bücher-Bon. Vielleicht hat Annelies Klöti sogar das Schwein, einen Bon für den Creative Writing Shop mit der in Zen ausgebildeten Hausautorin zu buchen? Sie bekommt gleichzeitig die Aufforderung aus Amerika, in ihr Family Book einzutreten, und wird auf direktem Wege zu einem Who-is-Who-Star mit tiefen Wurzeln in ihrer Her-Story im menschlichen Stamme der Literatur. Und den Creative Writing Shop des Hauses sollte Annelies Klöti nun rechtzeitig buchen, der Creative Writing Course is very asked for, you know. Wenn Annelies Klöti aber, statt Schwein zu haben, das Glück treffen sollte, das schiere Glück, dann erhält Annelies Klöti eine Reise ins literarische Prag, ans Grab von Kafka und in die jetzt neu überholten Räume von Radio Eriwan. Sie bekommt danach eine günstige Werkausgabe zum Subskriptionspreis und eine Franz-Kafka-Warmlese-Decke, die hat sie im herbstlichen Prag empfindlich vermissen müssen.

Das ist das Szenario. Was Literatur ist, sagt ausser Annelies Klöti aus Niederbipp auch die Einschaltquote aus Hunsrück und Meiringen sur mer, und ferner die safer Sehensgemeinde. Die liebt derzeit Susanna Tamaro, und morgen wird sie Tamara Susanno lieben. Das ist ihre Bestimmung gemäss ihrer inneren Witterung nach dem Gesetz. Die Fachleute vom Club und aus der Zeitung bekreuzigen sich und ringen die Hände, oh nein, wir doch nicht, denn sie wissen noch nicht alarmierend genug, was sie tun, weil sie noch nicht genug wissen wollen, wofür sie gedacht worden sind. Sie tun so, als seien sie autonom. Selbst wenn die Marketing Crew aus dem oberen Stock vor ihrer Türe steht, um ihre Konkursmasse auszumessen. Die Werbeabteilung weiss es um so besser. Sie sollen's im Multipack kriegen, denkt die Werbeabteilung eines Konzerns, sie weiss, was heutzutage ein Buch ist. Ein Buch ist ein Buch + Diskette + CD-Rom + Teletext + Agenda + Wettbewerb + Kurs + Animationsclub + Zeitungsabo + Veranstaltungen + Multiplikatoren. Der Literaturbegriff ging an die Konsumseite über.

Wir wollen hier keinen Abgesang singen und die grossen Zeiten des deutschen Idealismus heraufbeschwören. Man kann Lessing und Herder für Grössen der Literaturkritik halten und ihre Zeit für deren Blütezeit. Das frühe Jahrhundert und die Zeit von Carl von Ossietzky hat Schlimmeres zu fürchten gehabt als einen Gottsched oder Reich-Ranicki. Entscheidend ist die Frage nach der Entwicklung eines geistigen Raums für eine Kritik, die mehr hatte geben wollen als den schmählichen Schlagabtausch. Dieser Raum hat sich im deutschen Sprachraum zusehends unter den Strich verkrümelt, verkrümeln müssen, und wurde als Feuilletonismus unter Karl Kraus noch einmal brillant, um dann allmählich ganz zu verschwinden. Immer wieder wurden Versuche gemacht, Literaturkritik zu lancieren, in Zeitschriften, in Beilagen – alle haben sie kaum einen Sommer getanzt. Wo soll da der grosse Aufsatz, die Abhandlung, einst das Denk-Tableau der Kritik, noch Einlass finden? Er findet nicht einmal Unterschlupf. Die Rubriken-Titel der Gattungsnachkommen zeugen schon von der unfreiwilligen Artenverkümmerung: Schnittstellen, Miszellen, und so fort. Fast müsste man von semantischer Säuberung sprechen.

Die Kritiker sind ohne Kritik, um ihren Gegenstand

gebracht, verwaist. Das Zeitalter der Kritik hat so lange gedauert wie das klassische Bürgertum und seine Bohème. Zwar wurde der Literatur mitsamt der Kritik bereits anno 68 der Garaus geblasen, als Salon-Relikt, doch nur die Literatur hat unbeschadet überlebt. Die Literatur hat immer noch irgendwo ihren Frühling, sei das in Kolumbien, in Tasmanien, im Aargau oder in Holland. Die Kritik aber wurde ausgemustert aus der Konjunktur. Als ein Genre ohne Saison ist sie chancenlos.

Was tun Kritiker ohne Kritik? Sie werden das, was man Kulturschaffende nennt, mit und ohne Portefeuille, in angeblicher Freiheit oder in verantwortungsdräuender Position. Sie gehen mit ihren Favoriten spazieren, dinieren mit Laureaten und begleiten sie anschliessend zum Wasserlösen. Die Instanzen bleiben Instanzen durch die in Jahren erprobte Qualitätsarbeit, als Seismographen der Landschaft, als Kulturvermesser, als Werkbetreuerinnen, als Denkbegleiterinnen der Literatur. Sie kommen im Vor- oder im Nachwort vor. Zirkulationsagenten hat sie Enzensberger einmal genannt. Im guten Sinne, im besten Falle werden Kritiker als Mentoren und Juroren zu Landesvätern und Ziehmüttern der Literatur.

Kleine Artenkunde

Zur genauen Bestimmung der Familie der Kritiker *(Criticidae)* fehlt uns der Linné des Literaturbetriebs, man müsste einen herstellen lassen. Es handelt sich nämlich um eine schützenswerte Artenvielfalt.

Der Kritiker ist ein Zoon politicon, das nach der Aufklärung auftritt. Alle Typen haben eine individuelle und eine soziale Natur und ein Geschlecht, ein männliches, seit Mitte des zwanzigsten Jahrhunderts zunehmend auch weibliches. Das weibliche bleibt eher sächlicher (sachlich), während die feierliche, ja die ungestüme Lehrhaftigkeit oder ein simpler Zynismus eher das männliche Geschlecht ziert. Man mag sich damit trösten, dass die Evolution das männliche Prinzip schmucker und eitler ausstatten will.

Unvoreingenommene Freundlichkeit ist eine seltene Kritiker(innen)tugend und leuchtet uns wie das Glühwürmchen in die Nacht der Verhältnisse. Kommt noch Ironie als gnädiger Umstand hinzu, haben wir die seltene Gelegenheit, einem Mischtypus zu begegnen, den man unbedingt unter Artenschutz stellen sollte, denn solche Tugenden sind weitherum rar, und man muss ihnen mit Respekt begegnen, damit sie nicht alsbald vor die Hunde kommen und vor die Hunde gegangen sein werden.

Sollten Kritikerinnen humorvoller und sachbezogener schreiben als Kritiker, entgegen dem Klischee von Weiblichkeit, erklärt sich das vielleicht daher, dass Kritikerinnen selten über eine Lobby verfügen, welche die Kritiker durch ihre Freizeitvergnügen in Funktionen und Kommissionen mancher Art bilden können. Und schon schrillt die Schiedsrichter-Pfeife: Bei uns nicht, also bei uns ganz gewiss nicht, wofür halten Sie uns, so etwas wie einen Filz gibt es nicht, und alle stimmen mächtig ein in den Gefangenenchor: Freunde und Freundinnen, erlöst uns beruflich und kollegial von euren Wünschen und Werken, wir finden sie alle ganz wunderbar ganz privat bei einem Glas Wein. Ergebnis: der Negativ-Filz, der Malus der Freundschaft. Denn es gibt etwas, was den Kritikern noch heiliger ist als die Literatur, das ist ihr Image.

Sie alle verbindet nämlich der Adressat. Mögen sie noch so mit Inbrunst behaupten – und sie behaupten es dauernd –, ihr Adressat sei der Leser, wir wissen durch die empirische Forschung: Der wahre Adressat jedes Kritikers ist der andere Kritiker (die andere Kritikerin). Die verkappte oder offene Konkurrenz auf dem Meinungs-Plafond.

Wir unterscheiden die Gattung der produktiven *(Critici)* von der Gattung der destruktiven Kritiker *(Criticastri);* denn es gibt solche, die die Literatur lieben, und solche, die sie zu lieben vorgeben, sie aber hassen. Beide kommen in reichlichem Mass vor.

Die Hassenden täuschen die Liebe vor, denn das ist beruflich erforderlich. Man erkennt sie daran, dass sie nichts anerkennen können, was sich oberhalb ihrer geistigen Reichweite befindet. Sie können nichts in unbeurteiltem Zustand belassen. Sie hassen eine Literatur, die ihrer nicht bedarf. Denn sie ertragen das Überlegene, Grössere nicht. Da fallen uns zuerst die Gralshüter und Präzeptoren *(Criticastrus praeceptor)* auf. Sie sind Kritiker mit Pauken und Trompetenschlag, im Brustton der Wohltäterschaft. Nie soll dabei der Verdacht aufkommen, dass ihnen die Literatur ein frommes Alibi ist. In Wahrheit sind sie die Totengräber der Literatur, denn diese Schöntraurige, diese Belle Triste ist ihre Rivalin und darf niemals mächtiger werden als sie, die sich als ihre Statthalter geben. Für sie sind erst die toten Dichter die wirklichen Dichter, denn die lebenden treten ihren wahren Absichten zu nahe. Sie fordern auf imperiale Weise die Bescheidenheit der Literatur. Denn das Anspruchsvolle, das Komplexe des Textes könnte ihre Blösse entlarven. Sie lieben die einfache Grösse, den handlichen Realismus und den eindimensionalen Mainstream, was sie aber niemals zugeben würden. Sie wollen eine Literatur im Zustand der Unschuld und setzen dafür ihren eigenen Wissensstand ein, der nicht aus der Akademie stammt. Das ist die Voraussetzung ihrer Urteilskraft, denn sie sind oft Autodidakten.

Ihr Urteil ist laut und deutlich, ihr Mann ist Mann. Im Zweifelsfalle wählen sie einen Stephan Eicher der Literatur, denn ihr Image muss à jour und berufsjugendlich bleiben.

Darin steckt eine uneingestandene oder unausgesprochene Forderung: Schriftsteller sollten weniger intellektuell sein und weniger wissen als Kritiker. Vor allem sollten Schriftsteller nicht zu gebildet sein. Das verhindert die höhere Weihe durch die Kritik, die erst den wahren Kern eines Romans, eines Gedichtes zu erfassen imstande ist und ihm durch die Analyse zum Durchbruch verhelfen und so der Bedeutung und Sinnstiftung zuführen kann. Ohne sie, die Kritiker, ist sie nichts, diese Belle Triste, und sollte unberührt im Naturzustand bleiben, bis sie, die Kritiker, sie durch Erkenntnis entjungfern und der wahren Erfüllung erschliessen.

Die Gralshüter und Präzeptoren sind oft moralische statt literarische Instanzen, sie wissen, wovon Literatur handeln soll, von Liebe und Leidenschaft, von Schuld und Sühne, aber bitte verschont uns mit euren privaten Unkeuschheiten. Nichts Menschliches sei der Literatur fremd, verkünden die Präzeptoren – doch wenn jemand ihren Rat ernst nimmt und ganz persönlich und intim wird und die Technik des Hand-an-sich-Legens beschreibt, wie das etwa Günther Herburger oder Bodo Kirchhoff taten, dann geht es den Präzeptoren ausschliesslich darum, an diesem Vorgang die mangelnde literarische Qualität zu beanstanden, ich bitte Sie, um nichts anderes geht es als um die literarische Qualität.

Wenn ihre Rivalin, die Literatur, sich zu sprachmächtig im Lande erhebt, dann wird sie zurückgepfiffen. Statthalter reden gewohnheitsmässig mit Füssen und Händen, die ausschliesslich aus Zeigefingern bestehen. Sie halten eine lebenslang prolongierte Ansprache, die sie nun bis in die Chefetagen der literarischen PR-Abteilungen hinanzieht: Sie werden dann zu Festrednern von Grosskonzernen berufen, und wenn dann ihre lebenslängliche Festrede doch einmal kurz einhalten sollte, um Atem zu holen, dann trommeln dabei ihre Finger weiterhin auf die verfügbaren Resonanzböden um sie herum, seien sie flach oder rund, stumm oder stimmhaft, organisch oder synthetisch. Das ist, wie uns ein geprüfter Insider der Statthaltung mitteilt, ihre laufende Wortergreifungsautomatik. Die ist ununterbrochen im Gange, denn die Gralshüter und Präzeptoren der Literatur sind geräuschvolle Selbstintendanten, sie beherrschen die Kunst der Demagogie.

In ihrem Gefolge schlägt sich die Subspezies des Parsen *(Criticastrus praeceptor zoroasthrus),* im Sinne des rituell Eingeweihten. Er bewegt sich im Umfeld der nährenden Statthaltung. Er ist jener Disputant und Wortergreifer, von dem sämtliche Gäste annehmen, er sei als eine bedeutende Persönlichkeit allen ausser ihnen bekannt, weshalb sich niemand traut, sich flüsternd bei der Tischdame nach seinem Namen zu erkundigen. Davon lebt er. Er mag sich dann als Kritiker in einem Regionalblatt wie ein Partisan geben, ist aber dem Wesen nach eher ein Meuchelmörder. Er ist krank vor Ehrgeiz nach Grossem, doch darf er das niemals eingestehen, weder sich noch anderen. Heimlich lechzt er nach Blut und steht immer in einem Dienste, er spricht numinos vom Grossen, das kommen wird, hat stets ein Vorhaben, das sonst niemand kennt, und er benutzt die Heckenschützen-Methode per se. Er zielt aus dem Hintergrund, und irgendwo jault jemand auf. Er ist nicht, wie man irrtümlich annehmen könnte, ein Vampir, der sich zeigen muss, er hat keine erotische Motivation für sein Verfahren, wenn er der Literatur nächtlich das Blut abzapft. Er fordert seinen Feind nicht heraus, erscheint ihm nicht in Gestalt und meidet jede persönliche Konfrontation. Dazu ist er zu furchtsam, als Abhängiger, das muss man verstehen. Er ist eine paläolithische Spätform, die in langer Fruchtfolge mutiert ist – wir wollen nicht sagen, pervertiert, denn er kann ja nichts dafür, dass er noch da ist –, weithergeholt aus einer archaischen Not, die das Töten bedingt. Er ist heute selten und darum besonders zu schützen.

Häufiger, da zeitgeschichtlich jünger, vitaler sind die bösen Stiefväter der Literatur *(Criticastrus novercalis malignus)*, die aus ihren zähne- und papierknirschenden Festungen heraus die Autoren und ihre Mätressen mit dem Fernrohr verfolgen und ihnen Wegelagerer vorbei schicken, die sie zum Sturz bringen sollen, falls sie unbefugte Platzhalter in einem Feuilleton sind. Sie bevorzugen amerikanische Methoden der Instant-Entsorgung von fällig gewordenem Personal. Unberufene Nobodies, erfolgreiche Herkömmlinge ohne Ernennung durch sie, die mit viel Geschick und Rankünе ihre Festung erhalten, sind ihnen Dornen im Auge, die aus dem Betrieb entfernt werden sollten ohne den geringsten Palastaufruhr. In den Festungen der Literatur herrscht genealogisch das Erstgeburtsrecht, so dass der junge Erbe den Flitzbogen vor den Höflingen spannt und seine Leibgarde prüft, bevor er sich mit ihr einlässt und sie unter den Schirm nimmt. Der junge Erbe bleibt lieber so lange es geht auf der Feldherren-Etage und übt sich in raffinierteren Formen des Zen-Sports, den er in seiner Funktion fortan braucht.

Wie ein Zwei-Parteien-System oder sagen wir, um im Bild zu bleiben, wie zwei verfeindete Stadtstaaten wuchert dazwischen die vierte Art des destruktiven Kritikers, das ist der Wechselbalg *(Criticastrus dubiosus)*, nicht mit dem Bastard zu verwechseln *(Criticastrus hibrida)*, mit dem er nicht blutsverwandt ist. Ein Status ohne Befugnis, der zwischen den Allianzen haust, einverschworen da oder dort und in der Intrige zu Hause, der Mittäterschaft in ewiger Hassliebe erlegen. Seine gewisse hörige Narrheit schlägt den Wechselbalg allzuschnell zu den Hofschranzen *(Criticastrus servilius)*, die nachts nicht schlafen können, wenn die Regierung, der sie gerade dienen, sie übergangen hat, hebt ihn über das Hofschranzentum hinaus, nämlich als Einflüsterer und Auguren. Der Wechselbalg ist ebenfalls eine seltene, zu schützende Art, deren Blüte das 18. Jahrhundert war.

Im Dunst des Zeitgenössischen liegt eine unermessliche Ebene, wo man weder liebt noch hasst. Dort waltet weithin die erkaltete Form der Frustration: Das ist der Stand des Verwalters *(Criticastrus tacitus domesticatus)*, in prinzlich bis fürstlich besoldeter Käfighaltung, als Preis der Domestikation. Man darf diese Spezies nicht schlagen, denn dieser Kritiker hat die persönliche Frustration längst hinter sich. Er weiss nicht mehr, dass er frustriert ist, wenn er dem noch nicht Frustrierten begegnet. Er ist wahrscheinlich Kulturbeamter, Redakteur, Geschäftsführer, Lektor oder Abteilungsleiter. Man füttert sein unrühmliches Amt dann mit Privilegien, er wird kurz vor der Pensionierung noch Experte, Spezialist oder übernimmt besondere Aufgaben im Aussendienst.

Er ist meistens charakterfest, nur dann und wann scheint er seine «déformation professionnelle» an seinem armen, aber freien Kollegen ein bisschen rächen zu müssen, nur ein klein bisschen. Denn er will die ihm geneigte, freie Gunst nicht ganz verwirken, so dass seine Rache die sublimsten Formen annimmt. Eine (unter vielen) besteht zum Beispiel in der fortgesetzten Ignoranz von dem, was der Kollege für andere schreibt, während er sehr zu loben bereit ist, was der Kollege für ihn, den Redakteur, verfasst. Keinesfalls darf der frei herumgehende Kollege erfolgreicher sein als er, in feudaler Haftung. Zunehmend werden so die Redaktionen refeudalisiert und wieder von oben regiert. In der innersten Mitte des geistigen Mittellandes erblickt man den Kritiker als Verwalter, man erblickt ihn in Hundertschaften. Er erledigt ohne Degen und ohne Stilett im

Strumpfband täglich ein Pensum Literatur. Auf dem Pult steht die Fotografie seiner Lieben daheim, womöglich mit Hund vor dem Ferienhäuschen. Er ist in seiner Bestform die Tagesmutter der Literatur. Es fehlt ihm jegliche Passion für sein Fach. Wenn man Familie hat, wissen Sie, da kommt einem die Leidenschaft leicht abhanden. Ausserdem: Wer wird sich denn heute noch wegen reiner Sprache und Dichtung duellieren, im Zeitalter des Internet. Der moderne Verwalter ist Macher, und er macht Fehler, die er durchaus einzugestehen, jedoch niemals zu widerrufen bereit ist. Denn dann könnte sich tatsächlich etwas ändern an den eingeschweissten Verhältnissen. Das wäre schlimm, obschon er öffentlich immer das Gegenteil behauptet, es würde ihn nämlich zu einer Standortbestimmung, mindestens zu einem Standpunkt fordern, das wäre ihm peinlich. Deshalb ist er auf das gute Bündnis bedacht. Von einem Verwalter kann man kein Bekenntnis, keine persönliche «confession» verlangen. Doch ja, er hat Verständnis für die Literatur, wenn er sie unterwegs trifft, dann bietet er ihr sogar das Du an, und ob sie vielleicht auch für ihn etwas dichte. Man würde gern, und sie, die Literatur, solle doch ungeniert hereinschauen bei ihm. Tut sie das, dann wird er amtlich und redet im Pluralis majestatis mit ihr, denn so war das doch nicht gemeint, mit dem Was ihr wollt und Wie es euch gefällt, und wenn schon, dann ausschliesslich für ihn. Als Verwalter kann man nicht seiner Kollegen Hüter sein.

Unter der Gattung der Liebhaber *(m. + f.)*, der produktiven Kritiker *(Critici)*, unterscheiden wir den Kritiker als Leser, den Kritiker als Anwalt, den Hedonisten, den Meinungsinhaber und den grossen Liebenden.

Der Leser *(Criticus legendarius)* ist leidenschaftlicher Leser, der Lesegenuss ist ihm das Metier und das Brot. Die bemessene Lesestunde gilt ihm mehr als der rund um die Literatur rotierende Party-Service. Die Lektüre ist ihm wichtiger als sämtliche Literaten, sie ist das Wichtigste. Das einzige, was ihn ausser der Literatur noch lockt, ist die Selbstinszenierung, der er jedoch nie erliegt. Er ist ein freier Geist der Urbanität und lässt das Unbequeme am Wegrand liegen. Er liebt einen neutralen Umgang mit der Literatur, schlägt sich nicht für Freund und nicht gegen Feind, denn er legt sich nach Möglichkeit mit niemandem an und geht den Statthaltern, den Gralshütern, den Jägern und den bösen Stiefmüttern und -vätern aus dem Wege, nicht ohne über deren Anrichtungen dann heimlich zu schmunzeln. Eine gewisse Listigkeit liegt hinter seinem Charme, denn er ist nicht so ganz und gar ohne Arg wie der grosse Liebende der Literatur, aber doch kollegialer als die Verwalter und die Hedonisten.

Die Anwältinnen *(Critica mater civilitatis)* geraten, in unbestechlicher Stetigkeit um die Sache bemüht, manchmal in Gewissenskonflikte, wenn es gilt, die Literatur gegen ihre Erzeuger zu verteidigen. Das kann sogar Freundschaften kosten, was die Anwältinnen der Literatur etwas enttäuscht. Sie haben die Autoren darin überschätzt, dass sie im Namen der Sache die Kritik als Rechtsinstanz der Literatur höher einschätzen würden als ihr eigenes Schreibvergnügen. Die Anwältinnen sind leicht irritiert und denken lange über die Condition humaine nach, mit einem kleinen Seitenblick auf die condition féminine. Es fällt ihnen nicht leicht, den Rechtsweg der Literatur gegen ihre Autorinnen zu beschreiten, aber Recht geht vor Privatvergnügen, und die Loyalität zur Literatur ist unantastbar: Anwältinnen und Anwälte der Literatur tun ihre Pflicht und haben die Literatur vor Irrtümern und Entgleisungen zu schützen. Sie biedern sich nicht mit der Literatur an, gerade weil sie ihr Metier lieben, sie sind höflich, umgänglich, aber nicht auffallend sozial. Die sehr Gewissenhaften und besonders Verantwortungsvollen prüfen am Feierabend vor der Urteilsverkündigung noch letztinstanzlich das Testament, sie fragen ihren Gemahl kurz vor dem Einschlafen nach Ethos und Würde des Menschen in der Literatur, und wenn sie sehen, dass ihr Werk richtig, aber nicht gut war, dann erscheint ihnen nachts das verletzte Dichtergesicht und stellt sich rüde vor ihr schlafloses Auge. Das ist der klassisch humanistische Typus.

Die Hedonisten *(Criticus opportunus nepotis)* haben keine Skrupel, zu ignorieren, was ihrer Bonhomie zuwiderläuft. Die Kritiker de qualité et du haut goût sind zu jeder Zeit und Stunde Lebensgeniesser, die sich einen Spass herausklauben wollen aus einem minenverseuchten Brachland; elegante Flanierer, die ein Metier zur Schau stellen, zu ihrem und anderer Genusse. Sie möchten dabei doch noch ein wenig ihre Meinung sagen wollen, welche aber, nach eigenem Statement, zum Nachteil der Eleganz sein könnte, mit der sie ihr Image ausführen, weshalb die eigentliche Meinung stets im Verzug ist und ihrem Image hinterherhinkt. Was sie eigentlich meinen wollten, versickert in der Eleganz der Rhetorik – in einer Laudatio oder in einem freundlichen Nachwort. Sollten sie doch einmal in einen Konflikt geraten, bietet sich eine Versöhnung bei einem Partytalk, das ist praktischer und spurloser als die schriftliche Referenz.

Es liegt in der Natur des Hedonisten, dass er es nicht verderben will mit dem Besten, was die Literatur zu bieten hat, und das Beste, das sind die Besten. Natürlich in der vergesellschafteten Form, denn mit Eremiten und Eigenbrötlern möchte er nicht zuviel von seinen sozialen PS verbrauchen. Von den Besten das Beste beim besten Jahrgang: Das ist sein Aggregat und Fluidum. Der rhetorische Typus liebt das rasche Parlando und beherrscht es entsprechend.

Man glaubt es kaum, was er schon alles gelesen und abgehakt hat, bevor andere ein Buch aufschlagen. Fast hat man den Verdacht, er schreibe schneller als er liest, aber er ist kompetent, weil er sich keinen Fauxpas leisten will, der zum Nachteil seiner Karriere sein könnte. Wenn er schneller formuliert als er denkt, immer mit einem kulinarischen Vergleichs-Bukett obenauf, dann ist das ganz zu unserm Vorteil, denn dieser Typ hat einen hohen Unterhaltungswert. Es ist nur schon deshalb wünschbar, dass er mehr redet als schreibt, weil er besser redet als schreibt und besser redet als liest und überhaupt besser als alle anderen, weshalb man ihn am besten beim Reden sampeln sollte, damit er redend verharre. Für uns.

Dazu stossen, man muss das so sagen, die Inhaber und Rechthaberinnen der eigenen Meinung *(Criticus arbitrarius magister)*, die das weite Feld fertilisieren wollen, wobei der Dünger ein wenig zu scharf ist, und nicht ökologisch gemischt, nicht austariert und immer ein bisschen geladen, so dass man eine Vergiftung des Humus befürchten muss, was aber nicht beabsichtigt war von der inhabenden Meinung, der es allein um Qualität geht. Da kann man keine Konzessionen machen, auch wenn es der inhabenden Meinung im nachhinein nicht mehr ganz wohl ist in ihrem blitz- und blankgefegten Meinungsgehäuse. Immer kehren sie gründlich aus und gehen allem auf den Grund und Boden, denn Literatur ist keine Privatsache und erträgt keine Wehwehchen, sie hat nun einmal das Urteil zu tragen, so wie die Inhaberinnen und Rechthaber ihre Instanz-Funktion tapfer ertragen, zur Einsicht des Marktes tragen, wider besseres Wissen der ausübenden fachlichen Gruppendynamik, die sie verscherzen. So ist hier das Typenmerkmal eine gewisse spröde Zivilcourage.

Es ist einer einzigen Art unter der Gattung gegeben, alles für deren Wohlergehen zu tun, was in ihren geistigen, amtlichen und praktischen Kräften liegt: Die Rede ist von den grossen Liebenden der Literatur *(Criticus amandus laureatus rex)*.

Wir stehen nun auf der Zinne des Faches, wo sich die Kritik in ihrem Gegenstand sonnt, um sich aufzulösen im lichten Gefilde der reinen Sprache, um in ihren Gegenstand einzugehen und eins zu werden mit ihm. Und niemand würde ihr, der vereinigten Dichtung, Sprache und Kritik, Günstlingswirtschaft, Protektion oder Lobbyismus nachsagen wollen, die Luft um sie ist zu rein und zu dünn. Diese Spezies ist dermassen rar, dass sie nur aus wenigen Exemplaren besteht. Diese gründen tief in der Existenz. Sie knüpfen zarte Bande zu den Verbündeten der Schriftstellerei, deren Anekdoten und Metaphern sie als Gabe empfinden und tragen, als Symbole der Freundschaft am Hals. Bücher sind Flügel und verursachen eine enorme Korrespondenz. Grosse Liebende sind grosse Briefsteller und machen vieles mit Briefen gut. Auch ein Fax kann da heute wirken und heilen.

Grosse Liebende sind sanfte Dissidenten des Patriarchats und drücken die Literatur an Herz und Verstand mitsamt ihrem Personal, das viel und allerleihrauh Geschlecht hat. Sie sind ohne Falsch, besprechen das Gute und ignorieren das Böse der Literatur, soweit ihnen das möglich ist. Sie leiden an allem, was sie nicht für die Literatur zu tun vermögen, und was an Hervorbringungen unerwähnt bleiben muss. Sie prüfen ihren Gemütszustand und ihren Alkoholpegel, bevor sie eine Rezension verabschieden, die ihnen ein wenig zu unmässig geriet, und beschliessen, wenn sie sich einmal zu einem Verriss aufraffen, ihn dann nicht drucken zu lassen.

Der Phänotyp unter den grossen Liebenden ist der noble lakonische Geistes- und Sinnenmensch, als letzter Ausläufer einer Bildungsära im Geiste von Kant, Hegel und Billie

Holiday, mit einem Zug ins Erhabene, Entlegene, um nicht zu sagen Aristokratische. Obschon er aus kleinbürgerlichen Kreisen kommt und seine Mutter im Altersheim regelmässig besucht.

Es braucht Ausserordentlichkeit, um ihn als Mentor und Fürsorger zu gewinnen, man muss ihn gewinnen *können,* dann aber gewinnt man ihn bis in den Dichterinnenalltag hinein, dann wird er ein wahrer Freund in jeder Not, nie aber wird er ein Diener sein. Wen er nicht küren will, dem wird er von ferne winken, fast huldvoll, und Brecht zitieren, wir haben nicht können freundlich sein, mit euch, macht jedoch weiter so, ohne uns, denn die Literatur bedarf eurer, nicht unserer. Das ist in etwa der Tonfall und vertrackter als alles andere.

Ihm liegt das Praktische nicht, er ist kein Aktionsmensch. Plötzlich aber erscheint er unerwartet als Mann der geistesgegenwärtigen Tat. Dann aber geht es um das Grosse, das Grössere jedenfalls, um die Menschenrechte, Europa oder so. Dieser Criticus ist selbst die Peripetie und Katharsis des Faches. Sein Wirkungsort ist die Akademie, und die gepflegte Literaturzeitschrift eher als die Tageszeitung. Doch überrascht er auch hier und tritt unerwartet ins Blickfeld: Ecce homo, denn er ist es, der grosse Liebende, der eines Tages eine Provinzzeitung aus den Niederungen der Profillosigkeit erhebt und mit einem Artikel adelt. Das ist dann ein handgeschöpfter Nektar im Blatt und tränkt einen dürstenden Landstrich.

Der grosse Liebende ist einer, der das eigene Gesicht nicht erträgt, und da sind unsere Gesichter ihm eine Zumutung mehr, die er nicht verdient hat. Wir möchten nicht sagen, dass seine überfeinerte, mit Herzensbildung umflorte Ästhetik ihm selbst den Blick in den Spiegel verbietet, im Gegenteil, er blickt dort hinein wohl zu sehr, um es mit seinem erhabensten Feind aufzunehmen, um diesen auszuhalten und täglich zu ertragen, um ihn dereinst einmal ja, zu erkennen; das ist, ecce homo, Sie wissen schon. Wir wollen keine Wunden aufrühren.

Würden wir ein Bekenntnis ablegen und gestehen, dass uns ein solches nicht zustünde, doch dass er unserer Verehrung sicher sei, er würde nicken dazu, ein lateinisches Zitat spendieren, Vanitas-nahe ironisch werden, und dann den nächsten Zug nehmen.

Er möchte nur ahnen wollen, dass wir am Fuss der Zinne ihm treu und ergeben sind, ihn bloss darauf aufmerksam machen wollen, die höchsten Weihen des Faches, wenn sie endlich eintreffen (was jedermann für überfällig hielt), dann auch zu geniessen; wobei wir in seinem Fall eher die römische Toga zur Lyra der Antike vorschlagen – Eklektizismus ist heute nicht zu vermeiden – oder in unserm rauher gewordenen Klima ihm den Hermelin umlegen möchten. Das Goldene Vlies steht ihm eher zu Gestalt als ein Mikro am Revers des Buntkrawattenträgers. Eine Buntkrawatte passt nicht zu ihm, zu ihm passt das Amulett.

Es ist leichter, als man vermutet, bei gewisser Zuständigkeit ins Château grosser Liebender zu gelangen, doch um so schwerer, dort dann in ihre Auslese zu kommen. Ihre Auslese von Literatur ist höchst persönlich und exklusiv. Selbst wenn sie zutiefst bedauern, was an Rühmlichem wieder und wieder nicht in Betracht kommen kann. Sie sind geduldig und machen die gravierende Sachlage klar und sagen von der Zinne ins Land hinaus, doch niemals hinab, denn sie sind zutiefst demokratisch: Wisset, wir fühlen uns nicht berufen, euch zu berufen. Wie könnten wir euch berufen, wo wir schon unsere eigene Berufung kaum je ertragen!

Haben sie so gesprochen, machen sie kehrtum auf der Zinne und ziehen sich in ein Gemach zurück, um sich an die Brust einer holden Frau zu legen, einer Geweihten, unerkannt vom Plebs. Was wissen wir am Fusse des Châteaus schon vom Schmerz der Berufenen und ihren wahren Begierden. Welche sie im innersten Herzensverlies halten, mit Ketten beschlagen. Vielleicht aber, so hoffen wir, wenden sie sich ins Private, um dort alleine zu weinen, über die eigene Schmach als höchste Funktionäre und Würdenträger der Literatur, wobei das Einhorn von der Wand wissend blickt, und die Hindin, die Ruhende dorten, am falben Leib zittert auf ihrem Teppichvorleger und sie mit grossen verständnistrunkenen Augen ansieht.

Der unendliche Komparativ oder ein Buch ist kein Tisch

Nur Sonntagskinder dürfen im Club auftreten, Sonntagskinder vom Fach. Zu ihnen gesellen sich Salon-Gäste, die rhetorisch begnadete Prominenz. Das muss wettgemacht werden; denn die andern sitzen im Abseits, und die sieht man nicht. Sie aber bilden den Sockel des Literaturbetriebs. Je kleiner ihr Einflussbereich, desto grösser ihr Anspruch: Die hausgemachte Selektion, das Handverlesene als Massstab der eigenen Bedeutung. Sie schaffen sich eine distinction, indem sie sich wählerisch geben, spiessen Namen auf wie Schmetterlinge oder buhlen um sie, indem sie sie fallen lassen wie einst die Ritterfräuleins das Batisttüchlein: name dropping, ein Lehnwort der Werbung. Damit die gesamte geistige Welt ihre Ernennungen aus dem Dunkel erhöre. Das kommt nicht von ungefähr.

Mit Rezensionen allein lässt sich heute kein Renommee schaffen, und die alte Schule hat einen schweren Stand. Der allgemeine Anpassungsdruck an die Trivialisierung (durch die Kommerzialisierung) des Literaturbetriebs ist zu gross. Der Autor, das Buch wird zum Medium des eigenen Wehs.

Und Autoren sind dankbare Opfer, besonders wenn der Rezensent ihren Nerv oder gar die Schlagader ritzt; dann bäumen sie sich gaulartig auf wie im vorletzten Western, sinken weidwund zu Boden und klagen an. Malträtiert, gemartert, zutodegetroffen. Manchmal erwägen sie auch das Exil oder wandern vorübergehend aus. Und viele grüssen nicht mehr. Bis sie erfahren, dass das Leben stärker ist als eine einzelne Rezension, was manchen von ihnen zu glauben schwer fällt. Einer und Eine und noch Eine und wieder Eine sind darin umgekommen.

Was auffällt, ist das Apriori, ein trompetenhaftes An-und-für-sich, mit dem sich jetzt die Rezension der Literatur bemächtigt. Manche Besprechungen gebärden sich so, als hätten sie bei jeder Lektüre den Abriss der Gesamtgesellschaft im Auge. Sie interpretieren nicht, sie stellen einen Anspruch. Sie besprechen nicht, was sie gelesen haben, sie fordern, was man zu lesen hätte. Und plötzlich singen sie wieder. Als hätte Frau Holle aus der Chefetage gewinkt. Auf einmal sind alle Bücher wieder die besten, die man je las. Und das alles kommt aus der Pflicht, die ihnen der Kulturbetrieb zuschanzt: die Brosamen unterm Tisch zusammenzukehren. (An ihren miesen Honoraren ist der Kurswert der Literatur abzulesen: Auch die kompetentesten, hochqualifizierten RezensentInnen arbeiten für einen Leibeigenenlohn.)

Aus diesem Umstand, der ein Notstand geworden ist, reitet das Genre als solches daher, als Lese-Tip oder als Abrechnung, als Ideologie oder als Public Relation. Das ist das letzte Halali der Rezeptionsgeschichte, es hallt bis in den hintersten Winkel der Zeitungslandschaft und nimmt lanzenschartige Töne an, weil sich bald jedes Lokal-Feuilleton für ein Morgarten der Literaturkritik hält. Als seien Schriftsteller immer noch fremde Fötzel im Lande. So kam nicht von ungefähr, dass manche von ihnen zu den Habsburgern überliefen, in den Haymon, den Droschl und den Residenz Verlag.

Man muss verstehen, wenn sich RezensentInnen nun selbst die Bedeutung verschaffen, die ihnen der Verlag, ja die gesamte Kulturindustrie entzieht. So reitet die Rezension jetzt den Komparativ, in die Offensive der Forderung, dass jedes Buch *das* Buch an sich sei, jenes, das ihnen die ausgelesene zerfledderte Hausbibliothek ihrer Jugend ersetze. Die Kindheit ist darum das meistbesungene Thema der Literatur. Es hat einen Sehnsuchtswert, der sowohl die Autoren als auch die RezensentInnen ergreift. (Kinder- und Jugend-Literatur hat immer Konjunktur.)

Die Grossgewordenen vernehmen dagegen den Generalbass der Saison, dass heuer noch schlechter als letztens war, dass hüben schlechter als drüben ist und morgen schon gar nichts zu erwarten. Dann kommt der Komparativ in die Sätze. Die melden den Höchststand der Langeweile; die nimmt jedes Jahr zu, ausgenommen ein Frühling schneie unangemeldet herein – Sie lesen richtig –, dann lautet der Komparativ für die weiteren Jahre: Einen solchen Frühling wie damals gab's nimmer. Es fanden keine Überraschungen statt, es wurden keine Entdeckungen gemacht etc. Innovationen werden ständig verlangt und können nicht nachgeliefert werden, denn die Dichter und Denkerinnen wissen, dass Innovation ein Kriterium der Mode und nicht der Literatur ist.

Zum alpenländischen Image gehört die Aura des Handwerks. Dafür braucht es hirnhandliche Sätze. Sonst schmeissen sie, schreiben die RezensentInnen, das Buch bald in eine Ecke. Das heisst, sie formen die Drohgebärde zu einer Rezension. Das geschieht, wenn der Treibsand der Lektüre partout nicht in die verfügbare Gugelhopfform passen will. Parbleu, verflixt, im Quick-Diagonal-Leseverfahren zerrinnt der Stoff unter der Hand, die Druckfahnen verheddern sich ohnehin schnell. Wahrscheinlich ereignet sich eben auf den nullkommaplötzlich angeforderten Fahnen der kommenden Neuerscheinung viel weniger als im gebundenen Buch. Es gilt neuerdings aber der Satz: Wer zuerst liest, liest besser. Auch die RezensentInnen unterliegen diesem (angeblichen) Branchen-Druck. Die aktuelle Rezension ist die prominente Rezension.

Die RezensentInnen pflegen ein bis drei Favoriten, die es nie falsch machen können, während alle andern es nie recht machen können. Weniger wäre mehr gewesen, heisst es dann, und der Komparativ schillert in den Konditionalis hinein. Oder plustert sich ganz zum Konjunktiv majestatis auf, denn die RezensentInnen wissen, was ihren Autoren frommt – oder loetschert und meiert. Das ist eine Art Heimspiel des Feuilletons, in dem sich manche Redaktoren als Gönner und Trainer für ihre Mannschaft stark machen. Die Regel gilt für deutschsprachige, mehr noch für Schweizer Autoren. Ausländische Bücher werden eher als Bücher betrachtet.

Durch die Steigerung des Anspruchs, dem weder Goethes *Wilhelm Meister* noch Max Frischs *Montauk* standhalten könnten, kämen sie jetzt heraus, erübrigen sich die herkömmlichen, die triftigen Massstäbe der Literatur. Von Massstäben wagt ohnehin niemand mehr zu sprechen. Das will nicht besagen, dass Schweizer Rezensenten inkompetent seien. Im Gegenteil, sie sind zu kompetent für den Platz, den ihnen die Medienlandschaft zuweist.

Liebe Leserschaft, es ist, als müsste jeder Schreiner den Tisch neu erfinden. Wenn der Tisch einfach ein richtig gemachter Tisch ist, dann gähnen die RezensentInnen zwischen den Zeilen. Der Schweizer Roman ist mause, heisst es dann, es sei denn, er werde von Göpf Keller, Albert Bitzius, Röbi Walser und Hans A. Eigenlob geschrieben, wenn ihn nicht sogar das Ausland in der

Schweiz schreibt. Noch ist auf das politische Outing von John Maynard Travolta, Donald X. Miller und Ross McGraf zu hoffen.

Das ist der Sound der grossen Blätter, und die fordern sich gegenseitig zur Saison in einem Urteils-Rodeo heraus, so dass unter den Hufen eines atemberaubenden Meinungsgalopps der Schweizer Roman röchelt. Das macht nichts, denn jedes einflussreiche Blatt führt seine eigenen Kriterien im Sinne der gesunden Konkurrenz.

Die Rezension ist ein Treuhand-System. Es wirkt immanent. Es ist nicht so, dass Rezensenten die Bücher von Schweizer Autoren lesen, um sie dann zu besprechen – sie wählen sich frühzeitig ein Kontingent davon, das für sie schreibt und ihnen die Arbeit erleichtert. Denn so ein durchtrainierter gutdurchbluteter CH-Qualitäts-Autor hält ein Leben lang hin, strapazierfähig und dicht wie aus Popeline. Das hat den Vorteil, dass man mit dieser Methode zum vornherein weiss, ob der neue Marti, der neue Widmer, der neue Meier gut oder schlecht ist. Sie meinen, das wisse man doch erst nach der Lektüre. Liebe Leserin, hier irren Sie, das weiss man schon vor der Lektüre. Der Wahl-Autor des Rezensenten kann immer dasselbe Buch schreiben. Ein Buch des Wahl-Autors ist immer das richtige Buch. Mit der Bezeichnung Schweizer Literatur ist nicht etwa eine Anzahl von Büchern gemeint, wie man gemeinhin annehmen müsste. Schweizer Literatur sind Schweizer Autoren (vgl. auch «Schriftsteller, schreibende Frauen …»). Dies ist ein Land für Leute, welche Literatur machen und durch Literatur gemacht worden sind – Gottfried Keller müsste das heute so formulieren. Autoren werden gemacht, nicht die Literatur, die ist bloss die Begleiterscheinung des neuen Autors.

Was die neuen Bücher angeht, die sich in Massen um den Autor herum stapeln, so muss eine harsche Auswahl getroffen werden. So fällt dann die Auswahl auch da auf das Buch mit dem Selektionssiegel, dafür haftet meistens der Name des Verlags. Wer wüsste denn nicht zum vornherein, dass ein Luxemburgerli von Sprüngli, Paradeplatz, besser ist als ein Luxemburgerli der Confiserie Müller in Schöftland AG? Und wer machte sich die Mühe, das noch nachzuprüfen?

Die Probe aufs Exempel darf machen, wer als Rezensentin, Lektor oder Veranstalter einen neuen Namen ins Programm des Gewohnten einschleust und dann beharrlich dem Feuilleton einzumeisseln versucht. Weil da eine Entdeckung vorliegt, die zu lange im Schatten schrieb. Er oder sie wird enttäuscht. Auf der Hinterbank der Betriebskultur, und das sind vorwiegend Betriebsgewohnheiten, hat die Entdeckung kaum eine Chance. Erst wenn die Entdeckung im Ausland gemacht worden ist, blickt man überhaupt einmal hin. Das geschah zum Beispiel im Fall von Peter Weber (Entdeckung von Gerold Späth) und Gerhard Meier (Entdeckung von Peter Handke). Den Werdegang des Autors möchte man post festum nicht mehr wahrhaben wollen. Nicht mehr wissen, dass man nun, da er da ist, lobt, was man vorher retourniert hat. Ein gemachter Autor ist ein geschenkter Gaul.

Bücher sind Anlässe geworden, Anlässe für Abrechnungen und ideologische Schlammschlachten, die sich für Literaturstreite halten, Anlässe, um ein Renommee zu schädigen oder eins zu bilden. Das Schreiben der Dichter wird vom Schreiben der Kritiker übertrumpft. Das hat seine Gründe. Das Bedürfnis nach Ausdruck, nach Mitteilung, nach literarischer Selbstbehauptung innerhalb der anonymen Massenkultur hat uns eine publizistische Überproduktion eingebrockt, die den Stand der Literatur nivelliert. Im schäumenden Jekami des Schreibens verschwindet die spezifische Literatur. Es gibt eine Quantität, die jede Qualifizierbarkeit erübrigt, sie ist schon die Botschaft. Die Produktion meuchelt die Rezeption, Schreiben ist besser als Lesen.

Was für ein glückliches Land, müsste man meinen, das nicht nur das Œuvre der bestandenen Dichterin veröffentlichen kann, sondern die musische Leistung der Prostituierten, der Hebamme, des Staatsanwalts, des Zöglings usw., die Bekenntnisse der Prominentengattin, das J'accuse des Nationalrats und die Memoiren der Entziehung, und bitteschön, sie sind alle begabt.

Das Glücksprodukt dieses Landes ist das Hobby, die Beschäftigungs- und die Ausweichs-Kultur. Die Beliebigkeit von Literatur entsteht nicht dadurch, dass die Prostituierte, die Hebamme, die Prominentengattin, der Nationalrat und die Co-Alkoholikerin veröffentlichen können (das ist ja tatsächlich die Errungenschaft einer kulturellen Demokratie), sondern dadurch, dass sie alle sogleich und ohne Umstände in den Status des Schriftstellers, der Schriftstellerin gelangen. Roland Barthes, man muss ihn halt immer wieder zitieren, unterscheidet das Schreiben des Schriftstellers (écrivain) vom Schreiben des Schreibenden (écrivant). Wir haben im Unterschied zu unseren Nachbarn wesentlich mehr Schriftsteller als Schreibende in unserm Land. Wir haben das Teilzeit- und Freizeitschaffen, als Luxus, die Profession kommt darin vor.

Die verständigungspflichtige, die sozialpolitisch verfärbte, die humanitäre Literatur gewinnt zunehmend an Terrain im Land Henry Dunants und Pestalozzis. Und während die Schriftstellerrate steigt, senkt sich der Kritikerstand. Er senkt sich, wie wir zu zeigen versuchten, nicht etwa von selber, er wird vielmehr gesenkt. Im übrigen wollen wir uns verneigen vor der sozio-öko-demographischen Kulturleistung der Confoederatio und bitten um schonendes Anhalten der Rezensent(inn)en, die motzen, die wüten, die passen vor einer Bücherflut mit steigendem Anteil der Teilzeit-, Freizeit- und der Kulturförderungsliteratur.

Kleiner Abgang – ein Aperçu

Was IM Paparazzi sah und hörte

Ein Autor wird durch die exklusive Empfehlung und Mundpropaganda gemacht. Der Autor ist die Visitenkarte des Kritikers, wenn nicht gar dessen Medium, es verleiht ihm Statur und Profil. Wenn du den Kritiker hast, dann hast du auch den Autor, zwei Schmeissfliegen auf einen Schlag.

Diesen Tip hat IM Paparazzi vom PEN-Club erhalten. Er ist kirre, wenn er die grossen Autoren abhört, die im frühen Jahrhundert garstig sind und beim Flanieren nicht eben freundlich – das ist ein denunziatorisches Potential, das verspricht Stoff. Doch ist es schwierig auszumachen, wer nun wer ist, Kritiker oder Schriftsteller, da der Kritiker als Roman-Autor entdeckt sein will und der Autor sich als Kritiker hervortut. Woher soll da die richtige Verfolgungsstatur kommen? Nicht mal ein strafbares Signalement des Literaten ist herzustellen aus dem bisschen Niedertracht dieser Kreise, die sich vor den Kriegen in mondänen Kaffeehäusern aufhalten und nach den Kriegen in öden Sälen treffen, wenn nicht in Heimstätten der Literatur.

IM Paparazzi blickt durch das Schlüsselloch der Literaturgeschichte, im Wartesaal des Renommees geht es hoch her: Da reist eben ein ziemlich lädierter Besucher aus dem Biedermeier ab. Der gescholtene Mann hat den Roman eines schwäbischen Pfarrers nicht eben gnädig besprochen und wurde von diesem körperlich malträtiert. Der Autor: Eduard Mörike, der Titel des verunglimpften Romans: *Maler Nolten*.

Dann vernimmt IM Paparazzi beipflichtende Stimmen zum Abgang des Kritikers. Zunächst spricht der Zeitgenosse

Nikolaus Lenau: «Oberleichte Überhupfer sind das, diese Kritiker», später ergänzt der Dramatiker Tschechow das Statement des Lyrikers: «Wissen Sie, wenn wir Autoren uns mit Kritikern befassen und diese beehren, dann ist das etwa so, als schenke man jemandem, der Schnupfen hat, duftende Blumen.» Und dann ist es schon sehr spät im Jahrtausend, als ein Schweizer Autor mit einer handgekerbten Diktion eine Hamburger Kritikerin überfällt: «Wenn Sie ein Mann wären, dann würde ich sie niederschlagen.»

IM Paparazzi hat nun Blut geleckt und verharrt geduldig am Schlüsselloch des Betriebs. Er sieht da die grossen Essayisten des frühen Jahrhunderts sitzen, nicht eben gnädig untereinander: «Ein unmässig verlogener Autor», sagt Walter Benjamin über den Kollegen Rudolf Kassner. Die Kollegen sind ziemlich perplex, von diesem grossen Entrückten, von diesem unerreichbaren Geist hätten sie dieses Ressentiment nicht erwartet. Danach fällt Max Rychner ein, der Essayist und Redaktor der Züricher *Tat*, und gibt eines jener berüchtigten Kritiker-Vorurteile von sich: «Oft will der Kassner, wie sie alle, ein Dichter sein ...»

Eine hohe, fast schneidende Stimme erhebt sich und zieht die Sätze wie schnurgerade Perlenschnüre aus dem Mund: «Dieser Alfred Kerr, was der schreibt (...), nichts als oszillierende Banalitäten, (...) sie stellen die letzten Zukkungen des Feuilletons dar, (...) und wenn Sie mich fragen, was ich von diesem Arthur Schnitzler halte, dem gefeiertsten Dramatiker seiner Zeit, ich sagen Ihnen: ein konzentrierter Schwächezustand.» Es ist die Stimme des gefürchteten Wieners Karl Kraus, und wenn er spricht, herrscht weihevolle Stille im Saal.

IM Paparazzi erwischt ein paar weitere Gesprächsfetzen aus dem rauchgeschwängerten Raum. Robert Musil, den er nun hört, klingt gelassener, als er sich mokiert: «Dieser Polgar, dieser Alfred, unser Zeitgenosse, der ist ein glücklicher Mensch, schreibt nur über Bücher, die in seinem Verlag erscheinen. Natürlich findet er sie dann alle gut.»

Nur einer sitzt ausserhalb, er scheint der geistige Einzelgänger par excellence zu sein. Jetzt aber ist ein Reisender aus dem Jenseits an ihn herangetreten, an diesen zunächst unauffällig wirkenden Mann, doch der kleine Aufrechte ist eine Gestalt, an der nichts unschlüssig wirkt. Es ist Elias Canetti, an Cesare Pavese gewandt. IM Paparazzi hört den Sitzenden sagen: «Wissen Sie, dieser Hemingway, der ist wie Wasser an mir abgeglitten. Ich bin ein alter Spanier und kann mit diesen Amerikanern nichts anfangen. Signor, ich lese gerade Ihr Tagebuch und bin froh, Sie als Bruder entdeckt zu haben; man beruhigt sich an Verwandten.»

In einer Ecke sitzen zwei Büchner-Preisträger. Der eine schweigt und saugt an seiner Pfeife, während der andere auf ihn einredet und dabei einen Glimmstengel nach dem andern einzieht. Dieser schlaksige hohe Mann ist ein letztes unverblümtes Talent, das schöpferische Gemeinheiten ohne Rücksichten spuckt, sogar noch aus der gekrümmten Statur der Arthrose. Das ist ein Nervenbündel und Temperament, aus dem Witz und Sarkasmus sprühen, nun kommt es lustig au weih' geschrien: «Frisch, wenn Sie doch endlich mal zugeben könnten, dass Sie wie unsereiner beleidigt sind, warum schreiben Sie nie in Ihr Tagebuch, schon wieder habe ich den Nobelpreis nicht erhalten? Warum tun Sie bloss immer so verdammt unehrlich erhaben? Jetzt wo wir uns herumschlagen mit Grass, und sonst nur noch diese gesamtdeutsche Dröhntüte haben, den Martin Walser – ich habe ihn früher gemocht. Dazu kommt dieser unerträgliche Krachfatzke von Biermann, da sollten doch wir zwei … Frisch, hören Sie mich?»

Keine Antwort, und Peter Rühmkorf gibt auf, er hat einen letztmöglichen Bundesgenossen ermuntern wollen. Frisch ist wohl nicht mehr ansprechbar. Rühmkorf hat nicht bemerkt, dass Frisch sich bereits abgemeldet hat. Worauf sich eine Moll-Tonart dunkel, aber gestanzt elegant hörbar macht, sie kommt direkt aus Paris. «Hören Sie, Rühmkorf, Frisch war psychisch verhindert, ein zwinglianischer Protestant kann schwer aus der Haut.» IM Paparazzi stutzt, den Mann hat er schon gesehen.

Dann taucht ein Österreicher auf, er scheint von weither zu stammen, aus jener Welt-Verlorenheit, die im balkanischen Brandherd des Deutschen haust. Das ist einer, der seinen Alleingang zu höchster sprachlicher Wonne schmiedet, welche er dann nur mit sich selber teilt. Einmal war da noch ein Kind, eine Tochter, die hat er eingebracht in die Ernte des Daseins aus der Literatur. Er ist ein Vollstrecker der Zweisamkeit mit dem Bleistift, in letzter Konsequenz. Der Mann erscheint mit Schultertasche und hochgeschlagenem Jackett-Kragen, eine Wind- und Wetter-Gestalt, von virtuoser Prägung um die Augen. Er wirkt gefeit, als er seine grosse Plastiktüte auf einen Stuhl stellt. Darin befinden sich über tausend Seiten Handgeschriebenes, eine Art verwitterte Kalligraphie, die den Weg als Ziel festhalten möchte; obschon man weiss, erleichtert: Der Weg macht Umwege in die Genüsse, nach Frankreich und zu den französischen Frauen.

Das Handgeschriebene wird der Mann morgen seinem Verleger persönlich aushändigen, überantworten muss man wohl sagen. Denn eine Kopie hat er nicht angefertigt, oder anfertigen lassen, zumal er selber aus der Zeit der manessischen Handschrift stammt. Das ist einer, der glaubt noch an die Kraft des Wortes im Original. Der Mann soll, flüstert man, aus diesem östlichen Süden kommen, niemand in der Runde weiss es präzis, er beruft sich auf eine Wäscherinnen-Herkunft, die ihn zur Dichtung gebracht habe. Diese kam im Laufe der Zeit zu einer ausschliesslichen Adelsfaçon, und er wurde ein vornehmer Globetrotter der

Literatur. Der Mann ist wohl nur per Zufall hier. Anwesend kann man's bei ihm nicht nennen, da er sich dem Betrieb fernhält, er könnte, obschon unverbrüchlich ein Österreicher, dem Betriebsparlando nicht ferner sein. Doch nun, als er sein Wams ausgezogen und sich halbwegs auf einen Stuhl gesetzt hat, wendet sich Peter Handke an seinen Sitz-Nachbarn. Sogar ihm, dem König der Fussgänger ist nichts Menschliches fremd. Er fragt umständlich verhalten, doch gerade noch vernehmlich diesen jovialen älteren Herrn aus Zürich, der unverschämt informiert aussieht: «Sagen Sie, Herr Bondy, wo kann man in Zürich denn ficken?», worauf dieser Grandseigneur de Lettre keineswegs rot wird, sondern schmunzelt, und ihm etwas flüstert, was Paparazzi zu seinem Ärger entgeht.

Doch IM Paparazzi bleibt geduldig am Spion des Betriebs und tut saubere Arbeit. Es gelingt ihm bei der Observierung des Literaten, den Weissweintrinker vom Rotweintrinker zu unterscheiden. Zum Glück trinkt mancher manchmal auch ein Bier. Er ist erleichtert, als er aus dem Wartsaal schliesslich die Begriffe «primär» und «sekundär» abzuzapfen vermag. Diesen Vorgang sampelt er sofort, denn es ist etwas Sportliches daran, und das Sportliche fällt in seinen Verständnisbereich. Er vernimmt, dass die Sekundären zunehmend primär wurden, weil sie sich ihrer Funktion versichern wollten. Es geht um die Hackordnung, literarisch: Rangordnung. Und es sind die Sekundären, die die Primären als Primäre definieren. Das versteht IM Paparazzi blitzartig. Seine Zeit am Schlüsselloch kommt definitiv, als eine Frau auftaucht und gleich ruchbar wird. Eine Frau scheint hier selten genug zu sein, so dass jetzt plötzlich Einheit herrscht unter den Literaten, denn nun verhalten sich alle wie Primaten, ob mit Primär- oder Sekundärmerkmal. Endlich, frohlockt IM Paparazzi, versteht er etwas von Literatur.

Der Mindesterzähler und der Meisterzähler

Über Peter Bichsel und Rafik Schami, der ihn unangemeldet besucht

Wenn alle Kriege aus sind und alle Stoffe verschlissen, so sitzt immer noch einer in Solothurn und schreibt eine Geschichte von einem solchen, der keiner war. Denn er braucht keinen Stoff, im Gegenteil, der Stoff ist eher ein Hindernis, eine Belästigung, denn er trägt zu dick auf, der Stoff. Das ist, denke ich, nicht das Problem unseres Mindesterzählers, der sich nicht bei der Recherche aufhält, sondern bei einer Demokratie, wo sie ganz direkt und ganz mündlich ist.

Er sitzt in Solothurn beim Volk. Das lehrt er zu sagen: Ich bin nicht das Volk, ich bin die Erna, wisst ihr, die Frau des Feuerwehrhauptmanns, und mir ging es so. Er ist der höchste Notar des Mündlichen, und seine Geschichten haben kein Geschlecht. Sie haben vielmehr eine Wesenhaftigkeit, die man eventuell bei jener Androgynität ansiedeln könnte, die Meret Oppenheim für die Kunst einst gefordert hat. Doch der höchste Notar wird abwinken, sich leicht näselnd beschweren und noch einen Halben bestellen.

Peter Bichsel ist unser populärster Schriftsteller.

Der helvetische Stammtisch hat in ihm einen Autor, der das Lakonische gastfreundlich macht, indem er es offeriert. Er ist ein zugewandter Minimalist, er setzt sich dazu, ohne zu nicken. Da können andere Schweizer grossartige schweisstreibende Romane schreiben, die ihre Sätze schwer ausschwitzen, können uns dickleibige Opera vorlegen, preisgesegnet und mit allen Bonitätssiegeln versehen, und doch sind sie mit ihren gewaltigen Werken wesentlich weniger da als Bichsel mit ein paar Sätzen.

Wie schafft der das bloss? Diese Frage kann den Kollegen ganz schön durchs Gemüt ziehen und nicht wie des Frühlings blassblaues Band. Liegt es am Stil, an dieser detaillierten Pflege der Verweigerung irgendeiner vaterländischen Pflicht? Liegt es an einer pointierten Absence von der damals von Sartre gewollten littérature engagée? Bei uns kommt sie ja sowieso immer zu spät. Das zu Sagende wird dann so lange nicht gesagt, bis es überholt worden ist durch die Rasanz und den Kahlschlag der Ereignisse. Und dann kommt Bichsel und sagt, dass man's eigentlich nie hat zu sagen brauchen, in aller Deutlichkeit sagt der das, so dass es alle verstehen, wirklich alle verstehen.

Kann sein Terrain die Volksnähe bleiben, das Realpolitische, wenn wir nun unser Politisches als das Patriotische demaskiert, als Imponiergehabe der Macht oder als kleingläubige, dilettantische Farce entziffert und abgetan haben? Oder ist er vielleicht überhaupt bloss eine langjährig erbaute Legende, die ihn selbst überholt hat und ihn überragt, so dass seine Geschichten gar nicht von ihm sind? Ist er eventuell sein eigener Ghostwriter und selber längst anderswo als in Solothurn, nämlich sogar wirklich echt ehrlich in Mainz?

Er ist ein in der Provinz weltläufig ansässiger Schriftsteller, und sein Amerika ist in der Stube, am Fax oder am Telefon. Er begibt sich selten nach drüben, nach Paris schon gar nicht. Überhaupt, er war noch nie in Paris, wie seine vorletzte unter dem Titel *Zur Stadt Paris* erschienene Geschichtensammlung vorgibt, und ein Schweizer Schriftsteller, der noch nie in Paris war, was macht der für eine Figur?

Zur Stadt Paris soll angeblich ein ehemaliges Warenhaus geheissen haben, in Langnau im Emmental, einem literaturgeschichtsträchtigen Landstrich, aus dessen Raunen Gotthelf und E. Y. Meier hervortraten. Nicht so bei Bichsel, bei ihm besteht der Inhalt der Geschichte aus der Frage, ob dieser Name eine Geschichte enthalte.

Es gibt unter der CH-Autorschaft klassische und kleinmeisterliche, fulminante und elegante, virtuose und könnerische Erzähler und, bitte, Erzählerinnen. Und es gibt den Bichsel. Der verfertigt ein Thema zu Sätzen in einer gedanklichen Linearität, die er wie ein Seil über den Boden spannt, nur knapp über den Boden, aber doch so, dass da ein kleines Risiko entsteht, ein sehr kleines Risiko, aber ein Risiko. Da ist die inhaltliche Spekulation, die in sicheren Sätzen tagwandelt.

Die Bichselsche Geschichte als eine mögliche, eventuelle, eine allfällige Geschichte, die sich dann in der Türe irrt, um sich schliesslich aus den Sätzen herauszustehlen, sich dünn zu machen oder einfach zu versickern. Manchmal macht sie auch vorzeitig schlapp, lange vor ihrem natürlichen Ende.

Zum Beispiel jene Geschichte von einem Mann, der eines Tages an die Türe des Autors klopft, um in dessen Roman eingelassen zu werden, wobei dieser Kerl den Autor laufend beschimpft. Der Gast hat zunächst Charakter gezeigt, schrumpft aber zusehends zur dialogischen Antithese in einem modellhaften Schlagabtausch zwischen zwei rivalisierenden Rollenträgern. Oder jene Geschichte von der Ehefrau, die vor ihrem Ehemann sterben will, weil seine Hemden, die sie bügelt, swissairblau sind und swissairblau einst eine Farbe gewesen ist. Da endet die Geschichte bereits beim Notat der Idee. Bichsel also eine Art von Epigrammatiker, vielleicht der Lichtenberg vom Jurasüdfuss?

Nichts weniger als das, denn das hiesse, dass die Bichselsche Geschichte einer Moral bedürfe, und dagegen sträubt sie sich wohl am meisten. Die Bichselsche Geschichte taugt nie zur Verallgemeinerung, welche eine Moral voraussetzt:

Es gab einen solchen, und dem ist es so und so ergangen, das ist alles.

Das Epigramm verlangt eine Sentenz, und gerade das Sentenzhafte geht dem Bichselschen Erzählen völlig ab. Eine Pointe ist ihm nichts weiter als «eine banale Bemerkung, die den Leser an mehr erinnert». Manchmal triumphiert die Eigendynamik des Schreibens über ein zu gesuchtes Motiv. Etwa in der Geschichte *Die Familie* liest man entzückt, wie die Witwe sich ihre Ehe nach dem Tod des Gatten als idealtypisch erfindet und man denkt, da kann einer einfach zu gut schreiben.

Dass Bichsel seit seinem erfolgreichen Erstling *Eigentlich möchte Frau Blum den Milchmann kennenlernen* der Prototyp des Schweizer Erzählers sei, das ist eine von der Wirkungsgeschichte genährte Fiktion, die er in seinem vorletzten Opus selbst widerlegt, ja geradezu denunziert. In dieser suggestiven Versammlung von minimen Motiven erweist sich der Autor vielmehr als ein manchmal poetischer, manchmal weiser, manchmal kurz angebundener Geschichtenverhinderer. Eine ausgereifte Variante davon ist die subtile Geschichte von Hugo, dessen Biographie zwar in rhythmischen Ansätzen referiert wird, während der Chronist fortlaufend betont, dass dieses bisschen Biographie eben nicht Hugos Geschichte sei.

Das ist schon eine Kunst, dieser Umgang mit Sprachmaterial, diese sanft schaukelnde Hintertreibung der Eigentlichkeit: Hugos Geschichte ist eine andere, und wir erfahren sie nie. Hier wird Poesie zur Methode. Diese ränkevollen Miniaturen lassen die Handlung in der Schwebe, und so kommen sie einem zuweilen vor wie ein Modellbogen für erwachsene Knaben und Mädchen, zum Ausschneiden und Falzen. Oder wie ein Schnittmuster für die Tagträume der Hausfrau. Diese Simplizität muss schon virtuos genannt werden.

Harmlos ist er gewiss nicht, dieser Bichsel, schon gar nicht als der reflektierende Zeitgenosse, der Kommentator, der Kolumnist, auch wenn er in dieser Eigenschaft kein eingeschworener Skeptiker ist und kein Moralist als ein verkappter Patriot, sondern ein nüchterner Protokollant. Unser Mann ist keiner, der an der Schweiz leidet wie Frisch oder Meienberg an ihr litten, ein sehr männliches Leiden, das lange als Pflicht einer Betroffenheitsliteratur gegolten hat. Bichsel lebt zu gut und gern in Solothurn, und die Schweiz ist nicht das Thema seiner Prosa.

Manchmal kommen seine Beinahe-Geschichten, die er fort- und fortschreibt, wie spröde Märchen von oben daher, tun so, als flögen die Themen, denn Einfälle sind es kaum, wie gebratene Weihnachtsgänse über uns hinweg, und der Autor hole sie für uns persönlich vom Himmel herunter. Doch es gibt dann immer noch einiges daran zu nagen, selbst wenn der Dichter seine Geschichte kurz abfertigen will.

Bichsel ein Erzähler? Der schickt noch den brauchbarsten Einfall bachab, auf den narrativen Müll. Zum Beispiel jenen der vom Himmel fallenden Frau, die im Schosse eines Mannes namens Franz Grütter ankommt, und bevor sich dieser Franz auf eine mögliche Fortsetzung besinnen kann, ist es mit dieser Geschichte, die zunächst ganz dick aufträgt, schon aus und vorbei. Für jeden Durchschnittserzähler wäre dies ein Ereignis, doch bei Bichsel ist es höchstens ein dummer Zufall, und was fangen wir mit dem Zufall an?

All diese Fragmente, all dieses Quasi habe ein einziges Grundmotiv, nämlich die Zeit zu verbringen, die «sich als Leben ausgibt». Bichsel aber interessiert daran nicht «das Leben», ihn interessiert daran die Zeit als literarische Erwägung, ihn fasziniert daran die Form, vorwiegend die Möglichkeitsform. Die Personen werden stilistisch ausprobiert an dieser Zeitspanne, und wir, die Leserschaft, sollen sie ausstatten mit Schicksal. Und wir dürfen aufatmen und feststellen, dass es uns mit unserer Lebensverbringung doch noch ein bisschen gnädiger ergeht als etwa Hugo oder der Frau, die vom Himmel fiel und dann einfach liegen gelassen und nicht weiter erzählt wird.

Bichsel nickt uns zu mit seinem bisschen Stoff, und schon gelingt es ihm, uns zu Komplizen zu machen: Es ist uns eine Ehre, dass er seine Sätze mit uns teilt. Das ist das Geheimnis seiner Popularität. Wer würde denn als Komplizin noch nachprüfen wollen, ob das wirklich eine Geschichte sei?

Bichsel wird jetzt vielleicht nicken. Mit dem Zeigefinger an der Nase leicht nicken, zu uns hinüber in die Nichtraucherecke der Literatur, wo wir, die Komplizinnen, sitzen. Und noch einen Dreier bestellen.

Vor einiger Zeit reiste ein Mann in die Schweiz, ein Reisender in Sachen Geschichten, ein Diplom-Ingenieur, der, aus Damaskus gebürtig, lange Jahre in einem deutschen Chemiekonzern gewirkt und die Belegschaft mit Geschichten bedient hatte, ein Unterhaltungstalent, das als Erzähler entdeckt worden war. Er spricht perfekt Deutsch, sogar in den Aspekten der PC (Political Correctness) perfekt, und lebt nun hauptberuflich vom Geschichtenerzählen in Deutschland.

Er hatte damals in Zürich eine Gruppe von Schreibenden im Sälchen mit Trophäen der Schweizer Geschichte getroffen. Das Lokal war der Vereinsraum einer Trink-Bruderschaft, denn in dieser Stadt – man müsste sagen, bezeichnender Weise –, in dieser Stadt gab es keinen Raum in der Herberge für Schreibende. Schriftstellerei galt als eine geistige Form von Asylantentum und war lästig. Zum ersten Mal vergass man die Unwirtlichkeit der Umgebung. Der Erzähler von Tausend und einer Geschichte hatte die Zuhörerschaft so sehr entrücken können, dass es weit nach Mitternacht war, ehe man sich's versah.

Die Schreibenden gestanden ihm daraufhin ihre Sorgen mit dem Erzählenkönnen, welches hier jedes Jahr wieder von neuem bezweifelt werde. Dass man hier in Westeuropa eine Struktur und eine Erzählposition finden müsse, um eine Brechung im Duktus herbeizuführen. Denn so wie früher erzählt worden sei, könne man in der Postpostmoderne nicht mehr erzählen, unmöglich könne man heute erzählen wie Thomas Mann, der jeden Knauf des Knopfs an einem gedrechselten Treppengeländer einzeln beschreibe, bevor die Geschichte überhaupt anfangen könne.

Der fremde Gast schaute die Schreibenden traurig an, fast glaubten sie Mitleid in seinen dunklen Augen zu lesen. Seine Vermutung war, dass den Schreibenden in einem Land des Komfortes das Staunen abhanden gekommen sei, das Staunen und eine echte Naivität als unabdingbare Voraussetzung des Erzählens. Die würden bei uns als Unbedarftheit betrachtet. Ob wir denn keinen hätten, der in seinem Schreiben noch staunen könne?

Wir hätten einen, antworteten wir wie aus einem Munde, aber der sei das sitzende Logo des Geschichtenerzählens. Als sei jede Geschichte, die in der Schweiz noch erzählt werden könne, bereits von ihm adoptiert worden. Ob er den kennenlernen könnte?

So fuhr der Damaszener aus Deutschland kurzentschlossen nach Solothurn. Man weiss nicht, wie die zwei sich genähert haben. Bichsel wird dem Deutsch-Damaszener wohl einen Stuhl und ein Glas angeboten haben, worauf der Gast gesagt haben dürfte, danke, ich trinke nicht. Das muss eine längere Pause bewirkt haben, indem die beiden sassen und nicht wussten, wie sie anfangen sollten, mit ihrer Geschichte. Ich stelle es mir einmal vor.

Peter Bichsel: Sie verdienen also Ihr Brot als Geschichtenerzähler, das ist bemerkenswert.
Stuhlrücken.
Rafik Schami: Ich denke nicht ans Brot, wenn ich erzähle,
Bichsel: Das ist eine schweizerische Redensart für die Berufsausübung.
Schami: Redensarten sind typisch für euch. Ihr denkt zu wenig ans Spiel, wenn ihr erzählt. Hat nicht ein römischer Dichter von Brot und Spielen gesprochen?
Bichsel: Kunst geht nach Brot. Abgesehen davon, ihr Araber habt doch den Handel erfunden.
Man hört die Kirchturmuhr schlagen.
Schami: Der Handel ist etwas anderes, das ist eine kulturelle Schöpfung.
Bichsel: Wenn ich die Zeitung lese, dann erhalte ich von euren Staaten einen anderen Eindruck.
Schami: Das ist ein westliches Vorurteil.
Pause. Stuhlrücken II.
Bichsel: Ich meine, die deutsche Kultur ist langweilig geworden und ohne Herausforderung für die Literatur.
Schami: Ihr habt doch die Wende und ihre gestrauchelten Schriftsteller. Das sind doch bei euch die nationalen Herausforderungen.
Bichsel: Wir sind nicht Deutschland, wir sind wie ein deutsches Bundesland, ohne Zentrum.
Schami: Dann schaffen Sie eins, Sie sind doch berühmt.
Pause. Man hört die Bahnhofsuhr ticken.
Bichsel: Der Staat hat kein Geld. Die Literatur ist eine Quantité negligeable, sie wird verschwinden, ohne dass man ihr nachweint … Ich glaube, uns fehlt ein Rushdie.
Schami: Ich dachte, dass ihr etwas Ähnliches habt.
Bichsel *nachdenklich, dann lachend:* Sie meinen die Röschti, unser Nationalgericht. Kann sein, dass ich so etwas bin, die Röschti der Literatur.

Schami: Verzeihen Sie, ich wollte nicht unhöflich sein.
Bichsel: Erzähler kennen keine Höflichkeit, sonst ergibt sich nie eine Geschichte. Fast möchte ich sagen, die Schweiz sei immer zu höflich für eine wirklich gute Geschichte. Die Höflichkeit der Schweiz ist die Unentschiedenheit.
Pause. Man hört den letzten Zug nach Olten abfahren.
Schami *inspiriert:* Kommen Sie zu uns nach Deutschland, da kennt man dieses Problem nicht.
Bichsel: Ich werde mir das überlegen müssen, es könnte sein, dass ich definitiv komme. Wie Sie vielleicht noch nicht wissen, ich bin aus der Schweiz ausgetreten.

Ob das eine Geschichte ist? Die Schreibenden der Gruppe zweifelten, während der Mindesterzähler Notizen machte, zu einer Kolumne, die hiess *Ich bin aus der Schweiz ausgetreten.* Ferner, dachte er, würde die Begebenheit, die keine Geschichte war, in einen Erzählband für die Jahrtausendfeier passen, denn die werden mich gewiss bald wieder fragen. Der Mindesterzähler war der meistgefragte Mindesterzähler im Land.

Der Meisterzähler packte die Begebenheit ein und nahm sie mit nach Deutschland. Die Kultur seiner Herkunft war geschichtengastfreundlich und besass die älteste Tradition in der Beherbergung von Geschichten der anderen. Denn sein Land war immer von anderen begangen und behauen worden. Zu Hause staffierte er die Begebenheit sofort zur Geschichte aus und erzählte sie seiner Frau, die grosse dunkle Augen dazu machte, den Stift zur Hand nahm und sofort zu illustrieren anhub.

Von da an strahlte die Geschichte aus, als Märchen in sämtliche Bundesländer, die sich zu dieser Zeit schon wieder weit in den Osten neigten. Fast bis in das Land, wo er herkam.

Reise ins Innere des Geschlechts

Assia Djebar und Tahar Ben Jelloun

Ihn kennt man schon, mit Preisen bedacht, von unserm Literaturbetrieb adoptiert. Er ist schon ein gewandter Teilnehmer des Talks, hat mit Feministinnen debattiert. Kathe Millett soll ihn zum Schreiben über den islamischen Sexismus ermuntert haben. Sein Kopf blickt weltmännisch angegraut aus der Zeitung.

Sie, von aussen wie eine Habituée des Pariser Savoirs, elegant. Ein grosser Aplomb von Erfahrenheit weht hinter ihr her. Sie spricht das Französisch der Simone de Beauvoir und der Akademie, eine Bewusstheit im Gesicht. Es ist ein Gesicht, das weiss: Man wird zur Frau gemacht, man hat keine Wahl, dort wo sie herkommt.

Er und sie, schön und fremd genug, um das Klischee zu bedienen. Und das Vorurteil, das man dem ungenau Bekannten gegenüber hegt.

Ich frage mich, ob in ihrem Werk – vorurteilsgemäss – das Männliche das gottgewollte Mass ist und die Frauen nach dem Willen des Propheten das gefangene Geschlecht. Zwei Autoren aus dem Maghreb, zwei der bedeutendsten, Assia Djebar, die Frau, aus Algerien, Tahar Ben Jelloun, der Mann, aus Marokko.

Sie leben natürlich in Frankreich und gehören zu einer Elite, die ihrem Lebensstil nach kosmopolitisch geworden ist. Ihr Kopf wohnt in Paris und reist in Europa, nach Amerika und weisswohin, aber ihr Herz pocht immer hinterm Horizont des Dschebel esch Schott. Das denke ich mir. Es klingt sentimental und könnte doch die Realität des Exils sein.

Ich lese. Lese mit dieser Art von Cafard, die diese Literatur verübt, ja das ist das richtige Wort, denn dieses schwere Süsse, die sie verströmt, ist nicht ohne das Gewissen denkbar, welches wir Kolonisten und Touristen mit uns herumschleppen, wenn wir dort ankommen, wo wir die Welt die dritte nennen. Zum Beispiel am Omnibusbahnhof von Marrakesch, dem Angelpunkt von Ben Jellouns Romanen. Von dort schweifen sie aus und kehren zurück, um einen neuen Anfang zu machen, mit dieser unglaublichen Geschichte, in der wir ausdrücklich nicht vorkommen. Wir? Verzeihung, ich meine Europa.

Viele Erzähler, Marktschreier, Wahrsager und Hellseherinnen bedienen sich dieser unerhörten Begebenheit, dieser No(u)velle, die Ben Jelloun berühmt gemacht hat. Und glauben den Schlüssel dazu zu besitzen, in einem zerlesenen Zettel, einem verschlossenen Tagebuch, einem aufgefundenen Brief. Dutzende bemächtigen sich der Interpretation und wollen die Schrift auslegen, diese vom Duft des Hammelfleisches durchzogene und mit Moschus gewürzte Suada: Dass ein Mädchen zum Mann gemacht wurde und dass dieser weibliche Mann, der nichts mit einem transsexuellen oder homosexuellen Mann gemein hat, ein belesener, hochintelligenter, künstlerischer und herzhafter Mann ist. Dieser *Sohn ihres Vaters* (deutscher Titel), der nach dessen Tode die Geschäfte souverän fortführt, sei zwar eigenbrötlerisch und mysogyn gewesen, das schon. Denn sein Geheimnis kannte nur ein geheimer Verehrer und Briefsteller, dessen Identität Ben Jelloun nie lüftet. Der weibliche Mann sagt von sich selber: «Ich war ein Ungeheuer, das Gedichte schrieb (...) Meine Geschichte ist weder gross noch tragisch. Sie ist bloss sonderbar. Ich habe alle Gewalttätigkeiten besiegt, um die Leidenschaft zu verdienen und ein Rätsel zu sein.»

Was mich am Roman *L'Enfant de Sable* interessiert hat,

ist das *literarische* Projekt, das ein sogenanntes Humanexperiment ohne Technologie und ohne Akademismus unternimmt, um ihm sprachlich Leben einzuhauchen. Biographie, ein Spiel für das von jeder Pflicht entlastete Geschlecht. Eine Dichtung von orientalischer Phantastik.

Diese Literatur kommt von weither, sie kommt aus einem Reich, das sich gewandet und parfümiert, und ich höre schon den Einwand von Kennern, wenn ich sage und schreibe, wie sehr man befremdet ist und gleichzeitig beglückt von einem Erzählen, das die Düfte des Orients mit dem Dieselöl des Neokolonialismus mischt. Also doch das Klischee? In Städten, in deren Agglomeration die Unermesslichkeit beginnt, die Sahara, muss eine andere Literatur entstehen.

Auch bei Assia Djebar. Sie wählt die Weite im Schreiben, das offene Land. Sie wählt den Hochsitz, um wie eine Augurin der französischen Invasion und Landnahme Algeriens beizuwohnen, die am 13. Juni des Jahres 1830 beginnt, als der Fregattenkapitän Amable Matterer mit der «Ville de Marseille» Kurs auf die Stadt Algier nimmt. Sie beobachtet ihn schon von weitem, erspäht ihn um 5 Uhr morgens auf Deck, als würde sie ein Opernglas benützen, um sich in das Getümmel zu werfen, das Sprachgetümmel des Feindes, das sie an sich ausprobieren will wie einen Striptease.

Ihr Schreiben hat nicht die geringste Absicht, mein Vorurteil zu bestätigen, jenes der Frauen-, der Bekenntnisliteratur. Sie hat Grosses vor. Nämlich die unerhörten Begebenheiten der Kolonialgeschichte noch einmal zu inspizieren, zu beleuchten und nachzuerzählen, als entstünde dadurch so etwas wie eine Katharsis. «Wie kann man den Lauten der Vergangenheit entgegentreten, neben dem Abgrund vergangener Jahrhunderte? (...) Welche Zukunft zeichnet sich ab trotz des Rufes der Toten, und in meinem Körper erbeben leise verschüttete Generationen, die meine Vorfahren waren.»

Ich stelle mir vor, wie sie in der Bibliothèque Nationale sitzt, vertieft in die Chroniken des Baron Barchoud de Penhoen, des Adjutanten des Generals Berthezène, der die Schlacht von Staouéli anführte. Ich stelle mir vor, wie sie fieberhaft blättert, notiert, um den grossen Roman, den stolzen Hymnus unterm Titel *L'Amour, la Fantasia* zu entwerfen. Mit diesem Epos will sie also die Kolonialgeschichte bannen. «L'amour» ist die Fata Morgana am Horizont des Schott esch Schergi und bleibt eine durch ihr gesamtes Werk. «Fantasia» heisst ein Reiterspiel der Beduinen. Diese Allusion lässt sie, wie viele Türen ihrer Prosa, offen.

Mächtige Ritte des Schreibens in den Annalen. Bemerkenswert, wie sie diesen Militarismus des 19. Jahrhunderts, diesen Ordonnanzjargon, transponiert in eine Prosa hoch zu Ross, dem das Grauen unter den Hufen wegstiebt. Nicht, dass sie ihre eigenen Leute heroisierte, oder die Ouled Riahs, das von Leutnant Pélissier in den Höhlen von El Frachich vollkommen ausgeräucherte Volk. Die Verteidigung der Wüste hat nicht einmal Namen.

Man mag das nicht als puren Masochismus abtun; ihr Hass ist gross genug. Es liegt eine Art masochistische Lüsternheit in diesem Nachspüren der Unterwerfung, und ein Hohnlachen steckt zwischen den Zeilen. Es legt die Schändlichkeit der französischen Befehlshaber bloss, diesen Kriegsgurgeln, die Bürokraten des Mordens sind.

Eine schwermutstrunkene Prosa, besonders dann, wenn sie, wie in den späteren Romanen, zum Beispiel in *L'Ombre Sultane*, einen kleineren, intimeren Massstab anlegt. Eine Prosa voller Metaphern. Der Degen des Unterwerfers ist Waffe und Phallus zugleich. Die Vagina der Riss, der durch eine ganze Kultur geht. Die Sprache wirkt als Fackel, und die Eroberung legt ein ganzes Land aufs Kreuz. Die religiöse Konnotation trifft die sexuelle, in einer Kultur, die das Geschlecht zum Verdikt macht.

Auch für den Mann, erfahre ich überraschend bei Ben Jelloun. Bei ihm erscheint der Mann als anonymer Glückssucher, immer unterwegs. Die reputierten Häuser der maurischen Dynastien sind längst eingegangen, der Sultan auf den Hund gekommen. Frauen sind erwartungsgemäss die huschenden Gestalten hinter dem Vorhang des Plots. Oder sie werden in ihren Kontrollfunktionen zu teuflischen Bajaderen. Eines Tages rasten sie aus und schreien. Schreien, oder greifen zur Waffe.

Der Schrei ist Symbol der Grenzüberschreitung. Denn der Schrei dringt in die Öffentlichkeit, Tabuzone für die mit Stummheit geschlagene Muselmanin. Befreiung durch die erhobene Stimme wird mit Ächtung bezahlt. Die alte Frau, die in Jellouns *L'Enfant du Sable* am Ende nach Mekka pilgert, unterdrückt den seit Jahrhunderten in ihrer Brust hockenden Schrei vor der Kaaba. Sie braucht ihn nicht mehr, wenn sie die Bürde des Geschlechts ablegt. Ist also im Islam die alte Frau autonom? Sie liest, sie reist und besteigt sogar noch den Ozeandampfer. Ich klappe das Buch zu, für einen Moment. Hier steht das Unerwartete. Ausgerechnet ein Araber schlägt «feministische» Töne an?

Bei ihr ist der Schrei eine durchgehende Metapher. Er hat sich im Sonnengeflecht kristallisiert. Er wird zu einer Art Meditation während der Handlung. Dringt erst spät aus dem Gaumen und auf die Strasse: Ein Passant trifft eine völlig aufgelöste, schreiende Algerierin, nachts auf dem Boulevard Richelieu in Paris, sie weist ihn ab, läuft ihm davon, als er sie trösten will.

Alles sehr lange her.

Eine reflektierende Prosa, die den Stoff von aussen, von

innen, von gestern beleuchtet. Eigentümlich gegenwartslos. Ein paar Lichtflecken spielen darauf, wenn Djebar, die Historikerin, ihre eigene Geschichte beifügt, wie aus dem Familienalbum. Da gab es also ein Mädchen in einem Städtchen des Sahel, Cherchell, die Tochter eines fortschrittlichen Lehrers, der seinerseits aus einer Dynastie stolzer Sheiks stammte. Eine Gescheite, Aussergewöhnliche, die aufbricht, um als erste algerische Studentin an der berühmten Ecole Normale Supérieure in Paris zu studieren. Die fernen Ufer winken schon dem kleinen Mädchen in Form eines weissen Segels über das Meer.

Bei ihr kommt unser Gewissen noch weniger an. Wir kommen zwar vor, Verzeihung, Europa kommt vor, aber gegen Europa ist sie immun. Das Klischee prallt ab an ihren harten, sachlichen Sätzen. Seit sie als Partisanin von den Franzosen gefoltert wurde. Ihre Sprache nimmt eine elende Trockenheit an, wenn sie plötzlich zur Berichterstattung übergeht, mitten in ihrem oft rhapsodischen Überschwang. («Langes Schweigen, ineinander verschachtelte Nächte, Rinnsale abgründiger Laute, Quellen sich kreuzender Echos, Katarakte des Murmelns, Brandfackeln der Zärtlichkeit.»)

Ich sehe sie vor mir, wie sie uns, das Publikum einer unbedeutenden Station ihrer Lesetournee, anblickt. Ihre klassischen Züge sind verschlossen und ein wenig abgebrüht in der Professionalität der Rhetorik. Nur die Augen kommen immer noch aus der Fremde. Man ist irritiert von diesem Grad der Distanznahme zu uns. Sie ist eine Wüstenkönigin geblieben, habillée de Paris, eine Peregrina des Maghreb. Wer einmal unterworfen, unterjocht wurde, kolonisiert, wird für immer uneinnehmbar. Die weisse Stadt am Meer, Algier, wird auf algerisch-arabisch die Uneinnehmbare genannt. Das steht in ihrem Gesicht.

Marokka hat eine andere Geschichte. Die Prosa des Marokkaners ist anders. Ein Stoff, aus dem Altertum zu schürfen, im Dunst von Kif und Yasminblüte ätherisch zu machen und auszustreuen. Ausserhalb jeder Epoche, jedes Machtverhältnisses im Lande eines totalitären Königs. Ben Jellouns Revanche ist implizit, als sei die Kolonisierung und die Repression durch die vollständige Abwesenheit von Zeitgeschichte zu tilgen. Eine Literatur, die in Parabeln und Zungen redet, um nicht der Zensur unterzukommen? Eine Selbstzensur kann das nicht gewesen sein, in dieser syntaktischen Prachtsentfaltung.

Eine spiralende Epik und ein elliptischer Singsang kommen fast ohne Ortung, ohne Insignien des 20. Jahrhunderts aus. Absicht oder Vorsicht? Das hält einen in Atem: Eine Welt der blühenden Gewalt und des wundersamen Scheins, und jede und jeder hinter der Tür des Gemachs eine Künderin, ein Geheimnisträger, ein Inhaber der Wahrheit, so dass die Wahrheit selbst ins Schlingern, ins Schillern kommt.

Dieses Schreiben ist sehr allein. Die Fama wird durch viele Beugungen befördert. Ich du sie – ein Wir gibt es kaum bei Assia Djebar, ein Wir fehlt auch bei Ben Jelloun. Djebars Dichtungen pendeln frei zwischen der Chronologie der Ereignisse. Jelloun verlässt in der Belletristik mit Absicht das dualistische Denken und die argumentative Dialektik. Sein Schreiben bewegt sich in höchster Bewusstheit, so wie die Sure des Korans sich bewegt, maliziös im Frontispitz der alten Schrift. Plötzlich fällt dann ein Satz, ein informierender Satz à jour wie ein Blitz: «Es war eine Anwältin, eine junge Frau, die ein schönes Plädoyer über die Lage der Frau in einem mohammedanischen Land hielt.» Alles klar? Das hätte man wissen können: Was geographisch am nächsten lag, hat sich literarisch am vehementesten, am grundsätzlichsten von Europa abwenden müssen.

Dieses Schreiben hat sich bewusst ins Exil begeben, um

das Eigene von weitem zu betrachten, und wenn ich den kosmopolitischen Kopf von Ben Jelloun betrachte und die weltläufige Sicherheit von Assia Djebar, dann zweifle ich, ob das Exil überhaupt eins ist, für Intellektuelle der nomadischen Existenz.

Der Mann Ben Jelloun ging in die Emigration, um die Not seiner proletarischen Brüder zu analysieren, er befasste sich mit der Sexualnot in den «nouvelles villes» von Paris, wo die marokkanischen Immigranten leben, und schrieb eine aufsehenerregende Studie über die Impotenz. Dann begab er sich in die innere Emigration und vertiefte sich in die Frage, was es hiess, ein Mann zu sein, ein Beur oder ein Indigène, und fertigte daraus das Patchwork vieler Seelen einer Brust.

Ich stelle mir vor, wie er ganz im Dunkeln Freuds *Unbehagen in der Kultur* liest, und den Satz «Biologie ist Schicksal» mit einem Ausrufezeichen versieht. Er wetzt daran seine arabischen Gender Studies, hinter verschlossener Tür, denn es gibt dafür keinen Raum in der marokkanischen Öffentlichkeit. Eines Tages setzt er sich an den Schreibtisch und schreibt die Partitur der männlichen Geworfenheit nieder, in Romanform. Darin wird der Sexus, vornehmlich der Phallus, eine höchst zweifelhafte Instanz. Er ist ja ein Mann und muss als Autor nicht zuerst das verschüttete Ego suchen und kein soziales Überich (Überich?) abbauen, wie seine Kollegin aus Algerien. Er kann gleich zur Sache kommen. Ahmed, die zum Mann deformierte, geheime Frau, und Zahra, das sich vom angelernten Mannstum emanzipierende Fräulein mit den winzigen Brüstlein, bilden zusammen das fliehende, das flüchtige Geschlecht der Romane *L'Enfant de Sable* und *La Nuit sacrée*. Ein Pendant zum Androgyn der westlichen Metropole? Man kann Jelloun auch als eine nach Tausendundeinenacht spedierte Psychoanalyse lesen.

Ben Jellouns Oratur hat lauter barfüssige Ichs, Inkognitos, die die Saga weiterreichen, von einem Kaffeehaus ins nächste, von Hamam, dem Dampfbad, über die Terrasse unter die Gestirne des Himmels in den Garten der Lust und schliesslich ins Traumland der Kinder, die nie erwachsen werden. Als müsste *Identität* durch das pausenlose Erzählen erst erweckt und beschworen werden.

Wer oder was ist ich? Das ist eine Frage, die den Kündern, den Schaustellern, den Schmieranten von Allahs Gnaden stets wie ein Teppich unter den Füssen weggezogen wird. Sie stürzen – natürlich wieder in eine andere Version hinein.

Ich hat kein Geschlecht. Ich ist das Sowohl-als-auch, die komprimierte Gleichzeitigkeit. Doch die ist komplexer als das Gerücht von einer Kultur, die Gut und Böse integriert hat, kein Kult der vielarmigen Göttin. Es ist nichts Folkloristisches daran. Ich ist Rolle. An einem Ich wollen alle teilnehmen. Das ist aus einer Kultur zu verstehen, die Individualität nicht züchtet.

Ich ist Pose der blühenden Maskerade, es ist das öffentliche Mimikry und schliesslich die Metamorphose. Tahar Ben Jellouns Prosa ist ein einziger tausendfältiger Konjunktiv. Als hätte er sich in die Nähe von Virginia Woolfs *Orlando* schreiben wollen, dem Opus 1 der modernen feministischen Vision, um diese in den Orient zu schicken, wo es noch viel zu tun gibt. Doch Ben Jelloun ist kein Prophet, er ist ein ironischer Pessimist. Er führt das frischgeschlüpfte autonome Geschlecht erbarmungslos in die Fänge der Tradition zurück.

Der Körper, das ist der letzte Hort der menschlichen Integrität. Diese Literatur wohnt ganz im Körper und lebt im Fleisch. Der Körper sagt die Wahrheit, der Geist stellt bloss Fragen. Das hat man in dieser Intensität nicht erwartet.

Der Körper teilt die Gesellschaft in Mannheit und Frausein. Das ist die Wasserscheide des Atlasgebirges, von dem dieses Erzählen herabfliesst. Hier trennt sich der wehmütig taumelnde Realismus der Assia Djebar vom rhetorischen Singsang des Ben Jelloun. Denn das ist die Voraussetzung dieser Literatur. Dass das Geschlecht im Islam keinen kleinen, sondern den grossen, den totalen Unterschied macht.

Der Kopf ist nackt, wenn eine wie Isma hinausgeht, den Haik, den Schleier, abnimmt und sich der Sonne aussetzt. Sie könnte auch Hajila oder Leila heissen, Namen sind bloss Pronomina ein und desselben Geschickes. Das ist schon ein Kitzel, wenn sich Isma im Tageslicht suhlt und sündig wird, weil sie den zivilen und religiösen Ungehorsam übt. Unter der Fuchtel des trinkenden Ehemanns, der in der modernen Blockwohnung wie der Befehlshaber einer Armada von Billigmöbeln herrscht.

Das Ticken des Risikos im Blut, wenn sich das blosse Gesicht sonnt, als sei es die Scham: Es ist die Scham! Wie wohl das tut. Ein kurzes Herzklopfen lang, ein kleines Flackern der Freiheit, gleich wieder erstickt in der Öde des Haushalts.

Der Mann, das absolut andere, ein geschlossenes, unzugängliches Universum. Der Mann teilt sich der Frau nicht mit. Der Mann steht mitleidlos in der Landschaft von Djebars Schreiben, ein Gegenstand der Verachtung. Nicht einmal als Geliebter hat er einen Namen gehabt.

Noch der misshandelte, unterworfene Körper bleibt unversehrt. Djebars Frauen sind uneinnehmbar, weil, so denke ich, in ihnen die Überlebensmotorik, das seelisch gegerbte Nomadentum schwingt. Der Körper das Zelt, die einzig sichere Unterkunft.

Nur eine ist ganz von heute, als sei sie gleich vom Existenzialismus mit Gauloise gekapert worden, übergangslos französisiert. Diese Passagen enthalten die starken Schwarz-

Weiss-Kontraste der Nouvelle Vague und gleichzeitig die Fremdheit des Fremden bei Camus. Sichere, schlanke Sätze haben diese schönste Sache im Griff, mit ihrem Vivre la vie, mit ihrer praktischen Sagesse. Da rückt ihr Schreiben für einmal ganz an die Haut und Behaarung heran. Auch der Mann der Wahl ist ausschliesslich Körper, leidenschaftlich begehrter Körper, doch gibt es keine Vertrautheit in dieser amour fou algérien. Liebe ist namenlos, das beginnt schon im Mädchenalter mit einer backfischhaften Briefstellerei, die genaue Adresse der Liebe bleibt unbekannt.

Ben Jelloun kann es sich leisten, al nafss, seinen Dingdong, einen kleinen Mann sein zu lassen, einen abtrünnigen ausserdem. Schon als Baby hat er den Riesenschwengel des Vaters auf der Mutter gefürchtet, sagt die Hauptfigur in *L'Enfant de Sable*. Und in der weiblichen Pubertät kennt er sich aus, so, dass ich staune, als Frau. In *La Nuit sacrée* (*Nacht der Unschuld* auf deutsch), erforscht Zahra ihren Körper. Ben Jellouns Beschreibung ist schon fast sexualpädagogisch genau, wenn er Zahra vor dem Spiegel zur Selbstentdeckung anleitet, den Finger auf dem steifen Nippel, der Vulva und dann hinein in den warmen Schlitz, dass es eine Lust ist und viel viel schöner als damals in unseren Brevieren «Du sollst es wissen».

Ben Jelloun schont die aufblühende Weiblichkeit nicht, bläut ihr gleich die Verhältnisse ein, setzt sie unterwegs auf der Strasse unmittelbar zwei Vergewaltigungen aus. Eine Schaubuden-Managerin, eine habgierige Megäre, verstellt ihr den Weg und greift ihr in die Weichteile. Dann gerät sie unter den schweratmenden, stossenden Leib eines Landstreichers, ein Akt der «gewissen Lust» für die Kindfrau. Halt! Sie sind entlarvt, Monsieur Ben Jelloun, denn hier wird Ihre Männerphantasie ganz allgemein. Ich habe nicht mehr erwartet, dass sich dann auch bei Ihnen herausstellt:

Mann ist Mann. Und ich bin jetzt ein wenig enttäuscht von Ihnen, wo sie mich vorher verblüfften, mit Ihrer sexuellen Empathie. Vom Feinsten, was ich von einem Mann je zu lesen bekam. Mit diesem sexistischen Gemeinplatz setzen Sie sich in die Tinte des westlichen Feminismus. Ich nehme an, dass Sie das beabsichtigt haben, denn Ihr Bewusstsein als Teilnehmer eines akuten Patriarchates ist, wie ich lese, dermassen trainiert, dass Ihnen so etwas nicht als Lapsus unterläuft … Vielleicht die kleine, sozialtypische Brechung einer Vision? Damit da doch ein gewisser Realitätsbezug sei? Zahra lernt die Liebe dann doch noch kennen, wir atmen auf. Sie erfährt die Liebeskunst des blinden Konsuls, dessen hochempfindliche Hände ihren Leib im sanften Lichte der Lampe begreifen. Das wird dann zum Ende hin doch ein ketzerisches Poem zum Thema Frauen im Islam: Ich darf zufrieden sein, zum Teil bin ich entzückt. Mein Vorurteil ist das Urteil des marokkanischen Schriftstellers über seine Gesellschaft.

Man kann nicht sagen, Assia Djebar, die Kühne, die Kompromisslose, verleihe ihren Schwestern im Pferch eine Stimme. Sie alphabetisiert eine Situation. Im Buch *(Fern von Medina)* beugt sie sich noch weiter zurück, ins Jahr 632, das Todesjahr des Propheten.

Als sei Jetzt eine erstorbene Zeit und der Weg zu einem modernen Algerien bereits vergilbt wie die Fotografie eines im Krieg gefallenen Verlobten, das Fest verflüchtigt und der Brautschmuck verkauft: Das ist die postkoloniale Situation. Eine Identität nach westlichem Begriff existiert hier nicht. Der Lohn der Unabhängigkeit ist Resignation und ein Stücklein Himmel über dem Patio. Der grosse Atem von Ibn Khaldun und der Scheherazade muss in einem Immeuble ersticken.

Über die Mutter will sie nicht sprechen, non. Non und

kein Aber, was uns interessiert, bleibt ihr Geheimnis. Als gehe uns das alles nichts an, weil es auch sie offenbar nichts mehr angeht. Die Mutter war die einzige Madame des Ortes, die öffentlich einen Namen erhielt, von ihrem Mann auf der Postkartenadresse. Das ist in den fünfziger Jahren in einem Städtchen der Sahelprovinz ein kleiner Skandal gewesen.

Ihr Unwille zur Mitteilung. Im Roman kommt das Ich vorwiegend als Du daher, das Du der armen Schwester. Noch öfter ist das Ich in der dritten Person. Als Pfand einer unerworbenen Identität. Die der andern, der namenlosen Frauen. Ihre einzige Wahlverwandte ist Pauline Rolland, eine der Pariser Aufständischen, die nach der Revolution von 1848 nach Algerien deportiert wurde. Mit Pauline Rolland, die von Gefängnis zu Gefängnis verschleppt worden ist, seit sie im Juni 1825 in Oran an Land ging, führt Assia Djebar ein inniges imaginäres Gespräch.

Sie hat nie die Absicht gehabt, sich dann *uns* mitzuteilen, uns Kollaborateurinnen des imperialistischen Westens. Weder schriftlich noch mündlich. Die Cousine, die damals aus Frankreich in ihre Jugend hineinplatzte, nett und kokett, hat gereicht, ein europäisches Frauenbild zu schüren. Das gehört ins Nähkästchen des Tratsches. Dann kommt so etwas wie Stimmung, wie Lachen auf, dann tönt ihre Prosa wie der Ball auf dem Hof spielender Kinder. Die einzige Zeit der Frauenfreiheit war damals, in den fünfziger Jahren, die kurze Zeit vor der Verschleierung, als die Mädchen Spionage in den Schubladen der Erwachsenen betrieben.

Assia Djebars Prosa ist eine Prosa der Weigerung. Sie trägt schwer daran, dass sie ihre intellektuelle und literarische Profilierung dem Feind danken muss. Das ist das Dilemma und führt in die gefrorene Ambivalenz dieses Schreibens.

Eine Entfremdungsprosa, unter der die Kohlen glühen. Das hat man – so – nicht mehr erwartet.

Aus der Not der Kolonialsprache macht der Marokkaner eine Tugend, indem er sein Französisch geradezu wollüstig arabisiert. Wir hören und hören ihm zu, wie wir einst am Radio den Erzählungen der Frau von Kamphövener lauschten. Auffallend, man möchte fast sagen weiblich, wie bei ihm der Blick in der Nähe der Personen bleibt. Der Bühnenraum einer Comédie humaine ist sein Terrain, und nicht das Land als Podest einer Sehnsucht wie bei der erzählenden Frau.

Es kommt mir vor, als behandle der Mann Ben Jelloun sein Thema als Schicksal und die Frau Assia Djebar das ihre als Los.

Ein Schicksal lässt sich ändern, ein Los nicht.

Soll ich mein Idol besuchen?

Über Friederike Mayröcker

Eigentlich wollte ich Sie schon lange gern kennenlernen, und ich frage mich, ob ich Sie besuchen soll oder ob ein Besuch das Kennenlernen eher verhindert, wenn Sie dann freundlich abwesend lächeln und den geraunten Mythos bestätigen. Den habe ich schon kennengelernt. Damals in Graz, es war ein Sonntagmorgen, für den Sie gewiss das wiederkehrende Blau Ihrer Berge oder einen Farbton aus dem Taubengestöber verwendet hätten.

Es ist der steirische Herbst 1989 gewesen, als Ihr Mythos mir eine bleiche Hand reichte, zerstreut guten Tag sagte und unter dem schwarzen Fransenvorhang mit dem zusätzlichen Hut entrückt blieb. Nichts weiter von Ihnen preisgab, als, ich möchte sagen, die Stattlichkeit Ihrer schwarzen Gestalt.

Sie würden das natürlich verwegener ausdrücken, mit einer noch nie dagewesenen Artikulation, so dass man darunter den roten Teppich ausrollen möchte. Vielleicht würde diese Artikulation in einem «Wortpelz» erscheinen, würde mir winken, aus Ihrer syntaktischen Sänfte, die Ihnen im Traum jetzt als LEICHENKUTSCHE erscheint, von tausendundeiner Silbe getragen, so dass ich vom Strassenrand her zurückwinken könnte.

Am liebsten wäre mir jedoch einer von Ihren leitmotivischen Sätzen, die nicht, aber doch von Ihnen sind, zum Beispiel «Lord Byron gehört zu einer exquisiten Hotelkette», oder «der mensch ist das tier das es weiss». Sie nisten in Ihrem Sprachtrésor seit 1698, als Gotthard Heidegger die *Mythoscopia Romantica* gründete. Der Sprachtrésor enthält ausser Ihren ganz speziellen Klassikern wie Jean Paul, Hölderlin, André Breton, Fernando Pessoa und Arno Schmidt die Waschzettel der Sedativa gegen Ihren «Blut-Herz-und-Hornissenhusten» sowie die Gebrauchsanweisungen zur Reinigung der «Pilgrimwäsche», «Pionierwäsche, Pinienwäsche Ihrer gegimpelten Tage», zusätzlich des Lieferscheins für das zu verwendende «Wasser von Positano». Kommt dazu die Post Ihrer BriefpartnerInnen der Gegenwart, die Postkarte von Derrida und sämtliche Büttenrand-Einladungen, die Sie seit 1973 erhalten und kaum je annehmen, seit dem Erfolg Ihrer «erzählung. je ein umwölkter gipfel», die umgehend vergriffen war.

Wenn Sie den Satz weisswoher dann zitieren (Zitierwut, Zitterwut) und aufs natürlichste Ihrer organisch rotierenden Enzyklopädie verfüttern, dann – und das ist das phänomenale – *ist* er von Ihnen, selbst wenn er von Goethe ist.

Die BriefpartnerInnen der Gegenwart liefern Ihnen die Aussenlandschaft ins Haus, aus Rom, aus Irland und vom persischen Golf. Sie, die Einwohnerin der Welthäuslichkeit, bezeichnen Ihre Schreibexistenz als Schmarotzerexistenz, (jetzt mit «Schneckenspur, Schleimspur») nennen sich selbst parasitär und danken stets allen Ausgebeuteten auf der letzten Seite des neuen Buches.

Es ist ja so, dass das Geschehen zu Ihnen kommt, man kommt zu Ihnen, wer oder was auch immer, die Badekappe, die Philosophie mit der Zwiebelschale, Helene und whatnot. Wilhem war lange nicht da, aber Sie haben ihn seit Ihrem vorvorvorletzten Buch nicht vermisst.

Sie selber wollen jetzt kaum mehr aus Wien heraus, eine Stadt, die Sie nie erwähnen. Sie kommt einem in Ihren Büchern wie ein Wachstuch vor, eine Art Schreibunterlage für Ihr Werk, also auch eine Form von Schutz.

Das merkt man in Ihrem vorvorletzten Buch, das eine schon fast kohärente Syntax aufweist, wenn Sie darin in die

Natur hinausschweifen, ins Wallis zum Beerensuchen. Dort wo der Wind über die Alpwiesen streift und die Stoppeln der Erntefelder in Ocker verglühen etc., dort kommen Sie uns ein wenig entgegen mit einer überraschenden Wahrnehmungsnorm. *Stilleben:* Das ist ein anderes Buch, ein Zwischenbuch. Es vergrössert Ihr Spektrum in die Landschaft hinaus. Ich fand, das sei gar nichts für Sie, diese postpainterly Dichtung 120 Jahre nach Jean-François Millet, und war froh, als Sie wieder zu Hause waren, bei Ihrem Kopfsitzfleisch.

Vor dreizehn Jahren haben Sie der griechischen Küste von Marathon ein Gedicht gewidmet, aber der Name war wohl Metapher für diese Seelenknochenarbeit an der fort- und fortzuschreibenden Sprache. Wenn dann (in *Stilleben)* Nizza kurz aufblitzt, wie ein Stück Pizza, dann merkt man sofort, Sie mochten Nizza wie Pizza bloss, weil Sie gerade verliebt waren. In einen Ihrer Lebensabschnittsbegleiter ohne Namensbeschwerung. Und dann dieses «Toledo-Tarragona-Alicante-Cordoba-Sevilla» in Ihrem neuesten Buch: Wenn Sie diese Stationen hinträufeln wie Sirup für eine Tortenglasur, dann schwingt darin eine ganz winzige Prise Verachtung für das touristische Ausland, das Ihnen Ihre BriefpartnerInnen der Gegenwart einbrocken. Sie brauchen weder Ortsnamen noch eine Geographie für das FATIMALÄCHELN der WINTERSCHATULLE im Schatten der *Peripherie.*

Jetzt, da die Dämmerung kommt, muss alles in Ihrem grammatischen Pharaoninnenhaushalt nochmals durchgepflügt, durchgepaukt werden, so dass die Sätze vom vorletzten Buch ins neue Buch umgetopft werden. Ich schlage vor, die Wörter aus den «blitzschnellen Häuserzeilen» zu sammeln und an der Nachbarfassade zum Ausreifen anpinnen zu lassen, wo Sie sie besser und praktischer observieren können. Dann könnte man die reifen Wörter von den Bediensteten pflücken lassen, wobei das üppigste Wort

Ihnen Ihr persönlicher Wortmundschenk auf die Zunge legt, zum Vorschmecken und Kosten. Anschliessend würden die Einmachwörter und -Idiome in den Rhythmus des «Tippex-Äther» gewiegt. Das ist eine jüngere Vokabel aus Ihrer etymologischen Dynastie.

Ich stelle mir vor, wie die Silben an Ihren Rockschössen hängen. Sie lassen die Wörter ganz nah an sich heran, um sie dann zu teilen, abzutrennen und manchmal abrupt von sich zu weisen. Die Gestalt des Textes erträgt keine Simulanten, und kein Dekor. Die Arbeit am Text ist eine Arbeit mit der eisernen Faust, sagen Sie. Eine Arbeit, die Sie ohne Beirat und ohne Lektorat vollziehen, da nur Sie allein die Bedingungen und Kriterien kennen, jenseits einer codierten Sprachnorm und einer rezeptiven Verbindlichkeit.

Das geschieht nur bei Ihnen, dass ich das, was ich lese, dauernd notieren will, oder jemandem vorlesen oder laut rezitieren in der Dreizimmerwohnung, und immer wenn ich den ekstatisch-eklektischen Strom mit seiner verkehrten, sich verkehrenden Syntax mit ihrem Allusionsgeflatter anhalten will, um ein einziges Wort herauszulösen, dann ist plötzlich die ganze Lava voller Kristalle und glitzernder Funde, und man weiss nie, welche Passage für Sie die typische ist. Es gibt keine typische, weil jede die typischste ist, auch die nächste und übernächste, und wenn man, wie ich, mit Ihren Büchern lebt und darin blättert, was Sie einem selber empfehlen, dann kommt man immer an den springenden Punkt. Es ist genau jene Stelle, die man schon lange gesucht hat, ja, man ist genau dort, wo sich die Auskunft befindet, die Auskunft über ALLES. Das ist eine Botschaft und das Bekenntnis Geständnis. Sie nehmen, zum Beispiel, am Weltgeschehen nicht teil, schreiben Sie (in: *Mein Herz, mein Zimmer, mein Name)* mit echtem Bedauern über die Enttäuschung der Weltmenschen. Es gelingen Ihnen, schreiben Sie (in: *Lection),* keine umfassenden festgefügten Begegnungen mehr, diese gehören ausschliesslich dem WERK. Und ich weiss jetzt: Sie nehmen am Weltgeschehen nicht teil, weil der tote Amselfuss in der Kanalröhre vor Ihrem Haus Sie mehr berührt als die Menschheit. Das ist Ihr «Innengewahrsam».

Ihr Körper nährt sich vom Schreiben, ausschliesslich vom Schreiben, es sei denn, es käme einmal ein Stück Kuchen dazu, das jemand gebracht hat, und wenn es in Ihre Schreibhand gerät, so entfällt es ihr, um dann am Boden, im richtigen Abstand zur Pupille, ein Forschungsgegenstand zu sein, ein Verwertungskrümel der Schrift.

Mit dem Körper meine ich nicht den Bauch: Eine solche saloppe Indifferenz unterläuft Ihnen nicht, diese weitverbreitete Folklorisierung der Wahrnehmung ist Ihnen fremd, vollständig fremd, denn in Ihrem Körper wohnt mit zunehmendem Alter der Kopf. Der Kopf fährt direkt in die Glieder, bis in die Fingerspitzen, und schreibt sich wund, so dass Sie die blutenden Fingerkuppen mit Papier und Zellophan umwickeln, um weiterschreiben zu können. Der «pausenlose Innenkörper» greift an, wirft aus, immer von einem Punkt, Augenpunkt. In elliptischen Schlaufen, die dann brüsk reissen, um plötzlich in das ganz Andere zu kommen. Ausbruch aus dem kognitiven Programm. Alles fängt jeden Tag von vorn an, mit der Silbenfärbung, mit den strukturalistisch verzweigten Analogien, mit den Connections ins Heutzutage. Darum ist Ihr Schreiben modern, und die semantische Reihe reicht bis zum «Ultraschall» und kann lauten «Hermes, Olympia, Hollein, Minolta» in der Direktübertragung der Hirnbildprojektion.

Blut überall, schon immer viel Blut in Ihrem Werk, früher konkretes Schneewittchenblut, nun Altersblut, gestockt in den Adern, gespuckt. Ein Fleck auf dem Badzimmerboden.

Doch Sie sind kühn genug, den im Furor leuchtend geschriebenen Auswurf sogar ein Ejakulat zu nennen, womit er einen prophetischen Charakter annimmt, in der Mitteilungspracht.

Ich bin nämlich der Meinung, dass Sie die Frauensprache schon lange aus Shangrila und Atlantis eingeschleppt haben, mit dem Schrägstrich zwischen dem «er» und dem «sie»; schon seit 1971 legen Sie Wert darauf. Sie selber, sagten Sie, seien mehr im männlichen Pronomen zu Hause. Sie erwähnen Gertrude Stein, die auch in Ihrem Sprachtrésor sitzt. Sie selber sind keine Cäsarin wie Gertrude Stein, und Ihre Alice B. Toklas kocht Ihnen nicht, sie hört Ihnen zu, genauer: leiht ihnen unablässig das Ohr. Es handelt sich entweder um die Laura, die Helene, die Luzzi, die Doris oder die Rosa, die gleichzeitig und im unterschiedlichen Kontext Sie selber und Ihre Mutter sind. Das sind die «Luftpersonen» gegen die in Ihnen rumorende, nachtstrotzende und äusserst zu befürchtende Zukunft des Tages (Todes).

Von Ihren Männern hört Samuel zu, Wilhelm, später B., doch von allen am längsten Ihr «Ohrenbeichtvater», dessen Namen ich als bekannt voraussetze, da Sie ihn nie erwähnen.

«Animalische Anhänglichkeit, sage ich, Flockwolle in Fledermausblut getränkt, gehe in Disteln, ein manchmal niederschmetterndes Auge. Es geht um die Kohärenz ihrer Texte, sagt der Veranstalter nach der Lesung, es mangelt ihren Texten an Kohärenz. Meine Mutter ist eine spirituelle Frau, sage ich, verteidige ich mich, meine Mutter war eine der ersten Feministinnen hier, sage ich, verteidige ich mich, der Mensch ist so dynamisch wie sein Darm …» *(Stilleben)*

An solche Worte kommt niemand heran. Ihre Kritiker sind Exegeten und halten den Gegenstand weit von sich, damit er kompakt und überschaubar wird. Das sind Ihre Verehrer und verehren dieses typografisch gefleckte, sprudelnde Chaos aus der Ferne, bis es im Teleskop der Begrifflichkeit eine geschlossene Form annimmt, den homogenen Glanz einer Silhouette.

Ich kann das nicht. Ich hänge in Ihrer Seilschaft weit unten, so dass Sie mich gar nicht sehen können. Denn ich bin eine von manchen in Ihrem poetologischen Hochgebirgskurs. Wir kommen in die Gefilde von Wortvereisungen, die für uns ewiger Schnee sind und für Sie «schmelzende Hirnrezitative». Und Sie pickeln dort oben, im «mehrstöckigen Gangliengeschehen», die Sätze heraus. Und falls wir ausrutschen, steht uns weit unten kein Gebirgspfarrer bei, wie Ihnen zuoberst zuvorderst. Der wechselt von Buch zu Buch.

Eigentlich könnte ich Sie besuchen, um Sie nicht näher kennenlernen zu müssen. Kein Interview könnte so offen sein wie Ihre Bücher, kein Gespräch solche Nähe und Verbundenheit schaffen. Da Sie «hinter dem Aufheulen der Hausutensilien» bestimmt eine höfliche und zuvorkommende Person sind, werden Sie mir am Bug Ihres angeschwollenen, mit Gehirnradspuren versudelten «Lotterbettes» bestimmt einen Tee anbieten. Was bliebe mir mit der schartigen Tasse in der Hand noch zu fragen, wenn sich der Mythos zu mir herabneigt, diese berühmte Schutthaldenvergilbung/Schutthaltenvergiftung des Schreibens? Was sage ich, wenn unter dem überquellenden, türhoch gestapelten Alptraum, der Ihnen Archiv mit Jahrgängen, Jahrringen ist, sich tatsächlich jenes Klavier zu erkennen gibt, das Sie so gern wieder einmal spielen wollen, und das Klavier dann in Wahrheit ein Flügel ist, dessen Flügelfüsse noch immer in Ihrem Werk rollen?

Die Situation würde uns zu etwas Entsetzlichem verpflichten, nämlich zur Konversation. Die dann von Ihrer äussersten Liebenswürdigkeit beschämt werden würde. Im Beisein der ANWISSENHEIT und Ihrer Komponisten von Bach bis Chopin, von Sibelius bis Eric Satie und des uns allen unbekannten Forqueray, die Ihnen zu Ihren Schreibpartituren aufhelfen, auf einem ausgeleierten Grammophon. Und all die Maler, die da sind, Mal-heur für Sie, die Zeichnerin, Kritzlerin? Das frage ich mich selber im stillen. Besonders Max Ernst und auch Raoul Hausmann persönlich, während Sie Marcel Duchamp mit seiner Staubzucht in Ihren Rucksack steckten. Caspar David Friedrich sitzt seit *Die Abschiede* da, er hat Ihnen diese Arbeit schwer gemacht. Von *Die Abschiede* haben sie acht Fassungen herstellen müssen. Es muss stimmen, sagen Sie mir in meiner Eigenschaft als Autorin, und ich «hake» nicht nach, entbunden von einer Journalistinnenpflicht.

C. F. Friedrich sitzt neben Goya. Dann William Blake, Francis Bacon und natürlich Maria Lassnig und Linde Waber, eine Freundin von Ihnen, und neu dieser Italiener Giuseppe Zigaina mit seinem heraldischen Helgen der Sonnenblumenankündigung. Seine rotweisse Fahne soll Sie schon frühmorgens im gelben, gelegentlich weissen Bademantel auf der Kante des Lotterbettes grossartig erregen. Konversation? eine Zumutung.

Ich habe den Starkstromdraht Ihrer Sprache berührt, habe mich in die Gefahr Ihrer Bücher begeben und bin darin umgekommen. Die späten Bücher von Ihnen, dort wo Ihre Erzählvermeidungs-Passion einsetzt. Das ist eine dreihundertsiebenunddreissigseitige Betörung durch einen einzigen Satz. Die besessen psalmodierende Story-Verweigerung, immer mit frischen Blumen gereicht. Pelargonien, Magnolien, Phlox, Tuberosen, oft mit einem Abstraktum vermählt, oder *doubliert*. Das Vokabelblühen einer gänzlich synthetischen Saga. Keine fiction, eine «lection» eben. Und (m)ein Herz, (m)ein Zimmer, (m) ein Name. Dieses Buch habe ich wochenlang süchtig mit mir herumgetragen.

Beim kleinsten Buchstabentouch fängt das an, mein inneres Echo auf Sie, auf Ihr Schriftsingen, eine ohrenbetäubend wundersame Suada in mir, die Sie mir antun, verpassen. Und diese durch die Bücher fortgepflanzte Schalmei, deren kursive Markierungen zu schreien sind, sagen Sie, bricht auch unterwegs nicht ab, in der Migros mit Einkaufswagen oder an der Bushaltestelle, nicht im Wartezimmer und nicht im Tram, wenn ich als Bann dagegen die Werbeslogans zu lesen beginne. Ihre Sprache ist stärker als alle vor mir posierenden Zuhälter-Sätze. Sie haben das Wort.

Was aber, wenn ich bereits in Wien wäre? Dann ist die Verlockung vermutlich zu gross, und gesetzt den Fall, ich würde Sie doch besuchen? Ich würde erst lange zu Ihrem Ganglienstock an der Zentagasse hinaufschauen und mich versichern, dass der steirische Fliederbusch und die triefende Anemone auf Ihrem Fensterbrett stehen, zusammen mit der dekorativen Saatkrähe, in den Strähnen des violetten Horizonts.

Ich würde mir vorstellen, wie Sie im buntgeschliffenen Pyjamakleid die «Gehirnwunderkerzen» anzünden, die Füsse in den Ihren Ohrenbeichtvater sehr bewegenden Salamandersandalen. Ob dieses für Sie letzthin so bedeutend gewordene Hündchen im Türrahmen steht, dessen Funktion (ausg. die Wachhündchenfunktion) nicht klar wird? Ich nehme an, es ist ein Porzellanhündchen, denn ich kann mir kein anderes Leben neben Ihrer Vielfaltigkeit denken, die alles ausfüllt. Sie hätten so gern einen Hund gehabt, werden Sie mir dann sagen, aber ein Hund wäre nicht tragbar gewesen, als Zeuge, als Voyeur Ihrer Lebensverfertigung an der Hermes Baby Nummer drei.

Was wäre zu fragen? Wo Sie mir schon alles mitgeteilt haben, in dem grossen, offenen Buch, das Sie sind. Besonders über Ihr Schreiben. Sie sind weitherum der einzige Autor (f.), die nicht so tut, als sei das erzählende Ich nicht auf schmerzende Weise blutsverwandt mit dem Autoren-Ich. Bei Ihnen ist dieses Ich von einer uns alle beschämenden Transparenz, von einer radikalen Aufrichtigkeit, die das Intime schonungslos preisgibt, zum Preis der allgemeinen Erkenntnis. Anderseits: Was soll ich Ihren «schreibenden Amor» fragen, da Sie an ihm bereits eine «verschimmelte Denkerstirn» konstatieren (das besessene Alter)? Ist da nicht eher ein hinter Ihrem hellen Blick wohnendes Wort-Ich / Ding-Ich, frei nach Novalis, von dem ich mich wundere, dass er in Ihrer Namensgilde nicht vorkommt? Im weiteren sagt das Leierkasten-Ich die Litanei auf. Weil das verbal-erotische Begehren, schreiben Sie, sich bloss in der Wiederholung erfüllt.

Das *sagen* Sie nicht, als wir uns dann doch gegenübersitzen in Ihrem Papierkompost, ich habe nicht anders gekonnt, und Sie mir keinen Tee, sondern zwei Sorten Nescafé hingestellt haben, dazu ein Tellerchen mit einem Schneckgebäck. Das rühre ich nicht an, verzeihen Sie. Mitten in Ihrem «blutenden Kaff» würde ich keinen Bissen hinunterkriegen. Auf dem einzigen Stück freier Fläche, die ein Sessel mit nobler Vergangenheit ist, sitzt Giotto. Ich sage vorsätzlich nicht, es ruhe ein Bildband über Giotto an einer Stuhllehne, denn Giotto hat, wie ALLES in Ihrem Umfeld, Lebendbedeutung.

Über der Tür hängt ein leise an Chardin erinnerndes Stilleben, von Ihrem Urgrossvater gemalt, und über den schwarzen, an Bügeln hängenden Ausgehkleidern ein vollständig leerer Jahresplaner. Sie sprechen mit eingezogenen Schultern unter dem schwarzen Fransenvorhang überaus freundlich, freundschaftlich zu mir von Ihrem persönlichen heiligen Geist, der Sie seit einem Jugenderlebnis, das Sie das Erlebnis des brennenden Dornbusches nennen, zu Ihrem Œuvre verpflichtet.

Mayröcker lesen, das geht nicht, sage ich zu meinem Augenbeichtvater und komme mir schon wie eine Diebin vor, der Tonfall verrät mich: Ist die Paraphrase schon Plagiat?

Mayröcker lesen ist so, als sässe man vor einem Teller voller Juwelen, von Kellnern in Fräcken umschwirrt, die einem dauernd Juwelen nachschöpfen, funkelnd, unverdaulich, unnahbar schön. Sie hat diese Erfindung des Schriftredens gemacht, sie erfand das Fortpflanzungspoem, sage ich zu meinem Augenbeichtvater. War früh von den Surrealisten angetan, geriet in die Wiener Schule von Artmann, Jandl, Rühm und Okopenko, bewegte sich aber eigenständig; mochte es nicht, wenn man ihre Dichtung experimentell oder konkret genannt hat. Zweieinhalb Jahrzehnte musste sie einem ungeliebten Verdienst nachgehen, als Englischlehrerin. In jeder freien Minute dann dieser Blitzandrang, die Überflutung durch einen Schreib-Impuls. Und das dauert nun so, seit sechsundfünfzig Jahren, mit dieser Unerhörtheit, über welche sie einmal klagte, sie wolle doch endlich gelesen werden. Dazu blinzelt mein Augenbeichtvater: Juwelenlesen?

Es gibt ein Leben im Schreiben, sage ich, Verdichtung von Existenz, meterhoch in einer einfachen Wiener Wohnung, im fast schon proletarisch wirkenden Stadtteil Margareten. Und bei ihr, sage ich, hat es nichts zu tun mit dem Satz von Max Frisch (ich mache Erfahrungen nur noch, indem ich schreibe), denn ihr Schreiben ist eine einzige explodierende Überlebensübung. Die fragt nicht nach einer Legitimation, einem «Engagement», nicht nach einer Platzkarte in der Literatur. Es ist die wahrhaftige Selbstentblössung wie ein Gebet um Daseinsberechtigung.

Ich bin nämlich doch hingegangen, ich habe es gesehen. Ich war im Innersten berührt, bestürzt von einem metaphysischen Reich, das nach aussen hin die fast betuliche Hygiene der Bescheidung, ja, der Armut ausdrückt. Allesverwertung zur Sprachverwandlung. Kein Brotkrümel bleibt auf dem Honigtisch.

Ohne Preis kein Fleiss

Kranichsteiner Stabreim-Etikette

Fasanenfuder Stahlgewitter-Medaillon

Kibitzhärtling Schnäbler-Schumann-Aahh

Büchner Star und Stand-Gefieder-Gurt

Pelikan del Monte Feder Schmuck

Strauss und Kuckuckseimer Ei & Becher

Raurisser Kümmerer und Komma-Prunk

Frankfurter Pfauenschweifrad-Nabel-Oskar

Corinna M. entwirft einen Erotik-Roman

Plötzlich stand er da. Seine Silhouette hob sich gross in die lichtdurchflutete Türfüllung und warf ihren Schatten voraus. Er musste über den Balkon gestiegen sein, und sie zuckte zusammen, doch sonderbar, sie empfand dabei keine Furcht.

Er blickte sie halb belustigt, halb provozierend an.

«Sie wünschten, dass ich irgendwann käme.»

Hundertfünfundfünfzig Tage danach, sie wusste das ganz genau, sie glaubte an die Kraft von Symbolen – und das Blut schoss ihr in die Wangen. Sie versuchte, ihre Röte zu verbergen, doch sie bemerkte, dass er sie unverwandt ansah.

Aus klugen, dunkelgrünen Augen, die mutwillig hinter ovalen Brillengläsern blitzten.

Sie wirkten an ihm nicht modisch wie bei den anderen Männern, die nun diese sogenannte Schubertbrille trugen, offenbar, um sich eine Aura von Künstlerelend zu verpassen, da sie in der Werbebranche zuviel Geld verdienten. Er besass eine Persönlichkeit, die von keinem Accessoire oder Trend hätte korrumpiert werden können.

«Ich bin ein Mann des festen Entschlusses. Das dürften Sie damals geahnt haben, nicht wahr? Sie haben also keine Wahl, Sie sind jetzt meiner näheren Bekanntschaft ausgeliefert.»

Er lächelte ein wenig diabolisch und hatte in diesem Moment die Allüre des Gewinners, wie er im amerikanischen Kino vorkam. Also einer, der Anwältinnen und Managerinnen knackt: Sie war enttäuscht und beschloss, ihn zu hassen, doch im selben Moment wurde ihr klar, dass sie dazu nicht fähig sein würde, er war zu attraktiv und zu tief.

Es war Raum um ihn, die Wohnung besass plötzlich Grösse und Weite durch seine Präsenz, die sie auf unbekannte Weise erfüllte. Dieser grossgewachsene Fremdling, dessen Dreitagesbart ausserhalb der Mode stattfand und schon mit grauen Fäden durchzogen war, berührte etwas Versunkenes in ihr.

Er hatte sich noch nicht vom Fleck bewegt, aber jetzt trat er ins Zimmer. Eine unverhohlene Anwesenheit.

«Wie wäre es, wenn Sie mir einen Drink kredenzten, bevor Sie mich der Polizei ausliefern? Ich denke, Sie werden mich wegen eines Versuchs zu einem sexuellen Übergriff anzeigen wollen. Wahrscheinlich werden Sie mich als Vergewaltiger denunzieren, das traue ich Ihnen jetzt zu. Ich glaube, ich habe Ihre frauliche Kühnheit der ersten Stunde überschätzt.»

Sie hatte noch nicht gesprochen, zuckte unschlüssig mit den Schultern, wippte in ihrem Schaukelstuhl und nippte an ihrem Scotch. Doch begann sie, sich zu wappnen. Er würde ihr gefährlich werden.

Er verfügte über jenes intellektuelle Raffinement, dem sie nicht widerstehen konnte, es war das anspielungsreiche Understatement, das ein Wissen und eine Lebenserfahrung barg. Die wusste er in einer sachlichen, souveränen Art aufzutischen, so dass sie um eine Antwort verlegen war. Zurückhaltend, ironisch, doch nicht ohne Wärme. Ausserdem mit einer Stimme, die Macht über sie gewann. Das machte sie unwirsch, sie hatte nicht die geringste Lust, sich mit ihm einzulassen, es war zu banal, auf diese Art. Und doch schien ihr, als hätte sie ihn lange gekannt in ihrem früheren Leben, obschon sie nicht an die Wiedergeburt glaubte, nicht an all das Seelenzeug, das jetzt das Jahrtausend noch retten sollte, das sich dem technischen Fortschritt verschrieben hat.

Er trug einen Regenmantel, einen grauen Trench Coat, Typ Harrison Ford, der den Typ Humphrey Bogart abgelöst hat. Er war keiner von beiden. Er würde sie weder mit der zerknautschten Zigarette im Mundwinkel auffordern, noch umgehend in der Küche hantieren und den Toaster zu reparieren beginnen. Er war diskret und besass Stil. Er hatte bloss den Aktenkoffer auf die Türschwelle gestellt, und diese Geste mochte sie nicht weiter deuten. Als hätte er ihre Gedanken erraten, meinte er spöttisch: «Danke, ich rauche nicht.» Er war zu klug, um in eine Pose zu treten. Er war durch und durch skeptisch, wie sie, und genau dieser Umstand würde sie ausliefern. Die Lust am ironischen Spiel, besonders am Wortspiel, teilten sie und witterten es. Gemeinsamkeit spürt man schneller als Verschiedenheit, beim Kennenlernen. Und ausserdem war die Gelegenheit, mit Männern intelligent zu plänkeln, so rar geworden wie ein interessanter Flirt. Dieser Mann freilich, der noch immer im Türrahmen stand, war viel mehr als bloss intelligent.

«Treten Sie näher, grosser Manitu», sagte sie und tat kühl. «Ich werde mit Ihnen gleich fertig sein, denn ich bin nicht so leicht umzubiegen, darin haben Sie sich getäuscht. Ich könnte Sie mit ein paar Wendo-Handgriffen über den Balkon hinausbefördern – wenn ich wollte. Das Merkwürdige ist bloss, dass ich nicht will.»

Nun lachten sie beide, es war ein erlösendes Lachen, und sie sah, dass er Anstalten machte, seinen Mantel auszuziehen, doch zögerte er und unterliess es wieder, und sie war erleichtert, dass er kein Hardliner war. Er hatte auf dem Glastisch neben dem Sofa ihr vorletztes Buch entdeckt. Bücher konnten, wenn sie sonst nichts taugten, immerhin als passende Requisiten dienen.

«A bold desire for apple», buchstabierte er nun den Titel und sah versonnen aus, «ich wette, Sie mögen diesen apple gar nicht.»

Sie schwieg, betrachtete seine Hände und wähnte die behutsame Art, wie er mit Gegenständen umging. Sie stellte sich vor, wie diese Hände Haut berührten. Dass sie schön waren, wusste sie schon von damals, und nun sah sie mit Erregung, dass es erfahrene Hände waren, feingliedrig und kräftig zugleich. Vielleicht war er Bildhauer, oder Cellist, und wusste Man Rays Violon gar lieblich zu intonieren, dachte sie mit einem Gefühl der Verlorenheit und ohne Sarkasmus. Um dann zu erschrecken, tief innen. Denn er war wirklich gefährlich, er würde gefährlich werden, für ihr Herz.

Er hatte nur ein paar Schritte vorwärts getan und stand aufrecht im Zimmer und wartete und hielt jetzt die Hände verschränkt. Feine Härchen verliefen über sein Handgelenk. Es gab eine scharfe Grenze zwischen Wildnis und Zivilisation an der Kante der Hand, die an die Herkunft des Menschengeschlechts gemahnte.

Gleich würde sie ihm verfallen, dachte sie melancholisch und fixierte ihn stur. Sie atmete tief, erhob sich und ging an die Bar ihrer offenen Wohnküche, um ihm einen Drink zu mixen. So musste diese Sache einen ordnungsgemässen Verlauf einschlagen. Drinks neutralisieren die Situation.

Sie besass eine Attikawohnung, wie sie in Global-Village-Heften als Traumwohnung für Singles angepriesen wurden. Sie hatte sie sich aus den Tantiemen des letzten Romans geleistet. Das war wider alles Erwarten ein Bestseller geworden. *A Hero from Silicon Valley* ging nun in die vierte Auflage und hatte die 200 000er Schwelle erreicht. Sie war damit finanziell gut gebettet, obschon sie den Roman schon längst satt hatte. Sie hielt ihn für einen verlegerischen, doch keinen literarischen Erfolg. Ihr Ehrgeiz zielte darauf, von erstrangigen Kritikern ganzseitig besprochen zu werden. Zum Beispiel von Amanda McGill in *The Berliner.* Von diesem letzten, marktgängigen Wurf aber konnte sie gar nichts erwarten.

«Ich habe Ihnen etwas mitgebracht, aus Ihrem früheren Leben», sagte der Fremde ohne Ausdruck. Es klang fast ein wenig heiser in dem dunklen Timbre, oder wie man die Fortsetzung einer Stimme nennt, wenn sie am Ende des Alphabetes angelangt ist. Sie vernahm sein Räuspern mit Genugtuung, es war also auch für ihn nicht so einfach.

Es war so still in der Wohnküche, dass sie ihr Herz klopfen hörte. Oha, da bist du also, dachte sie, und wunderte sich. Ihr Herz war abwesend gewesen, während sie schrieb. Sie sah, wie seine begabte, sinnenfreudige Hand in die Manteltasche griff und etwas Rotes hervorzog. Dann kam er langsam auf sie zu, und sie war verblüfft: ein Schuh. Ein roter Stiefel, den er ihr, die sich von neuem gesetzt hatte, nun wie ein Gastgeschenk in den Schoss legte. Sie trug heute zufällig ihr Lieblingskleid, einen grasgrünen Wolldress mit schwarzem Lackgurt.

«Haben Sie die Gnade, sich jetzt zu erinnern?» Das klang nun fast bittend. Sie schreckte auf, woher hatte er... und in diesem Moment erkannte sie ihn – so hiess es doch in der Bibel. Einhundertfünfundfünfzig Tage danach. Diese Nummer hatte auf dem Waggon gestanden. Sie sah das Schild mit der Zahlenprägung genau vor sich, während die Hupe, oder war es die Bremse, der Rangierlokomotive aufgejault hatte: Tierisch, dieses Geräusch, hatte sie selbstvergessen gedacht, bevor es schwarz vor ihren Augen geworden war. Und dann war sie in den Armen eines Fremden gelegen und wusste nicht, wie ihr geschah, nur die Sirene war ohrenbetäubend. Und eine männliche Stimme sagte: «Sie sind doch nicht Anna Karenina, oder doch? Es wäre zu früh für Sie, unter dem Zug zu enden.» Eine

Stimme, die man nie mehr vergass, dachte sie, bevor sie erneut das Bewusstsein verlor. Später war sie im Spitalbett erwacht. Und hatte den Unfall, wie man so sagt, weggesteckt. Sie hatte nicht das Zeug zu einer Anna Karenina. Das Leben ging täglich weiter, das war nur schon an der Farbentwicklung ihrer Quetschungen festzustellen, alle drei Tage ein weiteres Blau. Der Alltag war wieder Jimmy, der zum Regenbogen ging. So nannte man eine kleine schäbige Bar in der Gegend, die sie mochte. Aber der Schuh, woher war der Schuh? Die Amnesie war wie unbedrucktes Papier.

Sie bemerkte, wie er den Regenmantel auszog und wie er ihn sorgfältig auf die Stuhllehne legte, als sei er hier häuslich geworden. Und nun sah sie, was er unter dem Mantel trug. Es war ein fliessendes Satingewand, glänzende Seide in Schwarz, im Kimono-Schnitt, gekreuzt und locker gegürtet. Nun kam das Verwegene seiner Gestalt zum Ausdruck und machte seine unentrinnbare Männlichkeit ganz direkt, denn – sie ahnte es – darunter trug er nichts.

Sie nahm ergeben zur Kenntnis, wie sich ein Geschick vollzog, ihr Leib hörte auf, sich zu wehren. Sein Körper versprach Lust – der Mann war wie gemacht, um eine Frau zu umfangen und, ja, ans Herz zu schliessen. Und sein Körper gab Erfahrenheit kund.

Nun bin ich mitten in einem Arztroman, dachte sie stoisch. Darin waren Chirurgen Halbgötter in traumweissen Schürzen und darunter, wie Gott sie geschaffen hatte. Einem wildfremden Mann zu verfallen, einem Abenteurer aus Nowhereland, der die Kühnheit besass, über den Balkon zu einer Frau vorzudringen, die er einmal gesehen hatte, ein einziges Mal. Und zu wissen, dass sie ihm erliegen würde, dachte sie und fühlte mit unterdrückter Wut, wie sich Feuchtigkeit zwischen den Oberschenkeln bemerkbar machte.

Schon jetzt. Bei der zweiten Begegnung, die im Grunde die erste war. Und das, sie schauderte, in einer Zeit, da zahlreiche Männer nur schon wegen einer verbalen Anspielung vor ein Gericht zitiert wurden. Ihr war flau in den Knien. Er trat nun auf sie zu, mit einer Entschlossenheit, die nichts Anstössiges hatte, und blickte sie an, seine Augen waren voll stillen Begehrens, das von einer Vertrautheit schon wusste. Sie war jetzt wach, von höchster Aufmerksamkeit, und erfuhr, wie seine Hand ihr über die Wangen strich, mit dieser Zartheit und Kraft, die ihr an ihm auffiel, als jemandem, der ein Leben gelebt hatte, mit vielen Frauen vermutlich. Wissend, weltgewandt und doch voller Staunen über die Köstlichkeit der Natur.

Er umschloss sie schützend, und sie gab nach, und es schoss dieses Gefühl in ihr auf, das den «point of no return» signalisierte, und es sagte ja, ein einziges jauchzendes Ja.

Sie drängte sich ihm entgegen, presste ihren Schoss an ihn und spürte die Wölbung, die sich dort unzweifelhaft bildete, unter der Taille, wo sich der schwarzglänzende Fluss an seinem Körper zu teilen begann. Er war ein grosses Versprechen. Sie glitt sanft in den Ausschnitt des Kimonos. Er hatte kein Brusthaar, sie war erstaunt, fast ein wenig enttäuscht, bei einem so männlichen Mann. Seine Haut war straff und doch weich. Sie tastete weiter nach unten, unter das fliessende Seidengewand. Er löste den Gürtel und öffnete es, und sie sah bebend, dass sein Geschlecht aufrecht hervorstand.

«Sie sprachen von einem Tag X. Ich denke, der Tag ist gekommen», sagte er langsam und sachlich, während er sie an sich zog, in die beginnende Flut hinein, an seine betörende Nacktheit. Sie staunte über ihre Willfährigkeit, dass sie jetzt alles geschehen liess, sie war ihm vollkommen ausgeliefert. Sie hatte lange keinen Mann mehr gehabt. Er flüsterte mit einem zärtlichen Ausdruck ganz nah an ihrem

Gesicht, so dass sie die Stoppeln an der Wange kitzelten und sie seinen Atem wahrnahm: «Das ist der Anfang einer langen Geschichte …»

Sie lächelte matt, als er sie aufhob. Er würde ihre Laufbahn entscheidend verändern, das wusste sie. Auch wusste sie plötzlich mit grosser Klarheit, dass es für immer war. Und das Leben schlug herrlich über ihr zusammen, als er sie ins Schlafzimmer trug.

Corinna M. Salick lehnt sich zurück, um zu sehen, ob ihr Werk gut ist, es darf nur wenig Erbgut enthalten, sonst verfehlt es sein Ziel. Corinna M. Salick tut, was sie beim Anblick von eigenhändigen Sätzen noch nie getan hat, sie reibt sich die Hände. So ist es gut, die Tonlage stimmt, um die Sache, die sie im Schilde führt, das Ding, the sting zum Singen zu bringen.

Den Vater hat sie vor langer Zeit abgelegt, nicht gerade wie einen Hut. Ihr Vater ist zwangspotent, und die ödipalen Verrenkungen sind immer noch da und müssen auf der Couch sortiert und frisch geschient werden, zweimal wöchentlich und bisher vollständig erfolglos.

Was tut man, analytisch, mit einem Ewiggestrigen von Vater, der sich zu jedem verflixten Siebten gestärkt mit einer frischen Hemdbrust zeigt, am Honigmondbuffet der Bertelsmann Holding. Vorausgesetzt, es ist eine, die bügelt und kocht und nicht von seiner generösen Flanke weicht, damit man sieht, dass er noch kann, immerfort kann, so dass selbst die Kritiker resignieren, ihn nicht mehr anzweifeln mögen, zahnlos tischen sie ihn immer neu ab.

Zum zehnten Siebten – wir wollen ihm gnädig sein – hat er die Neue direkt aus den fünfziger Jahren herübergeangelt, eine fleischfressende Badeschönheit, die ihn am Weekend Schatzi nennt und montags Spatz. Mit einer dollen Figur, wie Peter Rühmkorf bemerkt hat, der sie zufällig im Bikinikanal um zwei Uhr nachts eingezappt hat, doch sie, Corinna M. Salick, war dazu verknurrt, die neue Stiefmutter leibhaftig zu treffen und kennenlernen zu müssen, sie ist zwei Jahre jünger als sie. Immerhin ist das eine Marikka mit vollem Bustier, die das Pfand der Liebe sofort allen Zeitungen entgegenstreckt, so dass es im Leute-von-Heute-Teil dreihundertkarätig geblitzt hat, von Harpers Boudoir bis Burdas-Hausmannskost.

«Der Vater bist du», sagt ihr Seelenschlosser, das ist eine Frau in – wie man sagt – mittleren Jahren, die Felizitas heisst, eine Reife mit sorgfältig manikürten Händen.

«Der Vater ist der Vater deiner Wünsche, Corinna, der Vater ist der erste und letzte Held eines Frauenlebens», so dass Corinna stöhnt auf der Couch, was Felizitas als fachliche Fahrlässigkeit empfindet, was tut man bloss mit einer Klientel, die einem zu sympathisch ist?

Das nächstemal, es ist ein Dienstag um Viertel nach drei, liest Corinna der Frau in mittleren Jahren den Romananfang vor, sie liest sitzend mit den baumelnden Beinen der Kindheit den Text, den Sie nun kennen, den Text, der ein Ding ist, the sting, mit dem sie was vorhat. Er soll dieser Frau eine Knacknuss aufgeben, sie soll ihn entschlüsseln, bevor Corinna ihn abschickt, der das zu lau ist, zu flau mit Felizitas.

Dieser Text braucht einen vollausgereiften Spezi der alten Schule und verträgt kein Gran Esoterik. Dieser Text verlangt eindeutig nach Freud, er enthält bereits Freud. Die Freud' schaut ihm ja bereits aus allen Poren des Happy Begin, wie soll so eine Freud zu einem End kommen.

«Leg dich hin», befiehlt die Frau nach der Lektüre. «Nun?» fragt Corinna. Felizitas schweigt, innerlich puterrot. Was immer sie sagte, ihre freche Klientin würde frohlokken: Du bist ein Fall von unheilbarer Fachidiotie. Ihre Reaktion würde ein ausserberufliches Geständnis sein und sofort bereut werden, denn es könnte sie die Mitgliedschaft im Fachverband kosten. Therapeuten dürfen von Klienten nicht beurteilt werden wollen, dafür hat der Fachverband Supervisoren, das macht die Arbeit für Felizitas hart. Und für Corinna unmöglich. Corinna ist eine unerbittlich Gesellschaftsrelevante, die immer nach Fairness fragt. In der Therapie aber geht es nie um Gerechtigkeit. Beim «Shrink» gibt's keinen Drink nach der Sitzung.

«Der Held deiner Träume bist du», sagt Felizitas rasch, und Corinna macht dazu die Beine nicht breit, sie lässt das Schicksal nicht sanft an ihrem Muttermund nippen wie sonst, nun will sie es tatsächlich wissen, Freud oder Jung oder Leid. Die ödipale Verrenkung liegt entschlossen geschlossen, als Felizitas sagt: «Verdammt, Corinna, dieser Mann vom Balkon, das bist du. Wir sind immer das Agens unserer Träume. Der Held deiner Träume bist du», repetiert sie entschlossen, «nur du du du allein, sagt C. G. Jung», damit Corinna, die immerhin summa cum laude daliegt, eine verbindliche Referenz hat. «Schwachheit, dein Name ist Jung», ächzt die Klientin und setzt sich brüsk auf, «weisst du was, da ist eine Sache, die hab ich vor, es läutet die Stunde der Abrechnung in meinem Beruf, weisst du, eines Tages muss das auf den Tisch mit meinem Erbgut im Schreiben.»

Spricht's und steht abrupt auf, streicht sich diesmal nicht vorher den plissierten Maxirock glatt, den sie immer am Dienstag trägt, steht auf und geht, nein, schreitet durch die Tür wie eine Karyatide, so dass Felizitas zum erstenmal den Rest von Stuck oberhalb des Türrahmens wahrnimmt und sich gleich darauf der unbezahlten Mietrechnung entsinnt. An diesem Dienstag muss etwas los sein, immer an diesem Dienstag geschieht etwas Unbekanntes, noch nicht auf die Couch Geflochtenes, immer an diesem Dienstag. Da hat Corinna um halb fünf Uhr ihre Laufbahnplanung. Bei Frau

Dr. Rosalind Schweikert, bei ihr kostet jede Minute zu spät fünf Franken mehr.

Felizitas sinnt und tränkt dazu die Chrysanthemen, die sich nicht zum Blühen entscheiden wollen, in der Kiste auf dem Fenstersims, eine Hinterlassenschaft ihrer Vorgängerin, die sie nicht hat entsorgen mögen, so ein Zierschmock, unzeitgemäss für ihren Beruf, niemals würde sie selber solch unaussprechliche Blumen einpflanzen, wenn sie dann gar nicht aussehen wie sie heissen. Es ist bloss zu hoffen, dass sie ihr eines Tages einen Schlüssel liefern für einen alarmierenden Fall.

Wenn sie bloss wüsste, wer dieser Mann vom Balkon ist, wo hat sie ihn bloss gesehen – auf einem Plakat? Heute kommt einem ja jeder halbwegs erwachsene Schnösel schon bekannt vor, bei dieser Reizgesichtsüberflutung. Das macht, dass alle irgendwie sind – eine Frage für die Philosophen, nicht für eine IAP-Absolventin wie sie. Dieser Mann vom Balkon gehört eher in die alte Hollywood-Schule, ein klassischer He-Mann, und harmlos ist so einer nie. Das muss doch ein Moderator sein oder etwas verwandt Telegenes, solch eine ausgewachsene Spezies lässt sich das Fernsehen kaum entgehen. Er ist gewiss ein Berufsverführer und öffentlich wie auch privat very important, für Corinna und zahlreiche Frauen. Daheim führt er eine däumchendrehende Ehe, die ihn mit zunehmend hohem Organ in die Sonnenpension entziehen will – nun wird er wirklich wesentlich, auch für sie und ihren Berufskredit. Felizitas muss ihn deuten können.

Corinna macht zu Hause sechs Ausdrucke von ihrem Romananfang, einen für sich und einen für IHN und einen für Mr. Salick. Einen für *Harpers Digest*, einen für *Gay Homes Journal* und einen für *Cosmopolitan-Sylt*. Der Vater soll nun etwas tun für sie. Peanuts, warum, wenn alle, dann nicht sie, ist sie so blöd, ihn aus falscher Moral zu meiden?

Der alte Salick ist fromm geworden, heisst es im Leute-von-Heute-Teil. Er teilt immer die Religion seiner Partnerin, vorher war er ein Muselmann, vollzog aber blitzartig einen Glaubenswechsel, als ihn jemand mit Salman Rushdie verwechseln wollte. Man kommt ja heute urheberrechtlich nicht mehr ganz klar und weiss nicht mehr, was von wem ist und wer den oder jenen Roman verfasst hat, wobei er eigentlich immer von Goethe ist.

Der Salick, heisst es, gehe mit Marikka und ihrem Bustier mit den zwei Ausstellungsäpfeln sonntags zur lutheranischen Predigt. Der Alte soll etwas hermachen mit seinem Business. Sie hat diesen Mittwoch hingebungsvoll im Badezimmer verbracht, und Marguerite Duras hat mit ihren frühen, ungeschürzten Augen vom Poster herabgeschaut. Die wusste, was Schmerz ist. Corinna hat mit dem Geschenk ihrer jungen Stiefmutter hantiert, einer Garnitur mit lackiertem Zubehör, alles in Blattgold, das nach allerlei Massnahmen verlangt, die ihr noch nicht hinreichend geläufig sind, deshalb nach Gebrauchsanweisung zu erfüllen. Das Studium der Kosmetik setzt das Hirnwerk in Gang, ein inspirierendes Transpirieren und Traduieren, denn so etwas muss immer in fünfsprachiger Ausführung und zusätzlich auf japanisch und arabisch stattfinden, was den Frauenfortschritt international befördert, während an einer ausgesuchten und hingebungsvollen Körperstelle eine schleimfarbene Masse arbeitet, eine Emulsion. Dann reisst ihr die Geduld und sie frottiert die gesamte Laufbahnplanung von ihren Konturen, bis ihr Körper wieder ganz ihr gehört.

Dieser Satz muss sich aus Vaters Kombüse eingeschifft haben, ein typischer Salick-Satz, findet sie, ist also sofort zu streichen und zu ersetzen mit, sagen wir, bis der eigene Körper hervortritt, zum Schreiben bestellt, zum Schreiben verflucht. Was nun ja auch wieder nicht dermassen authentisch ist. Sie erblickt resigniert das tätowierte Rondell mit dem Kreuz am inneren Oberarm. Wo stehen wir, wohin gehen wir Frauen? Wir stehen kurz vor der Verschönerungskatastrophe im Bad, Heil Marikka. Muss in Vaters Fussstapfen gehen, und hol's der Teufel, wenn's das nächstemal Birkenstocksandalen sind. Lieber walzt sie in diesen unförmigen Adidas-Kufen einher, mit denen er jetzt vorgeht und Hacken schlägt, als wär er ein Feld-und-Wald-Pfadfinder. Das ist neu, aber Marikka ist sportlich, der Natur und allem übrigen aufgeschlossen. Er muss jeden Sonntag nach der Predigt mit ihr auf die Finnenbahn.

Corinna steht ganzkörpergereinigt im Vestibül und schlüpft in den schwarzseidenen Kimono, den Sie eben unter andern Umständen kennengelernt haben.

Er ist eine Gabe der letzten Stiefmutter, ziemlich kühn, wie sie fand, und hat ihn darum Neo Corleone genannt, den Mafia-Dress. Als moralische Quittung für einen Verwandtschaftsgrad, um den man nicht bittet, denkt sie, und auch, dass so ein Ding ausschliesslich gemacht worden ist, um Potenz zu ködern, frisch gezwirnt und aufgebäumt, die Schwellkörperfederung, damit der ständige Affront aus dem Vorhang hervortritt und den bösen Stiefmüttern direkt und vorsätzlich ins Herz bohrt. Offenbar hat die flutende Seide den armen Vater im Schrank nicht mehr flottmachen können, trotz aller Versprechen der Luxusreklame. Das wird dann wohl ihr gemeinsames Reizwäsche-Trauma geworden sein und konnte auf diese Weise diskret entsorgt werden, nun, da ja neuerdings Marikka die Bresche füllt, um ein verwegenes Bild zu gebrauchen. Sie aber als einsame Junggesellin weiss nicht, wohin mit diesem Odium, und tut nun das, was Frauen sonst mit ihrem Kater tun, sie tut ihm schön und streichelt ihn täglich und spricht ihm gut zu. Corinna kennt zahlreiche männliche Gattungsvertreter, doch keinen, an dem sich ein solches Wäschewunder auszuprobieren lohnte.

Dennoch, dieses Dachschlupfloch will sie für immer unverheiratet behalten. Damit der Wunschmann über den Balkon kommt, politisch vollkommen unkorrekt, sogar zu ahnden nach dem neuen Antisexismusgesetz. Sie testet den Romananfang noch einmal, indem sie ihn laut rezitiert, barfuss, und die nasse Haarsträhne dabei aus dem Gesicht schmeisst, damit der Tintenstrahldruck nicht verschmiert.

Dieser Geschichte fehlt noch ein Pepp, ein dionysischer Zusatz für die Manneskraft – den muss sie mixen, damit der alte Salick mit Lesen fortfährt, zumal an dieser Stelle ihn die Mär zielsicher beim Penis ergreifen und seine Begierde mit klaren Zielen entfesseln wird, da er, wie sie vermutet, mit Marikka wieder mal sollte, damit sie weiterhin jederzeit und immerfort Schatzi und Spatzi, also wir meinen, damit sie noch manches fruchtbare Jahr seine Frackhemden bügelt. Corinna, die Tochter, hat ihn gut inspiziert mit all seiner Lebensabschnittsbegleitung. Die erste war ihre Mutter, die zweite ihre Freundin, die dritte ihre Kollegin, die vierte ihre liebe Stiefmutter, die fünfte ihre böse Stiefmutter, und von der neuen kennt man noch keinen DNS-Code.

Sie schenkt den Dutzenden toter Fliegen am Boden einen ungnädigen Blick. Fliegen erwecken kein Mitleid, sie können nicht als Opfer betrachtet werden, wenn man ihr Kriegs- und Beisswerkzeug einmal durchs Mikroskop erblickt hat. Wer ist ein Opfer? Wird man ein Opfer, wenn der Kreislauf der Natur einen programmgemäss einholt, verschlingt und wieder ausspuckt, als die nächste Generation? Ist der Begriff Opfer ein Begriff aus dem sich entleibenden Humanismus einer Epoche, die ihrer selbst überdrüssig geworden ist? Wird man als Roman-Debütantin ein Opfer durch einen Verriss? Die Fliegen häufen sich vor der Anrichte, wie vor dem Schlaraffenland, was hatten sie vor?

Die Feststellung, dass die Putzfrau wieder nicht da war, ist um so ernüchternder, wenn man weiss, dass die Menschheit lautlos an der Mikrostruktur zugrundegehen dürfte und nicht etwa an ihrem Kriegsgeheul. Das Leben ist hart. Man braucht dazu Alkohol, das haben alle Dichter der Neuzeit gewusst, ob sie nun genial oder mässig, weiblich oder männlich, schwul oder hetero waren.

Corinna M. Salick nippt an einem Röhrchen, das mit einer Maxi-Petflasche Coca-light kommuniziert, das ist die Wochenration, wenn sie schreibt: eine Flasche für zehn Seiten Dichtung und Wahrheit. Coca mache den Kopf klar, rät ein sich unabhängig wähnender Kollege.

Corinna M. Salick greift, während sie saugt, zu ihrem Stapel von Buchbesprechungen. Man muss wissen, wer auf welche Weise durch wen umkam. Es kommt für alle der Jüngste Tag, und der schreibende Kopf liegt auf dem Schafott eines Feuilletons.

Leidenschaften der Literatur entstehen nur durch Verrisse, sagte der grosse Kritiker Ross Terrier in France Culture. Solche Gefühle, wie sie ein Verriss in dir freilegt, ergänzte ein downtown-bekannter Eierkopf in der Runde und glänzte glazial, die kannst du dir sonst durch niemand und nirgendwo holen, du musst dich bloss richtig in sie hineinknien lernen, wenn so ein Ignorant zuschlägt, und du fühlst es pervers in dir kommen. Ist der Verriss eine Designer-Droge? Sie kaufte das Heft nicht, das diese Frage diagonal schrieb, schräg war das Heft längst nicht mehr zu nennen, es war zu eingeseift, und sie wusste im voraus, was darin stand: Anna Mieder, Name von der Redaktion geändert, Anna Mieder, 23, schreibt schon ihren dritten Roman, seit Anna Mieder, 23, für den ersten und zweiten einen Verriss vom Göttlichen einheimsen durfte, Anna Mieder ist glücklich, vom Verreisser der Nation erfüllend berücksichtigt worden zu sein, worauf ihr Adrenalinspiegel endlich stabilisiert werden konnte. (...) Was dich nicht umbringt, macht dich stärker, lautet der Leitspruch des Kollegen, der Coca-light zum Schreiben empfiehlt.

Er hat ihn über seinen Schreibtisch gehängt. Eine Autorin bekannte gefühlsbetont, dass sie den Kritikern selbstgehäkelte Buchzeichen schicke, anlässlich der Geburt ihres Werkes. Sie sprach mit bebender Ausdruckskraft von ihrer Liaison Dangereuse mit den Feuilletons, die im geheimen bestünde und sie vor der öffentlichen Brandmarkung bewahre, weil, die Autorin fing an zu schluchzen, weil sie erst gar nicht zur Kenntnis genommen würde von den ernsthaften Teilen der Literatur. Worauf eine Kollegin des leichteren Genres ihr robust auf die Schultern klopfte, ihren Rucksack auspackte, Tomaten und Butterbrote auf dem Podium auslegte, um sie anschliessend ins Publikum zu schmeissen: So. Dies ist eine praktische Übung zur Rezeption der Kritik. Das ist ein Picknick mit diesen Kerlen, siehst du, und hör auf zu heulen. Ein Einfall, der von der Unterbrecherwerbung gekappt und zu saisonalen Variationen ausgebaut wurde: Zwetschgenknödel, faule Äpfel, Pflaumen und Pfirsiche empfahlen sich zu einer populären Anwendung der literarischen Wirkungsgeschichte. Dazu kamen noch Kiwis und Nektarinen.

Wer ein Jahr jünger ist, hat keine Ahnung, sagte der grösste deutsche Autor der Nachkriegszeit im Hauptabendprogramm, er nahm dort nur ausnahmsweise als special guest Platz, und die Bedeutung seines Statements stand senkrecht zwischen seinen eulenfiedrigen Augenbrauen, die schneeweiss vom spotlightdurchfluteten Horizont entflohen. Man hatte für seinen Auftritt passend die Akropolis von Athen projiziert. Er muss dieses unnachahmliche Gefühl gemeint haben, den der ehemalige Grosskritiker noch immer bei einer Neuerscheinung in ihm hervorruft. Es ist geradezu obszön, sagte Frau Dr. Sigrid Löffler zur Sache in einem Interview, was wir für private Antworten kriegen auf öffentliche Rezensionen. Die Erfolgsautorin Mo Marrone meinte, um die Lippen leicht mürbe, ein Verriss setze kalte Leidenschaft aus, ein ätzender Nektar flute einem über den Rücken. Das ist Nervengift, das macht bleiern, doch stark für den Morgen, sagten aus einem Munde zwei geschorene Jungautoren, und der eine vervollständigte den Aussagesatz für das 3sat-Programm: Man möchte töten, wie man niemals sonst töten will. Der Kritiker und sein Autor, das ist die Kabale des ausgehenden Jahrhunderts, das ist das letzte Passionspaar.

Was Gott zusammenführt, soll der Mensch nicht scheiden, meinte der belangvolle Nachkriegs-Autor in der Zeitschrift *Family today*, und man war allgemein erstaunt, wie gottesfürchtig er war. Nun wurde er zweisam mit IHM abgebildet, Hand in Hand standen, die beiden Pfeiler im Hafen am Bodensee, und wirkten zusammen standhaft und dicht, in all diesen Grossegeln und Weltfahrermasten, die sie wie ein Metapherngeschwader umgaben. Mit IHM, der ihn stets fordere, ohne zu halten, verbinde ihn eine reife und noch immer beschwingte Beziehung, sagte der produktive Nachkriegsautor, dem die Wesentlichkeit milde ins Gesicht gelegt war, so dass es noch schöner als früher aussah. Er hatte manchen politischen Sturm verursacht und ungerührt hinter sich gelassen. So eine Ehe altere nie, formulierte er achtsam auf die Frage des *Home*-Reporters und blickte dazu innig herab auf SIE, die Instanz, die ihm seit fünfzig Jahren, genau, sagt er, seit 1947, ein unerbittlicher Kritiker und treuer Verfolger war.

Corinna M. Salick schaltet die Kiste ab, die sie immer einsam gemacht hat. Sie hatte nie die Gelegenheit, Teil eines Passionspaars zu sein. Sie nimmt einen tiefen Schluck und grübelt mit einem himmelblauen Giraffenstab in den Eiskuben herum. So cool möchte sie sein wie die bessere

Hälfte dieses nationalliterarischen Paares, durch Verrisse genährt und erhalten. Taugt eine Geschichte als Rache? Das ist doch zu einfältig, ein Einfall, IHM diesen Text zu präsentieren, als Quittung auf eine Denunziation als «Queen der Frauenliteratur». Wobei er weiss, dass sie die Konnotation Queen zwiespältig auffassen muss, was wollte er ihr damit unterstellen? Dass sie eine Lesbe sei und also auf ewig zur Frauenliteratur verdammt, Gertrude Stein, Virginia Woolf und Djuna Barnes lassen danken, Mylord im unverwüstlich gleissenden Aufzug. Sie sind wohl ein sexueller Blindgänger, Herr Doktor Möchtegern. Sie kann es ihm nicht ersparen, dass sie schreiben muss, schreiben durch den Tag durch die Nacht an ihr Ziel.

Romananfang S. 17:
Ihr Herz pochte laut, als sie ein Geräusch auf dem Dach vernahm. Es war noch früh. Er war also wieder gekommen, und sie stand abrupt auf, um den Inserate-Entwurf, den sie in der Hand hielt, zu verstauen. Sie hatte eben ausgiebig geduscht, und ihr nasses Haar tropfte auf das Papier vor ihr, so dass die Chiffre verlief: Attraktive Intellektuelle sucht Mann mit Geist und Herz, er kann durchaus verheiratet sein. Ein Schatten fiel darauf – er stand nun unverschämt männlich und gross über ihr.

Er war sonntäglich ausgestattet, im hellen Leinen-Anzug, als käme er auf die Probe zu einem John-Ivory-Film. Sie hielt verlegen das Blatt und versuchte umsonst, den Wortlaut vor ihm zu verbergen, es fiel erwartungsgemäss bald zu Boden, als er sie zart und bestimmt an sich nahm.

«Attraktive Intellektuelle und noch viel mehr», flüsterte er ihr ins Ohr, mit jener betörenden Stimme, die sie von Anfang an elektrisiert hatte, wann war das bloss gewesen, die Geschichte mit dem roten Stiefel?

«Du bist verrückt, das kannst du mir nicht antun», sagte

sie hektisch und fühlte wieder, wie ihre ganze Beherrschung an seinem Körper zerfloss. Ihr ganzes Sein ging in ihn ein, schon jetzt und von neuem.

«Mein Herz so weiss», sagte er und hob sie hoch, und sie war gerührt. Was für ein Satz, wunderbar literarisch, nun lachten sie beide komplizenhaft, sie waren Leser und Leserin, das verband sie schon ein wenig, und diese unerhörte, unentrinnbare Sache erschien ihnen ein wenig leichter. Sie wussten, was Sätze auslösen können, aber auch, dass Sätze trösten können, und sie presste das nasse Haar an seinen Hals, so dass sein Hemd feucht wurde, während sie knurrte «Mein Text so schwarz», und er grinste und erwiderte «Mein Herz so rot». Worauf sie sagte, du irrst, es muss heissen, «Mein Schuh so rot», und wieder lachten sie und tanzten in der Attikawohnung Tango, und wieder hob er sie hoch und trug sie über die Schwelle wie eine Braut. Das alte Grammophon, das sie aus Nostalgiegründen im Schlafzimmer hielt, lief endlos in einer Rille. Es knackte immer bei Bob Dylans *Rainy Day Women* und sprang direkt zum *Leopard Pillbox Head* über. Stunden vergingen. [Nicht wie in einem John-Ivory-Film, und als sie erschöpft zum Erliegen kamen, fuhr eine Prise Nouvelle Vague dazu, als sie nach der Zigarettenschachtel auf dem Glastischchen tastete, oder es klebte ein wenig Conte morale von Eric Rohmer daran.] (Eckige Klammern = Einspruch des Lektorats) Sie setzte sich auf, nahm den schwarzen Kimono um sich und sagte spitz: «Nun muss Papa nach Hause, es ist halb vier. Papa hat versprochen, das Flohspiel zu spielen.»

Er wirkte verblüfft, zum erstenmal kniff eine Spur Unsicherheit seine Kehle, und er räusperte sich. «Woher weisst du …»

«Ich weiss doch alles, mein Schatz.» Er sah trübsinnig drein, fast hilflos, als sie fortfuhr: «Man kann sich heute die

Hausmischung bestellen, ob Ideal-Daddy, ob Partner mit Hund oder die liebende Lebensabschnittsbegleitung. Wir sind doch heute aufgeklärt durch *Lady's Home Journal.*»

Er wirkte nervös, machte Anstalten, abrupt aufzubrechen. «Ich muss … hab eine Sitzung vergessen. Verzeih.» Er packte sie stürmisch und presste sie an sich, schlang seine starken Arme um sie. Dann murmelte er undeutlich etwas an ihrem Ohr, es war von der Art Ach-wenn-du-bloss-wüsstest. Dann liess er sie los, legte sie unendlich zart auf das Kissen zurück, um sie zu betrachten mit seinem unerschöpflichen Tiefblick. Sie lag still und spürte seine dunkelgrünen Augen auf ihrem Leib. Es war eine bei Männern seltene Farbe. [Pause, lange Pause.] Sie wandten den Blick nicht voneinander, sie hörten nicht auf, einander mit den Augen zu trinken. Dann lächelte er wie aus einer anderen Welt, es war ein rätselhaftes, ironisches Lächeln: «Aber ich werde dir garantiert nie mit dem Leid des unverstandenen Mannes kommen.» Spät abends, als er lange fort war, sass sie noch immer nackt auf dem Futon und dachte über den letzten Satz nach.

Romananfang S. 36:
Sie hatten einen Jour fixe eingeführt, immer am Dienstag kam er übers Dach, wie sie es nannte, und sie empfing ihn im schwarzen Seidenkimono, das sie ihr Hurenkleid nannte. Auf der Kommode standen die roten Stiefel aus ihrem früheren Leben, gefüllt mit Kondomen. Die weissen Flekken im Hippocampus hatten Umrisse angenommen – sie war unterdessen darauf gekommen, dass nach ihrem Spitalaufenthalt nur noch ein Schuh vorhanden gewesen war.

Mein Herz so weiss. Sie schrieb den Satz auf den Spiegel, mit dem Lippenstift, einmal in Abricot Flambé, einmal in Pink Sweetness und einmal in Purple Marble Red.

Er kam immer pünktlich zu ihrem Termin. Es gefiel ihr,

dass sie einen professionellen Ausdruck dafür verwendete, geradezu medizinisch. Denn die Passion, die sie lebten, immer am Dienstag, war eine Art beglückende Krankheit, die eindeutige Symptome besass. Einmal sagte sie ihm: «Ich wollte dich mit dem Gleitflugschirm abholen, ich wartete schon sitzend und abflugsbereit auf deinem Kamin, wie die Frau eines Batman», und sie blickten sich selig an und gingen umarmt ans Fenster, um zusammen über das Panorama der grossen Stadt zu schauen, in der sie beide als Fremde eingezogen und geblieben waren. So viel, so wenig wusste sie nun über ihn. Der Abend, ihr Abend, dehnte sich jedesmal mehr in die Länge. Wenn er dann endlich geputzt und gerichtet war und ein bisschen zu stark nach After-shave roch, so wirkte er stets wie einer, der nun gestehen will. Er stand in dieser unnachahmlichen Art, die sie nun kannte, ohne den Blick von ihr zu wenden, vor der Thronenden auf dem Futon, und schaute sie bittend an, bis sie ihm eine Kusshand zuwarf. Sie empfand dabei einen Stich und fühlte, wie der Schmerz von ihr Besitz nahm, einen Schmerz, den sie ihm niemals bekennen würde. Und sie wusste immer noch nicht, wer er war.

«Du bist mein Text», schmeichelte er, «das ist alles, was ich besitze, mein Herz so weiss und aller Farben. Vergiss das bitte niemals, was auch immer geschehen mag.»

Sie sass und schwieg.

«Mein Herz so weiss, hörst du mir zu? Auf immer und ewig wird der Satz unser Geheimnis sein.»

«Du sollst nicht schwören», frohlockte sie und fühlte den Schmerz zwischen den Rippen. Er hatte sich dort häuslich eingenistet und meldete sich immer für die Tage danach. Die Tage waren nun kürzer geworden, doch der Sommer war gross, o Herr.

Am dreiundzwanzigsten Dienstag gab sie ihm ihrerseits einen Satz mit, der hiess: Geh wohin dein Herz dich trägt.

Und sie artikulierte ihn zuerst lammfromm, dann spitzbübisch, dann frech, so dass er perplex war, getroffen schien und lange Zeit schwieg. Dann räusperte er sich und sagte tonlos: «Spätestens im November.» Plötzlich stand eine Furcht nicht gelinde in seinem Gesicht, das nun sehr alt war, ein Häuptlingsgesicht aus einer uralten Zeit, und sie liebte ihn darum noch mehr.

Am fünfunddreissigsten Dienstag hatten sie zum erstenmal Streit. Sie hatte ihn der Feigheit geziehen und ihn einen Schwächling genannt, der der üblichen Doppelmoral huldige und ihre Leidenschaft auf diese Weise verriet.

«Weisst du denn noch immer nicht, wer ich bin», fragte er mit belegter Stimme, ihr Ausbruch hatte ihn ohnmächtig gemacht.

«Du bist, der du bist, oder werden wir deutlich: Werde endlich, der du bist», sagte sie schneidend und huschte ins Bad, um sich im Rosenduftwasser von Issi Myake mit dem Föhn zu ertränken. Damit er verzweifelt war und sie entführen würde auf immer und ewig in sein Traumschloss. Er kam und sagte erwartungsgemäss: «Meine kleine, süsse Ophelia, tu das nicht.» Und er beugte sich zu ihr herab und nahm ihr Gesicht in beide Hände, um sie dann an sich zu pressen, so gut es ging. Dann hob er sie im wassertriefenden Sterbekleid aus der Badewanne, das war, wie zu erwarten, der schwarze Seidenkimono, sein Dienstagspfand. Worauf sie von ihrer Schandtat abliess, jedoch beschloss, endlich definitiv seine Identität zu erkunden.

Corinna hält inne und saugt an ihrem kommunizierenden Röhrchen. Es ist ausserdem Zeit für die fünf Tibeter, eine Übung, die das Rückgrat stärken soll. Der Magen knurrt, doch hat sie ihr Morgen-Pensum heute noch nicht erfüllt. Also weiter im Text.

Romananfang S. 55:
Die bemessenen Stunden gegen Abend, wenn die Dämmerung ihre Körper in ein goldenes Licht taucht: Wie Götterlieblinge sehen sie aus, Weichzeichnerschönheiten sind sie, faunisch phantastisch und filmreif ihr Werben, ihr Veitstanz und der folgende Gang zur Liebesstatt. Das ist der Futon, mit Kissen beschlagen. Die Kerzen darum herum bilden schon wächserne Tropfsteingebilde am Boden und pflanzen sich fort, während sie ihre Liebe immer neu gebären, wie unstillbar Dürstende, rettungslos halten sie sich umschlungen, schmelzen zu einem Leib. Sie sind die Rückführung der seit Platon getrennten Geschlechter in das eine Liebesgeschlecht. Sie sind der Tag und die Nacht, der Abend und der Morgen. Und der Mittag und der afternoon tea, fügte sie verschmitzt hinzu, und der Brunch und die Vesper und die l'heure bleue, ergänzte er lustig, und küsste von Kopf bis Fuss mit Lippen, die wie ein jauchzender Vogel über den Körper huschten und sich dann für länger in ihrem Moos verfingen. [Wenn das nur dick genug aufgetragen ist, für ein Liebespaar, das sich für das liebestollste, hingebungsvollste, leidenschaftlichste Liebespaar hält.]

Mein Herz aller Farben, sagte er, mein Text so unbekannt, sagte sie, mein Traum, sagte er und leckte ihren Nabel, mein Prinz, sagte sie und knabberte an seiner Brust, meine Schönste, sagte er, und glitt mit dem kleinen Finger hinter ihr linkes Ohr, was sie toll vor Erregung machte, mein Meister, sagte sie und tupfte sein blaues Muttermal auf dem Bauchansatz. Mein Fluss, sagte sie, mein Atlantik, sagte er, mein Alphabet, sagte sie, meine ganz grosse L., sagte er, und das hörte nimmer auf.

In dem kleinen Alkoven unter dem Dach findet ihr Begehren, der Rausch seinen Raum, das Küssen, das Rasen, das immer neue und kühnere Gestalten der Auflösung sucht, die Liebesverschlingung und das vollständige Aufgehen ineinander, so und so viele Male, bis sie ermattet liegen, um sich tief in die Augen zu schauen und dann im süssen Dämmer umschlungen aus dem Diesseits zu tauchen. Sie sind aus der Zeit gefallen und kennen nur ihre Stunde, immer an diesem Dienstag, während der Herbst kommt und der Winter ins Land zieht, worauf der Frühling sich schmückt, für sie, nur für sie.

«Mein Herz so weiss», sagte er.

«Geh wohin dein Herz dich trägt», sagte sie.

Dann flötete er ihr regelmässig ins Ohr, du bist mein Text, und sie lispelte ihm in die Achselhöhle, mein A und mein O, während er sich aufmachte, ihren grossen Zeh zu beissen, worauf sie ihm das Schamhaar zwickte, während er, und dann sie, worauf sie, und dann er, wobei sie, womit er, worauf sie und dann er und sie und er.

Denn wie alle frischverliebten Paare auf diesem Planeten hielten sie sich für die einzigen und einzig Lebendigen in einer zuschanden gehenden, kaputten Welt. Ihre Liebe blieb mit ihren Kosungen und Beteuerungen, mit Zungen und Zähnen, mit ihren Marotten und ihrem Brauchtum, ihrer Sünde und Sühne und auch mit ihrer Wahrheit und Dichtung gewissenhaft und konstant jeden Dienstag – bis zu jenem, an dem es geschah.

Einmal, es war spätestens im November, und sie hatte das Lager mit Laub bekränzt, und die Blätter lagen im Raum verstreut nach der heftigsten Ekstase, die sie ergriffen hatte, als der Sturm der Erschütterung sich legte und sie mit Tränen in den Augen zusammen lagen, als wäre der Abschied endgültig, da sagte er ruhig: «Ich bin nicht Stiller», und ihre Ahnung von seiner wahren Identität nahm plötzlich Gestalt an.

Sie hatte schon länger erwartet, was nun kam, es kam das Am-nächsten-Dienstag-kann-ich nicht. Ich versuche am

Mittwoch bei dir zu sein. Und sie fordert ihn, sie will ihn provozieren mit einer Enttarnung: Aha, da haben wir einen Lokaltermin, da müssen wir eine Bruderfirma besichtigen? Oder leiten wir vielleicht eine Generalstabssitzung, im Management? Oder ist die Generalstabssitzung wie bei Klassemännern üblich, eher ein Stelldichein ganz privat?

«Du bist mein Text, es gibt keine anderen Texte neben dir. Das möchtest du hören, nicht wahr? Es ist wahr, es ist die reine göttliche Wahrheit, mein Herz, machen wir am Mittwoch weiter.»

Sie war plötzlich ein wenig schnippisch geworden und spürte das Blut zu Kopf steigen, wusste nicht, wie ihr geschah und woher die plötzliche Aggression gegen ihn stammte, und sie wandte sich ab. Doch dann berührte ein Bart von drei Tagen so sanft ihre Wange, und eine glatte Handfläche strich unendlich zart über den Leib und hinunter zur empfindlichen Stelle über dem Schambein. Es war eine Hand aus allen Epochen der Kulturgeschichte, immer neu zur Verführung bereit, nun lag sie wissend und schützend auf ihrem Venushügel, und ihr kleines, nervöses Pfötchen ergriff seinen Penis, der nach all der Verzückung rosig selig bei ihnen lag wie das Knäblein der Jungfrau im Rosenhag, oder vielleicht sollte man naturnäher sagen, wie ein nacktes, kleines Tier, das sich zu grossen und kühnen Taten vorgewagt und gesiegt hat; und sie lagen verbunden im Penis, dem Auferstandenen, wie ein erotisches Sakrament auf dem Futon.

Mit der Zeit geschah öfter an diesem Dienstag, dass er sie zu betrachten begann, wie jemand, der ein Geschehen nachstellen, abbilden soll. Er fasste sie dann um die Taille und wurde beinahe gebieterisch: Ich will dich sehen, sagte er, alles, alles, jede Faser an dir will ich aufnehmen in mich. Dann prüfte er sie, wie der Künstler Mass nimmt an seinem Modell, bevor er es malt, und sie bekam eine neue

Vermutung über seine Identität. Sein kräftiger Griff begrüsste ihre Anatomie, als wollte er sie formen, ihre Wirbelsäule, ihr Schulterblatt, ihr Gesäss.

Dann stand er auf, als müsse er in den Krieg. Und sie dachte, alle Männer sind Jäger, und der weisse Jäger hat Schiss. Und: Heute sind die Jäger Krieger geworden, und eine Beute allein genügt ihnen nicht. Und dann war sein Blick noch dunkelgrüner und voller Liebe, und sie hatte nicht den Mut, ihm das zu sagen, leider liebte sie ihn schon bis zur Selbstverleugnung. Und sie wollte ihn haben, einfach haben, unter jeder Bedingung. Schon kam sie sich vor, in wachsender Angst vor dem Verlust, wie eine Nonne der Entbehrung, die ein Geschenk Gottes erhielt, immer an diesem Dienstag, wenn er kam und sagte: «Du bist mein Text.» So etwas Unerhörtes würde nicht ewig dauern, das konnte nicht immer so weitergehen, nein, so kann das nicht weitergehen. Wir sind nun auf S. 76.

Corinna M. Salick sieht die Zeilen wie Meilen vor sich. Nur zehn Seiten hat sie heute geschafft. Das ist zu wenig, wenn man bedenkt, dass Marie Louise Fischer so einen Roman in einer Cocktail-Nacht tippt. Und wie lange hat wohl die Marlitt in ihren besten Tagen gebraucht? Und die Courts-Mahler, der schlesische Schwan, Svende Merian oder Alberta Vibraniz, wieviel schaffen die in der Stunde? Wenn sie weiss, dass diese serbische Putzfrau, wie heisst sie bloss, unter Druck aufs Mal acht preiswürdige Sonnette ausspuckt, während die Kinder im Hintergrund brüllen, dann muss sie schluchzen über diesen Verhältnisblödsinn. Diese Putzfrau nämlich ist ein Talent, eine erzkluge und witzige Dichterin mit einem Mann als Geschäftsmann im Hintergrund. Und sie? Hat einen Alten und eine Petflasche-light hinter sich. Vielleicht sollte sie sich mit kühlem Kopf fragen, ob der Aufwand lohnt, für eine simple Revanche an diesem Kerl. Wenn man bedenkt, dass ernstzunehmende Schriftsteller an einem Tag eine Seite schreiben und stolz darauf sind, dann müsste sie die Faust erheben gegen diese Herablassung der literarischen Luxusklasse.

Doch halt, Thomas Mann sei gelobt, der habe acht Seiten im Tag geschafft, dank der intravenösen Ernährung und stündlichen Mund-zu-Mund-Beatmung durch die liebende Gattin. Corinnas Einfall ist eine einsame Anstrengung, also weiter im Text.

«Einmal glaubte sie ihn zu erfassen und beim Namen zu nennen, seinen Beruf. Er hatte in ihren Bücherregalen nach etwas gesucht, und sie hatte ihn dabei ertappt, wie er in der Erstausgabe der *Lady Chatterley* fieberhaft blätterte. Das ist auch einer, der aussergesellschaftlich liebt, hatte er nüchtern festgestellt. Nehmen wir ihn in unsere Mitte auf, der Mellors gehört auch zu uns. Und das war ihr merkwürdig vorgekommen, doch er war sogleich fortgefahren in seinem an diesem Dienstag ungewöhnlich lebhaften Gesprächsfluss:

«Aber ich hatte schon immer a bold desire for apple und wollte schon immer a hero from Silicon Valley sein, wegen dir, für dich, nur für dich, denn ich habe dich schon immer gewollt, als geheime Geliebte. Ich hab alle Bilder von dir ausgeschnitten und in mein Album geklebt. Und ich hab dich schon als Gymnasiast mit heissen Ohren verschlungen, ich bin hinter dir her seit ich siebzehn bin und um deinetwillen in die Stadtbibliothek unseres Kaffs eingestiegen, mein Freund ist Schmiere gestanden, jeder von uns wollte dich haben.» Sie schüttelt den Kopf und sagt ungerührt: «Du meinst nicht mich.»

«Einerlei», fährt er fort. «Du bist mein Text.»

Es war der hundertfünfundzwanzigste Dienstag, sie wusste es ganz genau, sie hatte alles aufgeschrieben in ihr Notizbuch, das sie das goldene nannte, nach dem Hauptwerk von Doris Lessing. Und als er es liegen sah, zerlesen und abgegriffen, sagte er einen einzigen Satz. Und sie sprang ihm daraufhin an die Gurgel. An diesem Dienstag war sie provokativ, war kühn, sie wollte ihn fordern. Er hatte leichthin gesagt, so vor sich hin: «Auch so ein überschätztes Werk, hat den Frauenbonus post festum erhalten, wie die österreichische Schwester. Ein, zwei Werke dieser Frauen sind überragend, der Rest ist Schweigen.»

Nun hab ich's, nun weiss ich, was du bist. Ihr tut, als ob ihr unabhängig wärt, dabei lobt euresgleichen immer dasselbe, und rügt dasselbe, nur Varianten vom immer Gleichen lasst ihr zu, das sind eure Ansichtskarten von Literatur. Von einem eigenständigen Urteil ganz zu schweigen. Kein Mut, das Abseitige, Unbequeme, das Unbekömmliche zu loben, das üble Handwerk, das will ich dir legen, Arbeit von Jahren zerstörst du in Stunden, Kritiker, also ein Kritiker bist du, ein Heuchler und Opportunist, der den Tag lobt und die Nacht liebt, ich will verdammt sein, dich so verheerend, so masslos zu lieben.»

«Schweig, halt die Klappe, du bist mein Text. Vergiss nie, nie, nie, du bist mein Text, und es gibt keinen anderen Text neben dir.»

«Dann schreib das doch bitte mal auf, schreib das doch verdammt in deinen edlen Gazetten, oder weiss der Teufel wo du dich profilierst? Schwachheit, dein Name ist Kritiker.»

«Du bist mein Text», das war sein Satz, und es war gleichzeitig der Code, um seine Identität zu entschlüsseln. Sie hatte schon lange eine Vermutung, wer er war, doch hatte sie instinktiv darauf verzichtet, ihn weiter zu fordern, der Krug würde von selbst zum Brunnen gehen, und heute kam der Krug ein gutes Stück weiter. Sie wusste, dass die Enthüllung seiner wahren Identität das unmittelbare Ende ihrer Beziehung bedeutete, was hiess da Beziehung, eine amour fou war das mindeste an Namen und Bezeichnung für das, was sie füreinander empfanden.

Er betrachtete sie ziemlich beunruhigt. «Was hast du heute vor?» «Ich gehe aus, ich will ein Outing mit dir, ich geh mit meinem besten Kritiker zu einem Outing. Wie wäre das, mein Schatz?»

«Du bist mein Text, etwas anderes liegt nicht drin.»

«So darf ich dir endlich ein paar handfeste Fragen stellen? Es sind rhetorische Fragen, und ich kann sie selbst zur Genüge beantworten. Oder hast du den Mumm dazu?»

«Fang an.»

«Du bist verheiratet.»

«Ja.»

«Du hast Familie.»

«Sozusagen.»

«Du hast einen begehrten Job als Kritiker, den du um keinen Preis aufgibst.»

«Ja.»

«Du hast eine kleine Affäre, der du nichts opfern willst.»

«Nein.»

«Sprich dich aus.»

«Ich bin sterblich verliebt in einen Text, er hat die schönsten Augen und Kurven der Welt. Und bitte sehr, das phantastischste Gehirn, das Frauen überhaupt haben können.»

«Nun willst du mich provozieren», sagte sie.

«Richtig», sagte er.

«Mach weiter.»

«Und ich tue alles, um diesen Text immer wieder entziffern zu können, seine überragenden Eigenschaften und seinen unglaublichen Reiz und Gehalt, seine entrückende Tiefe und Schönheit von neuem zu erforschen und zu erfahren. Und das ist bei Gott, ich schwöre dir, ein unerhörtes Unterfangen, das nur unter den schwierigsten

Umständen stattfinden darf und mich alles kostet, alles, was unbezahlbar ist. Doch es gibt nichts, was mein Leben reicher, erfüllter macht als dieser eine, einzige Text. Und wie du weisst, habe ich Pflichten zu erfüllen, einen Haremsbestand von Literatur, ein Pensum von Neuerscheinungen und Klassikerausgaben zu bewältigen. Und wollte doch lieber bei meinem Text sein, zu dem es mich Tag und Nacht hinzieht, denn er ist mein Buch der Bücher.»

«Es reicht», sagte sie knapp und ging, um ihnen einen Drink zu mixen, eine Bloody Mary war heute fällig, die mochte er. Und er repetierte nach jedem Schluck, es gibt keinen anderen Text neben dir. Aber es konnte sie kein Kompliment und nicht die maximalste Liebesbeteuerung mehr beschwichtigen. Sie wollte ans Ende gehen, bis zur letzten Konsequenz. (S. 89)

«Was ist dein Lohn der Angst? Machen wir einen deal? Die Kinder ihrer Kritiker können die Jungautorinnen hüten», rief sie und schmiss ihm ein Vorwurfsfuder entgegen, am Dienstag darauf. Und sie flog ihm nicht wie sonst in die Arme, mit einer saftigen, verwegenen Vulva unter der fliessenden, sich teilenden Seide, so dass er sein startbereites, tatkräftiges Glied darauf pressen konnte, als Auftakt zu ihrem lüsternen Kriminal-Tango. Nein, sie trug diesmal hochgeschlossen und war elegant. «Zweimal einen Abend die Woche für den garantierten Erfolg meines nächsten Früchtchens, das wird dann echt literarisch sein, ganz auf deinem Niveau. Was sagen Sie dazu, Mister Honeypot?»

«Ich sage: Erpresserin, mach dir nichts vor, du kennst doch meine Lage so gut wie deine …»

«Eben.»

Er war bitter, und sie wusste bereits, das würde er nicht schlucken, er war verletzt und nicht zynisch genug. Er stand etwas zu quick auf an diesem Dienstag, «immer an diesem Dienstag», sagte sie, er raffte etwas zu rasch seinen Slip und den zerknitterten Anzug vom Teppichvorleger. Ein Kurzhaarfell, ein richtiger Leopard aus der afrikanischen Steppe, von einem Jäger erlegt, out of Africa. Sie lag und träumte diesmal allein auf dem leergeliebten Futon.

Mit einem weissen Jäger, wahrscheinlich ist er Partisan im Rhodesienkonflikt gewesen, hatte sie eine erste Liebschaft gehabt, als Globetrotterin unterwegs, sie hatte ihm das Fell entwendet, als Corpus Delicti aus der hohen Zeit in der Wildnis, Hemingway-like hatten sie damals gelebt, monatelang, und eines Tages hatte sie ihm *Das kurze Leben das Francis Macomber* vorgelesen, worauf ihr weisser Jäger, the white Hunter, sie wortlos verliess, und sie wusste – wie jetzt –, dass der weisse Jäger nie mehr zurückkommen würde. Die Gründe dafür waren einst und jetzt nicht sehr verschieden, der weisse Jäger hat Schiss. Und sie hatte damals das Fell gerollt, um es auf die Schulter zu laden und es als eine wegzehrende Bürde weiterzutragen.

Ihr Leben schien aus lauter verlorenen Wetten zu bestehen, dachte sie jetzt, Jahre später, und machte die Augen weit, als sie den enorm gut gebauten unbekannten Bekannten in ihrer Wohnung erblickte, den unerhört Nackten beim Angeln der Socken, wie neu, wie Adam auf der restaurierten Sixtina, und ein sockensuchender Adam hat an sich etwas Tröstliches. Doch er passt nun gar nicht in die herrschende Stimmung.

Sie verliess den Futon und legte sich auf den Teppichvorleger, wie ein Kleinkind, nein, so wie ein Embryo in der Placenta liegt, und spürte das brüchig gewordene Fell des Leoparden an ihrer Haut, während das Wasser im Bad anging.

Sie hörte eine Tür ins Schloss fallen, dann die Balkontüre ächzen, und der Schmerz schoss wie nie zuvor zwischen die Rippen, er kam also nicht zurück, um sie zu küssen, sie hatte zuviel gewusst über ihn und zuviel ausgesprochen.

Sie wünschte sich weg, jenseits der Liebe, und lag auf dem Fell, bis es vollkommen dunkel war. Der Himmel stand sternenlos vor dem Fenster, und eine Strassenlaterne warf ein Licht auf den Kühlschrank, der geisterhaft durch die offene Türe schien. Sie stand auf und ging zur Balkontüre im Dach, durch die er gekommen gegangen verschwunden war. Das sind die Momente im Leben, auf die allein kommt es an. Müssig, nach einem andern Sinn zu fragen. So hatte er heute mittag gesprochen, in ihre l'heure bleue hinein, und ihr war warm ums Herz gewesen.

Damals. Out of Africa, und sie blickte durchs Oberlicht ans Firmament und dachte an jenen uralten Sternenhimmel in der weiten Steppe des ältesten Volkes. Sie war Tania Blixen für einen Moment, die grosse Herrin ihrer Gefühle, und nahm sich der kleinen Sehnsucht an, jenes Ziehens im Sonnengeflecht, das mit einem Wort behaftet war, für welches man nie die kongeniale Entsprechung auf Englisch fand. Sie beschloss, dieses Gefühl auszukosten, für den Moment, um den andern, den wirklichen Schmerz zu verscheuchen. Denn der würde haltlos sein. (S. 102)

Corinna M. Salick hat vor, den Romananfang ihrem Feind zu schicken. Mit der Widmung: «Meinem besten Kritiker zugedacht», und einem N.B.: «Die Personen des Handlungsabbruchs haben mit lebenden Personen rein gar nichts gemein. Beachten Sie bitte den Klappentext: ‹Ein Triumph der Frauenliteratur ...›, empfohlen für die Pulitzerliste, *New York Book Review:* ‹as a tremendously hilariously bewildering Story from Europe, and a relief in our strenuous times of political correctness, again, Fay Done Well, oder: Erna o Brien did a masterpiece.›» Ungefähr so. Fay oder Erna? Fay war zu erfolgreich, also Erna.

Erna war auch eine wie sie, mit dem Fluch des höheren Urteils geschlagen. Sein Verriss war kein Nektar gewesen, der ihr den Rücken erschauern liess. Selbst die etablierten Autoren litten an ihrem Verdikt. Mochte es auch aus unberufenen Hirnen und entlegenen Quellen kommen. Ein Verriss ist eine Blamage, ob du willst oder nicht, eine seelische Auspeitschung, wie es wohl früher das Teeren und Federn gewesen sein mochte. Auf jeden Fall war ein Verriss eine öffentliche Blossstellung, wie jener Alptraum, in dem man plötzlich nackt in der Menge sitzt und nur ein Stücklein Notizpapier zur Bedeckung in der Handtasche vorfindet, während einem der Mob anstarrt. Ein Verriss war erniedrigend, man kam sich bei allen Bekannten vor wie ertappt. Man muss sich wehren. Ja, man muss. Also weiter geschrieben, weitergesalbt das Haupt des Helden, der noch nichts von seinem ihn unausweichlich ereilenden Verhängnis ahnt.

Seite 113:
Er kam wieder, es hielt ihn nicht, vier Monate später tauchte er auf. Es war inzwischen Winter geworden, der trug den Vornamen Leon, auch einer, der neu hinzukam, man wusste nicht wie und woher, und Schnee lag auf dem Dach, und sie sagte: «Du bist verrückt, zu Tode stürzen wirst dich.»

«Du bist mein Text. Ich musste zu dir, ich hielt es nicht aus ohne dich.»

«Mein Text so weiss», sagte sie und riss sich die Kleider vom Leibe.

«Dein Parfüm ist zu aufdringlich, wir müssen vorsichtiger sein», stellte er fest, als er die Stiefel auszog und den Schnee abklopfte. Es war nicht mehr romantisch, doch sie gewahrte, wie sich eine festliche Freude in ihr erhob.

«Mein Text, mein einziger Text, ich will nur mit dir ins

Bett. Alle die bedeutenden Neuerscheinungen lassen mich kalt, der Kopf will nicht, was das Herz begehrt.»

Sie gingen zusammen in ihren Alkoven und legten sich auf den Futon, als sei ihr Schicksal erfüllt.

Sie betrachtete ihn, während er schlief, er lag auf der Seite, ein leises Röcheln drang aus den Nasenflügeln, und er warf sich im Schlaf herum. Sein Rücken war rein wie ein Jünglingsrücken, und sie salbte ihn mit allen verfügbaren Waschzetteln unter dem Glastisch, wo sich ihr Alibiphon ganz umsonst befand. Sie war seit Tausenden von Dienstagen spurlos abwesend gewesen. Er lächelte im Schlaf und murmelte: «Marlene muss ich auch noch … Marlene … oh, wie heisst sie bloss …»

«Streeruwitz», flösste sie ihm ins Ohr. «Die kommt morgen dran, heute ist der Tag von Bonjour Tristesse. Warte, bis es dunkel ist, mein Spion aus der Kälte.» Und sie sah, dass er fror, und bedeckte ihn mit den Prospekten des Herbstprogramms, die schon staubbedeckt neben dem Futon lagen, sie umfing seine Schultern mit den demnächst erscheinenden Perlen des Hanser-Verlages, die Arme wurden mit Diogenes' Neuestem abgedeckt, und den Bauch schützte alles Lieferbare von Rowohlt, auf den Hintern kam Residenz ganz.

Als er erwachte und sie an sich zog, schaute er plötzlich finster drein, «das ist das Kreuz unseres Metiers, dass unser Herz nicht liebt, was der Kopf will, dass wir das eine loben, zu loben verdammt sind, aus Gründen des Berufsimages, und das andere lieben, zu dem wir nicht stehen können, obschon es uns immerfort anzieht, hinanzieht, auszieht und einnimmt.»

«Ja», fuhr sie fort und war zornig, «und dann halftert ihr uns auf die Toilette ab, wir sind eure Scheisslektüre und werden mit süchtigen Fingern von euch und euren Gästen befingert, begrapscht, bis wir zerfleddert, zerfetzt daliegen von eurer Gier, und keiner verliert je ein Wort darüber, denn wir sind tabu in eurem Normenhaushalt.»

«Du bist in guter Gesellschaft, mein Text, mein einziger Text, auch Erica Young ist dort, Eva Demsky, Milena Moser und Ingrid Noll. Stell dir vor, du triffst im WC sogar auf Margaret Atwood, die Grosse aus dem kanadischen Busch, und auf den gesammelten Woody Allen. Mr. Livingstone und Jane Austen sind anwesend, Garp, wie er die Welt sah, Castaneda und die Haffmans Gang. Und du thronst immerhin mit Eric Ambler auf dem Water Closet.»

Nach der dritten Umarmung sagte sie: «Du hast mich auf die Strasse geschickt, verramscht hast du mich wie eine Nutte.» – «Gräme dich nicht, du bist nicht allein auf Asphalt, auch edle Dichter sind draussen, im Multipack, Paul Nizon und sogar Botho Strauss. Der ganze Suhrkamp-Bestand der wissenschaftlichen Bibliothek, du bist in erlesenem Milieu.»

«Dämmer, Wohnen, Lügen», sagte sie, «vor allem Lügen, und dann geht ihr auf Parties und sprecht neunmal klug über Arno Schmidt und Derrida, über Mandelstam und immer und immer und immer von Kafka, und dann noch ein wenig von Nathalie Sarraute, von Robert Pinget, von Joseph Brodsky, der zu früh gestorben sei, vielleicht noch von Thomas Pynchon oder dem New Writing, und dann natürlich wieder einmal von Thomas Bernhard, bevor ihr zu uns kommt und uns verschlingt, wir sind euer Unterleibsfutter, eure Suchtspritze, euer Alltags-Narkotikum, mit dem ihr ins Schwimmbad abhaut. Und wir werden mit Sonnenmilchflecken bekleckert und bekommen die Eselsohren eures Zeitvertreibs ab.»

«Mein Herz so weiss, schweig.» Flüsterte er und knabberte an ihrem Ohr, wo ein Ohrclip seine Spuren geschlagen hatte.

Sie war nicht zu halten: «Und mit der Scheisshaus-Lektüre könnt ihr dann kokettieren, das gehört zum guten Ton der Kritikerintelligenz. Leon Gardner und John le Winter, Wahlöö le Carré und Patricia Noll, Umberto Marquez, Gabriel Garcia Eco, Susanna Byatt und Fruttero Tamaro. John Irving und John Irving usw.»

«Du machst da gar keinen Unterschied, wie ich feststelle, mein einziges himmlisches Vögelchen», sagte er und nahm sie [so, wie sie ab S. 169 ff. genommen sein wollte,] gefasst, konzentriert, mit taktischem Wimpernschlag im Kennedy-Diagonal-Verfahren. Und wieder erfuhr er mit ganzen Sinnen, aus dem tiefsten Sonnengeflecht: Sie war die Bettlektüre par excellence. Dann lagen sie still und atmeten alsbald im Rhythmus des Weckers, der auf halb acht Uhr gestellt worden war. Am nächsten Dienstag, so hoffte er, wenn er pünktlich über das Dach kam, würde alles wieder in Minne sein, und ihre Liaison ohne Makel.

Sie wurde still und stiller. Dann erhob sie sich plötzlich und zog den schwarzen Kimono an, knotete ihn bis zum Hals, ging zum Glastisch und schüttete sich den noch qualmenden Aschenbecher aufs Haupt, kniete dann vor ihn hin, als eine Erinnye, die zu klagen anfing:

«Jedes Haar einzeln will ich küssen und dir dann ausreissen, eine grosse Kopfwäsche, eine Hirnhaut-Epilation wird vorgenommen werden an Euresgleichen, die falsche Norm ausgerissen werden mit Stumpf und Falz, eine grosse kosmetische Überholung deiner neurologischen Rangordnung auf deinem Haupt stattfinden. Ein Satz für ein Haar, und mein roter Ritter wird kommen und mir das Licht unter den Teppichvorleger stellen, ein Haar für einen Satz, sage ich, und mache dir eine Skalpmassage, die aus lauter Affirmativ-Sätzen besteht.

Das ist ein Befehl, damit dein Kopf endlich frei wird für mich. Ich bin dein Text so wild. Und du wirst mich endlich besprechen, ohne Ausflucht, das sei ein Beziehungsdelikt, es gibt nur Beziehungsdelikte in unserm Betrieb. Die Literatur besteht nur durch Beziehungsdelikte, daraus ist sie seit Flaubert gemacht.»

«Was du mit mir unternimmst, das nennt man social harassment, oder juristisch auch Nötigung», antwortete er gelassen und trocken, und wirkte wieder unwiderstehlich auf sie, so dass sie ihm die Fingernägel in die Brust schlug und sich auf ihn hockte wie das Kräuterweiblein im Märchen. «Du weisst genau», keuchte er unter ihr, «man kann anerkannt und ungenossen bleiben oder im geheimen verschlungen sein. Ich bin süchtig nach dir, mein Text so wild; das Herz ist ein einsamer Jäger.»

«Ich bin die Uhr ohne Zeiger, ich bin Bonjour Tristesse», sagte sie und ritt ihn wie eine Hexe und machte ihn scharf, und er kam stöhnend, wie es in Hollywood noch immer zu zeigen verboten war.

Dann lag er da, wie geschlagen, und schnappte nach Luft.

«Ach du mein Goethe, wie hast du es damals geschafft? Ich liege im Bett mit Christa Wolf, mit Erika Burkart, mit Sarah Kirsch, ich cohabitiere mit der Brigitte, mit der Ilse, Luise, mit den Elfrieden und Friederiken und weiss nicht, wo ich da die Erregung hernehmen soll. Und ich denke dabei nur an das eine, an dich du mein Text. Mach's mir noch einmal, o wie satanisch wollüstig, wie gut, wie verflucht gut, mach weiter im Text.» Das war eine dringende Aufforderung, und sie gehorchte und ritt ihn [bis S. 269]. (S. 121)

Corinna hält ein, blickt auf die Bahnhofsuhr an der Wand, blättert in der Agenda, denkt nach. Er hatte ihr letztes Buch übel zugerichtet, Talent mit untrüglichen Spuren des Alters. Generationengeschädigt probt diese zähneknirschend Engagierte noch immer den Gang durch die Institutionen, unerbittlich didaktisch und schöpferisch leider nicht tragfähig genug, wenn auch da und dort ein paar Bonmots fallen. Gemeinheit, dein Name ist Ross Terrier, hatte sie gedacht, dir zahl ich es heim, und sie hat gleich darauf einen Leserbrief an die Redaktion aufgesetzt, doch bald resigniert. Das würde nur peinlich sein und als Bumerang wirken.

Der Name des Feindes ist Terrier, Ross Terrier. Er ist ein Star und ein menschliches Ekel, das sich jedwede Widerwärtigkeit leisten kann, denn er ist fachlich unantastbar. Obschon einem bei seinem Anblick alles andere als das branchenübliche Wort Papst einfällt.

Sie hatte nach reiflicher Überlegung beschlossen, ihn gerecht zu bestrafen, nach den Gesetzen der emotionalen Intelligenz. Sie musste etwas Ingeniöses aushecken, um ihn wirklich zu treffen, das verlangt ein überlegtes Vorgehen und einen Plan. Sie hat dann beschlossen, ihn ein für allemal mit den eigenen Waffen zu schlagen, mit den Mitteln der Literatur. Sie wird diese Story verkaufen, und sie wird mit Gewissheit in einem auflagenstarken Magazin erscheinen, das die gesamte Branche liest, obschon das niemand zugibt. Das ist genau das Richtige. So etwas mögen die Leute als Ferien-Kost.

Der Feind ist ein Opportunist wie die meisten in seinem Fach, also musst auch du, Ignorant, von mir endlich Kenntnis nehmen, wenn Caro Rosenberg in der Tagespost schreiben wird, Corinna M. Salick hat die Altlasten des Vaters endgültig abgestreift.

Er ist der Held und wird von ihr mit demselben Klischee geschlagen werden, welches er ihr letzthin im *Hamburger Bazaar* um die Ohren schmiss in seinem Verriss. Das muss einen Anflug antiker Grösse haben, der Gesang der Sirene muss stimmen, wenn sie öffentlich gegen ihn antreten wird. Dieser Süsse einer textuellen Verführung soll er nicht entkommen, und ihre Rache wird darin bestehen, dass der gesamte Betrieb applaudiert, schadenfroh, denn Eine wie sie wünscht man Einem wie ihm allerseits an den Hals.

Eine Novelle in dieser Stillage ist die passende Revanche für ihn. Sie ist wahrhaftig die unerhörte Begebenheit gemäss der literaturwissenschaftlichen Definition. Die Enthüllung würde ein kleiner Skandal sein, doch nur für einen intimen Kreis.

Das ist vielleicht kein vornehmer Trick, aber auch keine Denunziation. Denunzieren will sie nicht, das liegt nicht in ihrem Charakter, und sie hat beschlossen, keine Namen zu nennen, denn nur die Gezeichneten sollen sich als solche erkennen. Die Story soll ihm eine Lektion sein und wird ihn lehren, dass er die Menschen in seiner Obhut nicht vollständig beherrscht, dass er nicht alle Fäden in der Hand halten kann. Er soll dadurch anfechtbar und verletzlich werden und aufhören, seine Macht zu missbrauchen, an Jenen, die nicht über dieses Aphrodisiak so leichthin verfügen wie er. Also weiter im Text.

Am zweihundertzweiundsiebzigsten Dienstag bat sie gleich, als er kam: «Lass uns zusammen essen gehen, es braucht ja kein Candle-Light-Dinner zu sein. Warum können wir nicht einmal zusammen ausgehen und im Chelsea dinieren?»

«Weil wir wissen, wir haben etwas anderes vor.»

«Heute nicht», sagte sie knapp, und er hütete sich zu fragen, weshalb, sie wusste, er hatte eine Intuition wie eine Frau und begriff wortlos. Er war nicht nur Verdränger wie alle Männer, wenn sie nicht weiter fragen. Zum erstenmal nahmen sie, wie ein Ausdruck lautet, nicht Besitz voneinander, und es war, wie man so sagt, sehr nett, und sie betrachteten zusammen ein altes Fotoalbum und was man so in der Verlegenheit tut, und manchmal lachten sie über die unmögliche Mode der siebziger Jahre mit all den Versuchen in Orange, sie erinnert sich genau an diesen Moment, denn eine Taube hatte sich im Kaminabzug der Wohnküche verfangen, und man hörte das Schwirren verirrter Flügel, als er sagte: «So ein Kleid habe ich auch.»

Sie sah ihn fassungslos an. «Ich meine, hatte ich, seine Stimme war hoch und klirrend, wir haben als Jungen viel Theater gespielt.»

Er war, sie war seither nicht mehr erschienen. Beim geringsten Geräusch auf dem Balkon schreckte sie auf. Sie versuchte alles, um ihn, nein sie, ausfindig zu machen. Sie besuchte jede Bar im Village, wo je ein Kritiker aufgetaucht war. Möglich, dass er dort als Transvestit verkehrte, und sie fragte in sämtlichen Transvestitenbars nach. Man kannte keinen wie ihn, obschon sie ihn dem Barkeeper und allen Stammgästen beschrieb und Stunden und Nächte dort sass und stockbetrunken nach Hause wankte.

Sie hatte erwähnt, dass er sehr männlich wirke und einen Stoppelbart habe, doch sie kannte seine Adresse nicht. Die Barkeeper hatten sie dumpf und blicklos abgefertigt, oder sie hatten den Kopf geschüttelt. Einer hatte ihr den Vogel gezeigt.

Sie liebte ihn mehr als zuvor, nun da sie wusste, er hatte das Herz einer Frau. Er war also kein Transvestit, dafür hätte er doch keine Tarnung gebraucht, in seinen Kreisen doch nicht, oder war man noch immer zu prüde im Literatenmilieu?

Es war kein Falschspieler, kein Verkleideter, das hätte sie längst gemerkt an seinem Gebaren und seinen Liebhabereien, seinem Geschmack. Er war ein Mann, der köstlichste Mann, mit der Witterung und Sensibilität einer Frau. Er war das vollkommene Geschlecht, das Elysium für Frauen von Frauen, die reine ungemischte Emotio Melanchta, er kannte die kühnsten weiblichen Wünsche und wusste sie zu erfüllen, ohne Anleitungsfibeln. Weil er ein Teil von ihr war, ich meine, der Frau.

Fieberhaft frass sie sich durch alle Literaturteile der Presse, krankhaft getrieben verschlang sie jede einzelne Rezension der abgelegensten Blätter und in den obskursten Zeitungen, in jedem Fachblatt, in jedem Verbandsorgan ihrer Branche und hoffte, darin ein Stichwort zu finden, irgendeine Wendung, die er ihr vielleicht als Code einschmuggeln und signalisieren wollte.

Es war umsonst, und im dritten Winter nach ihrer Leidenschaft beschloss sie, ihn aus ihrem Leben zu tilgen, ihn auszukehren, wie man eine kostbare Schachtel voller Delikatessen lange behält und doch eines Tages wird auskehren müssen. Gefühlsmüll.

Und es wollte das Schicksal, dass sie einmal die Zeitungen bündelte, und wie man zu tun pflegt, man blättert sie noch einmal durch. Und da war es, da war ein Satz, ihr Satz, als Romantitel stand er da, in Fettlettern auf der Frontpage: MEIN HERZ SO WEISS. Der Text wurde rot vor ihren Augen. Der Text lief aus, sickerte als ein dünner Faden aus ihrem Körper heraus. Die Wörter tropften aus ihm wie das Blut.

Mein Herz so weiss: Ihr Code war ein ganzer Roman geworden. Er war gewachsen. Sie las fieberhaft den Lead, auf welchen eine phantastische Story folgte. Die renommierte Kritikerin Amanda McGill, die langjährige Rezensentin des *Hamburger Bazaars* und des *Berliner*, hatte sich einen grandiosen, doch fragwürdigen und äusserst prekären Scherz geleistet mit einem Pseudonym, unter dem sie selbst einen Roman verfasst hatte. Sie hatte sich unter dem Namen Javier Marias in die Bestenliste geschrieben, bis es unhaltbar geworden war, den Schein zu wahren.

Denn die Presse hatte sich als psalmodierende Meute auf

Javier Marias geworfen, den sie zuerst in Madrid aufzustöbern hofften, dann in London, Rom und Paris, darauf in Upper Manhattan, danach in der Lower East Side, bei den Chicanos und schliesslich sogar in der Bronx. Auch Paul Auster, Pauline Kael, Susan Sonntag, Harvey Keitel und der Peep-Spezialist Tom Wolfe mussten passen, sie kannten keinen Marias, der dermassen gut schrieb. Auch bestinformierte Hamburger, Frankfurter, Berliner und Pariser hatten nur Gerüchte aus ihrer Küche offeriert und umsonst feilgehalten gehabt.

Sie hatte alle Rezensionen von Amanda McGill gelesen, es war ihr nichts aufgefallen, Amanda McGill war eine metropolenbekannte Instanz, die sämtliche bedeutenden Neuerscheinungen besprach. Sie hatte von dieser renommierten und äusserst frauenfreundlichen Kritikerin von jeher aus freien Stücken alles gelesen, und es war ihr nicht aufgefallen, dass sie nie öffentlich in Erscheinung trat. Amanda McGill war präsent und eine prägnante Persönlichkeit durch ihre Kritiken, und niemand realisierte, dass man noch kein Foto von ihr je veröffentlicht hatte, oder dass sie noch nie auf einer Party vorgestellt oder erkannt worden war. (S. 198)

Corinna saugt am Coca-light. Ob das zünftig genug ist, um ihm den Marsch zu blasen, veranlagungsgemäss, mit diesem Sound. Um auf eine Klimax zu stossen, die Ross Terrier heisst. Der lässt sich nicht bluffen, er ist aussen ein Schwamm, der allen Blütenstaub einsaugt, und innen aus Stein, ein imprägniertes Silikongebirge, verhärtet, verkrustet, just phony. Fachlich ist er durchlaucht durchtrieben und von geradezu exklusiver Kompetenz, wenn es um die Romane von Männern geht, die können nicht sentimental genug sein.

Was glaubt sie, sie kann ihn desavouieren, ist sie so naiv,

gegen ein gepolstertes Gebirgsmassiv trompeten zu wollen, das wird allen Schall und Rauch schlucken. Da hilft kein Wettern. Hasst sie ihn überhaupt genug für diese literarische Anstrengung? Er ist doch bloss ein Geck, und seine Auftritte sind lächerlich, immer mit den zwei fernsehbekannten, beringten Daumen in den zwei handgesäumten Knopflöchern des Kaschmir-Gilets. Ein Post-Fitzgerald rechtzeitig hinübergesettet ins Art Nouveau des einundzwanzigsten Jahrhunderts.

Vermag dieser Knüller ein schwammbewehrtes Gestein namens Terrier überhaupt zu rühren, wenn seine Frau als Mann entlarvt wird? Als homme à femme, der einer Leidenschaft zu einer Frau in einem Mass fähig ist, um die ihn auch alle Homos beneiden müssen? Ist das steinerweichend genug, ich meine, kann das einen down-town-bekannten, amtlich beglaubigten Gay bewegen, wenn sein Mann eine Frau ist, ich meine, einer, der sich als Frau kleiden und geben muss, in Wahrheit aber ein Hetero ist? Könnte es einen Ross-Felsen ins Rollen bringen, wenn diese Frau, die seine Tunte ist, sich dann im innersten Kern als ein klassischer Mann herausstellt? Der Frau verfallen. Der Frau hörig. Und können Sie folgen, Leserschaften, Herrschaften? Denn es geht euch alle an, die ihr Manns seid. Rosa von Praunheim und Volker Pilgrim, ich rufe euch an, steht mir bei in dieser pansexuellen Prüfung!

Das Coca-light ist leer, und Corinna M. Salick muss eine Pause einlegen, das Intrigen-Strickmuster verschwimmt vor ihrem rachsüchtigen Auge. Es ist mittlerweile zu heiss geworden unter dem Dach. Ross Terrier ist, wie man allgemein weiss, mit der Kritikerin Amanda McGill vertraglich liiert. Freilich weiss nur der intimste Feind, dass diese Ehe nicht ist, was sie scheint. Denn alle halten Amanda McGill für eine treuliebende Gattin, die die Öffentlichkeit und den Literaturbetrieb scheut. Genau genommen, sind es vielleicht drei bis vier Leute in B., die wissen, dass man die Kritikerin Amanda McGill nie zu Gesicht bekommt, weil sie ein Transvestit ist. Doch in einem Milieu, da Freund und Feind zusammen grasen, sind Freund und Feind zum Verwechseln ähnlich gesinnt. Ja meistens kann man den einen nicht mehr vom andern unterscheiden; das ist das schäbige Glück der Corinnas. Nicht dass man in B. noch Ressentiments genährt hätte, nicht der geringste Gedanke daran. Andersgläubige Fachleute zu ächten, wo denkt ihr hin, nein, das würde man niemals öffentlich zugeben wollen. Auch nicht, dass man das Urteil eines Schwulen anders wahrnimmt, wenn er mit einem Transvestiten liiert ist. Aber das Urteil eines gehörnten, um nicht zu sagen: betrogenen Schwulen über die vorwiegend verbreitete Heteroliteratur ist denn doch – ich meine natürlich rein privat und ohne Vorurteile, und ganz unter uns – zu relativieren. Der weiss doch nicht richtig, was des Weibes und was des Mannes ist, was ihm liegt oder steht, ich meine ansteht. Was glaubt ihr, ist die Stadt B., ihre puritanische Vorgeschichte mit ihrem feingespannten Intrigennetz dazu fähig? Corinna M. Salick sollte sich besser bei einem Klassiker der Intrige dokumentieren, sie liest zum drittenmal *Les Liaisons dangereuses*. Rosa von Praunheim hat seine Zuständigkeit abgesagt, Volker Ellis Pilgrim weilt auf Hawaii.

Niemals wird ausgesprochen werden, weshalb ihm die Leute von Heute nun kühler entgegenlächeln, weshalb ihn die Groupies in Ruhe lassen. Der grosse Ross muss zur Kenntnis nehmen, dass die Einladungsfrequenz plötzlich abnimmt und in der Kurve steht wie der Pillenknick. Die Popularität eines Ross Terrier wird zum Bücherherbst dann so dünn sein, dass er pro Woche nur noch zwanzig Einladungskarten erhält. Oder machen wir es für fünfundzwanzig? Auch schon eine Beleidigung. Denn er lässt keine Party aus.

Er soll nur ein bisschen Kredit verlieren, meint Corinna M. Salick, die nicht auf die Leute von Heute hört. Niemals wird sie so satanisch handeln wollen wie Madame Mertreuil in den *Liebschaften*. Nicht wirklich kaputtmachen möchte sie ihn, ihm nur das verpassen, was man einen Denkzettel nennt. Du solltest endlich, du könntest nun, wie wäre es, wenn du endlich. Einfach den Konjunktiv des positiv thinking setzen. Kein Imperativ, nichts Grundsätzliches, keinen Paukenschlag, das wäre fatal.

Doch können wir Ross Terrier aus der Zeitung zu erfahren nicht ersparen, dass man in dieser Stadt B. kein Pseudonym geheimhalten kann, und alle Welt wird fortan wissen, dass die Frau von Ross Terrier in Wahrheit ein Mann ist und als Mann fremdgeht, und hoppla, was für ein Mann, einer wahren Leidenschaft fähig, die das kahle Herz der Leute von B., die von heute sind, erblushen lässt, ein kleiner Kitzel nur wird prickeln auf der seit langem erkalteten Körpergegend, die man heutzutage durch Piercing zum Aufjucken bringt. Doch dank Corinna M. Salick sollte es nun ohne Besteck möglich sein, die Heteros und die Heteras und, natürlich, klar, doch doch, alle Homos von B. zu entzücken. Sie haben es schon immer gewusst. Was ja kein Wunder ist, bei diesem pfauenhaften Benehmen, was sie nämlich im Grunde immer schon alle vermutet haben, weil alle von selber und ohnehin dachten, ein solches Mannsbild, so eines wie dieses, ist impotent.

So muss denn diese Geschichte eines Intimproblems aus dieser tändelnden Statue eines Kritikers, aus diesem Popanzen des betrieblichen Glamours einen menschlichen Menschen machen, und es ist zu hoffen, dass ihm dieser delikate Affront bekommt.

Also schreibt Corinna M. Salick weiter an ihrem Roman. Sie ist mittlerweile auf S. 317 angelangt. Dann beschliesst sie, unter die Leute zu gehen, lange hat sie keinen

Menschen geschmeckt. Eine Vernissage von *What not and Who is who* kommt ihr gerade recht. Ein zum Brechen bepackter, hi-&-ciao-dampfender Laden erlaubt keine unerwünschte Begegnung.

Dann redete er sich heraus, als sie ihn traf, was ja doch nicht zu vermeiden war. Ihr Unbewusstes hat das so gewollt. Nein, es war noch schlimmer, er wollte sie geradezu versöhnen, obschon sie ihm auszuweichen versuchte, sie hielt den Kopf krampfhaft abgewandt, im Pulk von Kunsthunger, der jetzt schulterfrei umging, keifend aus Buntenschwarten-Drapuren, mit Strass oder mit Stroh, und aus Mündern troff, die einen Ton dunkler waren als in der letzten Saison und schon beim hi & ciao als ein blutiges Wollen zupackten. Vampirlippen hatten die love & kiss-Schnuten abgelöst und sprachen von den sofort erfüllten Begierden der Nacht, als hätte man ihnen eine Hunderternote verfüttert wie einem Verkehrsautomaten.

Der Sepsis der modernen Gier, von der man nicht wusste, ob sie aus der Black Box des Zufalls oder direkt aus einer virtuellen Erlebniskurve geschleudert kam – sie kroch aus all den abgehangenen Lebensvorgängen der Parties, kam menstruös von unter den Röcken, direkt auf einen zu. Die Röcke spannten sich, passend zu den in diesem Jahr genieteten Korsagen, wie Lampenschirme über den Schuhen, welche sich wie gekenterte Fregatten in den Hafen des heimischen Morgen- und Abendglücks schoben (mittags gab's ein Döner Kebab oder ein Salatsandwich). Als müsste jede noch freie Hand heimgeführt werden, rund um die Uhr.

Sie sah und erkannte, es war auch im Premieren-Betrieb bereits jede Hand ausgebucht, Hände klammerten, Hände begriffen Handgelenke und Prospekte, Programme und Widmungen und Gläser und Handtaschen, Rucksäcke und Aktenkoffer aus Edelholz, Taillen und Aschenbecher, Zigarettenkippen und schliesslich die endgültig zu Ende gehenden Glimmstengel. Dazu kamen zusätzlich die Schnuller und Kinderfrischhaltebeutel, alle die prallen Kinderärmchen, die entschlossen an späten Vätern zerrten, die ihre Versprechen der Vaterschaft in den Kolumnen ausstellten, statt sie endlich einmal zu erfüllen, mit dem grünen, nein, nicht mit dem gelben Flohspiel, Daddy, und kamen überdies noch dazu die schwanzbereinigten Edelrassen, muntere Stummel-Hunde, die mit allem bellten und wedelten, was noch nicht amputiert worden war, weil sie gassi wollten und wegstrebten aus dieser Verwesung von Moden, denn es war ihnen nicht geläufig, dass draussen wie drinnen und Jacke wie Hose war.

Sie hielt den Kopf abgewandt, hatte ihren eigenen Blick um den Hals gewickelt, damit er sie nicht bemerke und salopp ankicken konnte, so dass alles im Keim erstickte, was sich im Busen erhob und zum Angriff ausholte. Sie wollte um keinen Preis reden müssen mit ihm, das würde alles verderben, und in dieser Entschlossenheit stand sie da.

Sie hatte das Glas halbvoll mit billigem Rotwein schlecht balanciert gehabt, so dass es durch einen Ruck von der Seite auf ihn gekippt war, auf seinen angewinkelten Ellbogen, dessen beringte Ausläufer aus dem Edeltuch mit Schildpatt-Manschettenknöpfen kragten. Wenn Ringe sprechen könnten, dachte sie, als sie sah, dass seine polierten Daumen wie stets im Knopfloch des Gilets steckten. Das Gilet wurde so rot wie der Text ihn hätte machen sollen, an dem sie zu Hause herumfuhrwerkte. Er versah sie mit einem knappen, verächtlichen Blick aus stählernen Pupillen, er brauchte dazu nur einen einzigen Wimpernschlag, und bemerkte mit weithin vernehmlicher Herablassung: «Es gibt Leute, die wollen sich ständig aufführen. Dass sie nicht schreiben können, sei ihnen verziehen, unverzeihlich ist aber, dass sie sich nicht zu benehmen wissen.»

Sprach's und wandte sich seinem Partner zu, das war der Verleger der *Tagespost* und ein mächtiger Mann und Konzernherr. Nun musst du weinen, Corinna; doch Corinna, mein Text, weine nicht. Die Daumen stecken auch für dich, vielleicht nur für dich im Knopfloch des Gilets.

Sie wird vom Unglück verfolgt, sie muss Vater anhauen, der alte Salick ist professionell in der Sache. Der kennt sich mit Männern aus, die man von der Saloon-Türe her angehen muss. Ihr wird gleich so schwarz vor den Augen wie ihrer Romanheldin. Wie kindlich sie ist mit ihrem Schrieb daheim. Was geht sie denn dieser Kerl an, er ist doch ein menschliches Wrack. Nun muss sie ihm noch beweisen, dass sie tatsächlich so ist, wie er schreibt, und sich in ihrem Kopf alles zuträgt, was an Klischees vorrätig ist.

Wir finden, was zuviel ist, sei zuviel für die arme Seele, die nicht über ihren hausgemachten Ton hinwegkommt. Es ist Zeit, dass wir ihren Fall übernehmen, wir sind von einem handfesten Gewerbe, wir sind der Text von der Alternative und schlagen vor, das Modell «Nachbarin, ihr Fläschchen» für diesen Fall noch einmal zu testen. Das wäre dann immerhin Weltliteratur.

Das ist ein Vorschlag unsererseits, die wir uns als dritte Instanz jederzeit abrufbar halten. Wir können durchaus auf beide Seiten vermitteln. Corinna verliert schnurstracks das Bewusstsein und fällt ihrem Feind vor die Füsse. Kosten wir dieses Vermächtnis der Mottenkiste noch einmal aus. Rache, du kamst als Ohnmacht, welch eine Schmach fällt auf den Peiniger. Wer möchte, Leserschaften, Corinna M. Salick noch helfen bei ihrer Revanche an Ross Terrier oder beistehen beim Abnabeln von Vaters Fussstapfen? Es sind noch einige PC-Stationen frei. Kann ihr dabei überhaupt geholfen werden, oder muss der Rat von Valerie Solanas, der Warhol-Vollstreckerin, von Gerd Brandenberg, der Dänin, die den Penishalter erfand, von Peggy Parnass oder von Anja Meulenbelt eingeholt werden? Oder gar klassisch von Alice Schwarzer bzw. von Theweleit? Oder am Ende von Günther Amendt, der trotz allem noch immer den gesunden Common sense bei sich in der Mappe trägt. Auf Rosa von Praunheim war kein Verlass, Volker Ellis weilte in Urlaub, man kann nicht auf diese Art zählen, auf keinen dieser schludrigen erotischen Go-Betweens. Am Ende muss es doch etwas handfest Geschlechtliches sein, dessen Rede neinnein ist, oder jaja.

Ihr Ohnmachtsanfall ist nun der Gipfel der Geschichte auf der Route zum Kern des Schamgebietes. Das Passwort steht aus. Es heisst nicht «Geh wohin dein Herz dich trägt», es heisst «Mein Text so schwer». Corinnas literarische Bannmeile muss heissen, das weiss Corinna zu Füssen des Feindes: Hilf dir selbst, denn kein Gott wird dir jemals beistehen. Mein Text so hilflos gegen einen Verriss. Kein Text so weiss erinnert sich. Kein Text so weiss fragt dem Lob noch nach, wenn er dermassen Erfolg hat. Der Sinn steht ihm dann nach der Rüge, dem Tadel, der Schmach. Das ist dann ein Kitzel. Dann wird er rot. Weltweites Lob ist die grössere Bürde. Den Tadel geniesst der gelobte Text um so mehr. Und geht, wohin sein Herz ihn will, ab in die Charts, auf die Bahamas der Besten, fort von Mitteleuropa und hin zum gesammelten Westen. Man muss den weichen Text stärken, das weisse Herz schwärzen, man muss ihn seitenverkehrt anbieten. Das Unmögliche möglich machen. Welches geschieht in den Kiosk-Romanen, seit Jane Austen, den gothic novels, Courts-Mahler und eben, dem alten Salick. Soviel ist diesseits und jenseits der Handlung klar.

In diesem Partysumpf, der immer zur Saison à jour geschrieben gehört, wird Corinna M. Salick umkommen, zu Füssen des Feindes, von ihren eigenen, ungenügend gefetteten, fahrlässig entsicherten Waffen geschlagen. Sie lässt sich gehen, sie gleitet dahin, über ihr schlägt ihr Szenario zusammen, zerborsten in Stücken von Syntax aus Porzellan, oder sind es die gesammelten Tränen der Petra von Kant? Das Wort ist mitten entzwei geplatzt. Der Text besteht nur noch aus Geräuschen von sich bauschenden Roben, aus Angehörigen-Schreien, klein und spitz und nun mit ein paar schlüpfrigen Glucksern zusammengepinnt. Ihre Umnachtung ist brav und zierlich wie in einem Roman von Rosamunde Pilcher, findet Ihr nicht? Oder von Barbara Cartland? Ach was, die diktiert mit einer Boa constrictor über der Schulter. Vielleicht ist die Ohnmacht zu Füssen des Feindes aber ein neues Szenario der Revanche für die düpierte Corinna M. Salick? Im nächsten Kapitel soll alles anders werden. Wir erinnern den Umschwung, der einen Anflug antiker Grösse enthalten muss.

Die Heldin würde ein Gelübde tun, mit dem Feind kein Wort mehr zu wechseln. Lysistrata des Schweigens. Das Pfand der Frauenliteratur, vorsätzlich erlegt, entfiedert, gehäutet und bereit, in die Pfanne gehauen zu werden.

Die Rache ist die Peinlichkeit, die die Heldin ihm beschert, mit einem rokokowürdigen und scheinletalen Kniefall, der ihn blossstellen muss und ihm ein Problem der Straffälligkeit aufbrummt, nachdem das neue Sexualstrafrecht in Kraft ist. Was macht man heutzutage politisch korrekt mit Frauen zu Füssen, wenn sie tot spielen, sich totstellen, und man ihre wahren Absichten nur ahnt? Das will sie ihm überlassen, diesem Kritikerstar, der keinen Kalauer scheut, um eine unberühmte, noch nicht vorgeadelte Anstrengung unter den Tisch zu wischen.

Alle Heldinnen würden das tun, in ihrem fortzuschreibenden Werk. Jedem Hardliner unter den Kritikern sofort zu Füssen fallen und von dort mit flehenden Händen und Augenklimpern zu ihm aufblicken, so herzzerreissend wie die Maria Magdalena auf dem Isenheimer Altar. Natürlich nur, falls sie einen Feind lebendig antrafen. Männer sind schockiert von weiblichen Offensiven, die sie hilflos machen, das wissen Heldinnen aus Erfahrung. Den Auftritt des Opfers würde sie zu einer Peripetie geleiten, das sollte eine Aktion von grauen Pantherinnen werden: Lauter ältere Frauen, die tot auf den Schwellen liegen, sich häufen, akkumulieren würden, unter den hervorquellenden Augen möglicher Schänder, während sämtliche DJs der Discos Namenlos und Doktor Bobo auf ihren Plakat-Aushang schrieben: kein Zutritt nach Vierzig. [Einspruch des Lektorats, es hiesse besser, trau keinem über Dreissig, das habe sich einmal gelohnt. Und merken Sie sich, nicht jede vergangene Literatur ist schlecht, bloss weil sie noch zu wenig vergangen ist.]

Der Romananfang ist mittlerweile auf S. 365 angelangt und sollte nun unverzüglich zum Schluss kommen.

Romanschluss

Ihre Hand zitterte, als sie den schon fast vergilbten Bund aus dem geknoteten Stapel löste. War sie mit Scheuklappen geschlagen gewesen? Weshalb hatte sie diesen Hit, der ja ein Hint gewesen war, nicht bemerkt? Allein und einzig für sie verfasst, mit allem feu sacré des Herzens und jener aus der Liebe erwachsenden Schöpferwut.

Das dachte sie wie ein Gebet. Hatte der Liebste, die Liebste, ihr einen Schlüsselroman zugedacht, der alles erklären würde, oder war es eher eine literarische Beichte? War das ihre Confession, die von der Geliebten Abbitte erbat?

Sie konnte kaum warten, ihn an sich zu nehmen, ihn zu halten, zu liebkosen, den Text so weiss, das Buch der Bücher, das er in einem erotischen Vorspiel lanciert hat – anspielungsreich. Ans Herz pressen will sie *Mein Herz so weiss*. Sie hört dabei seine Stimme, wie er den Satz sagt. Ihn mit allen Fasern in sich versenken, den Text.

Sie wollte glauben und hoffen, dass er eine Gabe war, die der Verzicht gebiert. Und dass sie in allen Gestalten war, die der Roman enthielt. Sie würde alle Frauen und er alle Männer sein, nein, alle Frauen spielen, und nur einer sein, der einzige natürlich, ach was, sagen wir besser, sie würden zweisam alle Gender in einem sein, das kommt ja jetzt und heute auf eins hinaus, und darum geht's, um dieses eine, an das offenbar alle denken und glauben. Dieses eine kann ja dann um so mehr von einer genetischen Vereinheitlichung profitieren, das ist von Vorteil für alle, die sonst im Vergleich abfallen von Einem. So wird sich das Schicksal zugunsten aller durch alle, die ein und dieselben sind, gleichartig verschieden vollziehen.

Ihr Haar wurde so weiss wie Schnee über Nacht. So würde auch Fräulein Smila daran teilnehmen können, ihre Verwandte im Text, teilhaben sogar an ihrem Verhängnis der törichten Jungfrau. Ja, ihr Herz war rasch ausgeblutet, es wurde für immer schummrig, dann spröde, als aller Vitalstoff daraus entwichen war. Und sie glaubte sich keines grossen Gefühls mehr fähig und reiste ab aus der Stadt, die ihr Glück und ihr Unglück besiegelt hatte. Deshalb also hatte sie den Text so weiss als ihren Text nicht erkennen können: Sie war ein Jahr nach dem Verlust, an dem sie litt, wie sie niemals gelitten hatte, für dreiviertel Jahre zu ihrer Schwester nach Neuseeland gereist, nach Auckland, wo sie überhaupt keine Zeitungen las. Um zu vergessen, hatte sie körperlich arbeiten müssen und half der Schwester, die mit ihrem Sohn eine Farm betrieb, bei der Saat und dann bei der Ernte.

Sie fuhr wieder nach Auckland, mit dem Buch im Koffer. Diesmal war es für immer. Der Frühling kam heftig über die Scholle der Antipode. [Auf S. 400 ging es ihr wieder gut.]

Corinna sitzt wieder beim Seelenschlosser. Weisst du, *Harpers* hat meine Story zurückgeschickt, und *Family Planning* ebenso, und natürlich kam sie auch von *Gays Home Journal* retour.

Was zu erwarten war. Aber überraschend schlugen die vor, hör zu, Felizitas, die Story zu drucken, wenn der Held keine Tunte sei, sondern sich als ein kesser Vater herausstellen und die Heldin zur Frau nehmen und heimführen würde. Vor Göttin getraut im Namen von Judith Butler, Hildegard von Bingen und der Jungfrau Maria.

Die Liebenden müssten, schrieben sie, am Schluss unbedingt vor den Altar. Wir von *Gays Home Journal* können nicht mehr verantworten, dass unsere Kundschaft literarisch unehelich ins Bett geht. Das sollte mit wenigen Eingriffen zu machen sein. Dann hat Ihre Geschichte, die uns ans Herz griff, was wir hiermit verdanken, sogar das Zeug zu unserer jährlichen Thanksgiving-Story.

Ich denke natürlich nicht daran, ich finde, die alte klassische Liebesgeschichte darf doch nicht sterben, bloss weil wir nun ein gay movement haben. Ihre Story sollen die Fröhlichen selber schreiben.

Felizitas sprach: «Das ist die Frage hier, vielleicht ist es umgekehrt, und wir ändern die Norm nur, indem wir als straight people für gay people schreiben. Was hat übrigens *Harpers* für ein Argument beigebracht?»

Harpers schrieb, sie würden die Story nehmen, wenn der Futon ein Bett von Beverley sei, mit der Wäsche ihres Hauptinserenten ausgestattet, und der Kimono solle gefälligst ein sichtbares Label tragen.

«Leg dich hin», befiehlt Felizitas, «das hast du gehabt von deiner Freud, siehst du, nun nehmen wir Jung dran.»

Umstellt von patentierten Sätzen

«Durch die Jalousien fällt das opake Licht eines Nachmittags, der sich durch jene Gewöhnlichkeit auszeichnet, die den Aggregatzustand des Schreibens bildet.»

Ein zünftiger Satz, nicht wahr, so ein richtig literarischer Satz, der zur Fortpflanzung des Bedeutenden beiträgt, das entsteht, wenn Dichter schaffen, und das bedrohlich im Raum steht, wenn man dazu verpflichtet wird. Der Satz könnte von Handke sein, der schon früh vollendet war, indem er mit der fortlaufend vollendeten Formulierung des Selbstverständlichen im Pantheon Platz nahm.

Der Satz ist aber von mir, obschon er unmöglich von mir sein kann, da er die verwegene Grossartigkeit besitzt, die das Gelingen voraussetzt. Ein solcher Satz gehört schon zum vornherein zur Weltliteratur und kann also, obschon er von mir ist, gar nicht von mir sein. Damit waten wir in der Grauzone der Sache, im Schlick des Wollens, Sollens, Müssens, Kennens und Könnens. Mein Schreiben soll zwar von mir sein, obschon es zum vornherein gar nicht von mir sein kann. Denn es ist, bevor es anfängt, bereits umstellt von patentierten Sätzen, die höhnisch über die Rampe blinzeln wie im Puppentheater. Es kommt nämlich ein Satz immer zuvor, es ist ein Satz immer schon da, bevor der eigentliche, dem Hippocampus abgerungene Hirnglanz einsetzt, um sich dann emphatisch auf die Startbahn Monitor zu werfen. Meistens ist der Satz, der schon da ist – aus dem «Faust» oder dem «Blick» oder dem Kursbuch 746 –, sowieso der stärkere, er ist schon so eingesessen, dass an ihm nicht mehr zu rütteln ist.

Das Vordergründige ist geheimnislos. Wenn man's schildern will, muss Tempo und Luft hinein, und diese Luft ist das Ambra der grossen Autoren. Wenn man bloss wüsste, wie die damit feinstofflich verfahren. Was zwischen den Zeilen raunt, das zieht mehr als das brav rekapitulierte Spektakuläre. Zu diesem Aspekt fiel mir im Altmännersommer des Jahres 95 das folgende ein:

Das Ereignis

Alle wollten teilnehmen an ihm,
doch niemand wusste genau, was es
war und worin es bestand.
Doch gab es an diesem Abend kaum eine
Persönlichkeit in der Stadt,
die von ihm fern blieb. Die
gesamte Citybildung wollte
ihm beiwohnen, soweit das die
städtische Sitte zuliess, es in sich
aufnehmen, in tiefen Zügen, es
auf der Zunge zergehen lassen
und mit allen verfügbaren Sinnen
inhalieren.
Frau Doktor Auf-und-Ab geb. Überall
war ebenso äusserst präsent wie
Mme van Sonder gegebenen Falls,
die der Dame von Wohnen, Dämmer,
und Kommen in die Aussicht trat
und dabei Herrn Graf Foto von-Mund-
zu-Mund in die Linse geriet,
so sehr, dass dieser Allzeitbereite
die unverhoffte Bereitschaft
gründlich zu knipsen begann,
eine beinahe unerhörte Begebenheit,
bzw. ein unerhörtes Benehmen, wie

Fräulein Sauer-Du-kannst-mir-Mal
hinter ihm fand. Dazu ertönte der Jargon
der Eigentlichkeit, der doch nun
längst hätte vorbeisein sollen.
Der junge Mann Philo M. Happy
schubste diesen so heftig in die klimpernden
Nüstern von Fräulein Nimmermut-Schüli
hinein, dass auch die daneben
seiende Dame Rühr-mich-nicht-an
in die Sätze kam und ihrem
verdutzten Nachbarn, Herrn
Harmlos-Säusel-von-Amtes-Da,
jedes weitere Eindringen in die
entstehende auratische Sphäre verbot.
Denn, Sie ahnen es schon, auch
diese unübliche Dame war aus ein
und demselben Grunde anwesend
wie alle andern.
Sogar die Schüchterne war gekommen,
sie war neu und unsicher, doch begierig,
es kennenzulernen, zu erfahren, worin
es bestand und wie man seiner teilhaftig
wurde. Sie hielt sich passend im
Hintergrund auf, um es bei einem
allenfalls vorzeitigen Abgang
rechtzeitig erhaschen zu können.
Der Abend floss leicht und funkelnd
dahin im Glanze des Trugbilds, und als die
Schatten sich tief in den Anlass einkerbten,
stand die Schüchterne immer noch da,
in Erwartung.
Der Mann, unweit von ihr im Gespräch,
ein Koloss von Leib und Geist, war ein
Wissender, und seine Konturen hatten ein solches

Format, dass die Schüchterne Mut
fasste und auf ihn zuging:
«Entschuldigen Sie, ich bin hier neu,
können Sie mir vielleicht …»
Der Bedeutende winkte ab, als
sei ihm ihre Bitte sattsam bekannt,
«… jaja, wenn ich das wüsste»,
sagte er listig und mit einem gewissen Ingrimm,
«ich darf Ihnen verraten, seit Jahren
warte ich selber darauf.»
Nun war es endgültig Nacht geworden,
und der Bedeutende schien es eilig zu haben.
Die Schüchterne ging als letzte, nicht ohne
Hoffnung.

Mein Nachbar hat mich dann doch gefragt, wovon denn dieser Text handle. Ich war ziemlich sauer, denn das hiess, dass ich diese gepriesene Luft nicht hatte einfangen können, mein Text enthielt also keine Spur von jenem Ambra, welches die Spannung ausmachte, und die Sätze waren protein-arm geblieben. Ich war niedergeschlagen, traf dann aber auf andere, die diesen Text sofort verstanden hatten. Sie sagten, er sei typisch. Wofür? Aha. So. Wirklich. Tatsächlich. Typisch für mich. Mein Auftraggeber hält mich für eigen, er sagt, ich schreibe wie keine, wahrscheinlich sagt er das allen Autorinnen, deren Gunst er erhalten will. Und er hat ja auch recht. Sie schreiben alle wie keine. Konkurrenzfördernd für die Privatinitiative. Dieses Gran Eigenheit soll ja angeblich die zivilisatorische Leistung sein, welche die Blüte des ruchlosen Individualismus hervorbringt, auf welchem der globussprengende Kapitalismus beruht. Vor und nach dem Eintreffen der Konvergenztheorie.

Sie erinnern sich, als richtige alte Linke, an diesen Begriff. Dass sich die Systeme bis zur Übereinstimmung angleichen werden. Und hüben und drüben die ähnlichen, wenn nicht die gleichen Reihenhäuschen zeitigen. Die Komfortstufe ist die einzige Variabilität.

Der Begriff hat übrigens recht gehabt. Deshalb hat man ihn abgeschafft. Im Sinne des Jotas meiner Unverwechselbarkeit (unmögliche Idiomatik!). Also im Sinne meiner Authentizität, meiner Merkwürdigkeit etc. Ich könnte das Urteil meines Auftraggebers also sowohl für einen Tadel als auch für ein Kompliment halten. Wenn ich nur wüsste, welche Interpretation für das Fortkommen meiner eigenen Sätze die richtige ist.

Das Problem meiner ziemlich bildungsversehrten Schreib-Generation ist ja nicht, dass uns nichts einfällt, sondern dass uns andauernd etwas einfällt, das sofort verworfen zu werden wünscht, nämlich das Ganze, und dieses aufs Mal, und zuvorderst das mit Ingrimm aus dem unmittelbaren Gestern und Vorgestern stammende An-und-für-sich.

Ein weites Feld mit rotem Kreuz (In der Buchhandlung)

«Ist es für ein Geschenk, der Herr?»

«Oh nein, es ist ausschliesslich für mich. Wissen Sie, in meinem Beruf sucht man ständig die grosse Herausforderung.»

«Aha, dann hätten wir für Sie *Ich war in der Eiswüste* von Reinhold Messner oder *Die Muschelsucher* von Rosamunde Pilcher.»

«Bewahre, es geht um Literatur. Um ganz direkt zu sein, ich hätte gern den grossen eidgenössischen Gegenwartsroman.»

«Sie meinen etwas in der Art von *Ein weites Feld mit rotem Kreuz*? Dann käme vielleicht das Dunant-Buch von Eveline Hasler in Frage.»

«Behüte, wie ich schon sagte, es geht um Literatur.»

«Aha. Dann sind Sie wohl richtig bedient mit einem Diogenes-Roman.»

«Doch, doch. Bewährte obere Mittellage.»

«Wie bitte?»

«Nichts gegen den Diogenes-Roman, nein, auf keinen Fall möchte ich etwas gegen den Diogenes-Roman anführen, hören Sie, unter gar keinen Umständen bin ich gegen den Diogenes-Roman, der liegt zu nah. Aber ganz unter uns gesagt, man möchte nun schon gern einen neuen, tieferen Ton vernehmen.»

«Dann empfehle ich Ihnen den langjährig empfehlenswerten Wettermacher unseres jungen Autors, das wäre Höhenlage, voralpin. Ziemlich schürfend, abgrundhaltig.»

«Hören Sie, ich suche nicht den dreijährigen Senkrechtstart.»

«Wenn Sie den Einwand gestatten: Goethe ist um einiges älter und wird immer noch gelegentlich verlangt.»

«Richtig. Aber ich mag's gern weniger tosend, verstehen Sie, knapper, lakonischer.»

«Vielleicht wäre dem Herrn dann doch eventuell unter Umständen mit den letzten Erzählungen von Adelheid Duvanel gedient? Still und kantig, eine beklemmende Wucht.»

«Adelheid wer? Ach so. Ach ja. Ja, schon.»

«Ich verstehe allmählich, der Herr will etwas von einem Mann.»

«Um Himmels willen, Sie liegen falsch, ich mag schöne Frauen, aber die schreiben halt selten.»

«Kommen Sie, ein Herr von Ihrem Format will doch nicht behaupten, noch nie von Milena Blond geträumt zu haben?»

«Ganz zuvorkommend anzüglich sind Sie.»

«Ich bitte inständig um Verzeihung. Also im Ernst, wenn

es, wie ich hoffentlich richtig verstehe, etwas gesellschaftlich Engagiertes sein sollte, dann haben wir für jemanden wie Sie *Wie wird Beton zu Gras* von Otto F. Walter. Neu aufgelegt und mit einem Vorwort von François Mitterand.»

«Atomkraft-Belletristik? Nein, danke. Ich betone nochmals: Ideologie hat in der Literatur nichts zu suchen.»

«In diesem Fall kommen Sie am besten in achtzig bis hundert Jahren wieder. Dann wird man wissen und beurteilen können, was der richtige Titel für Sie ist. Und den schweizerischen Jahrhundert-Gegenwartsroman haben wir bestimmt im Sortiment vorrätig.»

Das An-und-für-sich ist mehr als die Summe seiner Teile. Die Teile kennen wir zur Genüge, bis zum politischen Überdruss. Es kömmt darauf an, sie richtig zu kombinieren, um sie zu verändern. Karl Marx immer noch, nach wie vor, CD-proof und walkmanbereit, nun also Karl und die dekonstruierte Chaosforschung, neu mit Douglas Coupland, Naomie Campbell und DJ Doktor Bobo. Die Post-Apartheid (ehemals Telecom), die Gentechnologie mit dem in vitro fertilisierten Klimakollaps, neu im New Public Management aus der Deregulierung. Täglich das Infotainment, Harassment, Correctness & Co., mit Greuel und Grosny und dem gesamten pazifisch-asiatischen Raum, der nun so gigantisch künftig aussieht, wie er auf der Weltkarte schon immer war. Zum Nachteil des geschrumpften Nord-Süd-Konflikts, der uns zwanzig Jahre zuvor täglich anfiel. Nach wie vor Bartre und Sowahr mit Marion Dönhoff und Dr. Hubert Burda, der Foucault ganz gross in Teletex-Multicolour herausbringen möchte, im Konzerverbund mit Heidegger, Kietz und Nierkeegaard, Laetitia Porno, genannt Heidi mit Öhi, ihrem jüngst entdeckten Onkel Jakob Creutzfeld, jetzt mit Umberto Bossys Schweinsrinderhack und der Erlebniswertsteuer.

Zu unserer Existenz beim Morgenkaffee befällt uns ausser dem Fortschritt ein zunehmender Existentialismus, jetzt mit fahrbarem Handy und situativem Ich aus der gewählten multiplen Persönlichkeit. Kombiniert mit der E-mail fällt dann schon etwas ab und zu, aus dem Medusenhirn einer Home Page der mittleren Universitäten von Wisconsin, Mahagonny & Marlboroland. Kafka im Internet endlich ergänzt von der PUK-garantierten, einst mutmasslich gewesenen Milena Jelenska, die als Verlobte biografisch revidiert grüsst.

Bericht einer Akademie
Eine neue Wissenschaft ist zu
vermelden, die Literaturgenetik.
Denn die Zersetzung der menschlichen Spezies
schreitet voran, schneller
als der Treibhauseffekt. Nun sind die
Dichter daran, vorab die deutschen,
von einer Mutation ergriffen zu werden,
deren Ursachen gentechnisch zu klären sind.
Die Sezierung von Klassikern habe
der genliterarischen Forschung
neue Innereien beschert. Der Bericht
wörtlich: «... wurde endlich die
homophyle Struktur des irrtümlich
als Papa apostrophierten
Hemingway freigelegt, ebenso die
Buchhaltung der inneren Schweinereien
von Thomas Mann, auch er
jahrzehntelang irrtümlich
als Familienvater denunziert ...»
Die Ausdünstungen von Jean Paul
sind gemäss Bericht neu als
fäkalphilosophisch einzustufen.

Weshalb denn, statt der vermeintlichen
emanzipatorischen, olfaktorische
Gründe vorliegen, derentwegen Simone ihn
erotisch floh, die ihrerseits,
so der Bericht, nicht so
Beau war wie ihre Legende.
Ein englischer Literargenetiker
will am Grosshirn von Bertolt
Brecht, der ostdeutschen BB,
Spuren von weiblicher Erbsubstanz
ausgefällt haben, während, heisst es,
das Unterteil einwandfrei männlicher
Prägung war.
Die Zeiten des Homo sapiens
seien gezählt, so die Akademie, wenn es
nun heissen müsse: Mann ist Frau,
und die Literargenetiker stünden vor
der Aufgabe, im Falle der
Dichtung einer neuen Spezies ins Antlitz
zu schauen, da das Geschlecht
der Gedanken nicht Quellen-proof
zu ermitteln sei.

Der Abbau (Raubbau) an
deutschen Dichtern und Denkern
nimmt einen unaufhaltsamen Verlauf.
So konstatiert der Bericht
der Akademie, dass die Dichterin
Ingeborg Bachmann mit an Sicherheit grenzender
Wahrscheinlichkeit gleichzeitig auch
Paul Celan und Hermann Burger war,
da deren Frühvollendung nicht mit
der genetischen Qualität in Einklang zu
bringen sei, welche diese Dichter

bereits vor ihrem Ableben erreichten.
Eine umgekehrte Annahme hingegen,
betonen Experten, sei
auszuschliessen, da unter den
Klassikern der westdeutschen Dichtung
nach 47 kein Vorkommen von Frauen
(XX Chromosom) genetisch sauber
zu ermitteln gewesen sei.
Hingegen sei es gelungen, das
Weibliche jeweils in Form eines
werkfördernden Enzyms auszufällen.

Nur in der anthropologischen Barbarei des
Realsozialismus sei es möglich gewesen,
dass ein Dichterfürst wie Bertolt Brecht
in Tat und Wahrheit eine Frau gewesen sei.
Wissenschaftlich spricht der Bericht von
einer neurophysiologischen Klitterung,
deren Zellen von einer Population weiblicher
Hormone gefüttert wurde.
Beruhigend, heisst es weiter, sei hingegen
die Geschlechtsbestimmung des politischen
Genoms. Da dieses zunehmend
zum Vegetativen neige, könne man
in der Politik von einer neuen hors-
sol-Qualität sprechen. Von grün
bis rechts dürfe summa summarum
für deutsche Zustände gelten: «Mann ist Frau,
doch Kohl bleibt Kohl.»
Das war's für heute, bis zum nächsten Spot.

Sagen wir, Schreiben sei die allmähliche Verfertigung des Gedankens beim Tippen, welches dann in eine Perspektive mündet, von einem Willen getrieben, der eine bestimmte

Richtung angibt. Punkt und Linie zur Fläche, und dann, wenn möglich, ab ins Dreidimensionale. Wenn's unterwegs ist und sich daran macht, etwas zu werden, dann trifft es, das Schreiben, auf dieses Motto von Wassily Kandinsky, der damit den Gang in die Abstraktion beschrieb. So wie dieser Kandinsky malte, so möchte ich schreiben. Doch wirst du immer von Sätzen tyrannisiert, so dass nicht du die Herrin deines Schreibens bist, sondern dein Alter ego, das dir über die Schulter blickt, dich mit dem Wissenspfuhl bespuckt. Den ersten Satz bestimmst du allenfalls noch selber, und dann, Kojak, übernehmen Sie! Was du ererbt von deinen Vätern, mein Gott und wie!, erwirb es aus der Tiefkühltruhe, um es aufzutauen, zu schmelzen, auszufällen, zu filtrieren.

Da rauscht der Mentor wie ein Tinitus im Mittelohr, der dir den eigenen Sound verdirbt. «Wenn das Gelingen am Können läge, hätte ich keine Angst für Sie», das ist so ein Vermächtnis-Satz, er stammt von Adolf Muschg, der sich bestimmt nicht mehr daran erinnert, dass er mich einmal in bester Absicht mit dieser Hypothek betraufte. Was für ein Mordsanspruch aus diesem Satz herausschaut! Und dann hätte ich mich damals erst noch aus Prinzip gegen das inhärent Männliche des Diktums wappnen müssen. Es hilft alles nichts dagegen: Ob's klappt oder nicht, ist mir höheres Geschick.

Warum so trist, so hoffnungslos? Schreiben macht Freude, wie Schenken, wenn man weiss, was. Ich meine, wenn man ganz genau weiss, was: Wie das schmeckt, wie die Gedanken liegen, welche Atmosphäre und Textur der Text haben soll etc. Oder dann, wenn das Bedeutende auf dem Bildschirm eintrifft und man die Welt sekundenlang stiftet wie Gabriele García Susanna Grisham-le-Carré, geborene Noteboom. Das ist vermutlich die Gnade des ersten genehmigten Glases, der Genuss des für einmal im harten Berufsdrive gebrochenen Tabus. Wer schreibt, trinkt nachher. Wer nicht schreibt, hat keine Ahnung. Doch auch, wenn ich weine, lache ich und frage sofort nach Ursprung und Heimat dieser hergelaufenen Devise. Der Satz könnte nämlich beinahe von mir sein. Vielleicht wird er eines Tages von mir, wenn das literarische Recycling lange genug mahlt.

Wenn das Gelingen bloss am Können liegen wollte, was es aber gar nicht will, es weigert sich trotz Blüte der Workshop- und Werkstatt-Kultur, trotz Kein-Fleiss-ohne-Preis-Förderung. Die Liturgie und das ewige Garn, die den Text spinnen, der Fundus und Mix, die ihn ausbrüten, wobei sich Schlitze am Himmel und Höllenschründe auftun, die können nur aus dem ganzen zusammengelesenen Leben kommen, aus der anarchisch-schrankenlosen Lektüre.

Schreiben kommt vom Lesen, von einem süchtigen Lesen, das früh anfing, von der pubertären Erfahrung unter der Decke mit der Taschenlampe, vom gierigen Anfeuchten des Fingers über der verheissenen Seite, vom Blättern im gewissen Schmöker der Leihbibliothek. Was noch nicht heisst, dass alle Lesesüchtigen Profis werden, bestimmt aber sind alle Schreibenden Leserinnen. Noch-und-noch- und Wieder-von-vorn-Leserinnen, mit ihrem Klassiker, ihrem Saison-Liebling, mit all ihren belletristischen Sugarmummiedaddies und der ganzen Peanuts- und WC-Lektüre.

Die Lesung

Wenn ich mich heute bedanke, so gilt
mein Dank ganz besonders Herrn Jäckerle von der
schweizerischen Kommanditgesellschaft für die
grosszügige Spendung meiner Lesung, wobei ich
gleichermassen Frau Doktor Dennerhold zu äusserstem
Dank verpflichtet bin; ihr verdankt sich
die generöse Ausstattung dieses

gewinnenden Saales der schweizerisch-
schweizerischen Holding, die sich zu diesem
Anlass fünfzig Tulpen von
ausgesuchtester Farbe hat einschenken
lassen, währenddessen mein Dank
insbesondere ebensodringlich
an die Herren Bennethouse & Frausch
ergeht, welchen ich die enorm
prätentiöse Büttenumrandung der Einladung
danke, die ohne den finanzkräftigen
Einsatz des einladungsstiftenden
Lastenausgleiches der schweiz-schweizerischen
Versicherungspartnerschaft nicht denkbar
geworden wäre. Wobei mein grundsätzlicher
Dank meinem ganz persönlichen Comte gilt,
äh, ich meine Coach, für Fragen
der eben in Kraft getretenen
Mehrwertzusatzsteuererhöhungsverhin-
derungsaktion, ganz persönlich sage ich, wobei
ich nichtsdestoweniger auch Madame
Innerhously & Co. für das zuvorkommende
Housing des Leasing, pardon, der Lesung
von Büchern den ausgefeiltesten Dank
schuldig bin. Ich heisse Sie also
alle in einem Zuge zu meiner heutigen
Lesung im Foyer des pro helvetischen Kreditbüros
willkommen! Es ist, wenn das Wort
noch erlaubt ist, schön, Sie so
einmütig vereint unter dem Dach
der wechselseitigen Förderung begrüssen
zu dürfen. Nun bleibt mir noch, jenem Herrn
– ja, Ihnen in der hintersten Reihe links –
unbekannterweise meinen verbindlichsten Dank
auszusprechen, obwohl ich den Grund

seiner Anwesenheit noch nicht
zureichend habe in Erfahrung bringen
können …
«Ich bin Leser …»
Aha, Sie sind Leser … tja, da soll uns diese
unerwartete Eigenschaft an dieser unserer
Veranstaltung nicht weiter hindern, und ich
beginne sofort mit dem ersten Kapitel.

Über das eigene Schreiben schreiben? Das Schreiben der anderen liegt mir mehr; was die nicht alles dazu gesagt haben sollen! Welche Mystifikation sich im Laufe der Jahre zusammenpappt, zu einem Bildungsunterfutter, mit dem man so dahinhausiert: Worüber man nicht reden kann, darüber soll man schweigen, hat einer gesagt; einer soll ohne vertrocknete Äpfel in der Schublade nicht haben schreiben können, ein anderer nur mit grüngefärbtem Haar. Einer sagte, *Ich* ist ein anderer, und eine sagte, glückliche Menschen schreiben nicht. Ich sagen und dran glauben, das ist ein Schreib-Glück, das selten eintrifft, *Ich* sagen ist für Schweizer schon schwierig, und wenn ich es tue, dann ist das schon viel und kann wieder nicht ganz von mir sein, nicht lupenrein jedenfalls, sondern ist möglicherweise so ein lässig paraphrasierter Klau, von wem bloss, von wem? Ich armer Hirnhund beziehungsweise: ich arme Hirnhündin! In meinem Hundeleben ist mein Schreiben existentiell, besonders vor der Lawinenbergung hinterm Bildschirm. Mein Leben als Hund erreicht nämlich den Höhepunkt, wenn der ganze aus dem Fundus angerührte, aufgewärmte Frass verschwindet – im Schatten des Körpers des Notebooks.

Suchen, Lassie, suchen! In den ewigen Jagdgründen der Festplatte suchen. Und ich heule vor Ohnmacht und belle zur Firma Microsoft und wedle zu Joseph Weizenbaum, der's ja immer gewusst hat, und schliesslich wedle ich zum lieben Gott, an den ich jetzt ein bisschen glauben will. Doch mein Gewährsmann in der Not bestätigt mit dem grössten Bedauern: gone with the wind. Als Hirnhündin mit dem täglichen Output der Dressur: Bitte, was darf es sein? Nicht zu viel, nicht zu lang, und schon morgen, wenn's geht, bitte sehr, danke sehr. Vor allem kurz soll man schreiben, am besten soll's schon am Anfang enden, ausser für die Züri- und die Wochenzeitung. Was mir in meinem Leben als Hund einfällt, reicht kaum zu einem Leistungsnachweis: Gau, Frust, Himmelmerde und Schmerz, Shit, Horror & Co. sowie andere Invektiven, die ihren Autor suchen. Das ist dann das Thema: Ein Kopf sucht ihren Autor unter spezieller Beobachtung der Frauensprache. Eine Hypophyse trauert um sich. Gegen die Tükke des Objekts kämpfen Götter selbst vergebens; Sentenzen auf diesem Niveau bieten sich zum gegebenen Zeitpunkt an.

Ich will nicht klagen, und ich will auch nicht behaupten, viele seien berufen und wenige auserwählt von der reinen Literatur. Ich glaube eher das Gegenteil, dass viele auserwählt und wenige berufen sind von einer Branche, die noch ganz anderen Kriterien als der Qualität gehorcht.

Wendische Literatur

Wer nun wieder wer ist, und wer wo wer ist, das ist seit der Wende zunehmend unklar. Denn östlich der Wende hat einer und eine nichts werden können, literarisch, wenn man nicht westlich als östlich erkannt worden ist. Nun gibt es auch solche, die westlich der Wende nichts waren, worauf sie ostgingen, um westlich als östlich zu gelten. Die kamen durch.

Alles sehr kompliziert, seit der Literaturhaushalt auf Ost-West-Achse ist. Soviel lässt sich mittlerweile ausmachen: Im

Westen ist wer geblieben, der vor der Wende aufrecht östlich im Westen war, als deftiger Dissident oder als tapfere Exil-Heroine. Während die, die vor, während und nach der Wende östlich im Osten geblieben sind, nun westlich der Wende überhaupt nichts mehr sind. Denn es hat sich inzwischen ausgedeutscht, dass der Osten bloss ein übles Phantom war.

Jetzt herrscht die Frage, wer denn die vor der Wende im Osten überhaupt gewesen sind, wenn sie gar nicht gewesen sein können. Der Westen hat ja den Osten immer zur Kriterienbildung heranziehen müssen: Ohne den Osten hat man keinen richtigen Wertmassstab bilden können.

Wenn jetzt einer aus dem Westen zu sehr in den Osten geht, ein Schwerenöter wortwörtlich, dann lässt sich das ausbalancieren, indem man ein humanitäres Widerlager bedeutend bemannt. So wird das Gewicht der Welt einigermassen ins Lot gedacht. Das Hebelgesetz tritt erst ausser Kraft, wenn die aus dem Osten zu sehr im Westen ankommen, und das sind ja die meisten.

Man weiss dann überhaupt nicht mehr, wer was auf welche Weise im Osten gewesen ist, das heisst, für den Westen gewesen ist, aber ausserdem für den Osten gewesen sein könnte. Denn die sind einfach da, ohne zu gestehen, wer sie unter Umständen eventuell inwiefern im Osten gewesen sind. Nun ist man allerdings einem Verdacht auf der Spur, der sich in abscheulichem Masse erhärtet: Es soll im Osten gar keine Menschen gegeben haben, sondern bloss Ostmenschen bzw. Schriftsteller, besonders weibliche, die zu keiner menschlichen Schuld fähig sind.

Bloss keine Aufregung! Gerade *die* können wir doch besonders gut brauchen. Denn sie allein sind die markengeprüften Garanten des Ostens. Zumal wir im Westen den Osten nach wie vor brauchen, nicht wahr, als das Lackmuspapier unserer Geistigkeit.

Die Quelle der Literatur ist unrein, sie ist in hohem Grad zufalls-, nitrat- und zitathaltig und bestenfalls ein Schlamm, der am Bildschirm und dann von der PR-Abteilung geklärt wird.

Dichterehrung

Ich darf Ihnen, verehrte Gäste, heute einen Dichter vorstellen, der sich überzeugend für das Siechen und Serben seiner Nation eingesetzt hat. Mit Herrn Karatschik ehren wir einen Lyriker, der der karatschisch-dschugaschwilischen Kultur bis in die sublimsten Formen der Agonie nachgespürt hat, indem er als einziger Autor seines Landes über die gebührenden Mittel verfügte, dem Garaus des Lebens vorzusitzen. So war der geehrte Dichter wie kein anderer imstande, das Leiden seines Volkes zu schüren, bis in die stilistischen Nuancen hinein.

Verehrte Anwesende, Herrn Karatschik fällt das besondere Verdienst zu, uns mit der karatschisch-dschugaschwilischen eine Kultur nahegebracht zu haben, der noch wahrhafte Stoffe zukommen, aus einem ungebrochenen ethnischen Wollen heraus. Eine vornehme Aufgabe der Literatur, die im Falle der regoripathischen, der aserpeitschanischen, der sadolitwanischen, der mafiovatikanischen, der teutotitanischen und, least, der kapitalinistischen Kultur noch ungenügend geleistet wurde.

Es entstehen Verse der ungebrochenen Macht in einer blutvollen Geschichtsschreibung: Wir hier, in einer verflachten und pauperisierten Konsumliteratur, stehen sprachlos vor der Schöpfung Herrn Karatschiks, die uns Respekt und Schweigen gebietet. Achten Sie, verehrte Anwesende, besonders auf Eigenart und Charakter des karatschisch-dschugaschwilischen Duktus. Darin wird dem uralten Brauch der Beschneidung von Mund, Hand und Gliedern in einem unnachahmlichen Gestus Ausdruck verliehen.

Wir danken es dem ganz persönlichen Einsatz des heute geehrten Dichters, dass hier eine ethnische Minderheit endlich die gebührende internationale Statur gewinnt. Eine Bemühung der Literatur, der in andern Fällen keine vergleichbare Schlagkraft beschieden war.

Verehrte Gäste, hier entsteht endlich Literatur am Pulse der Gegenwart, und wenn ich nun sage, dass wir in Herrn Karatschik eine Dichterleistung der besondern Art würdigen, so sage ich nicht zuviel. Sein Kampf, verehrte Anwesende, um den Umbruch liegt nun in der subtilen Übersetzung von Prof. Ernst Nolte vor. Ich darf annehmen, Ihnen mit diesem Dichter ein Werk vorzulegen, das in seiner Gesamtwirkung noch zu entdecken sein wird.

All dieses Gerede und die Nachfrage von und nach einer Literatur, die ganz aus dem Leben gegriffen sein soll. Als ob das Leben noch zum Greifen frisch wäre. Kein Autor soll kommen und so tun, als ob ihm oder ihr das Leben an und für sich als Inspirationsquelle genüge, da fragen Sie doch gleich den Jandl und sini Fru. Oder Frau Mayröcker und ihren Guy. Was diese Lady zu schöpfen vermag, ja, aus dem Born der Lektüre, erschrecket nicht, denn nur ihr ziemet das Wort, es ist exklusiv reserviert für die Königin der Sprache, der alle Wörter noch dienen dürfen, als seien sie ungebraucht frisch geschlüpft, geschlitzt aus der Vakuumpackung des Zeitenlaufs. Das und noch viel mehr davon können Sie auf S. 163 folgende nachlesen.

Weil das Leben selbst nicht stetig sprudelt, sondern oft schon verblichen, wenn nicht ziemlich versch(l)issen ist, schreiben manche Kollegen und Kolleginnen wie aus einer beständig neuformulierten Ehemaligkeit. Mit der Vergangenheit als Geste einer Erfahrenheit. Und die hat einen langen Arm, der reicht in die Jugend und Kindheit. Die Dreikäsehoch-Perspektive ist das Nonplusultra der Gegenwartsromane. Die Kindheit der verbuchte, geprüfte Stofflieferant und Intensitätsgarant, dagegen darf man nichts haben.

Eine, wie hiess sie bloss, ich glaube, sie war eine Amélie in der vorletzten Saison, wie war doch der Nachname von Amélie, ich hab's, Amélie Nothomb, ich glaube, eine Belgierin, die hat behauptet, nach der Kindheit könne man Schluss machen, es ereigne sich im weiteren nichts mehr von Belang. Da mag was daran sein, doch will man ja nicht diese furchtbaren Kindheiten durchleben und überstehen müssen, um dann den Roman einer Schicksalslosen zu schreiben, so unerhört sachlich wie Imre Kertesz das tat, den zu bewundern man nach der Lektüre nicht aufhört. Im Vergleich dazu wirkt alles andere literarisch bombastisch oder zynisch.

Ich mag ihn nicht besonders, diesen fortgesetzten Kindheits-Jubel in der Literatur. Ich finde, wenn schon, die Geste dieser jungen Draufhauer ehrlicher oder natürlicher, die sich alle wie grössere und kleinere Brodkeys und Bukowskinnen geben und aufführen, indem sie offenbar so instant schreiben wie sie zappen, shaken, raven, hiken, koksen, skaten, hiphoppen, streetparaden, piercen, spinnen (eine neue Sportart), spritzen, saufen, tatooen und vögeln und dazu noch ein bisschen loven. Und das alles vielleicht leben. Das ist wenigstens ein natürliches Mimikry, im Gegensatz zu dieser belletristisch gehegten Kunst-Kindheit. Diese Generation X ist nämlich nicht mehr darauf angewiesen, dass ihr etwas Betuliches oder Märchenhaftes einfällt, dass ihr etwas von der heilen, geschützten Sofie-Welt zuspringt, sondern die ist bloss scharf darauf, das, was von ihrer wahnsinnig unmittelbaren Gegenwart abfällt, umgehend zwischen Pappdeckel zu landen und es direkt zu verkaufen.

Ich kann mir in meinem Alter so ein Draufhauen nur

vormachen oder es abkupfern, woher sollte ich es auch nehmen, in diesem gegen das Leben geimpften Fatherland? Sie meinen doch nicht etwa, ich solle die Drogenszene in Zürich beschreiben müssen, als ein hübsches kleines Elendsfeuilleton meiner Memoiren? Das ist ein unlauterer Vorschlag, und ich denke nicht daran, auf Ihren karitativ verfärbten Voyeurismus hereinzufallen.

Das fällt auch keinem unserer klugen grünen Dichter ein. Die von drüben, wo nun das Talent herkommt, halten sowieso nichts von einem Realismus. Die wollen in der Sprache selbst Existenz. Und diese nun total going west. Das ist verständlich. Und preisverdächtig.

Grüne Dichtung

Lieber junger Autor, verzweifeln Sie nicht, wenn Sie schon zweiundzwanzig und noch unerkannt sind. Falls Ihr Text das Knarren der Türen von Solothurn und Klagenfurt nicht überlebt haben sollte, wenden Sie sich damit an uns: Wir von der Flugs-Preis-Agentur garantieren Ihnen den Instant-Erfolg. Für mindestens ein bis zwei Saisons. Gesetzt den Fall, Sie sind ein Mann und Sie haben noch kaum veröffentlicht. Melden Sie sich vertrauensvoll mit ein paar Codes aus Ihrem Computer, und wir werden Ihren ureigenen Ton anschlagen. Beziehungsweise einspeisen. Wichtig ist, dass Sie mit einem Habitus der Authentizität ans Rampenlicht treten und zur Stunde der Sache ausserordentlich anwesend sind. Wirken Sie jedoch ganz wie der nette Junge von nebenan, bitte ohne Glatze und Bart, denn das wäre dem neuesten Dichter-Image abträglich. Sind Sie der Nordische unterwegs, empfehlen wir Ihnen einen Handke-Brinkmann-Hölderlin-Mix. Sollten Sie eher zu den Geworfenen feurigen Blickes gehören, tippen wir auf das tragische Air: Trakl mit Celan und einem Touch Heine. Doch seien Sie keinesfalls zu gebildet oder zu politisch.

Wissen Sie wenig, aber das mit Bestimmtheit, und wissen Sie unbedingt weniger als Ihre Mentoren und Förderer. Am besten führen Sie bei Ihrem nächsten Auftritt eine taufrische Weltläufigkeit vor und hauen mit dem Absatz die konkrete Down-Town-Erfahrung in die Zeilen; vibrieren Sie dazu mit einer androgynen Empfindsamkeit, während Ihr Geschlecht in den Konturen der Ahnung hervortritt! Das meinen wir natürlich rein spirituell.

Es soll nun keine kommen und sagen, es gäbe das authentische Gemüt, das Naturtalent, die taufrische Innovation, die an allem ungeschoren vorbeikommt. Das An-und-für-sich will nämlich begriffen, sortiert, integriert, vermieden oder umgangen werden, und wir tun bei allem Dünkel der Selektion besser daran, es zu prüfen. Es ist der Stoff Zukunft. Die Literaturtüchtigen werden nun sagen, ich weiss nicht, woher ich komm, wohin ich geh und warum ich so fröhlich bin.

Und dass Robert Walser mit dem Hut in der Hand vorbeiwandern würde am An-und-für-sich, kann sein, aber in diesem Fall ist es Robert Walser, an dem wir nicht vorbeikommen können, vorbeikommen wollen, denn auf jedem Gebiet ist unsere Sicht möbliert mit dem reichlich Vorhandenen. Darum wissen wir, warum wir nicht so fröhlich bleiben, wie wir sind.

Alles Schreiben kommt aus einem anderen Schreiben (der Dichter nicht mehr als Autor, sondern als Permutator, nach dem Philosophen Vilém Flusser), das sich über all die Gartenlauben der Zitate fortpflanzt, die jede Autorschaft mit sich führt, etwa so wie die Königin von England ihre unsterblichen Hüte trägt. Als Symbol der Unvermeidlichkeit, die man erst beim Hutabnehmen konstatiert. Das beste ist, wenn man mit diesem eingesessenen Bildungshut durchs ganze Land kommt, ohne dass man ihn sieht: Schöne Literatur als Schirmherrschaft, in einer Art Prävention, die aufs selbstverständlichste unbenutzt vorhanden ist.

Jeder Senkrechtstart in der CH-Literatur wäre ohne das angelernte Bewusstsein nicht zustande gekommen, dass wir immer *nach* Robert Walser schreiben, also *mit* Robert Walser schreiben, denn die Branche sagt uns CH-Verweigerern und Ketzerinnen seit längerer Zeit, dass unser Eigentlicher Robert Walser heisst. Robert Walser als der für irgendeinen Zweck stets angeführte Unverbrauchte, das schlechte Gewissen des Literaturbetriebs. Und morgen wird's dann ein anderer Lenz, der uns zu schreiben gab. Das Wissen ums Grosse, was da ist, seit langem, kann uns nicht retten, aber eine Art Witterung verschaffen. Schreiben auch als ein Auf-der-Hut-Sein. Siehe oben. Produktiv schreiben mit der Bewusstheit, was alles schon geschrieben ist. Zum Umgraben und neu Eintopfen, à discretion.

Faust eins, zwei, drei

Marcel Reich-Ranicki: Mein Leben mit Günter G.

I. Akt

Im Kindergarten. Der kleine Marcel und der kleine Günter beim Schuhebinden.

Günter: Du, du hast so grosse Ohren. Wie heisst du?
Marcel: Ich weiss nicht.
Günter: Äh, Fräulein, der weiss nicht, wie er heisst.
Kindergärtnerin: Günter, lass deinen Nachbarn in Ruhe. Er ist neu hier.
Marcel: Willst du mit mir spielen?
Günter: Mit einem Bub ohne Namen kann man nicht spielen. Erst muss ich wissen, wie du heisst.
Marcel: Wie heisst denn du?
Günter: Ich sag's nicht, wenn du mir's nicht sagst. Erst musst du es sagen.
Marcel: Ich brauche keinen Namen.
Günter: Du bist mir einer, jeder braucht doch einen Namen, damit man ihn rufen kann.
Marcel: Ich bin schon da, braucht mich niemand zu rufen.
Günter: Ja, jetzt schon, aber dann, wenn du nicht da bist, wenn du daheim bist und ich komme zu dir und will dich zum Spielen abholen.
Marcel: Ich bin nicht von hier.
Günter *hält inne, denkt nach, dann strahlend:* Sie, Fräulein, der neue Bub ist auserwählt.
Kindergärtnerin *erschrocken:* Günter, was sagst du da? So etwas sagt man nicht. Komm, räum auf, die Spielstunde beginnt. Günter, zeig deinem Nachbarn, wo die Scheren sind.

Marcel: Ich brauche keine Schere, ich reisse alles mit den Zähnen. Besonders Papier.

Günter: Sie Fräulein, darf ich auch Fetzen reissen?

Kindergärtnerin *unbeirrt:* Unser neuer Schüler ist ein schöpferisches Kind. Wir können von ihm etwas lernen. Weisst du was, du machst uns eine schöne Collage aus farbigem Rest-Karton. Ihr werdet sehen, das wird ein Kunstwerk.

Günter: Hast du, wenn du keinen richtigen Namen hast, vielleicht einen Künstlernamen?

Marcel: Ich habe einen Namen, den du nicht verstehst.

Günter *unentwegt:* Fräulein, ich hab's, der neue Bub ist ein Ausländer.

Kindergärtnerin *alarmiert:* Günter, sieh dich vor, du weisst genau, welche Wörter erlaubt und welche verboten sind.

Marcel: Wieso verboten? Ich mag das Wort ausländisch, ich mag ausverkauft, ausgerottet, auserwählt, ich mag alle Wörter mit «aus».

Günter *begeistert:* Du gefällst mir, Bub. Wenn du diese Wörter magst, dann spielen wir «Heimatvertrieben» oder «Judaskuss». Da kommen viele Wörter mit «aus» vor.

Kindergärtnerin *klatscht in die Hände:* So, Kinder, wer ist fertig mit Schuhebinden? Marcel, soll ich dir helfen?

Günter, *schadenfroh:* So, jetzt weiss ich aber, wie du heisst. Du, willst du jetzt mit mir spielen?

Marcel schweigt.

Günter: Fräulein, der neue Bub ist so komisch.

Kindergärtnerin *alarmiert:* Günter, ich sage es noch einmal, lass Marcel in Ruhe, er hat eine weite Reise hinter sich.

Günter *versöhnlich:* Wenn du auch einen fremden Namen hast, das macht nichts. Ich geb dir einen neuen, ich sag Mickey zu dir. Das passt gut zu meinem Lieblingsspiel, weisst du, Katz und Maus. Komm schon, fangen wir an. Du musst zählen: Achtung, fertig, los. Und ich verstecke mich. Hörst du? Weisst du, wenn wir von nun an zusam-

men spielen, dann bekommst du dann einmal einen richtigen Namen.
Marcel *laut und deutlich:* Ich heisse Marcel.
Kindergärtnerin: Günter, du nervst. Ich warne dich zum letztenmal, lass Marcel in Ruhe. Er muss sich erst an uns gewöhnen.
Marcel: Der Turm zu Babel ist mein Lieblingsspiel.

II. Akt

In der Schulsporthalle freie Universität Mölln. Marcel und Günter im Boxring. Sie nennen sich nun Catull und Cicero, nach Burschenschafts-Manier.
Günter: Dieses Muskelspiel ist nichts für mich. Ich möchte ewig klein sein und nur im Geiste wachsen.
Marcel: Du bist ein gottverdammter Intellektueller.
Günter: Hast du was dagegen?
Marcel: Ich halte nichts von dieser Alma mater. Von ihr kriegst du nie einen Oskar.
Günter: Meinen Oskar schaff ich mir schon selber.
Marcel: Ich bin Cicero, du riefest mich. Grosse Geister sind fit, Beckett hat gut geboxt, und John Irving hat es im Boxen sehr weit gebracht.
Günter: Ich zweifle an deinen Massstäben, Cicero.
Marcel: Massstäbe haben in der Literatur nichts zu suchen. Massstäbe in der Literatur sind katastrophal.
Günter: Ich beginne zu fragen, worum es eigentlich geht.
Marcel: Es geht um die Zukunft.
Günter: Schau du nur für deine eigene, ich besorg mir meine schon selbst.
Marcel: Ich denke an eine gemeinsame Zukunft. Ich meine unsere gemeinsame Zukunft als Bannerträger der deutschen Literatur. Ein Flüchtling schafft das nicht allein.
Günter: Und ausgerechnet ein Pole will mir meine Muttersprache beibringen?

Marcel: Im Zuge einer Karriere zieh ich die Vatersprachen vor. Die hätten wir dann gemeinsam. Ceterum censeo, mein Freund, es wird heute keiner ein grosser Dichter ohne Syntax und Disziplin.
Günter: Ich bedanke mich für die Solariumsbräune des deutschen Geisteslebens. Das ist nichts für mich. Ich bin ein Kopfhandwerker, ich tauge nicht als Höfling für die Suhrkamp-Kür.
Marcel: Wer deine Prosa dann einmal herausbringt, das bestimme ich, dein Cicerone. *Nachdenklich* Aber ich muss sagen, der schöne Siegfried hat eine Nibelungen-Energie. Er macht täglich fünfzig Längen in seinem Heim-Swimmingpool.
Günter: Ich sehe, du bewunderst ihn wirklich. Der imponiert dir mächtig. Ich glaube, ich krieg eine Kröte im Hals. Ich frage mich, was du vorhast mit mir und ob ich nur ein Vorwand bin.
Marcel *spielt mit dem Boxhandschuh:* Macht ist Verführung, und Verführung ist Macht.
Günter: Das ist nicht lustig. Trainierst du eigentlich für den Mossad und brauchst mich als Punchingball?
Marcel: Warum nicht? Das ist gut gebrüllt, deutsches Nashorn. Und nun gehst du nach Hause, Kupferstecher, und liest brav *De Bello Gallico.* Wenn du fertig bist, kommt Fontane dran, du besorgst dir auch seine Frontberichte.
Günter: Ich mag keine Sekundärliteratur.
Marcel: An deiner Abwehr erkenne ich, wie nötig sie gerade du hast.
Günter: Viva crescat, floreat. Ich bedanke mich.
Marcel: Der deutsche Militarismus hat es weit gebracht.

III. Akt.

Im Aufnahmestudio, Abteilung Wort, Eurofernsehen.
Moderator: Meine Herren, ich heisse Sie beide willkom-

men, zu unserm TV-Spot. Ich danke Ihnen, dass Sie sich dafür zur Verfügung stellen, das ist nicht selbstverständlich
Grass und Ranicki hinter dem Vorhang
Ranicki: Du gehst hinaus und verkündest …
Grass: Nein, das ist dein Part, du nimmst mein Buch in die Hand und …
Moderator: Sehr gut, Herr Grass, das ist ein ausgezeichneter Einfall …
Ranicki: Ich meine, das ist zu dick aufgetragen, so kommen wir nicht auf mein Niveau.
Grass: Keinen Rückzieher bitte, gib zu, dass dir das doch Vergnügen macht, so eine kraftvolle Geste, los Marceli, noch ist Polen nicht verloren.
Moderator: Ich empfehle eher, ans Publikum zu denken, Herr Reich-Ranicki, wenn's ans Verreissen geht, wir blenden dann den Triumphmarsch aus «La Traviata» ein.
Ranicki: Nein, nein, nein, ohne Musik bitte, obschon eine herrliche Oper, diese Oper.
Grass: Schade, dass ich kein Komponist bin.
Aufnahme, flashlight. Ranicki im Frack, mit einer Zirkuspeitsche, mit der Rechten erhebt er das Buch.
Moderator *flüsternd:* Denken Sie, Sie seien Drachentöter, Herr Reich-Ranicki, packen Sie mutig zu …
Ranicki: Liebe Gäste, selbst wenn diese Literatur eine schlechte Literatur wäre, wäre sie noch besser als …
Grass: He he, so geht das nicht, mein Lieber, du musst bei der Abmachung bleiben.
Marcel: Ich bin mir keiner Abmachung bewusst.
Grass: Komm schon, die deutsche Intelligenz ist marode, nur einer wie du ist noch imstande, sie aus dem Winterschlaf zu wecken.
Marcel: Du meinst, Marcel Reich-Ranicki macht die Linke wieder munter?
Grass: So ungefähr.

Ranicki geht hinaus, räuspert sich, erhebt den Zeigefinger.
Ranicki: Meine Damen und Herren, ich wiederhole, selbst wenn diese Literatur eine schlechte …
Grass: Im Ernst, Marcel, das ist ein Foul, du bist unfair.
Ranicki: Also, meine Herren, je mehr ich den Grass verreisse, desto mehr Lob wird er ernten. Bei Ihnen, in Ihren mittelmässigen Feuilletons wird ein landesweites Lamento anheben. Ich sage, mein Verriss wird wie eine Schalmei in Ihre klatschsüchtigen Ohren fliessen, Balsam für Ihre nach Tratsch dürstenden Kehlen sein, nicht wahr, meine Herren.
Moderator *flüsternd:* Bitte sagen Sie «die Damen sind mitgemeint».
Ranicki *laut:* Die Damen sind besonders gemeint, die werden an der miserabelsten Passage in deinem Machwerk noch etwas Gutes finden, in ihren humanitären Absichten, die in der Literatur nichts zu suchen haben, rein gar nichts zu suchen.
Grass: Sie lieben mich eben.
Ranicki: Und mich hassen sie.
Im Duett: So sind wir zusammen das Hassliebespaar der deutschen Literatur.
Moderator: Nicht schlecht meine Herren, noch einmal, wir brauchen einen zweiten Durchgang, denn Sie haben dabei gezwinktert, Herr Grass, das darf nicht mit ins Bild.
Grass: Machen wir erst eine Pause, ich bin erschöpft.
Alle zurück hinter dem Vorhang
Grass: Hör zu, ich will nur von der ersten Garnitur besprochen werden.
Ranicki: Nicht doch, mein Lieber, wer ausser mir könnte dir noch gerecht werden? Du weisst doch, dass uns der Nachwuchs fehlt. Verschone uns vor diesen schnellgebrüteten Muttersöhnen, das ist schöngeistiger Dünnpfiff. Diese akademischen Milchbuben tun etwas, was man niemals tun soll, niemals sage ich dir …

Grass *ungehalten:* So sag schon, was tun sie?
Ranicki: Sie besprechen ein Buch.
Grass: Was sollten sie denn sonst tun?
Ranicki: Sie sollen es einer gründlichen Prüfung unterziehen. Seit Kraus und Kerr gibt es keine anständige deutsche Kritik mehr, denn nur die Autodidakten haben etwas getaugt, in der Wirkungsgeschichte der deutschen Literaturkritik.
Grass: Gesteh, du sprichst faustdick pro domo, Ranicki, gib es doch zu …
Ranicki: Geständnisse sind schlecht für die literarische Qualität, Geständnisse haben in der Literatur nichts zu suchen. Das sieht man am Falle der Christa Wolf.
Grass: Dein Geständnis hat dir mehr genützt als geschadet.
Ranicki: Habe ich denn gestanden? Niemals habe ich etwas gestanden, das haben andere für mich übernommen.
Moderator: Nun zu unserm Ost-West-Quiz, meine Herren: Wer ist der bessere von den folgenden zwei Dichtern deutscher Zunge, Paul Celan oder Bertolt Brecht? Herr Ranicki, bitte zuerst Ihr Statement.
Grass *nervös:* Was soll das, das ist ausser Programm. So einen Unsinn mache ich nicht mit.
Ranicki *verhalten:* Komm schon, stell dich nicht an. *Laut* Die Antwort heisst: Bertolt Brecht.
Moderator: Bitte um die Begründung.
Ranicki: Von diesen zwei wichtigen Autoren ist Bertolt Brecht der bessere, weil er viel mehr geschrieben hat.
Moderator: Sehr gut, Herr Ranicki, sehr gut, brauchen wir nicht zweimal zu drehen. Nun zu Herrn Grass. Herr Grass, wer von den beiden folgenden Kritikern ist der bedeutendere Kritiker, Franz Schirrmacher von der *FAZ* oder Elsbeth Pulver vom Schweizer Bund und den Kantonen?
Grass: Die Antwort lautet eindeutig: Elsbeth Pulver ist die bedeutendere Kritikerin.

Ranicki *zischt:* Du bist von Sinnen, du musst doch Schirrmacher sagen …
Moderator: Bitte um die Begründung.
Grass *belämmert:* Darüber schweigt des Sängers Höflichkeit.
Ranicki *souffliert:* Schirrmacher ist ein junges Talent, klar und deutlich und professionell.
Grass *mit Überzeugung:* Meine Damen und Herren, ich halte eindeutig fest, Elsbeth Pulver sei die bedeutendere Kritikerin, weil sie die Bedeutung meines letzten Romans erkannt hat.
Moderator: Herr Grass, so geht das leider nicht, mit dieser Aussage verlieren wir den Löwenanteil der Holtzbrinck- und Heyne-Werbung sowie die Beteiligung der *Welt* und des *Deutschen Allgemeinen Sonntagsblattes,* das kann sich das Kultur-Fernsehen nicht leisten.
Grass *erschöpft:* So war es nicht gemeint, Mickey.
Moderator: Machen wir Pause, meine Herren.
Grass: Letzthin hast du schön geschäkert mit, wie heisst sie bloss, mit dieser Edith Schimmelpilz, die am Kamin sass und einen busenrunden Flausch trug, sie kam mir vor wie die Romane, die sie liebt.
Ranicki *horcht auf:* Wer liebt wen? Das ist etwas, was mich wirklich interessiert, Günter. Es ist, um dir die Wahrheit zu sagen, das einzige, was mich an der deutschen Literatur interessiert, und immer interessiert hat seit …
Grass: Kabale und Liebe. Ein deutsches Trauerspiel im umfassenden Sinne.
Ranicki: Vor allem in literarischer Hinsicht. Ein schlechtes Drama, ein sehr schlechtes Stück Literatur, und warum, Grass?
Grass: Hmm, ja, es ist so eine Sache mit Eros und Thanatos …
Ranicki *dozierend:* Warum, frage ich, Grass? Weil man nie weiss, ob's die nun getrieben haben oder nicht. Immer

steht die dramatis personae vor einem Antrag, und wir warten umsonst einen Abend lang auf die Ausführung.
Grass: Ich weiss, Exekutionen gefallen dir.
Ranicki: Das will ich überhört haben. Was ich sagen will, ist dies: Ich habe damals den jungen Schiller gewarnt, ich hab ihm geraten, er solle bloss nicht rivalisieren mit dem deutschen Wunderhorn.
Grass: Hahah, und er hat dir offensichtlich entsprochen und seinen Degen nicht eingeführt in die Scheide der Luise Millerin.
Ranicki: Die Lady Milford hätte mich mehr interessiert. Schiller hat meinen Rat insofern missverstanden, als er annahm, ich wünschte keine Erotik im deutschen Drama des Sturm und Drang. Und seither ist das deutsche Drama so langweilig geworden, nichtssagend, um nicht zu sagen wertlos. Denn man erfährt darin nicht, wer eigentlich mit wem ins Bett geht, ging oder gegangen ist.
Grass: Das erotische Präteritum fehlt schon seit Gottfried von Strassburg und Walther von der Vogelweide … aber ich ersuche darum, zu erwähnen, dass ich es war, der es wieder eingeführt hat.
Ranicki: Wenn du bloss hättest, Grass.
Grass: Du findest in meinen Büchern diverse ausgekochte Geschlechtsakte und mancherlei Sinnlichkeit.
Ranicki: Das ist alles Fischsud, Grass, was dein Butt anrichtet, ist nichts, das einen gesunden Mann auf Touren bringt.
Grass: Du willst also Pornografie.
Ranicki: Was ich schon den Kommentatoren von *Cosmopolitan, Brigitte, Annabelle, Betsy und Tatsi, Bolero* und *Sowieso* sowie den Kolumnisten von *Dont touch me, Emma & Nora* sowie an *Frivolité Passée* melden liess und ausserdem dem Chefredaktor von *Harassment Heute* bestellte, mein lieber Grass, das sage ich nun auch noch dir ausdrücklich persönlich: Ich habe gesagt, der Mann kann nicht mehr …

Grass: Da kann ich nur beipflichten, mein Lieber, und der Mann merkt nicht einmal mehr, dass es sich um einen klassischen Fall von Projektion handelt.
Ranicki: Freud war ein guter Schriftsteller, vielleicht war er einer der besten Schriftsteller der Vorkriegszeit, aber aus seiner Praxis hat er uns leider auch nichts Brauchbares berichtet.
Grass: Freud hat nie um dein Urteil ersucht.
Ranicki *unbeirrt:* Dabei habe ich ihm geraten, als wir uns trafen in den Ruinen des Ghettos, Freud, sagte ich ihm, schreiben Sie bloss, was sie erlebt haben, gute Literatur lebt allein von der Erfahrung.
Schweigen
Der Moderator: Bitte meine Herren, wir machen nun noch einen Probe-Take.
Grass *bleibt sitzen:* Du meinst, es sei zu befürchten, Freud habe nie einen erfüllenden Koitus erfahren.
Ranicki: Sprach ich von Erfüllung? Ich sprach von Erotik.
Grass: Du ziehst, ich weiss, die Masturbanten vor.
Ranicki: Du bist ein barocker Kitschbruder, Grass.
Grass: Gelobt sei Thomas Mann und seine täglichen Massnahmen am heimischen Glied.
Ranicki: So enthüllt die Literatur die Kultur einer Epoche.
Grass: Ich möchte dich an den *Schatten des Körpers des Kutschers* erinnern. Wenn ich mich richtig entsinne, hast du diese bedeutende Novelle der deutschen Nachkriegsdichtung einst in der *Zeit* gewaltsam zunichte gemacht.
Ranicki: Eine schlechte Novelle, diese Novelle.
Grass: Ach Gott, Marcel, gib doch zu, dass dir dieser Schrieb damals peinlich war, der Gestalt annehmende Stallgeruch, das hat nicht in dein geistiges Mittelstandsmilieu gepasst. Du musstest dich erst einmal publizistisch verhalten, als Überläufer.
Ranicki: Das will ich überhört haben, Grass. Du lobst mir

also das Klappern der Klapsmühle mit dem Stöpsel des Stallmeisters in der Möse des Dienstmädchens – kannst du mir sagen, was daran literarisch sein soll?
Grass: Du magst den Weiss nicht, hast ihn nie gemocht, weil er ein Politischer war. Du wolltest das Politische bloss von den Ossies. Die Ossies sollten die vom Kommunismus unterdrückte Vitalität im Schosse des Volkes besingen. Im Westen bitte kein Ficken und Knutschen, nicht wahr? Den Hang zum Küchenpersonal sollte BB und sein Schiffbauer-Harem besorgen, für uns, ich meine für dich.
Ranicki: Ich bitte um den korrekten Gebrauch der deutschen Sprache.
Grass *in Fahrt:* Du lobtest Böll, aber das Rohe und Deftige sollte der Osten uns liefern, als Stoff für den CIA. Deshalb haben wir doch die DDR-Schriftsteller so geliebt. Die sollten dort drüben bleiben und dort drüben bitte für die Glut des literarischen Widerstands sorgen.
Ranicki *ätzend:* Mein Lieber, du unterschätzt meine Londoner Mission, die hatte anderes im Auge als eine literarische Säuberung.
Grass: Ich spreche von der psychologischen Kriegsführung eines polnischen Agenten im deutschen Innendienst.
Pause. Der Vorhang flattert. Ein Windstoss fährt durch die Soffitten.
Ranicki: Hätte der junge Mann Schiller damals auf mich gehört, dann hätten wir wenigstens einen «graduate» oder einen Pygmalion der deutschen Klassik. Statt dessen haben wir diesen supponierten Feudal-Konflikt bis ins Schlafzimmer des Bockgesangs.
Grass: Jaja, die deutsche Klassik als Bleigiessen der Belletristik, das ewige Lied von der Glocke.
Ranicki *erfreut:* Ausgezeichnet Grass, ausgezeichnet, wenn du nur so gut schreiben würdest, wie du sprichst. Der deutsche Hof-Dramatiker ist seit 1784 mit seltenen Aus-

nahmen ein Dichter in Kniebundhosen, ein ewiger neunmalkluger Student. Wie ich schon immer sagte, die deutsche Literatur krankt an der deutschen Literatur.

Grass: Ich hätte so gern gesagt, was bleibet, das stiftet der Stifter.

Ranicki: Das habe ich befürchtet, Grass. Immerhin ist der Austrier besser als dein unsäglicher Fonty, hat wenigstens epische Musse gehabt.

Grass: Wie der Schnee schmilzt und der Wind in den Ästen knackt. Das hätte dir besser gepasst als mein deutschdeutsches Reinemachen. Wir haben ja bereits einen, der unserm Mann auf dem Fuss folgt. Der Stifter war seit den sechziger Jahren gekapert von unserm literarischen Rutengänger auf Kriegspfad, von unserm weltläufigen Meister der Syntax, von …

Ranicki: Ich verbiete dir, diesen Namen in meiner Gegenwart auszusprechen.

Grass: Ich habe nicht vor, ihn auszusprechen, er hat sich genug in die Tinte gesetzt.

Ranicki: Du hättest Kritiker werden sollen. Dann wäre nicht das Schreckliche eingetroffen, das nun tatsächlich eingetroffen ist. Der schlimmste anzunehmende Fall in der Wirkungsgeschichte der deutschen Literatur.

Grass: Nun?

Ranicki: Dass uns nun die Gewerkschaftsbosse sagen, was Literatur ist. Das hast du uns eingebrockt, Grass. Wegen deiner Trommlerei für das Gute. Darum haben wir jetzt die Kontrollbeamten der deutschen Literatur.

Grass: Ich meine eher, wir hätten nun einen österreichischen Sprachführer. Der hat das Sagen bis tief in die deutsche Scholle. Ich fürchte, wir hatten das schon einmal.

Moderator: Meine Herren, Sie wissen, je visueller die Schöne Literatur, desto mehr wird davon umgesetzt, ich bitte, sich danach richten zu wollen.

Grass: Ich schlage vor: «Wer Grass liest, sieht rot.»
Moderator: Nein, meine Herren, das können wir uns nicht erlauben, das ist Partei-Werbung.
Ranicki: Und dann werden uns die Grünen einholen, und die Greenpeace-Bande wird alle meine Sender besetzen.
Moderator: Meine Herren, wir bleiben bei der ersten Version. Herr Ranicki, Sie nehmen also das Buch und reissen es mit den Zähnen. Wie vorher. Das machen Sie prima, wir haben das Video-Band getestet …
Ranicki: Nicht doch, nicht doch, ein Mann wie Grass muss anständig verrissen werden, das sind wir ihm schuldig. Ein politischer Autor muss abgekanzelt werden, damit er in Deutschland Erfolg hat. Das heisst zuerst und vor allem: im Gespräch sein. Das deutsche Gewissen will sein J'accuse.
Grass *bitter:* Und ich mit dir gegen den Rest der Welt, sozusagen als Adam und Gorilla des deutschen Romans? Das ist nicht lustig.
Moderator: Meine Herren, ein Think-Tank-Appeal ist heute gefragt. Wie wäre es mit Einstein? Mit Einstein fährt man gut in der Werbung. Würde Ihnen das passen, Herr Reich-Ranicki? Die Zunge raus, auf den Grass-Titel gerichtet, dazu ein Insert: Zunge zeigen im weiten Feld?
Ranicki: Das ist sprachlich passabel. Und in der Statur von Einstein würde ich mich durchaus wiedererkennen können, doch ob das deutsche Volk mich als Einstein erkennt, ist eine andere Frage.
Moderator: Vielleicht werden Sie mit einer Perücke ähnlich, Herr Reich-Ranicki? Ich würde Ihnen überhaupt generell und grundsätzlich eine Perücke empfehlen, auch für das Quartett.
Grass: Das Fernsehen will Schöner Lesen. Nichts darf mehr ungeschützt vonstatten gehen. Wir leben eben im Zeitalter der Kondom-Literatur.
Moderator: Wenn Sie meinen, Herr Reich-Ranicki, wenn

Sie erlauben, dann würde ich dazu einen Vorschlag machen. Sie gestatten, meine Herren, wenn schon von Kondom-Literatur die Rede ist, dann drehen wir in unserm Spar-Bildungsprogramm gleich noch einen Spot für die Gesamtausgabe von Heine zum 200. Geburtstag, das wird ohnehin fällig. Der benützte doch so hübsche Kattun-Kondome von der Putzmacherin.

Grass: Ich bin Dionysiker, das geht nicht zusammen mit Heines Statur. Ich meine, der Dichter als Mann, wo denken Sie hin?

Ranicki: Sie sagen Heine, nun gut. Ein grosser deutscher Dichter gewiss, aber er ist doch im Hause Suhrkamp ein vaterlandsloser Gesell, ein ewiger Durchgänger, während ich bleibe. Als Mann ist er mir doch von unterdurchschnittlichem Zuschnitt und deshalb nicht geeignet, mich zu repräsentieren. Das geht nicht, Grass, ich als Heine und du als Ratte, das ist kein geeignetes Team, um uns zu repräsentieren. Ich möchte sagen, ein deutscher Dichter und sein bester Kritiker sind das Vorbild einer Ehe, in der es noch Leidenschaft gibt. Sie sind das Sakrament der Literatur, Grass, hörst du mir zu?

Grass: Ich höre, bin aber nicht gerade erpicht auf den Lebensbund mit einem untreuen Genossen.

Ranicki *missmutig:* Nenne mich nicht Genosse, das langweilt mich, ich habe mich nie so gelangweilt wie als Kommunist.

Moderator: Herr Grass muss jedenfalls untendurch, damit wir die Subvention der Deutschen Bank bekommen, denken Sie daran.

Ranicki: Richtig, richtig. Per aspera ad astra. Da hat sogar die deutsche Bank etwas kapiert. Das Ganze muss martialisch im Leiden wirken – für unsere Corporate Identity. Grass, hörst du endlich zu?

Grass: Ich dachte, du seist Agnostiker, und wenn schon,

verkehrest du lieber mit den Merkantilisten der Religion als mit den Pfaffen.
Ranicki: Man sehe und merke, die deutschen Literaten verstehen nichts von Literatur, sie sind zutiefst gebildet. Ich aber sage, erst wenn dein Buch die Schmach der Erniedrigung erlitten und überstanden hat, wird es zu dem, was ihm beschieden ist. Nämlich zu dem, was es von allen anderen Weltliteraturen unterscheidet.
Grass: Und das wäre?
Ranicki: Die Unschuld des Autors.
Grass: Das würde dir so passen.
Ranicki: Mehr wissen als ich, das gehört an den Pranger. Deshalb ist die deutsche Prosa heute so schlecht. Weil sie mehr weiss als ich.
Grass: Ich schätze deine Offenheit, habe aber doch den gelinden Verdacht, dass du die deutsche Literatur an und für sich hassest.
Ranicki: Ich hasse aus Liebe, als Präceptor Germaniae bin ich zu hassen verpflichtet, bei meiner Herkunft und Genese.
Grass: Du willst ein jüdisches Alibi, damit du mit dem Schwert richten kannst.
Ranicki: Das will ich überhört haben, Grass, das ist geschmacklos. Ich verzichte darauf, dich einen Antisemiten zu nennen. Aber ich muss dich vor dir selber retten und den Ruf all deiner roten Spezis. Die deutsche Nachkriegslinke kann auch im Schreiben nicht haushalten mit ihrer Vergangenheit.
Grass: Ich bin es, der den ganzen Mist ausgekehrt hat, ich besorge das historische Grossreinemachen in der Literatur. Aber du bist nicht imstande, das dem Publikum zu rekapitulieren, du bist nicht bereit, ihm die eigene Geschichte plausibel zu machen anhand meiner Romane. Was deine wahre Aufgabe wäre.

Ranicki: Dass die Kritik nur informieren soll, das hat auch Josef Goebbels damals verlangt.
Grass *sarkastisch:* Entschuldige, ich vergass deine wahre Funktion. Das Interessante an dir ist ja das Wesen und Wirken deiner Biographie im Literaturbetrieb. Deshalb bleibe ich dir treu. Wegen der deutschen Schuld, der ich mich nicht entziehen kann.
Ranicki: Du bleibst mir treu, weil ich dich zu dem gemacht habe, was du bist.
Grass: Bis in den tiefsten wütendsten Verriss. *Deklamatorisch* Als ein Danzig-Vertriebener, als ein ehemaliger Hitlerjunge steh ich hier als die stehende und schreibende Schuld im Angesicht meines Peinigers, und wir sind verbunden kraft unserer unentrinnbaren Geschichte als Täter und Täter.
Ranicki: Du musst sagen: in der Literatur.
Grass: Was denn sonst?
Moderator: Achtung Aufnahme, meine Herren, probieren wir nun den definitiven Take: Die deutsche Ratte in Käfighaltung.

IV. Akt

Ranicki und Grass auf Mallorca. Grass mit der Pfeife im Korbstuhl, unterm Sonnenschirm. Ranicki mit dem Handy in der Badehose, auf einer Matte. Beide ein grosses deutsches Dosen-Bier vor sich. Vor ihnen ausgebreitet der gesamtdeutsche Blondinentraum.
Ranicki: Ich fühle mich beinahe wie Voltaire. Nach seinem Besuch in Sanssouci.
Grass: J'ai grand appétit, das meinst du doch?
Ranicki: Sieh einer an, er ist besser, als ich dachte. Zum Appetit ist zu sagen: Die Frauen von heute sind zwar sexy, aber von Eros verstehen sie nichts.
Grass: Sie wissen Bescheid und haben keine Ahnung, diese Geschöpfe des Wonderbra. Wollen wir nun …

Ranicki *atemlos:* Halt halt, wie sagten Sie, Grass, wiederholen Sie diesen unvergleichlichen Satz ...
Grass: Sie wissen Bescheid und haben keine Ahnung.
Ranicki: Das ist sehr sehr gut, das ist Literatur. Ich glaube, ich lade ihn ein ...
Grass: Voltaire oder den alten Fritz?
Ranicki: Dummes Geschwätz, wenn es um die Geburt der Literatur geht, um die Bergung eines funkelnden Satzes.
Grass: Geht es denn nicht um mehr, geht es nicht im Grunde darum, was hinter den Sätzen ist?
Ranicki: Keine Ausflüchte Grass, nennen Sie mir sofort und unverzüglich den Autor dieses köstlichen Satzes, damit ich seiner habhaft werde.
Grass: Das klingt wie eine Verhaftung.
Ranicki: Wenn sich die wesentlichen Dinge ereignen, zum Beispiel die Literatur, dann muss man sie unverzüglich ergreifen, und handeln. Meine Agentenzeit hat meinen Instinkt für die Literatur geprägt.
Grass: Das kann man wohl sagen.
Ranicki: Schweigen wir.
Grass: Ja, schweigen wir, da wir nun alles hinter uns haben.
Grass *nachdenklich:* Vielleicht war Heine gar kein antisemitischer Spielball vom grossen Fritzen. Es war ja Metternich, der den Heine abserviert hat.
Ranicki: Wie kommst du auf Heine? Heine war kein richtiger Jude, Heine war bloss Rheinländer.
Grass: Natürlich, natürlich, deshalb hast du ja auch den Börne- und nicht den Heinepreis gekriegt.
Ranicki: Grass, so brauchst du mir nicht zu kommen. Lass uns Auge in Auge anstossen auf die geschlagene Schlacht, wir haben das Ziel erreicht, nun schweigt des Sängers Fluch.
Grass: Besonders über die Methoden. *Schweigen* Wenn ich alles bedenke: Mein Ziel ist nicht dein Ziel gewesen. Das habe ich leider zu spät gemerkt.

Ranicki: Sieh einer an. Spät kommt er, und er kommt zu spät.
Grass: Du wolltest Deutschland verkaufen.
Ranicki: Und du wolltest es retten. Statt dessen hat die Welt dieses armselige Ländchen dort drüben gekauft. Das wird die Welt büssen müssen.
Grass: Du konntest dir das alles nur leisten, weil in unserm verfluchten Staat nach 45 keiner einem Juden etwas am Zeug flicken durfte. Und nach 68 noch weniger.
Ranicki: Sei auf der Hut, Grass, du verleumdest dein Vaterland.
Grass *in Fahrt:* Die SPD ist nicht stark und nicht schwach genug als politischer Gegner. So wähltest du mich denn zu deinem Tölpel.
Ranicki: Ich wundere mich. Als Kritiker hast du mich niemals so ernst genommen.
Grass: Das glaubst du. Das Medium Literaturkritik ist höchst geeignet für die Zwecke eines ehemaligen Ost-Agenten. Du hast vom grössten deutschen Tabu profitiert. Du willst also nicht reden. Doch sag mir wenigstens: War der grosse Friedrich ein Antisemit?
Ranicki: Mein Lieber, darüber habe ich keine Informationen gekriegt. Mit so dummen Fragen halten wir uns nicht auf. Grosser Grass, wisse: Jeder Deutsche war ein Antisemit. Jeder Deutsche ist ein Antisemit. Und jeder Deutsche wird eines Tages zu dieser Confession bereit und imstande sein.
Grass: Ich kapituliere.
Ranicki *schneidend:* Du wirst noch staunen. Ich habe drüben, in den USA, einen Wissenschafter getroffen und diesen äusserst fähigen jungen Mann damit beauftragt, das deutsch-jüdische Trauma neu zu untersuchen. Die Ergebnisse werden frappant sein, auch für einen wie dich, Grass. Die junge Generation geht anders an diese Sache heran als die verklemmte Linke.

Grass: Du hast mich benützt.
Ranicki: Ich denke, das war ein wechselseitiger Liebesdienst. Was wärst du denn ohne mich geworden?
Grass: Ein deutscher Schriftsteller. Nichts anderes als ein deutscher Schriftsteller.
Ranicki *ungerührt:* Keine Sentimentalitäten, Grass. Einer mit meiner Biographie hat nichts zu verlieren.
Grass versinkt in Schweigen. Dann holt er einen Notizblock aus der Badetasche und beginnt zu zeichnen, was das Zeug hält. Ranicki steht auf, erregt, er wandert auf und ab, dann bleibt er stehen, betrachtet die Skizzen.
Ranicki: Das ist gut Grass, ziemlich gut. Übrigens: Auch aus dem 19. Jahrhundert wird noch einiges nachzutragen sein. Allerdings habe ich die fünf Bände *Enthüllungen von Potsdam* noch nicht gelesen. Sie enthalten unter anderm auch einen Briefwechsel von Clausewitz und George Sand.
Grass *gequält:* Hat der auch mit ihr …
Ranicki: Wer hätte das nicht? So eine Gelegenheit.
Grass stopft die Pfeife. Schweigen. Ranicki steht auf, und betrachtet das Hakenkreuz im Sand, das er unbewusst mit dem Rohrstock gezeichnet hat. Grass saugt an seiner Pfeife. Das Handy klingelt.
Ranicki: Ja, ja, muss ich wohl, alles klar. Hören Sie, ja? Richtig, richtig. Ende.
Grass: Hast du einen Ruf nach Harvard?
Ranicki: Gewissermassen, ich soll einen Vortrag in Hunsrück im Allgäu halten. Weisst du, wo das liegt, und ob man mit der deutschen Bundesbahn dahinkommt?
Grass: Du wirst doch so einen Auftrag nicht annehmen.
Ranicki: Ich nehme jeden Auftrag an.
Grass: Hier spricht ein nicht emeritierter Berufsagent.
Ranicki erhebt den linken Zeigefinger, tippt an die Stirn, steht auf und verwischt das Hakenkreuz im Sand.
Grass *nachdenklich:* Tolles Weib muss das gewesen sein, diese geborene Aurore Dupin, spätere Sand. Hast du ge-

stern diese Tapetentür im Chopin-Haus bemerkt? Und dieses Album mit ihren billets du jour?
Ranicki: Und ob ich habe, das ist für uns ein trauriges Kapitel. Es handelt davon, was hätte sein können und nicht gewesen ist.
Grass: Sei genauer: Was nicht hat werden sollen. Wie ich sehr deutlich zu hören glaube, meinst du, ich hätte in dieser Art schreiben sollen.

V. Akt

Epilog im Himmel. Im Park und auf der grünen Wiese, die fromme Helena und die schöne Melusine spazieren entlang der Blumenrabatten des Palasts des Menelas zu Sparta. Ranicki und Grass gehen aufeinander zu.
Grass: Sieht dein Aug' was meines schaut? Was sind meine Rättinnen bitterer Abglanz gegen diese Apotheose des Weibes.
Ranicki: Sagt, wovon sprecht Ihr, edler Herr, kennen wir uns überhaupt?
Grass: Wir müssen uns irgendwo schon getroffen haben.
Ranicki: Ja, Sie haben recht, ich habe Sie getroffen.
Grass: Das freilich muss schon lange her sein. Hat der Genosse auch an der Pforte von Elysium gewartet?
Ranicki: Genosse nennen Sie mich, werther Herr, welche Ehre für mich, als einem gefallenen Soldaten im Abwehrdienst der Literatur. Unser Aufenthalt hienieden ist zu kurz gewesen für die Verständigung. Haben wir denn als Genossen jemals zusammen Schweine gehütet, und handelt es sich um diese irdische Tätigkeit, die uns nun hier zusammenführt?
Grass: Als ich die Erde verliess, war sie ein Stall, in jenem Zustand, in dem sie Augias antraf. Wie bei Dürrenmatt.
Ranicki: Dürrenmatt, Dürrenmatt, der Name sagt mir irgend etwas, wenn ich bloss wüsste ... ich habe da dumpfe

Erinnerungen. Erlauben Sie, dass ich Sie korrigiere, Sie sprechen wohl eher von einem Literaten namens Von Matt? Ein patenter Mann, ein ganz ausgezeichneter Mann.
Grass: Der beste Schriftsteller der Schweiz seit Max Frisch.
Ranicki: War er nicht eher ein Germanist, ein ganz ausserordentlich tüchtiger Literaturwissenschafter?
Grass: Er galt in dieser Zeit als der beste deutschsprachige Schriftsteller der Schweiz.
Ranicki: So? diese Eidgenossen verwechseln wohl wieder mal das Huhn und das Ei. Oder sie können ihre Schokolade nicht mehr von ihrem Käse unterscheiden.
Grass: Doch doch, ich glaube eher, dass sie ihren Käse zu sehr unterscheiden, ebenso wie ihre Kantone. Die unterscheiden sie ganz ausserordentlich voneinander. Das bekommt ihrer Literatur gar nicht, ich meine, ihrer Politik.
Sie schreiten selbander auf dem Kiesweg zur grünen Wiese. Ranicki bleibt plötzlich stehen.
Ranicki: Zum Kuckuck, wo ist mein Zeigefinger? Haben Sie meinen Zeigefinger gesehen, Herr, wie war doch der Name?
Grass: Gestatten, Grass, Günter Grass.
Ranicki: Aha, kommt mir bekannt vor. Haben Sie nicht geschrieben, einen Roman, warten Sie, warten Sie, Blaubart hat er geheissen. Ein schlechter Roman, ein miserabler Roman, aber ich habe Ihnen dafür auf dem Sterbebett verziehen. Und man hat mir berichtet, dass Sie nach dieser Nachricht, die Sie gerade noch in letzter Minute erreichte, selig verschieden seien.
Grass: Ein edler Herr, der solches spricht. Er muss ein Magier des deutschen Dramas sein.
Ranicki: Nicht doch, der Prosa, der Prosa. Das deutsche Drama ist nicht der Rede wert.
Grass *unbeirrbar:* Doch will es die Fügung, oder ist es das Schicksal, dass er mich verwechselt, der Herr, da aus mei-

ner Feder keinerlei ruchlos Machwerk von dieser Art stammt. War nicht der Herr, den Sie erwähnten, ein mehrfacher Frauenmörder? Dann dürfte ich als dessen Erzeuger nicht unter Ihresgleichen verweilen, mit allerlei edlen Leuten in Ihrer gar sehr geschätzten Gesellschaft.

Ranicki *erhebt die rechte Hand:* Verflixt, mein Zeigefinger, ich habe ihn niemals so sehr vermisst wie in diesem entscheidenden Moment der Begegnung mit Ihnen, mein Herr.

Grass: Ich ergreif so gern an seiner Statt die ganze Hand, die mir gegolten hat.

Ranicki: Mein Zeigefinger ist mir teurer als die ganze Faust.

Grass: Soll ich denn, werther Herr, Ihres Zeigefingers Hüter sein?

Ranicki: Ich bitte darum.

Grass: Mit Entzücken nehm ich mir im Himmel vor, was auf Erden mir vergällt *zu sich* von diesem da.

Ranicki *eindringlich:* Fünf Finger sind eine Faust. Schaffen Sie mir eine Faust so schnell als möglich her, damit ich einen Zeigefinger daraus entnehme.

Grass: Mit Verlaub, Sie haben sich noch nicht vorgestellt.

Ranicki: Gestatten, Ranicki, Marcel Reich-Ranicki, um es gleich vorwegzunehmen: dieser Reich-Ranicki. Ein und derselbe. Und darf ich Sie, Herr Grass, in dieser Eigenschaft als Reich-Ranicki gleich auf eine Ungereimtheit aufmerksam machen.

Grass: Bitte nach Ihnen, Herr Ranicki, es ist mir ein Vergnügen.

Ranicki: Es kommt mir vor, als müsste diese Faust doch eine männliche Entsprechung finden. Zumindest nach der deutschen Grammatik.

Grass: Wir sind schon mitten drin, mitten im Faust II, erster Akt, und bald wirst du endlich wissen, was sich ziemt. Fragen wir bei edlen Frauen nach.

Ranicki: Halt, halt. Nun bringen Sie nicht wieder alles durcheinander, Grass, der Tasso kommt zu früh für uns, wir sind dafür zu zweit nicht reif. Doch Ihr Genie wird uns bestärken. Und führen in die bittere Erkenntnis.

Grass *frohlockend:* Herr Ranicki, ich kann's noch nicht fassen, endlich haben Sie mich erkannt. Mein liebster Feind, willkommen. Wer hätte das gedacht, nach Ihrem starken Abgang damals.

Zusammen ab.

Ranicki und Grass beim Tee im Pantheon. Im Vordergrund lustwandelnde Damen mit Sonnenschirmchen. Die fromme Helena und die schöne Melusine. Volk im Hintergrund. Chor summt «Lucie in the Sky with Diamonds, Tochter aus Elysium». Die fromme Helena tritt an den Tisch.

Helena: Tief eingewurzelt wohnt in beiden alter Hass. Dass, wo sie immer irgend auch des Weges sich begegnen, jeder der Gegnerin den Rücken kehrt.

Ranicki: Miserables Deutsch, ganz miserabel, eine Unverschämtheit in meiner Gegenwart.

Helena: Eures Haders frech Versäumnis auszugleichen seid bereit …

Ranicki: Was spricht Sie da, die Unverhohlene, ein dummes Zeug?

Grass: Madam, mit Verlaub, ich habe diesen Herrn da eben erst kennengelernt.

Helena: Sah ich's, oder bildete
mir der angstumschlungene Geist
solches Verworrene – sagen kann
nimmer ich's,
könnt es mit Händen fassen gar …

Ranicki: Heute will ja schon jeder hergelaufene Quartalsdichter sich mit einem Klassiker-O-Ton schmücken. Zu meinem Undank, meiner Scham scher sie sich hinweg, sie störet uns …

Die fromme Helena: Dass Scham und Schönheit nie zusammen Hand in Hand. Und wenn schon, der Herr, verwende er korrekt für mich das Feminine, gemäss der Frauensprache.
Grass: Um es althochdeutsch zu sagen, ich verstehe Bahnhof.
Melusine *mit einem Tablett:* Was darf's denn sein, die Herren, wir haben einen frischen Sauser, Himmelsberger Süssdruck ...
Grass: Nur keinen Alkohol jetzt.
Melusine und Helena ab
Ranicki *aufgeregt:* Grass, sagen Sie, was fang ich bloss ohne meinen Zeigefinger an. Einfach ab und weg, das muss in Faust I passiert sein.
Grass: Da hieb sich der Knecht Malchus ein Ohr ab, und Judas ging hin und weinte bitterlich.
Ranicki: Muss das sein? Herr Grass, ich bitte um seriöse Beteiligung an der Diskussion, hören Sie endlich zu, Herr Grass, wenn ich das Wort an Sie richte, die Frage lautet – und es gibt keine andere Frage neben ihr: Wo ist mein Zeigefinger?
Grass: Zum zweitenmal krähte der Hahn. Genug jetzt, Ranicki, ich hab schon Ihre Vorurteile auf der Kappe.
Melusine nähert sich mit dem Tablett, bleibt stehen.
Die schöne Melusine: Ich hab' auf Erden ihn erblickt.
Ranicki: Was sagen Sie da, schöne Maid?
Melusine: Ich traf ihn an Ihrem Grab, im Dorotheenstädtischen, Berlin, Herr Ranicki, da war ein grosses Begräbnis, und Herr Prof. Jens hat sehr schön über Sie gesprochen.
Ranicki *wütend:* Mit dem Jens muss ich auch noch abrechnen, was zuviel ist, ist zuviel.
Melusine: Ich darf Sie beruhigen, Herr, Ihr Zeigefinger ist in bester Obhut.
Ranicki: Sie bringen mich auf die Palme, machen Sie

vorwärts, Maid, Ihre Erzählung kommt nicht vom Fleck. Machens Sie's kurz, vielleicht als Gedicht.

Die fromme Helena: Was genehm dem Kritikus, ist nicht schon ein Musenkuss.

Ranicki *wütend:* Du warst auch schon besser, Helene.

Helena: Ich warte stets auf Widerspruch, der mir genehm.

Grass: Sagen Sie doch dem Herrn, was aus seinem Zeigefinger geworden ist. Sie sehen doch, wie er leidet.

Melusine: Gibt mir denn hier ein Gott zu sagen, was ich sagen soll?

Grass: In gewissem Sinne kann man das so sehen, ja.

Melusine: Na also, da war also Ihr Begräbnis, und alle waren da, und die Ulla hat sehr geweint, und die Sarah sich dauergeschneuzt oder geschnäuzt, und Prof. Dr. Jens hat gesprochen und gesagt, einer wie Sie sei unersetzlich, und Helmuth Schmidt hat gesagt, das Land sei arm ohne Profile wie Ihres, oder war das Richard von Weizsäcker, oder Oskar Lafontaine, ja ich glaube der wars. Und Martin Walser …

Ranicki *begeistert:* Ein vorzüglicher Autor, einer unserer besten Autoren überhaupt, wie zu verkündigen ich niemals müde werde, obschon er fortlaufend schlechte Romane schreibt.

Melusine: Also dieser Herr, den Sie mögen, der sagte nur einen einzigen Satz, der hiess «wir waren eine blühende Symbiose», was alle bestätigten, indem jeder eine Rose an einen Rotstift gebunden ins Grab fallen liess, zuerst Hildesheimer, dann Erich Fried, Günther Eich und Uwe Johnson, Yurek Becker, Thomas Bernhard, und sogar Peter Weiss, überhaupt alle Männer, die da waren, und ich glaube auch Sie, Herr Grass, Sie standen mit Ihrer Ute ganz zuvorderst, was jedermann wunderte, besonders Hochhuth, der sich hinter ihnen befand und mit dem rechten Stiefel dauernd scharrte, und an seinen Nachbarn anstiess, so dass

Enzensberger auf einmal rief: «So beginnt der molekulare Bürgerkrieg.» Und es wurde daraufhin mäuschenstill, so dass man staunte, alle die andern, ich meine die Männer vor allem. Von den Frauen war sogar Alice Schwarzer gekommen, natürlich mit der Gräfin am Rockzipfel, mit Tränen im Auge, und der alte Hans Maier schleppte sich an, er ging mit Unseld am Arm, und plötzlich hörte man Bremsen quietschen, weil Hermann Burger mit dem Ferrari direkt aus dem benachbarten Friedhof der künstlichen Mutter angebraust kam, er hielt vor dem offenen, aufgebauschten Erdhügel an, der von all den Bestechungs- und Spendegeldern für Sie überquoll, doch Burger liess sich nicht abhalten, er schlug sich da durch, schnitt die Blumenkränze mit dem Schweizer Militärmesser entzwei und stieg hinab zu Ihnen ins Grab, nahm den Sargdeckel ab und schrie hinein, so dass man sein eigen Wort nicht mehr verstand: Endlich musst du meinen Kartentrick kennenlernen, schrie er. Er ragte aus dem offenen Grab, wie Gulliver in der Spielwarenabteilung, und zwischen all den Blumengebinden sah er aus wie der Mann ohne Unterlaub und das sah zum Fürchten aus, und ein Gemurmel erhob sich. Alle fanden solch ein Gebaren ein wenig genierlich und dann trat Professor Muschg heran, und ja, dann fing alles an.

Alle: Was?

Melusine: Eben diese Sache mit Ihrem Zeigefinger.

Ranicki: Lauter Platitüden, ich hätte das besser vorbereiten sollen.

Grass: Lassen Sie, fahren Sie fort, Melusine.

Melusine: Meinen Sie, Herr?

Ranicki: Papperlapapp. Kommen Sie, Grass, nun erzählt sie mir eine endlose Geschichte, schwätzt mir die Ohren voll von meinem Begräbnis, ich sage, das sei schlecht, sehr schlecht, unsäglich langweilig ist diese Geschichte, denn das

Thema ist dieser Erzählerin vollständig abhanden gekommen.
Helena: Einspruch, Herr Ranicki; sie erzählt doch Ihre Geschichte, gibt es ein anderes Thema, ich meine, ein besseres Thema als Sie?
Ranicki: Es geht nicht um mich.
Melusine: Worum geht es denn?
Ranicki: Es geht um meinen Zeigefinger. Nun seid ihr Figuren der Weltliteratur und habt nichts begriffen, armselige Kreaturen seid ihr mir, schert euch hinweg, während einer wie Wilhelm Busch meinem Begräbnis doch eine gewisse kabbalistische Qualität hinzufügt.
Grass: Da bin ich ganz und gar nicht Ihrer Meinung, indem ich meine, wir hätten hier doch die passende Rollenbesetzung, mit Melusine, die den Part der gewitzten Chronistin innehat, während Helena eher die Auftritte gebührend vertieft, die Ihre Welt im Innersten zusammenhält.
Melusine *errötend:* Ja, und der Rabbi sprach wundervoll in der Friedhofskapelle und sagte, Ihr Gott sei nicht der Gott Yahwe, Ihr Gott sei die Literatur gewesen, und die Damen vom Verlagswesen haben dabei geschneuzt oder geschnäuzt, in ihre Spitzennastüchlein, und dann stand ein alter Herr auf, ein äusserst nobler, galanter Herr in Uniform mit Epauletten und gutgebürstetem Haar, wie ich unter Schriftstellern noch keinen erblickt habe; der feine Herr legte Hand an die Hosennaht und erhob sie anschliessend halbwegs zum Hitlergruss, liess sie jedoch abrupt wieder sinken, als sei darob er erschrocken, räusperte sich mehrmals und fing an zu reden, ungefähr so: Wenn ich heute an Ihrem Ehrentag der Legionen vor meinen zahlreichen Feinden stehe, als Vertreter der schönen und militanten Grammatik, und ganz privat zu Ihnen spreche, so spreche ich als einer von Ihnen Unbehelligter, und spreche Ihnen für diese Schonung meinen verbindlichsten Dank aus.

Grass *ahnungsvoll:* Ernst Jünger, ja, das muss Jünger sein.
Ranicki *verärgert:* So eine Blamage, ich erlaube ihm keinesfalls, an meiner Bestattung teilzunehmen, ich verbiete ihm sofort den Zutritt zu meinem Grab …
Melusine: Aber der Herr sprach so salbungsvoll, ich meine biblisch, von den wenigen, die durch Sie berufen wurden und dann doch nicht auserwählt waren, es war so eine würdige Stimmung, mein Herr. Auch mir sind die Tränen gekommen, und ich hatte kein Nastuch und musste in einem fort meinen Rotz hinaufschnupfen, es war furchtbar unangenehm. Mein Freund stand neben mir in der Töffmontur und hat mich dauernd gepufft. Dein Reich soll's kurz machen und endlich kommen, hat er geraunzt, der ist völlig «retro», dein Reich, bei uns im Studio von der Klagemauer kennt den sowieso keiner mehr.
Melusine *nasal:* Dann kam einer an, so ein genieteter Häuptling in Western-Stiefeln und Schlapphut, der hat eine Flasche Sekt direkt ins Grab ausgeleert, so dass es gluckste und blubberte, und ein Gemunkel stieg aus dem Pulk, und die Saloon-Type von Barkeeper hob an und sprach: «Euer Verblichener war jedes Jahr bei uns Gast, und ich als Boss der E-Roses-Kette darf sagen, der Mann war in Ordnung, stets sauber, hat immer pünktlich gezahlt. Die Girls haben ihn sehr gemocht. Und wenn ich Sie hier alle versammelt sehe und so scheinheilig quasseln höre, von diesem da unten, dann sage ich Ihnen, Euer Dahingegangener hat nicht bloss im Kopf gelebt. Das kann ich ganz persönlich bezeugen. Der Zeigefinger war sein Kapital.» Also das mit dem Zeigefinger hat damit angefangen, dass …
Helena: Komm, lass mich mal, ich erzähle weiter. Es war so, dass Prof. Muschg plötzlich aufgetaucht ist, er war zu spät gekommen, von Amerika, nein, ich glaube, aus Japan, vielleicht auch von Göttingen oder aus dem SWF-Studio Nord-Süd, gleichviel, er schlug sich durch das Gedränge,

er war hochrot im Gesicht und forderte am aufgeworfenen Grab den Burger auf, sich zu entschuldigen, vor der versammelten Trauergemeinde.
Ranicki: Typisch von diesem Mann, unzivilisiert.
Grass: Ihre Wortwahl ist mir schleierhaft. Der Mann hat doch als einziger Anstand, Ethos und Charakter gezeigt.
Ranicki: Der Mann verfügt über keinerlei narrativen Instinkt, er fährt gerade dann dazwischen, wenn Burger als dramatis personae richtig, sehr richtig zur Peripetie meiner Geschichte ansetzt.
Melusine: Ich finde, der Mann war sehr mutig. Das hat mir gefallen.
Helena: Jedenfalls hat der Mann Muschg wie zu einem Duell unter Männern seinen Mantel ausgezogen, ich entsinne mich, weil es ein sehr schöner Kaschmirmantel war, und hat ihn mit dem Sackmesser entzwei geschlitzt, wie der barmherzige Samariter, und alles für Sie, Herr Ranicki, und da ist es geschehen.
Alle: Was?
Melusine: Der Sargdeckel hat sich erhoben, und Ihr Zeigefinger ist hervorgekrochen und hat sich gekrümmt. Und in diesem Moment hat ein kleiner Bub, ich weiss nicht, vielleicht der Sohn des Totengräbers, der dort stand und Prof. Muschgs Aktion begeistert betrachtet und nachgeahmt hatte, mit seinem Messer ausgeholt und Ihren Zeigefinger erwischt. Er hat nicht mehr geblutet, nur noch ein paar Brandwasser-Tropfen fielen herab, weil der Finger schon weiss und steif war, und dann fiel er ins offene Grab zurück und war nicht mehr aufzufinden. Es gab einen Tumult, und einige sprangen ihm nach und fingen an, nach Ihnen zu fahnden. Ich meine natürlich nach Ihrem Zeigefinger. Der Rabbi aber sagte, nun sei Schluss, und Yahwe würde Sie auch in einem nicht ganz koscheren Zustand empfangen, und man berief eine Fahnder-Equipe, die sollte

den Finger suchen, im Auftrag des neuen kontinentalen Wirtschaftsvertrages. Man hatte nämlich beschlossen, statt einer Totenmaske Ihren Zeigefinger gleichzeitig im neuen Reichstag und im Victoria & Albert Museum von London auszustellen. Direkt neben der Nase der Sphynx. Doch Ihr Finger blieb unauffindbar.

Melusine: Vielleicht ist er nun bis hier hinauf gedrungen, in der Armada der Regenwürmer in luftige Höhn? Frage der gnädige Herr doch an der Pforte nach seinem Zeigefinger. Ein Diener wird ihn gewiss durch die Allee an die Quelle geleiten dorthin, wo die Zitronen blühn.

Ranicki: Reden Sie nicht so geziert und gequollen, Madam.

Die fromme Helene: Sie tut Ihnen schön, mein Herr, damit Sie mehr konsumieren, von dem, was das Hiesige ist, merken Sie nicht? Ich aber bin ehrlich, mach Ihnen nichts vor. Es war nämlich so, er wollte zurück in die Erde, Ihr Zeigefinger, und als er einen Regenwurm traf, da fragte ihn der, wer er sei, und als er antwortete, ich bin Ranickis Zeigefinger, meinte der Regenwurm, komm er doch zu uns, da ist er am richtigen Ort, bei uns Maulwürfen, wir meinen, was lange währt, das kommt eines Tages ans Tageslicht. Und ich finde, dieser Regenwurm hat recht gehabt. Nun macht er gewiss bei den Maulwürfen mit, ich meine, Ihr Finger.

Grass: Eine bedeutende Wühlarbeit. Also doch ein Fingerzeig Gottes? Der Agent kehrte heim ins Reich seiner Profession.

Abends, vor dem Olymp. Die Sonne steht am Horizont, Ranicki und Grass promenieren mit dem Geist von Ranicka.

Ranicki: Mir dämmert allmählich, ihr werdet's nicht glauben, ich fange an, mich sachte zu erinnern, ich muss ihn mir selbst abgehauen haben.

Grass *grinsend:* Von wegen, er war doch dein tauglichstes Glied. Er wollte immer.

Ranicki *kalt:* Woher willst du das wissen?
Grass: Eine Dichterin, die mit dem Hahnrei das Bett teilt, hat es mir geflüstert.
Ranicki: Ich dachte es mir, eine schlechte Literatur, die bloss flüstern kann, eine sehr schlechte Literatur.
Pause. Ranicki räuspert sich, schweigt dann wieder. Hebt seinen Spazierstock und lässt ihn wieder sinken.
Grass: Du hast dich in deinen letzten Jahren als den Van Gogh der Literaturkritik bezeichnet.
Ranicki: So, habe ich das? Das sieht mir nicht ähnlich, ich habe mich geirrt.
Grass: Wie in manchen Dingen.
Ranicki *fährt ungerührt fort:* Nehmen wir an, es war ein kathartischer Akt, damals, ich entsinne mich vage, als Durs Grünbein den Nobelpreis nicht bekam.
Die Sonne ist daran, unterzugehen, der Palast des Menelas liegt schon im Schatten, während sich die letzten Strahlen auf der grünen Wiese verfangen. Melusine erscheint mit dem Tablett, im weissen Schürzchen.
Melusine: Wollen die Herrschaften bitte endlich ihre Rechnung begleichen, wir schliessen nun gleich.
Grass *bitter:* Wo denkt sie hin, die holde Maid, unsere Rechnung kann niemals beglichen werden.
Ranicki: Drück er sich endlich klar aus, mein lieber Herr, da auch er, welch Wunder, durch die Pforte der Erkenntnis drang, und im Himmel sich befindet.
Grass: Sei der Herr Reich nun nicht so streng
mit mir, und lass er Gnade vor
des Alters trübem Geiste walten,
da wir nun, durch wes Verdienst auch immer,
ein permanentes Hoch aus Engelland
geniessen.
Was ich mich frage, Marcel, hat dich der Londoner KGB damals für diese Zwecke eingespannt?

Ranicki: Inwiefern?
Grass: Es musste alles raus aus dem Osten, was gut war. Also geschah, dass die Keimlinge des Ostens erst im Westen reif vom Stamme fielen.
Ranicki: Was für ein biedermännisches Vorurteil der Herr Grass mitschleift von der Erden. War eine kleine Welt, Eure Welt, die Welt der Rüben und Radieschen. *Sinnend* Dabei habe ich mich damals doch sehr persönlich für diesen talentierten Jungen eingesetzt.
Auf der grünen Wiese erscheint die Montagsdemo von Leipzig, angeführt von Bärbel B. und Antje V. im Blümchen-Negligé aus dem Kaufhaus des Westens.
Grass: Ei, der Herr Kritikus meinet also
doch die Dichter von der grünen Wies
im Paradies.
Ranicki: Mein lieber Grass, das Gras ist grün, doch das Reimen hab ich nie von Euch verlangt.
Grass: Ach, lass er mich doch einmal dichten
wie der Schnabel will, von Schnee und Eis befreien
wollt er also doch des Ostens grünen Zweig.
Wohlgetan, doch sind wir nun im Westen, wo
des roten Erbes Mühsal auf uns allen lastet.
Ranicki: Was spricht der Dichter denn von Last, von Altlast gar, statt von der eitel Lust, die bis dato uns begleitet? Wir finden uns, so weit mein Augenlicht erkennen kann, täglich im Café Pantheon wieder, mein Freund, und falls er an des Gartens Gauen nicht Geschmacke finden kann, wird ihn mein Diener bald einweihen.
Melusine: Ei, werther Herr, Euer Diener treibt garstig ein Verwirrspiel mit den Namen, und nennt die Helena eine Fromme, wo doch ich die Fromme bin und sie bloss auf Erden eine war .... *Hält ein, abwartend* Auch beliebet ihm, die Dichternamen zu verwechseln und den Kritiker dafür zu preisen, wes des Dichters Wahrheit ist.

Grass: Ihr sprechet klug, mein Fräulein, lasst mich an Eurer Seite sitzen.
Melusine: Meiner Treu, was fällt ihm ein, dem Herrn, hat er noch nicht des Anstands Ruf vernommen aus Amerika?
Grass: Ich war nie ein Freund der USA, sie hat es längst nicht besser mehr, als wir im Sozialgefüge.
Ranicki: Mein Herr, Ihro Amerikafeindlichkeit passt nicht hierher, wo wir nun beide Kontinente überblicken, den neuen und den alten. Und dann, Ihr permanentes Kokettieren mit der Primär- und der Sekundärliteratur steht Ihnen übel zu Gebote. Als ob man nicht beides um so heftiger bedürfe, als beides um so bedeutender vorhanden.
Grass *ärgerlich:* Bleiben wir also bei Ihrem Thema, lieber Reich-Ranicki, reden wir fort und fort von Ihren eierschalengrünen Nobelkandidaten.
Ranicki *ärgerlich:* Also so etwas ist mir in all den Jahren noch nie passiert. Für alles habe ich gesorgt. Dass Goldhagen zur richtigen Zeit publizierte. Dass William Gaddis endlich auf deutsch herauskam. Dass Netanyahu die Tunnelaffäre mit Arafat bereinigte. Dass die Raubgoldafffäre der Schweizer Banken endlich ans Licht kam. Dass Clinton wieder gewählt worden war, und last, but not least, dass Jelzin und Mandela ihren würdigen Nachfolger fanden.
Grass: Wovon sprechen wir nun eigentlich, lieber Herr im Himmel?
Ranicki: Von meinen Verdiensten auf dem Gebiet der Literatur.
Grass: Wenn's Ihnen beliebt, das Detail anzumerken, sine ira et studio, wir sind ja offenbar nun beide im Olymp der deutschen Klassik angelangt.
Ranicki: Nun, nun, sprich zur Sache, Grass, sprich Klartext.
Grass: Wie mir aus vertraulichen Quellen bekannt ist, hast du in den neunziger Jahren Vorträge im Auftrag der OPEC

gehalten, und die Bezahlung war dergestalt hoch, dass man sie taktvoll verschwieg. Bald darauf bist du sogar auf dem Bürgenstock am Vierwaldstättersee erschienen, um mit einem Hotelier zu konferieren.

Ranicki: Ein Schweizer Unternehmer am Gotthard war dann so freundlich, aus dem Orkus der Schöllenen aufzutauchen, und mir Gesellschaft zu leisten, in dieser unerträglichen sprachlichen Einöde des Schweizer Diminutivs.

Melusine erscheint mit einem Tablett voller Sprüngli-Konfekt.

Melusine: Meine Herren, das Süsse liegt so nah,
und eh ich's mich verseh, ist's
Manna unterm Himmel geworden,
den Vögel zum Frasse lieb.
Lass er sich verwöhnen.
Der Herre Dichter, nehm er dies runde
rosaschöne Ding aus Luxemburg in seinen Mund,
das steht ihm wohl zu Brill und Schnauz,
während ich dem Herre Kritikus
das aufrechte Kirsch-Stengeli empfehle,
es knacket saftig zur Erinnerung
an seinen Zeigefinger.

Ranicki: Bleib sie mir mit dieser Confection
vom Leibe, Fräulein,
ich war niemals verführbar durch eine Qualität
und Tugend, die unscheinbar sich gibt,
jedoch sich gross im Innern bläht,
die reine Süsse hat mich stets
gelangweilt, und wenn schon
ziehe ich die Schinkengipfel Ihres Hauses vor.

Grass: Du verkennst die Schweizer Eigenheit, Ranicki, ich kenne die Schweiz, ich war mit einer Schweizerin verheiratet. Ich bin überzeugt, dein Unternehmer kam aus dem Bundesratbunker am Gotthard. Denn die Schweizer kommen nicht in den Orkus, die kommen ins Réduit, ich

meine, als Mann. Und ausgerechnet du hast dich zu einem Vortrag im Wilhelm-Tell-Verbund verpflichtet, zum Rütli-Tarif. Ich darf sagen, die Wege des Herrn sind unerforschlich.
Ranicki: Halt, alles falsch, rotkreuzfalsch. Mit Gessler, ich meine mit Schiller hab ich nichts am Hut.
Grass: Ich vermute, es ging auf dem Bürgenstock um die Raubgoldaffäre der Schweizer Banken eher als um die Literatur.
Ranicki: Ich habe dafür gesorgt, dass die Nazivermögen richtig mit der Interpunktion des deutschen Imperativs verbunden wurden.
Grass: Das Raubgold im Lichte der kategorischen Grammatik.
Ranicki: Erraten. Es geht ja um …
Grass *unterbricht:* Ich weiss, um nichts anderes als …
Ranicki: Genau. Allerdings kamen dann der Golfkrieg, der Serbienkonflikt und Tschetschenien dazwischen. Der KGB wartete auf die Schweizer Banken, und Vargas Llosa auf die Preisverleihung. Das dauerte Jahre. Ich habe ihn dafür zum peruanischen Präsidentschaftskandidaten gemacht.
Grass: Was hast du? Ich sehe rot.
Ranicki *nachdenklich:* Wenn wir schon beim Thema sind, Grass, du sollst es wissen: In der südamerikanischen Akte war mir der richtige Frieden wichtiger als die falsche Nobilität, also haben wir den Friedenspreis (des deutschen Buchhandels, Anm. d. Red.) und den Nobelpreis getauscht, denn den Friedenspreis konnte man keinem Kommunisten geben, verstehst du. Marquez und ich trafen uns kurz vorher in der Flughafenbar der Lufthansa, er nickte und sagte, wenn er die Gelder frei verwenden könne, würde er den Deal akzeptieren.
Grass: Gibt es einen geopolitischen Akt der letzten zehn Jahre, für den du keine Verantwortung übernimmst?

Ranicki: Für die Aufführung des Wilhelm Tell auf dem Rütli, anlässlich der eidgenössischen Bundesfeier von 2091 übernehme ich keine Verantwortung. Sie ist nicht mein Verdienst. Sie steht, wenn du das meinst, mit meinem Vortrag auf dem Bürgenstock in keinem Zusammenhang.
Grass *leise, zu sich:* Das ist deine Revanche für die bedeutendste Zeitung von Zürich. Weil die dich nicht hofierte. Der Feuilleton-Chef liess melden, ein Vortrag von Reich-Ranicki reiche für eine NZZ-Vertretung noch nicht aus. *Laut und deutlich:* Du hast den Golfkrieg erwähnt, Marcel, du liessest dich höchstpersönlich vom Golfkrieg sponsern, insofern kann der Golfkrieg keine Lappalie gewesen sein.
Ranicki: Wie das? Habe ich den Golfkrieg denn eine Lappalie genannt, Grass, das ist eine frevelhafte Unterstellung. Worauf will die denn hinaus?
Grass: Auf deine Vorträge im Namen der Erdölvereinigung. Und ich dachte wahrhaftig, es ginge dir allein um die Literatur.
Ranicki: Es ging mir darum, der Welt zu zeigen, was Literatur kann.
Grass: Das wollten schon Grössere als du.
Ranicki: Grass, du hast schon auf Erden nie richtig zugehört. Höre nun im Himmel noch einmal, was ich sage: Ich will nicht wissen, wieviel Prozent arbeitslose Schafe in Sibirien herumstehen und wie das Welthungerproblem prozentual auf unsern Steuerzettel einwirkt. Hingegen will ich etwas über das Intimleben von arbeitslosen Schafen erfahren.
Grass: Und damit hast du heftig der Boulevardisierung der Literatur und des Literaturverständnisses Vorschub geleistet.
Ranicki: Ich bitte dich, was die Literatur sei, das ist doch eine strategische Frage.
Grass: Das sehe ich.
Die fromme Helena *laut deklamierend:* Korrektheit hin

und Anstand her,
ich muss jetzt gehn.
Ihr Alten gehört doch eher auf die Bank von Philemon
statt tagelang im Odeon herumzusitzen
und dort nach Rockzipfeln
von unsereins zu greifen, wie die Pfaffen im Beichtstuhl.
Das Männerpack bin ich nun leid und
geh, ade. Und ungeleit, doch nicht nach Haus,
wohin, das sag ich nicht,
bin nämlich gestern volljährig geworden.

Grass *blickt auf und winkt:* Mein Fräulein, vielen Dank, es war mir ein Vergnügen.

Ranicki: Hohe Zeit, dass die sich schert, das dreiste Fräulein. Frauen können's nie kurz genug machen in der Literatur.

Helena streckt ihm die Zunge raus und macht einen Hofknicks.

Grass: Mein Herr, Ihr habt Euch stets gewehrt gegen das Politische der Belletristik, und so erleide ich mit Euch als linker Intellektueller die Blamage des totalen Ausverkaufs der Werte deutscher Literatur.

Ranicki: Ei Herr Grass, geschätzter Dichter, von Wert zu reden, geziemet nicht dem aufgeklärten Geiste. *Enerviert* Und überhaupt, Grass, ich rede nicht vom Politischen. Ich rede vom Krieg.

Grass: Du wolltest uns Linke im Westen vom Marxismus entkeimen. Und hast uns mit Lobpreis und Förderung eingekauft und synthetisiert. Das nennt man einen Renegatenmacher.

Ranicki: Papperlapapp. Wir haben der Welt gezeigt, was Literatur ist.

Grass: Ich habe es ihr gezeigt, Marcel, verzeih mir die Nuance.

Ranicki: Literatur ist Krieg, und wir haben diesen Feldzug zusammen erfolgreich geführt.

Grass: Ja, wir hatten Erfolg. Wir waren die Könige des Betriebs. Die Welt hat uns zugejubelt.

Ranicki: Sagen wir einmal zugeschaut. Immer übertreibst du, Grass, daran krankt dein Schreiben.

Grass: Hochhuth wollte die Schaubühne kaufen, und kein Mensch hat sich für ihn interessiert. Die Welt hat uns gehuldigt. Wir haben sogar die Festung gestürmt.

Ranicki: Schlechtes Deutsch, Grass, du fällst zurück, du sprichst bereits wie Lothar-Günther Buchheim.

Grass: Eben. Ich sagte schon, das ist dein Machwerk, Mephistopheles.

Ranicki: Bleiben wir bescheiden, Grass.

Grass: Beinahe wäre dir noch Bosnien dazwischen gekommen, und hätte meiner Opferung die Show gestohlen. Der Handke ging nämlich wirklich hin. Der war so dumm, wirklich hinzugehen, während dir ein Heimspiel genügte.

Ranicki: Die Kultur der neunziger, ja schon der achtziger Jahre konnte ohne Krieg nicht mehr reussieren.

Grass: Der Frieden war zu langweilig geworden, er war ohnehin faul. Da entschloss sich das deutsche Feuilleton zu einem Feldzug. Die Wende kam gerade gelegen.

Ranicki: Mein lieber Catull, du kapierst immer noch nicht. Die Deutschen wollen ein Opfer haben, das politische Deutschland braucht einen Sündenbock.

Grass *bitter:* Und wenn schon, dann muss eben die Linke geopfert werden, weil das Kapital nun mal auf der Rechten fusst, nicht wahr, Freund Marceli?

Ranicki *nachdenklich:* Damals am Suhrkamp-Empfang, da hab ich befürchtet, unser Spiel fliege auf.

Grass: Was heisst hier unser Spiel?

Ranicki *unbeirrt:* Wie dem auch sei, ein paar Leute starrten mich merkwürdig an, standen rund ums Buffet herum, und schwiegen plötzlich, als ich hereinkam, und es waren nicht nur deine staatlich beglaubigten Klugscheisser dabei.

Grass: Dem teuflischen Geiste ist Klugheit Verdacht.
Ranicki: Auch das will ich überhört haben, Grass, ich habe mich nicht umsonst ein Leben lang für dich eingesetzt. Wie dem auch sei, auf diesem Empfang schienen mich plötzlich auch gute Bekannte wie Peter Rühmkorf und Yurek Becker zu meiden. Zum Glück ist dann Reinhard Lettau direkt aus Texas hereingeplatzt und hat einen Zitzewitz nach dem andern zum Besten gegeben.
Grass: Er ruhe in Frieden. Ein achtbarer Mann, ich habe ihn geschätzt, doch scheint er in der amerikanischen Wüste den Geist dem General Zitzewitz übergeben zu haben.
Ranicki: Unsere Rettung. Was wäre die deutsche Literatur ohne die deutschen Generäle geworden.
Grass: Du meinst die Funktionäre.
Ranicki: An denen wären wir beinahe gescheitert.
Grass: Das sind doch keine Ignoranten.
Ranicki: Ich spreche im Ernst, ich habe dir eine Rüge zu erteilen, ich hoffe, es sei nun endlich die letzte.
Grass: Ich vernehme nun Geister, die ich nicht rief, nein, ich habe sie nicht gerufen, mein Freund.
Ranicki *zornig:* Du hast nicht den geringsten taktischen Instinkt. Du hast unsern Pakt sabotiert.
Grass: Welchen Pakt?
Ranicki: Beinahe wären wir gescheitert. Ich organisiere für dich also den Widerstand der Parteilinken mit gewaltigem Aufwand, ich mache für dich diesen epochalen *Spiegel*-Auftritt, und was tust du? Du fällst mir in den Rücken mit dem Partei-Austritt. Wenn meine Ranicka nicht gewesen wäre, und sich gewaltig für dich eingesetzt hätte, nicht wahr, Ranicka, dann hätte ich dich wohl ....
Grass *lenkt ab:* Ein Hoch auf die Frauen. Sag, Marcel, hast du eigentlich mit der Ulla damals wirklich ...
Ranicki: Indiskretionen haben in der Literatur nichts zu suchen, dafür ist die Politik da.

Grass: Ich zitiere dich: «Ach hätte er bloss von der Liebe zu seiner Frau geschrieben.»
Ranicki: Das war ein Wink des Moderators im Hintergrund, der hielt mir ein Schild mit dem Stichwort hin, das wohlfeile Wort soll laut Publitest die Einschaltquote ums Zehnfache erhöhen. Ich wollte gerade sagen, wenn er doch wenigstens mit seinen Schnecken etwas gehabt hätte.
Grass: Ute und ich fanden, nun trägt er zu dick auf, als Halsabschneider, die Liebe nimmt ihm die deutsche Einheit nicht ab.
Die letzten Sonnenstrahlen auf der Szene, ein zauberisches Licht, aus dem Helena hervorschwebt.
Helena: Erstaunen trifft mich, fragen möcht ich viel. Doch wünscht ich Unterricht, warum die Rede dieses Mannes mir seltsam klingt, seltsam und freundlich.
Ranicki: Schönheit, nichts bedarf
das deutsche Trockendock so sehr
wie des Herzens Sprache.
Doch selten trifft sie den Geschmack,
gerät darob dem Kritiker zum Schmache.
Helena: Die Sprache des Herzens bedarf nicht der Worte, Ihro Exzellenz machen zuviel davon.
Grass: Wenn Euch,
Herr Reich-Ranicki,
die Götter nicht,
wie sie nun selten tun,
für wenig Zeit nur wunderswürdige Gestalt
erhabnen Anstand, liebenswerte Gegenwart
vorübergänglich leihen,
so würde Euch nicht jedesmal
was Ihr beginnt, gelingen,
sei es in der Männerschlacht,
so auch im kleinen Kriege
mit den schönen Frauen.

Nimmt die Halbbrille ab und putzt sie mit einem grossen, karierten Baumwolltaschentuch.

Während unsereiner stets von vorne anfängt
und unverrichteter Dinge
dann in eine Armutsgegend muss,
um den unerreichten Platz
an unsrer Sonne zu verlassen.
Und ein kleines bisschen, geb ich
zu, um des guten Eindrucks willen
und natürlich wegen meiner Ute.

Ranicki: Ei mein lieber Grass, mit Frauen
ist man gut zugange, solange sie sich nicht
in deutsche Prosa als einer Männersache mischen,
jedoch mit jungen Männern liegt das Glück nicht
stets in meiner Hand.

Helena: Divide et impera, das
ist, was Ihro Hand vermag, und
der Daumen oder Däumling hat
nicht gepasst dem Zeigefinger.

Ranicki *unmutig:* Sie weiss zu viel, und schweige. Grass, ich habe stets dafür gesorgt, dass der politisch opportune Mann den Nobelpreis bekam, von Thomas von Aquin bis Harold Brodkey. Der erhielt ihn, von der WHO gesponsert, zu einer Zeit, als Aids noch aktuell war. Dass man ihn dann mit Joseph Brodsky verwechselt hat, war gewiss nicht mein Fehler.

Grass *mutwillig:* Das muss ein Irrtum der deutschen Rechtschreibreform gewesen sein.

Ranicki *ernst:* Blödsinn, Grass, bleiben Sie bei der Sache, entwickeln Sie endlich einmal Format.

Sie spazieren weiter. Ranicki betrachtet seine vierzinkige Hand.

Ranicki: Übrigens, netter Kerl, der Seamus Heaney, den hab ich damals in Dublin kennengelernt, im Pickwickclub, beim Guiness-Wettbewerb, und hab sogleich gewusst, der muss es sein, schon nach dem ersten Reim.

Grass: Und wie hieltest du es mit den Frauen, Mephistopheles?
Ranicki *nervös:* Betriebsunfälle, lauter Betriebsunfälle, die Gordimer war noch humanitär, die Morrison dann reine Erpressung. Da war diese Sache mit Eldridge Cleaver in Berlin-Ost, die ergab sich dann.
Grass: Interessant, Ranicki, wie die Nobelpreise zustandkommen. Sprich dich aus, wie das gewesen ist, mit Morrison.
Ranicki: Ich sagte schon, ich traf Eldridge Cleaver am Prenzlauer, er war auf Europa-Pirsch mit Dennis Hopper, dort also traf ich den, und du kannst dir ja denken, was dann passierte.
Grass: Nein.
Ranicki: Ich kriege Kopfweh, Grass.
Grass: Nun will ich es ganz genau wissen, ich hab schliesslich sehr lange für die Black Panther getrommelt.
Ranicki: Dieser Mann Eldridge Cleaver, der sich für einen Dichter hielt, war gerade auf Knasturlaub und besuchte Europa. Er pflanzte sich breitspurig vor mir auf und nannte Berlin seine Vaterstadt.
Grass *rasch:* Das halte ich durchaus für möglich.
Ranicki: Unterbrich mich nicht. Dein Negerdichter also versperrt mir den Weg auf der Stalinallee, hält mir die Knarre unter das Kinn und krächzt, Weissbursche, wenn der KGB unsere Jungs nicht endlich befördert, dann biste mause. Wir sind schliesslich alle Parteimitglieder und hokken anständig kommunistisch, weil unser Management sich zu fein dafür ist.
Grass: Die Morrison, meinst du nicht, sei, wie ich meine, untrüglich weiblich.
Ranicki: Nanana, stell dich nicht so an. Damals hatten wir gerade den Frauen-Bonus ...
Grass: Aber die Szymborska ...

Ranicki *entzückt:* Die Szymborska! Das ist etwas ganz anderes, etwas fundamental anderes. Die Szymborska ist mein Geschenk an die Internationale der … Ich meine an den Warschauerpakt der Literatur.
Grass: Im Grunde hast du natürlich die Ranicka gemeint.
Ranicki: Du merkst auch alles, Trommler. Nicht wahr, Ranicka. Du warst damit einverstanden. Und sagtest, Marcel, wenn's sein muss, auch das stehe ich durch, getreulich an deiner Seite verbleibend, Ranicka, wo bist du? Du mein anderer Zeigefinger, du mein einzig verbliebenes Glied?
Ranicka ist unsichtbar. Grass reicht ihm den Feldstecher.
Grass: Sei er den Musen gnädig, und suche seine Baucis unter Heroinnen, wo ihr ein Platz gebühret, vielleicht ist sie bereits ins Shangrila der Heroinnen eingegangen, oder weilet schon unter den gebenedeiten Weibern von Sparta, in den Sphären von Faust II. Und gewiss sitzet sie nicht bei den törichten Jungfrauen.
Ranicki *sinnend:* Übrigens, die Sache mit Marquez wäre beinahe schief gelaufen, denn wir bekamen Probleme mit dem Medellín-Kartell, das ist unser erster Sponsor.
Grass: Du lenkst vom eigentlichen Thema ab. Mir scheint, du hast eher dafür gesorgt, dass gewisse Leute den Nobelpreis nicht bekamen.
Ranicki: Aha. Zum Beispiel?
Grass: Zum Beispiel Salman Rushdie, zum Beispiel Inger Christensen, zum Beispiel Doris Lessing, zum Beispiel V.S. Naipaul, den du kategorisch ablehnst, weiss der Geier warum.
Ranicki: Seine Nase gefällt mir nicht.
Grass: Und du hast dafür gesorgt, dass im ausgehende zwanzigsten Jahrhundert kein Schweizer und kein Österreicher den Preis bekommen würde.
Ranicki: Quatsch, alles Quatsch, warum sollte ich?

Grass: Weil die Schweizer, aber vor allem die Österreicher, keine Deutschen und also des Deutschen nicht mächtig sind.
Ranicki: Du hast in Faust I nicht aufgepasst.
Grass *nimmt keine Notiz:* Die deutsche Sprache ist unsere Kronzeugin. Deutscher als deutsch spricht nur der Konvertit. Ich meine die Macht der Sprachoberhoheit, den Imperialismus des Deutschen im deutschen Sprachgebiet. Deshalb hast du Canetti gegen Frisch ausgespielt, denn Canetti war literarisch staatenlos und politisch unantastbar. Du hast dafür gesorgt, dass keinerlei politisch bedeutende Preise an Elfriede Jelinek, an Friederike Mayröcker, an Marlene Haushofer, an Irmgard Keun, an Barbara Frischmuth, an Helen Meier, an Erica Pedretti, an Hanna Johansen, an Maja Beutler, an Adelheid Duvanel, an Gertrud Leutenegger gingen. Und ich habe bei weitem noch nicht alle wichtigen Autoren erwähnt.
Ranicki: Wer sind diese Leute? Ich kenne keine Namen der Literatur dieser Art. Grass, ich bitte dich, es geht um eine wichtige Frage, ja es geht um die Kardinalfrage: Was ist aus dir geworden?
Grass: Kein Nobelpreisträger.
Ranicki *perplex:* Du? Ach, daran hab ich gar nie gedacht. Sieh, das Gute liegt so nah, dass man es übersieht.
Grass steht auf und entfernt sich wortlos. Aphrodite erhebt sich von der Insel der Seligen und schwebt auf Grass zu.
Aphrodite: Willkommen Herr Grass, wir haben lange auf Sie gewartet. Wer immer strebend sich bemüht, den können wir erlösen …
Ranicki *atemlos hinterher, keuchend:* … wenn … es sich um Literatur handelt.

Ohne Preis kein Fleiss

Kleiner Müllerpreis
Kleinerer Müllerpreis
Der Mittlere Müller & Meiner
Der Mittelgrosse Müller des Ortes
Der Grosse Müller der Kreishauptstadt
Der Grössere Müller der Landeshauptstadt
Der Noch Grössere Müller des Bundeslandes
Der Absolut Grösste Müller der Nation

Kleiner Schillerpreis
Kleinerer Schillerpreis
Der Mittlere Schiller der Stadt
Der Schiller & Wille der Landesregierung
Der Grössere Schiller der Region
Der Noch Grössere Schiller des Stadtregimentes
Mittelgrosser Schiller des Kantons
Grosser Schillerpreis der Stiftung
Der Grössere Schiller von Bund & Kanton
Der Absolut Grösste Schiller des Bundes

Der Kleine Goethe
Das Kleine Gretchen
Der Mittlere Goethe
Der Kleine Faust
Die Grosse Faust
Der Mittelgrosse Fäustling
Der Kleine Johann Wolfgang
Der Grosse Johann Wolfgang

Der Gemeine Geheimrats Goethe
Der Heimito von Da und Doderer Goethe
Der Oswald von Wolkenbruch Goethe
Der Freiherr von Eichen Dorf Goethe
Der Woody Allenthalben Goethe
Der Gemeine Charlotten & Frauen Goethe
Der Walter Hasenclever Goethe
Der Erich Fried & Raus Goethe
Der Verminderte Rheinische Heiner und Goethe
Der Grosse Wiggelsheimer Goethe
Der Kattowitzer und Knappertsbusch Goethe
Der Göttinger Goethe
Der Potsdamer Goethe
Der Tübinger Turm und Taxen Goethe
Der Bremer Literatur Goethe
Der Ausländer Goethe
Der Westöstliche Diwan und Wende Goethe
Grosser Einheimischer Goethe Gotha
Der Grosse Goethe für Jedermann
Der Stiftungs-Goethe für Jederzeit Alle
Grosser Goethepreis von Weimar

Grosser Gott

Liesl und Karl über den Bücherfrühling

Karl: Hast du auch schön den neuen Roman von diesem Jenem nicht gelesen?
Liesl: Geh her, hab' ich nicht nichtgelesen.
Karl: Du bist mir eine du, das tut eine heute doch nicht.
Liesl: Was?
Karl: Lesen.
Liesl: Hört der denn schlecht, wo i ebn grad gsagt hob, ich hätt' nichts von niemand nicht gelesen.
Karl: Dann hast also doch was von niemand gelesen, du Schlaue, du?
Liesl: A Klugscheisserl bist, Karl.
Karl: Haste du nun oder haste nicht, Liesl?
Liesl: Sprich doch bloss einen Klartext, Karl, damit dich einer verstehen kann, und erst eine, die nicht gut hört hinterm Kochtopf wegen euresgleichen.
Karl: Ich frag dich zum letztenmal, beim Ranicki und allen Wütern des Feuilletons, Liesl, haste oder haste nicht?
Liesl: Also Karl, hab i denn net vorher gsagt, i hätt' von niemand nichts gelesen. Was willst du noch mehr?
Karl: Ich will wisen, ob du hast oder nicht.
Liesl: Zum Kuckuck, da sagen sie immer, der Mann sei gescheit, gescheiter als die Frau, wo die doch zum letztenmal sagt, dass sie nichts von niemand nicht gelesen hat. Was dem Mann, wo ihrer sein soll, einfach nicht in die Birne rein will.
Karl: Ich gebs auf, Liesl, schauen wir fern.
Liesl: Mein Karl kommt in die Jahre, der ist doch sonst nicht so deppert, der muss doch amal merken, dass ich einerseits hab und anderseits nicht.

Karl: Welches von welchem hast du nun nicht?
Liesl *verschmitzt:* Eins davon hab i, is es dös, wo im Gefühl is? Oder ises das andere? I woasses net. Ach lassen wirs bleiben Karl, es kommt doch heutzutage eh auf eins hinaus, wo heute doch gar niemand mehr.
Karl: Was?
Liesl: Na, bist mer einer, eben lesen.
Karl: Ich dachte, wir schauen fern.
Liesl: Wir schauen Literatur.
Karl: Du hast also doch, und schwindelst mich an.
Liesl: Nun steig mir den Buckel rauf, Karl, sowas von dumpfem Verstand, wos mai Mann is. Nicht nichts lesen von niemand ist doch nicht verboten?
Karl: Das tut doch keine Heutige nicht, die Heutige schaut lesen.
Liesl: Nun aber Karl, geh her, son Depp bin i net.
Karl: Du wirst es noch checken, wenn du einmal den Durchblick kriegst, mein Weiberl.
Liesl: Komm Karl, nun red nicht so geschwolln daher, red so, wie wir imma gredet haben, darauf is Verlass. *Denkt nach* Wozu würden denn diese zunehmenden Schreiber schreiben, wenn nicht um gelesen zu werden?
Karl: I wo, Liesl, du bist uninformiert, gelesen zu werden ist die geringste Absicht unter den Absichten des Schreibens.
Liesl: Was solls denn sonst sein? Wenn du amal redst, dann willst doch gehört werden, nicht?
Karl: Also ich weis, was ich weis, nämlich, dass die nicht schreiben, um gelesen zu werden.
Liesl: Warum würdens sich denn eine solcherne lichtscheue und unfreundliche Arbeit machen, wenns die nicht zu die Leit kommen soll, ans Augenlicht hab i gmoant?
Karl: Die schreiben, um zu schreiben.
Liesl: Geh her, Karl, dös kannst mer net weismachen, des Schreibgeschäft is doch eine tote Hose.

Karl: In der Kunst lässt sich allgemein eine affirmative Tendenz zum Narzissmus feststellen.
Liesl: Also Karl, nun wirds Tag, nun hör auf, so fremd und ordinär von Sachen zu reden, wo du nichts von verstehst.
Karl: Die Tatsachen müssen endlich einmal unverneint auf den Tisch.
Liesl: I krieg an Vogl, ich kenn meinen eigenen Karl nicht mehr, mir scheint, es geht hier ein anderer um. Und ausserdem, Karl, wir haben doch Winter, wo kein Narzissmus nirgends zu haben ist. Den gibst doch erst wieder im Mai.
Karl: Liesl, stell dich nicht deppert, ich weis genau, dass du weist, was ein Narzissmus ist. Und leider weist dus nicht von mir.
Liesl: Davon spricht man nicht, als anständige Frau, wo wir heute die political correctness haben.
Karl: Richtig, mein Weiberl, nun kommen wir zum springenden Punkt, nämlich zu dem einleuchtenden Befund, dass die wo schreiben tun, schreiben aus keinem andern Grund.
Liesl: Und der wäre?
Karl: Die schreiben halt, um zu schreiben.
Liesl: Karl, das glaubst du doch selber nicht, ist du denn, um zu essen, oder um dich zu nähren?
Karl: Ich futtere doch eh schon zu viel.
Liesl: Karl, hier hinkt die Logik, obwohl du ein Mann bist, und erst noch meiner, also einer wie keiner. Das würde bedeuten, dass diese Schreiber keinem Narzissmus nicht aufsitzen, sondern einem, ääh, sieh zu, geh her, i bring dös Wort net heraussen.
Karl: Haben wir uns nicht vor dem Herrgott versprochen, uns immer klar und deutlich übereinander voreinander auszudrücken?
Liesl: Karl, du weist schon, wie es heist, das andere. Es ziemt sich noch weniger erwähnt zu werden, in den Jahren, in denen ich mich gerade befinde.

Karl: Man muss den Tatsachen von heute ins Auge schauen. Du meinst nämlich, Liesl, gewis, dass die, die schreiben, um zu schreiben …
Liesl *mutig:* … dem Altruismus verfallen sind.
Karl: Tapfer biste, mein Frauchen.
Liesl: Dös sog i dir und nu amal sag i dös Wort, weil du meiner bist. Und sonst niemals niemandem nicht.
Karl: Wir wollen fortan schweigen davon, mein Weib.
Liesl *nachdenklich:* Also Karl, dös nehm ich niemandem nicht ab.
Karl: Kannst du nicht in Ruhe Lesen schauen? Sein eigenes Wort versteht man um dich herum nicht.
Liesl: Ich glaube, Karl, die schreiben, die schreiben, um …
Karl *ärgerlich:* Wos is, wos willst nu scho wider, Liesl?
Liesl: Die schreiben alle, um empfohlen zu werden.
Karl: Du bist net ganz gscheit, woher wüllstn dös wisn, Frau?
Liesl: Dös hab i glernt beim Lesen Schauen. Im Fernsehen halt. Dös passt mir nämlich grad in die Logik.
Karl: Da redt nu eine andere so gschwolln daher.
Liesl *ungerührt:* Und es erklärt, warum heute niemand nicht liest.
Karl: Ach wo, nun kommst du mir auch so daher, das passt dir bloss nicht in den Kram, weil du immer nichts nicht gelesen hast, was du wolltest.
Liesl: Es stimmt, es passt genau in mein Hirnpuzzle hinein.
Karl: Nun redt die ein Schmankerl daher, in Zungen redt die. I versteh Ihnen net, Madame.
Liesl: Also wenn die schreiben tun, um empfohlen zu werden, dann ist ihr Ziel nicht das Gelesenwerden …
Karl *unterbricht ärgerlich:* Geh her, was denn sonst?
Liesl: Sondern das Kaufen, ich meine die wollen schreiben, um gekauft zu werden.
Karl: Wie das, Liesl, du bist mir auf einmal eine nicht.

Liesl: Karl, denk doch bloss mal richtig nach. Jede Empfehlung bezweckt einen Kauf. Oder hast du je eine Empfehlung vernommen, für etwas, das man nicht kaufen kann?
Karl: I guck halt bloss in die Binsen.
Liesl: Siehst du. Je mehr geschrieben wird, desto mehr wird nicht gelesen nicht, dafür wird gekauft.
Karl: Dann muss folglich gefolgert werden, hör zu, Liesl, hör mir gut zu, dass nämlich der andere Karl recht gehabt hat.
Liesl: Ich kenn nur einen, den meinen.
Karl: Ich rede von einem entfernten Verwandten, den du nicht kennst, den zu kennen du nicht das Vermögen hast.
Liesl: Is dös also einer, der sich nur mit den Reichen befasst?
Karl: Im Gegenteil, dös is einer, der sich mit unsereinem befasst und den Unterschied von unsereinem zu den anderen ausgedacht hat.
Liesl: Warum ich den nicht kennen können tät, dös is mir jetzt schleierhaft. Wo der einer von uns ist.
Karl: Dass der einer von uns ist, dös grad hab i net behauptet. Bloss weil er nicht in den oberen Schichten verkehrt. Stammen tut der schon von den Oberen ab.
Liesl: Nun versteh ich diesen anderen Karl noch weniger nicht, nun ist es wieder an dir, jemandem was beizubringen, mein Einziger.
Karl *entzückt und begierig:* Mein einziger was?
Liesl: Karl halt.
Karl: Ach so.
Liesl: Sag halt nu scho, was der andere meint.
Karl: Der wollte die klassenlose Gesellschaft.
Liesl: Dös is mer scho zhoch, erklär mir das folgerichtig.
Karl: Früher war das Lesen ein Privileg der Bildungsschicht, also des fortgeschrittenen Bürgertums. Und nun, da das Bürgertum von niemandem nichts liest, sondern bloss alles

von jemandem kauft, vereint sich das Bürgertum mit der nichtlesenden Klasse. Dös is die Verelendungstheorie, woasst.
Liesl: Und dös is die klassenlose Gesellschaft?
Karl: Amal dös strukturelle Analphabetentum, er müsste halt, der andere Karl, heute allerlei Wörter neu dazu lernen.
Liesl: Also, in wos für Kreisn mein Karl bloss verkehrt, wo so an Deutsch gredet wird, der meinige hat niemals nicht so fremd und aufgeblasen dahergeredet, ich will, dass du meiner bleibst, mein Karl halt, diese Wörter passen nicht zu uns.
Karl: Ich sag dirs mit unseren: Die Reichen kaufen alles, was sie nicht lesen, und die Armen brauchen es nicht erst zu wollen, wenn sie vernehmen, dass es zu nichts nützt, ausser zum Aufstapeln und Vorzeigen daheim.
Liesl *strahlt:* Nun gefällt er mir wieder, ein Karl so gescheit wie der andere und doch ganz meiner.
Karl: Wenn du mich fragst, so kann man feststellen, dass das Nichtlesen ein Akt der Gerechtigkeit ist, ein echter Bildungsfortschritt für alle und jeden, weil nun alle daran teilhaben können. *Kommt in Fahrt* Und die können ja von Glück reden, nicht gelesen zu sein, die wo schreibn tun, da bleibt einem doch manches erspart, ihnen und uns, und das, wozu die gut sind, das bleibt dann allen, die es noch wollen, erhalten. Die Bücher tun schmücken das Büchergestell, so dass man nun endlich weis, wozu die Büchergestelle gut sind, was man vorher nie richtig gwusst hat, amal i hobs net gwusst.
Liesl: Und notfalls kann ja so ein Buch auch gelesen werden, das macht ja dann nichts, so hat das Lesen und das Nichtlesen von niemanden kein Harm, sondern am Ende doch einen Nutzen.
Karl: I gratulier Sie, Madame, zu ehnem Durchblick.

Liesl *frohlockend:* Karl, ich bin so stolz auf niemanden nich' wie dich. Vorher hab ich scho dacht', schämen musst dich, wo ich niemand nicht gelesen hab, und nun weis man, keiner hat diesen Dingsda gelesen nicht, denn keiner muss diesen Dingsda lesen, besonders wenn er ihn schon gekauft hat, und zu Hause am Büchergestell liegen. Der Dingsda, also der andere Karl, ist also gelesen oder ungelesen derselbe.
Karl: Er schon, aber wir nicht, wo er hat die Gleichheit der Gesellschaft wollen. Und dös möcht' i net wolln solln, wo ich mich doch noch unterscheiden will.
Liesl: Das brauchst du auch nicht, wo du mein einziger bist, der einzige muss sich nicht unterscheiden.
Karl: Der andere Karl wollte keinen einzigen einzigen, der hat im Gegenteil wolln die Einheit der Kerle.
Liesl: Also wenns der nur an die Kerle gedacht hat, dann ist das sowieso nicht einer nach meinem Geschmack, dieser andere Karl.
Karl: Der hatt halt scho' gwusst, dass die Frauen zum vornherein gleicher sind, da sie alle dasselbe tun hinterm Kochtopf ...
Liesl *skeptisch:* Ach so einer ist das, da scheint mir nichts Gutes zu kommen von diesem anderen nicht.
Karl: Doch, doch. Er hat ja auch von uns wollen, dass wir Kerle die gleichen werden.
Liesl: Meinst du die gleichen Karle oder Kerle. Geh her, i verschteh diesn deinen je länger je weniger. Aber i glaub' wo ers nur wollen hat, macht das ja nichts. Dann bist immer noch meiner.
Karl: Es wäre mir amal scho recht, Liesl, wenn ich mich noch ein wenig unterscheiden tät von den anderen. Aber wo nun niemand von niemanden nicht liest, da braucht es ja auch keinen Unterschied nicht.
Liesl *listig:* Hauptsache, ich merk den Unterschied, und den

merk ich schon noch, und die andern brauchen den gar nicht zu merken.

Karl *misstrauisch:* Wie hast du denn merken können, ob's ein Unterschied is, wo du vom anderen Karl und niemand nichts liest?

Liesl: Lass bloss gut sein, Karl, es ist doch gerade vom Lesen nicht, wo man kein Unterschied merkt.

Karl: Wieso, Liesl? Da blicke mal einer hindurch, was eine sagt, oder sagen wir besser, verschweigt.

Liesl: Dös is halt so gekummen, weil alles das gleiche ist oder gewordn, wo es nichts Neues unter der Sonne zum Schreibn gibt. Weil die, wo lesn, auch die sind, die schreibn tun, und also ein und dasselbe Pack.

Karl: Du bist mir eine Freundliche nicht.

Liesl *zornig:* I habs satt, Karl, weil die alle den Kopf nie aus dem Buch herausstrecken, dorthin wo was anderes los ist und ständig geschieht, und zunehmend Schlimmeres, als wo in den Büchern stehn tut.

Karl: Ich hör Ihnen schlecht, Frau. Du bist mir eine, eine Schlaue, redest dich bloss heraus …

Liesl *rasch:* Was sollt ich zum Herausreden schon haben, wo ich meinen einzigen habe, den meinigen, der wo nämlich du bist.

Karl *geschmeichelt:* Bist halt amal mei Weiberl.

Liesl: Karl, schauen wir Literatur?

Weitere Bücher von Isolde Schaad im Limmat Verlag …

Isolde Schaad im Limmat Verlag

Knowhow am Kilimandscharo

Verkehrsformen und Stammesverhalten von Schweizern in Ostafrika

«Isolde Schaad schreibt pointiert, polemisch, oft sarkastisch – aber ohne Häme. Mit Witz und Brillanz erzählt die Autorin ihre Geschichten, mit unbestechlichem Blick und begrifflicher Trennschärfe analysiert sie umfassend das Verhalten der Helfer, vom selbsternannten Wohltäter bis zum Entwicklungshilfeprofil, deren sprachliche so gut wie kulinarische Gepflogenheiten.»
Neue Zürcher Zeitung

«Ein Lesevergnügen oder ein Ärgernis, je nachdem, für Entwicklungshelfer, Ethnologinnen, Afrikareisende, ein Minderheitenbuch also. Aber es ist gleichzeitig eines der seltenen Bücher, die ein eher nach trockener wissenschaftlicher Abhandlung riechendes Thema mit sprachlichem Witz und formaler Phantasie behandeln und sich kaum um die sonst allenthalben verordnete Ausgewogenheit kümmern.» *Tages-Anzeiger*

ISOLDE SCHAAD IM LIMMAT VERLAG

Body & Sofa

Liebesgeschichten aus der Kaufkraftklasse

«Endlich ein paar lustvolle Bissen in der literarischen Betroffenheitswüste. Endlich was zum Beissen im breit und behäbig dahinfliessenden Brei anwaltschaftlichen Bücherwirkens. Endlich Freude am Lesen und eine Welt, die uns wirklich alle angeht: die Welt der edlen Waren. Denn Logo, Label und Styling erst machen den elenden Verbraucher zum Menschen, verleihen ihm Charakter und Profil.» *Die Weltwoche*

«Hoch hinaus schwappt der Zeitgeist. Was Leben war, wird Lifestyle. Was Stil war, wird Mode – Welle für Welle rauscht sie übers Land. Ganz obenauf segelt Isolde Schaad in ihrem Beobachtungsboot. Sie peilt mit Hilfe der Kritischen Theorie auf die unseligen Wohlstandsinseln der High Consumer.» *Basler Zeitung*

Isolde Schaad im Limmat Verlag

KüsschenTschüss

Sprachbilder und Geschichten zur öffentlichen Psychohygiene

«Sie beobachtet so scharf, dass die Individuen zu Retortentypen werden, auf Jargon programmiert. Isolde Schaads Idiolekte-Sammlung ist beeindruckend, ihre Respektlosigkeiten sind erfrischend, ihre Formulierungen zuweilen so brillant, dass sie wie Laserstrahlen blanke Gerippe freilegen. Es verschlägt einem die Sprache; ihre Pfeile sausen so treffsicher durch den Kultur-, Medien-, Polit-, Werbe-, Schul- oder Restaurantbetrieb.»
Hochparterre

«Sie beschreibt die aktuellen Posen der Menschen, und – was noch wichtiger ist – sie lässt sie reden, horcht sprachkritisch ihrem trendigen Slang nach, der aufreizend intim wirkt, aber jede persönliche Nähe bloss simuliert. So formulierungssüchtig wie ihre österreichische Kollegin ist sie gewiss, und den angeprangerten schicken Wortschaum kann sie mit Leichtigkeit selber erzeugen.» *Neue Zürcher Zeitung*

Die Zürcher Constipation
Texte aus der extremen Mitte des Wohlstands

«Es ist ein Buch, das die ‹Constipation›, die Verstopfung, unter der sie die Stadt Zürich leiden sieht, zwar nicht beheben dürfte, allen unverstopft ausserhalb Lebenden hingegen eine recht genüssliche Lektüre verheisst. In den besten dieser Texte gewinnen die Wörter literarische Qualität und leuchten mit ihrer eigenen Wirklichkeit die Wahrheit hinter der Fassade des Faktischen aus.» *Stuttgarter Nachrichten*

«Mit einer feinen Ironie vermag Isolde Schaad die längst selbstverständlich gewordenen und zementierten Gesetze der Mittelmässigkeit und der schieren Banalität auch dort zu entlarven, wo andere längst resigniert oder einen voreiligen Burgfrieden geschlossen haben.» *Brückenbauer*